大唐兴亡录

① 天下一统

昊天牧云 —— 著

华文出版社
SINO-CULTURE PRESS

图书在版编目（CIP）数据

大唐兴亡录 . 1, 天下一统 / 昊天牧云著 . -- 北京：华文出版社, 2025.5. -- ISBN 978-7-5075-6048-0

Ⅰ . K242.09

中国国家版本馆 CIP 数据核字第 20250RA356 号

大唐兴亡录 1：天下一统

作　　者：	昊天牧云
责任编辑：	袁　博
特约编辑：	杨艳丽
出版发行：	华文出版社
地　　址：	北京市西城区广外大街 305 号 8 区 2 号楼
邮政编码：	100055
网　　址：	http://www.hwcbs.cn
电　　话：	总编室 010-58336210　编辑部 010-58336279
	发行部 010-58336267　010-58336202
经　　销：	新华书店
制　　版：	北京辰轩文化传媒有限公司
印　　刷：	三河市航远印刷有限公司
开　　本：	700mm×1000mm　1/16
印　　张：	20.75
字　　数：	320 千字
版　　次：	2025 年 5 月第 1 版
印　　次：	2025 年 5 月第 1 次印刷
标准书号：	ISBN 978-7-5075-6048-0
定　　价：	78.00 元

版权所有，侵权必究

目 录

第一章 雄踞关中 李渊建大唐
　　　 逐鹿中原 群雄大混战 1
　　1. 有什么样的皇帝，就有什么样的臣子 \1
　　2. 李渊给突厥送钱送物 \4
　　3. 徐世勣的"地道战" \8
　　4. 王世充反手夺权，李密退遇名师 \14
　　5. 窦建德建政 \19

第二章 错上加错 瓦岗军大势去矣
　　　 忍了还忍 李世民克敌制胜 21
　　1. 李世民忍气避战 \21
　　2. 粗心的李密接连失败 \25
　　3. 放过敌人就是自取灭亡 \38
　　4. 刘兰成一计连一计 \40
　　5. 李渊有心纵李密 \50

第三章 李玄邃铸成千古恨
　　　 王世充东都称皇帝 55
　　1. 大隋忠臣尧君素 \55
　　2. 罗艺降唐 \57
　　3. 李密全军覆没 \59
　　4. 和尚称帝 \63

5. 李渊稳朱粲　　\64

6. 王世充造舆论　　\67

7. 夏王窦建德　　\70

8. 首发大将奔唐　　\74

9. 王世充理政　　\77

10. 安兴贵一人平河西　　\83

第四章　宋金刚连败裴玄真
　　　　李世民平定刘武周　　91

1. 李元吉本性凶残　　\91

2. 李靖命悬一线　　\95

3. 李元吉弃城而逃　　\99

4. 庞玉平集州　　\105

5. 李渊弃而又用李世民　　\107

6. 李世勣救父投降　　\109

7. 李世民的大羽箭　　\113

8. 独孤怀恩被灭　　\117

9. 杜伏威降唐　　\120

10. 李世勣奔唐　　\122

11. 尉迟敬德降唐　　\126

第五章　力排众议　李世民进逼洛阳城
　　　　欲收渔利　窦建德援救王世充　　131

1. 尉迟敬德大战单雄信　　\131

2. 李艺大战窦建德　　\141

3. 李渊逐渐壮大　　\144

4. 有退者即斩之　　\150

5. 李世民的玄甲军　　\153

6. 李世民的一箭双雕　　\158

第六章　浴血死战　李世民大破二强敌
　　　　算无遗策　李药师灭梁定岭南　　　　　　　　　165

　1. 李世民诱战窦建德　\165

　2. 李世民打败窦建德　\172

　3. 李世勣难救单雄信　\175

　4. 王世充死于非命　\180

　5. 刘黑闼出山　\183

　6. 房玄龄与杜如晦　\189

　7. 李靖恩威兼济平岭南　\191

第七章　卷土重来　刘黑闼力竭被擒
　　　　割据江南　辅公祏自寻绝路　　　　　　　　　　201

　1. 王雄诞打江淮　\201

　2. 谢棱诈降李艺　\203

　3. 李世民平定刘黑闼　\206

　4. 杜伏威到长安　\213

　5. 突厥反复无常　\217

　6. 李元吉心惧刘黑闼　\219

　7. 李世民受屈　\221

　8. 李建成平刘黑闼　\227

　9. 柴绍诱战吐谷浑　\231

　10. 马邑失守　\232

　11. 李大亮计破张善安　\237

　12. 高开道被杀　\246

　13. 杜伏威的家产被没收　\248

第八章　明争暗斗　兄弟反目为皇权
　　　　你死我活　同胞喋血玄武门　　　　　　　　　　253

　1. 杨文幹谋反的主谋是谁　\253

2. 操盘手 \260

3. 突厥救了李世民 \262

4. 李世民随机退敌 \265

5. 秦王府危机重重 \270

6. 李世民的以退为进 \279

7. 玄武门之变 \283

8. 关键人物 \290

第九章　临危不惧　孤胆英雄退突厥　　293
　　　　励精图治　马上皇帝初施政

1. 赦免山东 \293

2. 皇后长孙氏 \300

3. 李世民轻骑独出 \302

4. 李世民与众臣议政 \308

5. 李世民为政 \316

6. 苑君璋与王君廓 \324

第一章　雄踞关中　李渊建大唐
　　　　逐鹿中原　群雄大混战

1. 有什么样的皇帝，就有什么样的臣子

公元618年，绝对是中国历史上具有转折意义的一年。

这一年是武德元年，武德是大唐的第一个年号。其实，史上十分强悍的大唐这个时候只占了关中一带的地皮，力量也不是全国最强大的。

这一年也是隋朝末年，全国那盘棋已经乱成一片残山剩水，杨广也在这一年被宇文化及杀掉，隋朝已经走向实质性的灭亡，各路势力都在咬牙切齿地进入火并的"发烧期"，丝毫不为杨广被杀这个历史性的大事件所影响——也许在他们的心目中，杨广已经成为一个与历史无关的人物，他的生死已经无足轻重。这些"造反"势力的终极目的并不仅仅是结束杨广的性命，而是大隋留下的锦绣江山。

当然，很多人觉得杨广的死是很有用的——比如李渊。此时，他已经占领长安，在关中一家独大，那双眼睛正向东望来，心怀统一全国的伟大梦想。他此前已经在太原宣布另立朝廷，废杨广为太上皇，让杨广的孙子杨侑为帝，然后打着大隋的旗号反大隋，现在他已经占领长安。他的头衔有：假黄钺、使持节、大都督内外诸军事、大丞相、录尚书事、唐王。看到他身上的这些职务，你就知道他是关中朝廷赤裸裸的权臣。

李渊把这些职务都揽到自己的身上，接下来就是等杨广垮台，他再前

进一步就可以称帝了。

现在杨广死掉，李渊盼望的时机终于到来。李渊和其他人都知道，杨广统治下的大隋在人民群众心目中已经臭不可闻，但大隋这面招牌在士大夫眼里还是有一定分量的。所以他在起兵时，宣布废掉杨广，但仍然拥护大隋，拥立杨侑为帝。从这件事上看，李渊对政治分寸的拿捏是很精准的。杨广虽然已经被广大人民憎恨，大家都已经拿起武器来跟政府对着干，但大隋王朝仍然是人们心目中的正统王朝。在中国人心里，"正统"两个字是很有意义的，以至于北魏、北周这两个纯正的鲜卑政权都努力往正统方向靠拢。所以，大隋即使已经残暴无比，但人民群众一想到国家，还是会在心里浮现出"大隋"两个大字。现在全国到处是反隋武装，可是真正敢于称帝的也没有什么人。即使有那么几个，也都是短命的。这充分说明了"正统"在人民心目中的重要性，以大隋为正统的惯性思维仍然在左右着民众的思想。李渊很清楚地看到这一点，他拥立杨侑，既使得自己跟杨广成功地割席，也为自己的起兵找到了强大的理论依据，同时利用了人民群众的正统思维惯性，使得那些驻守城镇的大隋将领向他投降时，毫无违和感，拥护他也就等于拥护正统。就这样，他成功地把正统的外衣披到了自己的身上。而李密在这方面，就比他差了很多。当时，李密仍然只是一个魏公。至于是哪个王朝的魏公，基本属于"待定"——他既没有拥立一个新领导人，又做着打倒大隋王朝的伟大事业，自己的标杆并没有鲜明地树立起来，这在政治上是很被动的。

李渊把大隋的价值利用到了最后。现在，杨广已经死掉，而且还死于他万分宠信的亲信之手，在最后一刻，还给自己的人生添加了一个大大的污点，往大隋王朝的脸上狠狠地抹了一把黑，大隋真的已经黑到不能再黑了，这个正统已经变成"歪门邪道"了，再打这个旗号只能产生负面影响。

于是，李渊宣布自立门户。

当年（618）五月十四日，后来被称为隋恭帝的杨侑把皇位禅让给李渊——当然是被逼禅让的。

第一章 雄踞关中　李渊建大唐
逐鹿中原　群雄大混战

五月二十五日，唐王李渊在太极殿即皇帝位，派刑部尚书萧造在南郊祭告上天，大赦天下，改年号为武德，而且还搞了个行政区划改革，改郡为州，以太守为刺史。

李渊任命李世民为尚书令——这可是首席大臣的位置。由此可知当时李世民在李渊集团中的地位。他还任命裴寂为右仆射、知政事，刘文静为纳言，窦威为内史令，李纲为礼部尚书、参掌选事——大家知道，李纲曾经任过大隋的太子洗马，是杨勇的老师，曾经多次劝谏过杨勇，但不被杨勇采纳。后来，他虽然多次受到杨坚的表扬，可是杨坚并没有重用他，而他因为正直敢言，又得罪了杨素和苏威，被两人派到刘方手下，如果不是刘方突然死掉，他就会饱受刘方的折磨。现在他一碰到李渊，就被李渊提拔到决策层。

在这些人中，李渊最看重的就是裴寂。李渊刚到太原时，就跟裴寂交上了朋友。由于两人的关系太好，以至李世民策划起兵时，都要求裴寂去说服李渊。由此可见，裴寂不光是李渊的酒肉朋友，也是李渊最铁的谋主，其在李渊心中的分量无人可比。当时，裴寂也只是晋阳宫副监。他为了促使李渊起兵，利用自己管理晋阳宫的便利，叫宫女去陪李渊睡了一夜，然后再对李渊公开出来，让李渊大吃一惊——睡宫女的后果是很严重的，如果让杨广知道，不杀两人的头，他绝对不是杨广。更何况当时杨广正为谶图之类的事搞得很苦恼——流传很广的一条谶言的内容正是李氏当代天下。当然，李渊之所以起兵，还有其他原因。裴寂的这个套路只是让李渊把决心下得更早一点、更坚定一点。

李渊并没有因此而恨裴寂。他对裴寂更加信任，不光一有时间就请他来喝酒，而且心情一好就送他钱财，"赏赐服玩，不可胜纪"。后来，李渊还命令皇家食堂的大厨每天都多做一份饭菜送给裴寂，让裴寂的舌尖享受到皇家美食的味道。下朝后，李渊还叫裴寂到内室聊天，只要是裴寂的建议，他都点头称是，裴寂已经成为李渊的大脑。平时，李渊从不叫裴寂的名字，而是称他为"裴监"。

而各种政务，李渊则交给萧瑀。

萧瑀是杨广皇后的弟弟。但因为他劝了杨广一番，就被这个姐夫贬为河池太守。李渊进关中时，他看到大隋已经回天乏术，便投降了李渊。李渊并不因为他是大隋的外戚就把他边缘化，而是让他当了内史令。因此，朝廷事无大小，基本都由萧瑀把关。萧瑀虽然是靠外戚上位，但他责任心极强，工作尽心尽责，而且勇于担当，一发现人家出什么差错，就端着那张脸过去纠正，从不给你面子，因此"人皆惮之"。大家被他批评多了，心里当然不服气：你一个腐败残暴的大隋外戚，这么有本事，为什么不去给你们大隋皇帝纠错？为什么让你们的大隋败到这个地步？他们咽不下这口气，就集体到李渊面前"毁之"。但萧瑀却不理：身正不怕影子歪，你们继续毁吧，我只要还在其位，就坚持原则到底。

有一次，李渊已经签署了命令，但内史居然不及时发布，弄得李渊很不高兴，把萧瑀叫过去猛批：为什么推迟发布朕的命令？萧瑀说："大业之时，内史发布命令很迅速，可是经常出现前后命令相反的事，负责部门不知如何是好。于是，只好把容易执行的命令放在前面，执行难度大的命令留在后面。我在隋朝内史省混的时间很长，这样的事见多了。现在陛下的大业才处于草创阶段，很多命令关系着社稷的安危，如果使远方的人对陛下产生怀疑，那咱们的机会就失掉了。因为我每受一敕，必定认真进行调查核审，使之与之前的敕令没有矛盾，这才敢宣布，所以就让陛下敕令宣布的时间推迟了。"

李渊一听，脸上怒气尽失，伸出大拇指说："卿用心如是，吾复何忧。"萧瑀当过杨广的内史侍郎，可是被杨广贬到边远地区，一点作用都没有发挥出来，而在李渊这里却大受重用，成为李渊的贤臣。

有什么样的皇帝，就有什么样的臣子。

2. 李渊给突厥送钱送物

李渊虽然称帝，但目前他的势力范围只在关中一带，中原及其他地区仍然在各个势力的手中，而且都还处于热火朝天的争战中。

东都洛阳那些人听说杨广已经身首异处，又听到李渊废掉杨侑，当然

第一章　雄踞关中　李渊建大唐
　　　　　　逐鹿中原　群雄大混战

也不会闲着，他们在李渊登基的前一天，就已经宣布杨侗为帝。当时，东都留守者中官最大的就是段达，而最有实力的就是王世充。于是，杨侗任命段达和王世充为纳言、元文都为内史令、皇甫无逸为兵部尚书，又以卢楚为内史令、郭文懿为内史侍郎、赵长文为黄门侍郎。大隋的百官原来都跟着杨广，此时已经不知零落何处，东都里并没有多少原来的达官贵人，所以朝廷人员相对简单薄弱，杨侗数来数去，就只有这几个人了。杨侗自己还年轻，死守东都这么久，全靠手下这几条好汉。他的脾气比他的爷爷杨广好得多，自从被围困在东都之后，他的部下经常被李密打败，苦不堪言，但他从来没有呵斥过打败仗的人。他甚至还在人家打败仗回来之后，仍然从国库里拿出物资，对打败仗的将领进行慰问和赏赐。他非常年轻，长得很帅，见过他的人，都说他"眉目如画"。他知道，他还必须依靠这些人硬撑；他也知道，现在他必须团结这些人，让他们继续为他去跟李密拼命。

　　这几个人就这样成了东都最有权势的人，当时人们称他们为"七贵"。一个已经风雨飘摇的小朝廷，还在人家的围困之下苦苦挣扎，就出了这样一个被人侧目而视的既得利益集团，这样的朝廷还有救吗？

　　李渊称帝之后，立刻展开外交活动。

　　突厥这些年来，跟中原王朝恩恩怨怨，时打时和。在大隋强盛时期，突厥先后被长孙晟和裴矩玩得团团转，两人制定的和亲加分化政策，让突厥越来越弱化，直到近来大隋境内出了乱子，无法顾及北边，突厥这才又开始强大起来。他们对杨广很愤怒，都希望李渊能把杨广朝廷干掉。李渊起兵时，怕突厥抄自己的后院，不惜放下姿态，跟他们结盟。突厥人看到李渊起兵，也同意充当李渊的外援，除了送军马，还派兵过来支援，使得李渊免除了后顾之忧，得以全力开进关中。突厥人看到李渊称帝，便在第一时间承认这个新生的政权，并派骨咄禄特勒出使大唐。

　　李渊大喜，在太极殿摆了个大型宴会，宴请突厥到访使团。突厥的始毕可汗这些年来，趁着大隋内乱，实施突厥复兴战略，取得了巨大的成功。

因为中原战乱,大量的中原人士都逃到突厥那里,使得突厥的输入性人才也多了起来。这些输入性人才,不断地给始毕可汗贡献智力,使得突厥在短期内就强盛起来:东自契丹、室韦,西尽吐谷浑、高昌,诸国皆臣之,控弦百余万。也就是说,突厥现在已经有了一百多万的正规军。

如果这一百多万正规军突然参与中原的战乱,以目前中原四分五裂的局面,是万难抵挡得住的。幸亏突厥的惯性思维不是侵占中原的领土。他们只想要钱要物。李渊此前都满足他们的要求,一边进军关中,一边不断地给始毕可汗送钱送物,让始毕可汗高兴得脸上全是笑。

突厥人在李渊那些谦卑的言辞和动作里,获得了无上的骄傲。他们终于在中原人面前挺起了腰杆,脸上的神态也越来越傲慢。突厥的使者来到长安后,也是以上国使臣自居,言行举止都十分任性,胡作非为,蛮不讲理。大家都已经恨得咬牙切齿了,但李渊却继续"优容之"。他不得不"优容之"。毕竟现在他只是偏居关中一隅,西面有薛举势力,东面还有很多势力。薛举势力已经跟他交过几次火,而李密的力量目前比他更强大。面对这几个势力,他已经忙不过来,如果再惹翻突厥,那就是找死了。

李渊不光在强悍的突厥人面前谦卑,就是在群臣面前也很谦恭,即便是在上朝时,也经常自称自己的名字,而不称"朕"。有时,他还请大臣们跟他一起坐在榻上,毫无君臣尊卑之见。

刘文静就对他说:"王导曾有句名言:若太阳俯同万物,使群生何以仰照。现在陛下这样做是使贵贱失位,乱了秩序,这不是长久之道啊。"

李渊说:"以前光武皇帝跟严子陵共寝,严子陵可以把脚横加于皇帝的肚皮上。现在诸位都是德高望重的旧同僚,更是我平生最好的亲友,昔日之欢,岂可忘怀?你不必为此多虑。"

当然,话是这么说,尊卑秩序还是要讲究的。

他于六月初六日,把他的几代祖先都追尊了一番,然后立他的长子李建成为太子,封李世民为秦王。其他李氏宗室(如李神通等)也都封王。

至于正确的劝谏,李渊更是爽快地采纳。比如,有个级别很低的官员——万年县法曹孙伏伽上表,称:"隋朝皇帝因为听不进批评意见而导

第一章 雄踞关中 李渊建大唐 逐鹿中原 群雄大混战

致亡国。陛下龙兴晋阳，远近响应，不到一年就登上帝位，只知道得天下易，而不知隋朝失天下也不难。鉴于此，我认为应该改变隋朝的做法，尽量了解底层民情。凡是人君的言行，一定要慎之又慎。我见到陛下今天即位，明天就有进献鹞雏。玩鹞雏是少年人的事，哪里是圣主所需要的？另外，陛下也知道，百戏散乐，乃亡国淫声。近来太常在民间借了五百套妇女的裙子、短衣作为歌妓之衣，准备于五月初五日在玄武门进行表演，这难道是子孙后代可以继承发扬的事吗？诸如此类，我认为，现在就必须坚决禁止。善恶之习，朝夕渐染，很容易让人的性情改变。皇太子、诸王身边的官吏，都应当严格地挑选合适的人选。那种门风不能和睦相处、为人历来没有德行、专好奢侈糜烂、酷嗜乐舞游猎的人，都不能让他们接近太子、诸王。从古到今，骨肉亲人不和、分离，以致败国亡家的，都是因左右离间而造成的。愿陛下慎之。"

他的这番话，其实就是对隋朝的总结。李渊对隋朝也是十分熟悉的。他看到之后大悦，下诏奖励，然后提拔孙伏伽为治书侍御史，赐帛三百匹，并将表彰决定公布到各处。

李世民才当了三天的秦王，河西那边最大的势力薛举就派兵进犯泾州。

李渊马上任命李世民为元帅，统率八路总管的军队前去迎战。

李渊现在给两个儿子安排工作时，真有点像以前的杨坚。杨坚指定杨勇为皇位继承人之后，就一直让杨勇留在朝廷工作，而平定江南的大事就交给杨广了。这个安排看起来很有道理，未来的领导人就应该在中央参与决策，由现任领导人直接培养，以便积累从政经验、将来可以总揽全局，而另一个儿子就带兵到处打仗，为大哥保驾护航。哪知如此一来，到处打仗的儿子，就把军权牢牢地掌握在手。

李世民率着部队正式出发，一场大战就此爆发。

武德元年（618）七月，薛举的大军进逼高墌（今甘肃省庆阳市宁县境内），散兵已经到达豳、岐一带。

李世民看到对方势大，哪敢硬来？他深沟高垒，不跟薛举交锋。他正

在那里咬紧牙关,寻找机会时,突然得了疟疾,每天不间断地发冷发热,被折磨得万般无奈,只得把事务交给刘文静和殷开山。他对两人说:"薛举悬军深入,不会带很多粮食,我们就在这里跟他们耗下去,不要应战。等我病好了,再打败他。"

两人退下来后,殷开山对刘文静说:"主公担心你不能退敌,才说这些话。敌人听到主公有病,一定不会把我们放在眼里。我们完全可以趁着这个时候,把他们教训一顿,扬一扬军威。"

两人嘴里都说敌人轻敌,其实真正轻敌的是他们自己。目前,唐军的数量比薛举还多,他们把部队拉出来,列阵于西南,高调向薛举叫板:有胆量的来跟我们决一死战。

薛举看到之后,只是在心里冷笑着,暗中带着部队绕到敌后,突然从背部猛攻。

刘文静这才知道,薛举也会玩诡计啊。但到这个时候,他还能有什么作为?薛举下令全军进击,在浅水原把唐军杀得大败,八路总管都被打得找不着北,唐军只在片刻之间,就被砍掉一大半,连大将军慕容罗睺、李安远、刘弘基都成了俘虏。李世民看到大势如此,只得带着残余部队撤回长安。

薛举顺利攻拔高墌,把战死的唐军尸体收拾起来,堆成京观。

李渊大为震惊,把刘文静和殷开山除名。

3. 徐世勣的"地道战"

虽然李渊和薛举在西部打得难分难解,但现在乱得最要紧的仍然是以东都为核心的中原一带。这一带目前多个势力并存,其中最有影响力的就是李密集团、以杨侗为首的大隋残余集团、正准备大举向西回迁的宇文化及集团。

本来,宇文化及是杨广最为宠信的死党,但恰恰是这个天天对杨广表示无限忠诚的死党要了杨广的命。因此,东都集团无不把他当成最恨之入骨的敌人。他们听到宇文化及正向西而来,带的又是大隋最为精锐能打的

第一章 雄踞关中　李渊建大唐　逐鹿中原　群雄大混战

部队，顿时上下震惊。他们被李密围困，已经很长时间，现在又来一个宇文化及带的骁果部队，更是束手无策了。

后来，有个叫盖琮的平民上书献计，说可以跟李密化敌为友，共同对付宇文化及。

元文都一看，马上就来了灵感，说："现在不管对付谁，咱们的兵力都不足。我们真不妨一试。赦免李密之罪，让他跟宇文化及火并，不管他们谁死谁活，咱们都是大赢家。到头来，不但宇文化及受死，李密也会被我们所擒。"

大家一听，这也是没有办法的办法了，就提拔盖琮为通直散骑常侍，带着赦免文书去见李密。

事实是，他们在那里研究如何挑动李密跟宇文化及火并时，李密和宇文化及就已经接上了火。

宇文化及本来是想引兵西返，可是一来就触及了李密的势力范围。宇文化及把他的辎重都放在滑台那里，让王轨负责看守，自己引兵去攻打黎阳（今河南省鹤壁市浚县东北）。

黎阳的守将正是李密手下最牛的大将徐世勣。

徐世勣看到宇文化及的部队很多，而且看上去真的很强悍，也不敢硬来，而是带着部队向西保守黎阳仓城。

宇文化及看到敌人被自己吓住，信心更足，率兵渡过黄河，再分兵包围徐世勣。

李密当然不能眼睁睁地看着宇文化及围困徐世勣，他率步骑两万驻扎在清淇，跟徐世勣呼应。他也知道现在宇文化及的部队很无敌，所以同样不跟宇文化及硬拼，只是在那里深沟高垒，高挂免战牌。

当然，这并不代表李密就一直躲在那里一动不动了。他来这里不是为了观看宇文化及进攻徐世勣，而是来援助徐世勣的。只要宇文化及一去打徐世勣，他立马就带着骑兵去打宇文化及的后方，迫得宇文化及又率兵回来救大营，让宇文化及很苦恼。

有一次，李密和宇文化及隔河相对，李密指着宇文化及大骂："你本是一个匈奴的奴隶破野头而已（据说宇文述本姓破野头，役属鲜卑俟豆归，从其主为宇文氏），父子兄弟并受隋恩，富贵累世，举朝无人可比，主上失德，不但不能死谏，反而弑主夺权。你本来完全可以效法诸葛瞻死跟到底，但你却向霍禹学习，欲窥测神器，实为天地所不容。你如果归顺我，还可以保全你的后嗣。"

宇文化及是典型的街头无赖，凶残无比，但胆小怯懦，口才又差，被李密一顿数落之后，只在那里默然。他低头看着脚尖大半天之后，突然想到，他也该说点什么了。可是他真的不能像李密那样侃侃而谈，他只大声说："现在是跟你作战拼死拼活，用得着说那么多书里的话吗？"

李密一听，真的有点想笑，对旁边的人说："这么糊涂的一个人，居然也想当帝王。我现在可以用一根木棍把他赶跑。"

当然，现实情况是不能用一根棍子打跑宇文化及的。宇文化及个人虽然没有水平，但他带的骁果却称得上是天下最为精锐的部队。

宇文化及没有根据地，全军都在强烈要求打通回西边的道路，因此他决心拿下黎阳。

他们大力修建攻城器具，进逼到城边，对徐世勣的部队轮番强攻。

徐世勣看到宇文化及的部队推着那些攻城器具而来，知道如果任其前来攻打，他就真的守不住了。于是，他带着部队出城，在敌人的攻城器具未到之时，提前在城外挖了一道深深的壕沟。

宇文化及的部队大喊大叫前来之后，突然看到那么深的壕沟，只得叫停了前进的步伐。攻城器具进不到城墙边，就成了无用之物。

宇文化及看了看那道深深的壕沟，摸着脑袋想不出什么办法来。

在宇文化及彷徨无策时，徐世勣并没有闲着。他下令部队在壕沟中挖地道，然后派兵从地道中出击。

宇文化及想不到对方居然来这一招，猝不及防之下，被徐世勣打了个大败。徐世勣把那些宇文化及来不及撤走的攻城器具全部烧成灰，让宇文化及在那里发呆而难以发狠。

此时东都一带的形势跟三国时期差不多。三个特大集团都没有盟友，

第一章 雄踞关中　李渊建大唐
　　　　　逐鹿中原　群雄大混战

都得面对两个敌人。

东都那伙人已经明确自己的战略目标，就是站在东都城头让李密的瓦岗军和宇文化及火并，然后坐收渔利。而宇文化及根本没有别的想法，只想突破黎阳，打通西归之路，脑子比较简单。李密就不一样了，他原本只是围困东都，哪知突然来了宇文化及，而且宇文化及是个无赖，从来不打招呼，跟他直接就干上了。现在他跟宇文化及对垒了很长时间，也意识到如果东都那伙人抄他的后院，他就彻底完蛋了。

李密正在忧心如焚时，盖琮正好屁颠屁颠地过来找他，把东都那封赦免他的信送到他的手上。他看了一遍，不由得大呼侥幸不已：幸亏东都这些家伙脑子乱了，否则后果真是不堪设想。他大喜之下，马上向杨侗上表乞降，请杨侗派他讨伐宇文化及以赎罪。他还把所俘的宇文化及同党于洪建送到东都，并派李俭和徐师誉为特使到东都朝见杨侗。

杨侗下令把于洪建带到左掖门那里斩首。元文都等人看到李密的这些动作，都认为李密的乞降是十分真诚的。为了表示东都的诚意、巩固这个成果，他们在宣仁门那里装修了个豪华客栈，专门招待李密的使者。把诚意文章做足之后，杨侗亲自出面召见了李俭等人。当然，这个见面不是亲切会见就完事了。杨侗在会见他们之后，是必须有所表示的。他任命李俭为司农卿、徐师誉为尚书右丞，派仪仗队吹吹打打将他们送还客栈，还赐给他们大量的美玉绸缎，慰问他们的使者"相望"于道。当然，给李密的官就更大了：册拜李密为太尉、尚书令、东南道大行台行军元帅、魏国公。杨侗册封李密之后，就给李密下了一道诏书，命令他先平定宇文化及，胜利后再入朝辅政。东都的人也知道徐世勣是李密手下最牛的人，因此徐世勣被拜为右武侯大将军。

做完这一切之后，杨侗还下诏赞美李密的忠诚，最后说："其用兵机略，一禀魏公节度。"也就是说，以后调度兵马的权力都在魏公李密的手上。

这一番操作下来，让李密真有绝处逢生之感，心下大是高兴，而主导这番操作的元文都更是高兴。他认为，李密这样的大集团如此诚心诚意地归降，天下真的可定了。他们这一伙人将会成为大隋的中兴勋臣。元文都

为此专门在上东门摆了酒宴,为自己取得的这个胜利庆祝一番,自段达以下的大臣都起身舞蹈,十分欢乐。

王世充看到这个场面,怒气满脸,对崔长文说:"朝廷的官爵,竟然'批发'给这些盗贼!"

王世充的表情和言论很快就被元文都他们知道,他们就怀疑王世充想以东都响应宇文化及。如此一来,双方的裂痕就开始出现。当然,表面上,他们还是笑脸相迎,好像很团结。你想想,这样的团结能维持得久吗?

当年(618)七月,杨侗又派张权和崔善福带着他的书信,对李密推心置腹:"今日以前之事,都既往不咎。从现在开始,我们都要以诚相待。天下大事,都等先生来决策,大隋的子弟兵也将由你来指挥。"

李密这时也把诚意表现得很到位,北面拜受诏书。

他知道现在西顾之忧已经彻底解除,完全可以放手跟宇文化及打了。

李密把精锐部队都从西线调到东边,准备跟宇文化及决战。

李密在决战之前还玩了个花招。他探到宇文化及的军粮差不多吃光了,宇文化及正急得团团转,就假装与他讲和,说:"咱们打来打去,最后是东都那伙人得了利。咱们本来都造大隋的反,我围东都,你杀了暴君,目标是一致的啊。现在产生了误会才打成这个样子,这可是亲者痛、仇者快的事情啊。还是握手言和,去共同对付隋朝的残余势力。如果你没有粮食,我完全可以接济一下。"

宇文化及大喜,觉得李密这话真是太对了:咱们本是同路人,现在却打得你死我活。于是,他全盘相信了李密的话,准备跟李密会谈。他这么一想,就放心地让兄弟们放开肚皮吃下去。

宇文化及自我解除后顾之忧放心大吃没几天,李密手下有士兵获罪逃到宇文化及那里,把李密的阴谋告诉了宇文化及。

宇文化及这才大吃一惊。他大吃一惊之后,又勃然大怒,因为这些天来,他放手让大家猛吃猛喝,现在粮食已经差不多吃光了,再节约已经来不及了。宇文化及这个无赖这辈子好容易天真了一次,却被李密大大地忽悠了。他大怒之下,便趁着士兵还没有饿得两腿发软、两眼发花,带他们

第一章 雄踞关中 李渊建大唐
逐鹿中原 群雄大混战

渡过永济渠，向李密发动进攻。两军在童山下遭遇。两下都不打话，直接开打，从辰时一直打到酉时。战场上直搏得血肉横飞。

李密看到战况激烈，宇文化及的部队实在太过拼命，也不得不亲自上场砍人。激战中，一支流矢飞来，堪堪射中两眼通红的李密。

李密从马上落下来，昏倒在地，他的左右见状，大骇之下，都跑散了。

这对于瓦岗军而言，绝对是生死攸关的关键时刻。

幸亏还有秦叔宝。

酣战中的秦叔宝看到主公坠马不起，左右亲随都作鸟兽散了，而敌人又向倒地不醒的李密杀来，便马上冲过去，带领部队继续死磕，救下了李密。

秦叔宝组织力量，重新投入战斗，死不退让。最后，宇文化及的部队终于疲软下去，撤出了战斗。

宇文化及撤出战斗很容易，但粮食困难却得不到解决。他先就近进入汲郡（今河南省鹤壁市浚县）求粮。他的无赖本色一发作，就对当地的官员和百姓进行敲打，强迫他们献出粮食。宇文化及以为大棒恐吓之下，这些官员和百姓一怕死，他马上就粮食满仓。哪知，一顿简单粗暴的操作下来，连他的死党之一王轨也受不了他的无赖做法。王轨派他的手下许敬宗跑到李密那里求降。当时，王轨是滑台的留守，为宇文化及死守后方。

李密看到王轨来降，当然大喜过望，立刻任命王轨为滑州总管，还任命许敬宗为魏公记室，跟魏徵共掌文书。

如此一来，李密的行情再次看涨，隋朝的另一个元老苏威也看出这一点。这个杨坚时代就已经进入朝廷决策层的核心人物，在杨广即位之后，基本被闲置——与他同时代的高颎等人，都被杨广搞死了，他能闲置着活下来，实属不易，但他仍然不甘心，仍然想找机会再出人头地。此时，他也在东都。他看好李密，之后二话不说，便带着自己的亲随跑过去投奔李密。

李密看到这样一个大人物前来投奔，当然很是高兴，对他也是非常尊重。

苏威被杨广打压多年，原来的棱角已经被磨光，他也变成了一个让人侧目的投机者。他见到李密时，一概不谈隋朝现在的艰难及过往的得失，嘴里只是反复称颂："不图今日复睹圣明！"直接把李密称为圣明的天子，弄得众人都鄙视他。可是他却不管：以前很多人也曾经鄙视过宇文述，可是宇文述却活得很幸福；高颎很有风骨，可是下场却十分悲惨。

4. 王世充反手夺权，李密退遇名师

宇文化及听说王轨背叛了他，心头大惧——这边粮食都还没有着落，后方又划归了敌人的地盘。他大惧之后，就把部队引出来，准备攻取汲郡以北各郡县。

他手下的樊文超、陈智略、张童儿三人看到宇文化及已经走投无路，不想跟他走下去了，便带着手下的近两万人，投降了李密。这三个人的本部人马，都是江东和岭南骁果，本来就不怎么愿意跟宇文化及到西北去。

到了这个时候，宇文化及手下仍然有两万多骁果，他带着这支精锐部队北上魏县（今河北省邯郸市魏县）。

李密看到宇文化及的部队已经十分单薄而又缺粮，一路狼狈而北，知道这个无赖已经无法再掀起什么大浪来了，便带着主力回到巩洛，只留下徐世勣以备宇文化及。毕竟他跟东都的合作，只是在情势紧迫之下的急就章，万万大意不得。

从目前的形势看，李密已经摆脱困境，又向一个新高峰迈进。他因为宇文化及而跟杨侗化敌为友了一场，使得他的力量瞬间又壮大起来。他马上尝到了玩阴谋诡计的甜头，觉得忽悠杨侗也是很有效的。所以，他在这个时期，忽悠杨侗是很认真的，只要打一个胜仗，就一定向杨侗报喜，归功于皇帝大人。杨侗自从被困在东都，除了有限的几次胜仗，每天接到的都是败仗的报告，让他的心情一直郁闷不已，现在李密的捷报不断地传来，让他确实感到高兴。杨侗把这些捷报一公开，所有的人都跟着笑逐颜开。

如果照这个情形发展下去，李密的行情会更加看涨。

第一章 雄踞关中　李渊建大唐
逐鹿中原　群雄大混战

可是杨侗这个大隋残余集团里，还有个王世充。王世充是这个集团里最有军事能力又最为阴险狡诈的人，他多次被李密打败，对李密向来很恼火。同时，他对李密也很了解，不相信李密真会成为大隋残余势力手下的死党，认为李密现在的所作所为都是在忽悠杨侗。更何况，如果李密真的投降过来，以李密现在的力量、声望及水平，肯定会成为东都最有权的人，到时他王世充还有什么市场？他那一套忽悠杨广的手段，能在李密这里吃得开吗？只怕没几天，就会被李密边缘化。他对这帮人相信李密很生气。他对手下说："元文都这些刀笔吏，什么水平都没有，不久必为李密所擒。我们的部队多次跟李密死磕，他们很多将士的家属都被我们杀过。我们一旦成为李密的手下，必定会死无葬身之地。"

大家一听，都觉得很对。

于是，王世充的煽动成功了。

元文都很快就知道王世充在搞这些活动，心头大惧。元文都虽然智商不高，但对王世充了解得还是很透彻的。他知道王世充一有这些想法，他们就真的危险万分了，要想排除这个危险，只有把王世充搞定。元文都马上找来卢楚，商量如何搞定王世充。两人很快就制定出方案：等王世充入朝，伏甲诛之。

如果只是他们两个人合作，成功的可能性还真大，可是他们又把段达拉进了圈子。段达虽然一直为杨侗主持军事，可是向来胆小怕事，听了两人的计划后，立马想到，王世充不但阴险残忍，而且手下力量雄厚，几个甲士真的能搞定他吗？他这么一想，就怕了起来，派他的女婿张志去找王世充，把两个老朋友出卖了。

王世充想不到这几个刀笔吏居然会对他下手，也吓了一跳——如果不是段达贪生怕死，他这个阴谋家、野心家还真就被人家暗算了。他心下冷冷一笑，立刻组织力量，先下手为强。七月十五日半夜三鼓，王世充带着部队突袭含嘉门（洛阳东城北门）。

元文都听到事变之后，也还算冷静，马上入宫去跟杨侗在一起。元文都肯定读过很多书，知道每到这个时候，谁控制皇帝谁就能胜利。可是他

却忘记了，手上没有"枪杆子"，皇帝也救不了你——当年王允也曾把皇帝牢牢地控制在手，最后仍然死得很惨。元文都带着杨侗来到乾阳殿，布置殿中的士兵做好自卫的准备，叫诸将闭门拒守。

元文都派跋野纲出战。跋野纲带部队出来之后，果然碰上了王世充。王世充还没有对他说什么，他就觉得自己真不是王世充的对手，直接下马跪地，向王世充投降了。

另外两个将军费曜和田阇率兵在宫城门外跟王世充打了一仗，但不利。

此时，元文都仍然有机会，而且他也差点抓住机会：他想亲自率兵从玄武门出去，背袭王世充。可是负责玄武门的段瑜却声称没有找到钥匙。元文都居然也不以为意，就在那里等。段瑜找了大半天仍然没有找到。所有的人都知道，段瑜这是在忽悠元文都，是在拖延元文都的时间，唯独元文都没有意识到。时间过得很快，天马上就亮了起来——天一亮，元文都的背袭计划基本就不能实施了。这个刀笔吏本来大好机会在手，最后被一把钥匙难住。

元文都看到天色已亮，突袭已经无法进行了，便想带兵出去跟王世充决战。可他才回到乾阳殿，王世充已经攻破太阳门——王世充可不管有没有钥匙。

到了这个时候，元文都已经什么机会也没有了。

原东都留守派大官皇甫无逸看到情况已经十分严重，连父母妻子都来不及见一面，找到一把斧头，砍开右掖门（如果他还找钥匙，就只有死了），向长安方向拼命狂奔。

卢楚就没有皇甫无逸这么灵光了，他像个小偷一样躲在太官署里，不一会儿就被王世充的士兵扯了出来。卢楚被拉到兴教门。王世充什么也不说，下令乱刀砍死他。

王世充杀死卢楚之后，下令向紫微宫进攻。

杨侗来到紫微观上，向王世充质问："称兵欲何为？"

王世充虽然阴险残暴，但他知道现在还不能跟杨侗对着干，他下马行礼，道："元文都和卢楚对俺横加谋害。请杀掉元文都。俺甘愿受罚。"

第一章　雄踞关中　李渊建大唐
　　　　　逐鹿中原　群雄大混战

杨侗还没说话，段达就命令黄桃树，把元文都交给王世充。

元文都这时已经束手无策，被黄桃树扭着，只是转头对杨侗说："臣今朝死，陛下夕及矣。"

其实，这话不用他说，杨侗也知道。他听了元文都的话后，失声痛哭，挥挥手让黄桃树带着元文都出去。他只能走一步算一步了。

王世充也同样不跟元文都打话，下令按照处置卢楚的方式处理了这个刀笔吏，然后把元文都和卢楚的后代也全部斩首。

王世充在干这些事时，段达则以杨侗的名义下令打开宫门让王世充进来。

王世充下令把宫里的宿卫全部换掉，也就是把自己的心腹卫队变成保卫皇帝的宿卫，把杨侗全天候控制起来。之后，他才来到乾阳殿，拜见杨侗。

杨侗对他说："你擅自举兵杀大臣，连我也不曾奏闻，这难道是臣子之所为吗？你现在以武力威逼，是想来杀我吗？"

王世充本来并非东都的留守人员，算起来是外将一个，在东都的根基尚浅，还必须打着杨侗的招牌。听到杨侗的话后，他马上假装服软，拜伏在地，痛哭流涕谢罪："臣受先帝提拔，真是粉身碎骨也难报答。可是元文都他们包藏祸心，跟李密相互勾结，欲做危害社稷之举，又怕臣不同意，就对臣横加猜忌。臣迫于求生，才采取断然措施，情况紧急，来不及奏闻陛下。如果臣真有什么恶意，敢于违背陛下，天地日月在上明鉴，让臣满门灭绝，无复遗类。"王世充本来就是个"表演艺术家"，连杨广都被他骗得满心欢喜，这时更是说得十分动情，哭得泪流满面。

杨侗也被他的表演感动了，以为他是真诚的，就让他升殿，跟他谈了很久。后来，杨侗还把他带进后宫与皇后见面。

王世充的表演就更加卖力了，他在那里披头散发地发誓，说绝对不敢对皇帝有二心。

到了这个时候，杨侗信也罢，不信也罢，他只能照着这个脚本把情节推进下去，他任命王世充为左仆射、总督内外诸军事，军政大权都交到王世充的手中。

王世充在杨侗面前哭得比《三国演义》中的刘备还狠,而他清除异己的手段更狠。就在那天中午,他又抓到异己分子赵长文、郭文懿,毫不犹豫地杀掉。然后他巡视全城,公布诛杀元文都和卢楚的原因。王世充还是很注重形象的——因为此前东都群众都知道,元文都是这个集团的首辅,他一直协助杨侗保卫着东都,现在被杀,人家对此肯定是疑虑重重的,王世充必须给元文都集团泼污水,打造自己的光辉形象。唯其如此,他才能在这里站稳脚跟。

经过一番操作,王世充就成了东都的实际掌权人,他从含嘉门搬到尚书省,大力开展结党营私的活动,放开手脚作威作福。他任命他的哥哥王世恽为内史令,直接住到宫中,把皇帝控制起来,兵权都交到王家子弟的手中,在很短的时间内就结成了王家党。东都那些高官,在被围攻时,个个愁眉苦脸、束手无策,但对官场的形势却看得十分透彻,行动也十分迅速,看到王世充已经成为东都最大的权臣,便都争相投入他的门下。

王世充虽然顺利从刀笔吏集团中夺过大权,可是有一个困难他却解决不了:东都严重缺粮。市场上的米价涨得飞快,而且货币也十分紧张,假米无法制造,很多人就私下制造假钱。那时的货币是铜钱,他们不敢做百分之百的假币,就在铜钱里掺杂大量的锡,而且铜钱薄得跟纸一样。

东都天翻地覆的时候,李密并不知情。他认为,忽悠杨侗比进攻东都的效果要好多了,因此决定亲自进入东都,朝拜杨侗,以便成为首席大臣——一旦当上首席大臣,东都那伙人就全部在他的掌控之中。

他怀着这个激动人心的想法,很快就来到了温县。就在这时,他听到了元文都被杀的消息,便回到金墉城,不再到东都送死了。

李密这时碰到他的授业恩师徐文远。徐文远是南北朝时的名臣徐孝嗣的玄孙,当时有名的儒生。李密早年就投入他的门下。徐文远本来是杨侗集团的国子祭酒。由于东都已经非常困难,这个国子祭酒也不得不出来打柴。他才得出城来,还没有砍好柴,就被李密的士兵抓住了。

李密知道后,立马过来跟老师见面。他让徐老师朝南端坐,自己向他

施行弟子之礼，朝北下拜。

徐文远是个儒生，他也跟所有的儒生一样，满脑子都是正统思想，最看不得造反。他受了李密之拜后，就端起了教师的架子，对李密说："我既然接受了你的厚待，就不得不畅所欲言了。我至今不知道将军的志向是什么。是不是要像伊尹、霍光那样扶助朝廷于危难之中？如果是这样，我虽然已经老了，仍然愿意尽力相助。如果将军要向王莽、董卓学习，乘国难而谋私利，我对你来说是没有什么用的。"

李密当然不会说自己就要做王莽、董卓，而是对着老师顿首："前些天我已奉朝廷的命令，得以位列上公。我决心尽我的努力挽救国难。"

徐文远说："将军本是名臣之子，后来迷途至此，如果能及早回头，仍然不失为忠义之臣。"

李密当然是满口应承下来。他应承之后，就向徐文远讨教如何对付王世充。

徐文远说："王世充也是我的弟子，我对他很是了解。此人残忍狭隘，人品极差，既然他已经造成了这个形势，必定另有所图。你原来的计划已经跟不上这个节奏了。就是说，不打败王世充，你就不能入朝。"

李密一听，道："原来以为老师是个儒生，不达时务，现在发现老师不出门就能定大计，真乃大才也。"

5. 窦建德建政

到了此时，东都与王世充进入调整阶段，因为李世民被薛举打败了，李渊也不敢再有什么大动作。但其他几个中小势力却还在忙着开打。

打得比较难分难解的是王琮和窦建德。王琮这时仍然打着大隋的旗号，还在当着河间郡的郡丞。窦建德以为王琮没有外援，拿下河间不是问题，因此举全力攻打河间，哪知王琮守城有方，窦建德一直打了一年多，仍然处于攻坚阶段。在窦建德无可奈何之时，杨广被宇文化及杀掉的消息传来，王琮大为震惊，就带着全军发丧，弄得全城人都在哭。窦建德知道后，就派人前来参加追悼会。王琮看到杨广已死，他连效忠的对象都没有了，再

守着个孤城真的没有意义了,现在看到窦建德派人前来,也算给自己面子了,便顺着台阶下来,向窦建德请降。

窦建德虽然是个粗人,但脑子也还不错,也会玩点政治手段。他看到王琮请降后,也把姿态做足,把部队全部撤出,然后准备好酒好菜热情招待王琮。

席间,王琮说到大隋就这样没了,又痛哭起来。窦建德一看,便也跟着打感情牌,当场陪着流了一把泪水。

窦建德手下诸将看到主公这么迁就王琮,心里很不服气,说:"王琮跟我们对抗了这么久,杀了我们的许多战友,直到无法抵抗了才投降。对这样的顽固分子,应该把他烹了。"

窦建德说:"王琮是忠臣,我正要表彰他,用来激发大家的忠心,怎么能杀他呢?以前我们在高鸡泊做强盗时,是可以随便杀人的。如果仍然保持那样的作风,就只能永远当强盗。现在咱们要做的是大事业,需要安抚百姓以定天下,岂可杀害忠良之士?"他说过这话之后,向全军发出号令:"原先与王琮有仇怨而敢于乱来的,杀三族。"然后任命王琮为瀛州刺史。窦建德当了这么多年造反军的首领,终于有了这个觉悟。有了这个觉悟,跟其他"盗贼"势力就有了极大的区别,河北郡县的那些守将看到之后,都跑过来归顺窦建德。

当然,窦建德毕竟素质不高,有时也难免脾气发作。他在攻陷景城时,抓到户曹张玄素,觉得这家伙太可恶了,要把他杀了。他正准备动手,景城里的居民听说后,都跑过来向他哭喊着,愿代张玄素去死,说张户曹是个大清官,如果大王把这样的人都杀了,何以劝人为善?

窦建德一看,这样的人真是不能杀,就把他放了,又任命他为治书侍御史。可是张玄素却不接受,直到杨广被杀的消息传来,他这才接受窦建德的委任,成为窦建德的黄门侍郎。

窦建德这时又收揽了几个人才,然后宣布建政,把首都定在乐寿,将自己的住所称为金城宫,设置了百官。于是,又一个政权出现在神州大地上。

第二章

第二章　错上加错　瓦岗军大势去矣
　　　　忍了还忍　李世民克敌制胜

1. 李世民忍气避战

薛举一仗把李世民打得一败涂地，马上信心爆棚。他决定继续扩大战果，派他的儿子薛仁杲率兵围攻宁州，但却被守将胡演打退。

薛仁杲一看，眉头不由得皱了起来：李世民都那么容易打败，现在倒被胡演卡在这里，真真气死人也，一定要不惜一切代价，把胡演打死。

郝瑗说："现在唐兵新破，关中肯定骚动。我们正宜直取长安，不要在这个地方浪费时间。"

郝瑗的这个计策是很老辣的。

薛举一听，马上拍案叫绝，下令别再跟胡演纠缠了，立刻组织力量，奔袭长安。

哪知，他正准备大举进攻长安，却突然发病，几天后就死了。薛举一死，他的大公子薛仁杲就成为首领。薛仁杲虽然勇猛，但无论德才，都差他父亲很远。

薛举死了，对于李渊而言，是大大的利好。他知道，如果不把薛家势力搞定，他永远无法向东横扫九州。只是现在薛家的势力太雄厚，而且薛仁杲的战斗力也很强，灭掉这样的集团是十分困难的，必须找个帮手。于是，李渊就决定跟西部另一个势力李轨联合起来，共同对付薛仁杲。

　　李渊派人带着亲笔信来到凉州。李渊做纸上文章是很有水平的,当年就曾靠很多信把大文豪李密都忽悠了。他在给李轨的信中说,咱们都姓李,是一家人,你就是我的堂弟。李轨这时虽然也单干,但他知道自己的实力有几斤几两,而且更知道薛仁杲是个残暴寡恩之辈,跟他接壤是件很危险的事,接到李渊的信后,也是大喜过望,就派他的弟弟李懋入贡(其实就是当人质)。李渊任命李懋为大将军,又派人去册封李轨为凉州总管、凉王。

　　这一下,至少使得李轨暂时没有站在薛仁杲那一边,让薛仁杲有了后顾之忧,达到了牵制薛仁杲的目的。李渊抓住这个机会,又派李世民率兵出征,去攻打薛仁杲。

　　此时,边境的将领也已经向薛仁杲开战了。秦州总管窦轨率所部出击,但打不过薛仁杲。薛仁杲乘胜包围了刘感镇守的泾州。短短几天时间,泾州的粮食就吃完了。刘感杀自己的马来分给众将士,而自己没有吃一块肉。后来,他实在忍无可忍了,就把已经被人家啃得光滑的马骨拿来煮,然后取出这些马骨汤就着木屑"食之"。靠着这样的生活,刘感仍然死守着泾州。薛仁杲好几次就要打进城内了,但硬是被刘感带的唐军击退回来,让薛仁杲很恼火。

　　正在这时,李叔良奉命带兵前来救援。他一阵急行军,终于来到泾州。

　　薛仁杲一看,面对刘感那队饥饿得喘气之力都使不出的士兵,他都打不进城里,现在又来了这队生力军,他急切之间更是攻不进的。他就想出了一个办法,到处宣称他的米吃光了,不能再打下去了,然后引军南去。

　　李叔良以为他真的跑了,就大意起来。

　　第二天,有一群人跑到泾州城外,说要归顺大唐。

　　李叔良问:你们是哪一部分的?

　　答:我们是高墌人。

　　问:你们来这里干什么?

　　答:我们想归顺大唐,请首领去接收高墌吧。

　　李叔良大喜。前段时间,薛举就是在那里打败李世民,抢占高墌的。

第二章　错上加错　瓦岗军大势去矣
　　　　忍了还忍　李世民克敌制胜

看来那里的群众还是很拥护大唐的。在这个思想的指导下，李叔良便派刘感带人去接收高墌。

刘感带着部队急赴高墌。

四天之后，他终于来到高墌城下。

可是城门却关得紧紧的。他大声呼喊开门。

不一会儿，城上有人出来，对他们说："敌人已经逃跑了。你们可以翻越城墙入城。"

刘感一听，就知道中了人家的诈降计。他当然不服，下令放火烧城门。城上的人早有准备，向城下大力倒水。

刘感知道此地不宜久留了，下令步兵先撤，自己率精兵殿后。

刘感还在部署当中，便闻得一声鼓响，城头举起三把烽火。

接着南原那里鼓声如雷。

刘感抬眼望去，只见薛仁杲的大军已经席卷杀来。刘感看到敌人势大，只得狂奔而出，但薛仁杲能让他逃出吗？刘感在百里细川被薛仁杲大军包围。刘感的部队被打得大败，连刘感都成为薛仁杲的俘虏。

薛仁杲接着又大举而来，包围泾州。

他叫刘感到城下对守城士兵们喊话："援军已败，不如早降。"

刘感答应得很爽快。他来到了城下，仰头大呼："兄弟们，逆贼已经没有米吃了，他们灭亡的日子马上就到了。现在秦王已经带十万大军前来救援。大家不用害怕，努力守城。"

薛仁杲大怒，马上把大喊大叫的刘感抓起来，就在城边挖了个坑，把刘感埋进去。他只把泥土填到刘感的膝盖处，然后自己翻身上马，一边跑马一边向刘感射箭。一直到死，刘感都还大声向城头的兄弟呼喊，鼓舞他们战斗到底。

当时，李叔良就在城上，但由于薛仁杲的兵势太大，他守着城头，也仅能自保，哪能出来救刘感？

陇州刺史常达看到薛仁杲主力围困泾州，便出兵宜禄川，对薛仁杲的守军狂杀一番，斩首一千多人。

薛仁杲大怒，马上带着部队去打陇州。看到薛仁杲这个行为，你就知道薛仁杲只有匹夫之勇。围泾州这么多天了，差不多要出成果了，又受不了常达的这口气，分兵去打陇州，能打得下吗？

他多次疯狂进攻陇州，结果都是"不克"。

薛仁杲一看硬的不行，便又耍个阴谋。上次搞了个诈降计得手之后，他对自己的智商就很自信，现在又决定以智取胜。这一次，仍然是诈降计。

他派手下大将仵士政带着几百号人投降常达。刘感刚刚吃了诈降的大亏，而且目前薛仁杲的形势大好，他手下的将领没有投降的理由，但常达却缺乏应有的警惕性，看到仵士政带着几百号人前来投降，就信以为真，还"厚抚之"。

仵士政看到常达竟然轻易上当，原先预想的种种困难，没有一个出现，不由得在心里哈哈大笑。几天之后，仵士政在常达完全没有防备的情况下，将常达顺利劫持起来，然后胁迫城中两千人投降。

常达虽然智商不高，中了一个小儿科的套路，但他对李渊十分忠诚，而且还不怕死。他被押到残暴无比的薛仁杲面前时，任凭薛仁杲如何威胁，他都"词色不屈"——其实就是一句话：要杀要砍随你便，老子就是不投降。

薛仁杲很佩服常达的气概，居然"壮而释之"。

常达正要离开，突然有一个大汉跑到他的面前，大声问他："你还认识我吗？"

常达仔细一看，原来是从他那里偷偷逃出的家奴张贵，冷冷一笑："你不是那个该死的逃奴吗？"

张贵大怒，拔出大刀，要砍死常达。幸亏现场还有人，出手相救，常达这才免于一死。有时候就是这样，小无赖比大流氓更心狠手辣。

薛仁杲虽然成功地玩了两把小儿科的诈降计，取得了两场胜利，但这两场胜利对整个战局的影响几乎可以忽略不计。薛仁杲由于多疑又暴躁，还在当太子时，就跟本集团的很多人合不来，他即位后，那些牛人都害怕起来，自然不会跟他同心同德。薛举时代，还有个军师郝瑗，为薛举出谋

第二章　错上加错　瓦岗军大势去矣
　　　　忍了还忍　李世民克敌制胜

划策。他对薛举也很忠心。薛举死后，郝军师悲痛不已，先是卧床不起，接着就宣告不治。薛仁杲集团内部从此矛盾重重，力量转衰。

此时，李世民已经率大军来到高墌。

薛仁杲派宗罗睺带兵去跟李世民叫板。

宗罗睺看到两个月前刚被他们首领打得抱头而逃的李世民又来了，脸上全是轻蔑的神态。他带着部队就到李世民的营前向李世民叫板：有本事出来跟俺决战，俺保证把你打得比前次还惨。

李世民只在那里静静地听着他大喊大叫，并没有打开营门，放马过去跟他大战。宗罗睺一连多次出来叫阵，李世民都不理。

李世民手下诸将都忍无可忍了，纷纷前来请战。

李世民说："我军新败，士气还处于低谷。敌人恃胜而骄，有轻我之心。我们更宜闭垒以待之，让他更加骄下去。到时，彼骄我奋，可一战而胜。"他说过之后，就下令："敢言战者斩。"

双方就在那里相持，一相持就是六十多天。

2. 粗心的李密接连失败

在这六十天里，东都的形势已经天翻地覆。

此时，杨侗还真有点号召力。杜伏威等势力都扛起他的旗号，接受杨侗颁发的"东道大总管"的制书。另一路反王沈法兴也给杨侗上表称臣，但沈法兴却直接自称大司马、录尚书事，还"承制百官"，跟另立朝廷简直没有什么两样，对此杨侗还能说什么？人家能打你这面破旗已经是看得起你了。

当然，现在东都一带起决定性作用的仍然是李密的瓦岗军。

目前看起来，他的事业仍然保持着如日中天的气势。

其实，这只不过是表面现象。李密在参加杨玄感造反时，表现得十分引人注目，提出的战略目标大气磅礴，完全可以一吞天下，只是因为杨玄感不听他的，最后也如他所料败得十分彻底。他脱身出来后，到处游说各路"反贼"，最后得以进入瓦岗，使得瓦岗脱颖而出，在各路"反贼"中一

家独大,隋朝的军队对他基本无可奈何。然而就在这个时候,他居然忘记了"得关中即得天下"的战略构想,带着数十万大军,围困东都,却一点进展都没有。再后来,他又设局杀掉翟让。这一刀,他砍得并不艰难,但后遗症却很严重。其后遗症分为两个方面:一是瓦岗将士对他的疑惧;二是他本人觉得翟让一死,谁也无法挑战他在瓦岗军里的地位了。有了这个想法,他的心态也发生了本质的变化,不再像过去那样,团结全军上下,而是表现得"颇自骄矜,不恤士众"。李密之所以让他的事业保持在旺盛的阶段,是因为他抢占了隋朝修建的那些米仓,使得他的部队从来没有缺粮之忧。可是他却有粮缺帛。当时,赏赐的重要财物就是钱帛,如果你没有这两样,就无法对官兵进行赏赐。在这样的情况下,瓦岗将士有功,李密无以为赏,让大家心里都不高兴,开始没有了战斗的欲望。而李密却没有注意到这一点,大家对他的怨恨就不断地多了起来。

最要命的是,李密没有发现这些错误,别人提醒他,他也不接受。

徐世勣发现了这个问题,就在一次宴会上,仗着酒气壮胆,提醒李密注意这些,顺便还批评了李密的一些错误。

李密听了之后,心里很不爽,这才把徐世勣派去守黎阳,说是委以方镇之重,但所有人都知道,他是在疏远徐世勣。

李密是贵族后代,绝对算是科班出身,对制度建设应该了如指掌。可是他执掌瓦岗之后,却没有建立一套行之有效的管理体制,管理手段仍然很粗放简单,并不比那些草莽出身的"盗贼"头领高明。

李密下令打开洛口仓,向民众发放粮食。这本来是争取民心之举。可是他在打开粮仓的时候,居然没有设置主管和看守人员,而且连个领米凭证也不舍得发放。于是,取米的人随便取多少,也没有谁管一下。很多人扛着米离开后,到半路就因为米太重、体力不支,不得不将米丢散在街道上。于是,从仓城到城门,路上的米有几寸厚,车马每天在这条米路上来回践踏。这些人都没有拿什么容器,只是顺便砍路边的荆条编筐装米。你想想,这些荆条能装得下米吗?于是,米从这些荆筐的缝隙中不断地漏出,撒满地面。大家远远一看,洛水两岸十里之间,都像铺上了一层白沙。

第二章　错上加错　瓦岗军大势去矣
　　　　忍了还忍　李世民克敌制胜

如果是别的人看到这个情况，肯定会加以整顿。可是李密看到后，心里却大为高兴，转头对贾闰甫说："此可谓足食矣。"

贾闰甫说："国家的根本就是老百姓，老百姓是靠粮食生存的。现在老百姓如潮水般前来，是因为这里有粮食。可是我们的官员个个都懒政毫无作为，打开仓门之后，就不管不顾，毫不珍惜粮食。如果再这样糟蹋下去，我只怕一旦没有米了，老百姓马上就会走散，到时主公又靠什么来完成大业呢？"

李密虽然有点粗放，但听了贾闰甫这话后，立刻向他表示感谢，然后任命他为判司仓参军事，主管粮仓事务。

李密这时的心态已经越来越骄傲了。他认为，东都兵力本来就很微弱，现在他们又自相残杀了一次，力量就更加单薄，只要再等一段时间，就可以打进东都了。

在李密信心满满的时候，向来把李密当成可怕对手的王世充则在城中"厚赏将士"，并修缮武器，做好袭击李密的准备工作。

东都城里有很多布帛，但没有粮食；而李密方面有大量的粮食，却没有布帛。

王世充就派人前来跟李密谈判："咱们做个生意，我们用布帛跟你换点米吧。现在已经初冬了，你们也需要衣服啊。"

如果李密这时保持着清醒的头脑，他肯定会拒绝王世充的要求。可是他却在那里犹豫了大半天，无法拍板：他确实是太缺布帛了。但他没有想到，对方缺米更加难熬。

在李密犹豫的时候，长史邴元真等人看到这个生意对他们个人来说太有利可图了，他们完全可以上下其手，财源滚滚。几个人就组队去做李密的思想工作：不就做个生意？我们也需要衣服穿啊。现在天越来越冷了，北方的冷空气已经在半路上了……

李密一听，只得答应。

生意做了一段时间，李密马上有个新的发现：本来东都每天都有些士兵前来投降，可是自从做生意之后，投降的人就没有了。李密马上意识到，

这个生意他亏大了,便下令跟东都全面脱钩。但王世充已经挺过了最艰难的时刻。

李密只知道自己的兵马远比东都多,却没有想到,自己刚刚跟宇文化及的骁果硬拼过,劲卒良马死了很多,士兵们已经极度疲劳,很多人都生了病。

李密对这些情况一点也不上心,可王世充却看得清清楚楚,他决定对李密进行突袭。

当时李密的势头太猛,军中对李密已经产生严重的恐惧感(王世充都有"恐密症"),所以王世充也不敢直接对将士们宣布去打李密。他想了一个办法,诈称左军卫士张永通做了个梦,出现在梦中的人物是史上大名鼎鼎的周公。周公在梦中严肃地要求他对王世充转告自己的命令:马上带兵出击,把李密打败。

至于为什么周公只托梦给一个卫士,而不直接向王世充下命令,也没有人敢追问了。总之,大家听说后,没有谁不相信。于是,王世充马上为周公立庙,只要有什么活动就大摇大摆地到庙里祈祷,把自己装成周公最孝顺的信徒。

王世充看到大家对周公都相信之后,便走出第二步。他叫来几个巫师,让他们到处宣讲,说周公命令王世充要马上出兵讨伐李密,保证能够大破李密,立下大功,否则士兵们都会染病死去。王世充手下的士兵大多是楚人,最信这些巫师的话。他们听到巫师们这么说之后,便都到王世充那里请战。

王世充一看,心里就笑了:多亏你们有这个信仰啊。信仰就是战斗力!他马上答应大家的要求,精选了两万名战斗力特别强悍的战士,出去跟李密决战。

武德元年(618)九月初十日,王世充开了个誓师大会,所有的旗帜上都写着"永通"两个字。为什么要写这两个字?原因很简单:因为张永通第一个通报周公之意,所以把他的名字写上,向大家表示此战是有神相助的。

第二天,这支军容整齐、斗志昂扬的队伍开到偃师,驻扎在通济渠之

第二章 错上加错　瓦岗军大势去矣
　　　　　　忍了还忍　李世民克敌制胜

南。他们到现场之后，马上就在通济渠上架起来三座桥。

李密当然不会坐视王世充的行动。他留下王伯当驻守金墉城，自己率精兵直赴偃师。他以邙山为屏障，静待王世充的到来。

此时，李密部队的人数仍然比王世充多，如果战术得当，打败王世充绝非难事。

李密召开了个大会，请大家献计献策。

裴仁基说："王世充全军而来，洛阳必然空虚。我们可以分兵把守王世充军队要经过的要道，使他不能往东前进，然后挑选三万精兵，沿黄河西进，逼近东都。如果王世充回军救东都，我们就按兵不动；如果王世充再进军，我们再逼近东都。这样，我们以静制动，而王世充则疲于奔命。不用多久就可以打败他。"

任何人听到这个方案，都会拍手称妙。

李密也认为这是妙计，但他觉得自己的判断更妙："你说的方案很不错。但还得看一下实际情况。目前，东都军队有三个'不可抵挡'：第一，他们武器精良；第二，他们已经决计深入我方；第三，他们的粮食已经吃完了，必须决一死战。我们只要利用城池坚守，不与他们交手，他们想交战而不成，求退兵又没有退路，过不了十天，王世充那颗脑袋就会来到我们的手中。"

其他几个将领陈智略、樊文超、单雄信等一听，一个主张游而不击，一个主张坚守不战，这成什么话？便都说："主公，根据可靠情报，现在王世充部队的人数少得可怜，再加上他们近来老被我们打败，早已经吓破了胆。《孙子兵法》不是说'倍则战之'吗？现在我们的人数岂止是他们的一倍？更何况刚刚归附的江淮人士，都盼望一展身手争立大功呢。现在我们完全可以趁着这股锐气，放手一战，必能大获全胜。"

其他人一听，都觉得这个方案才是一个霸气十足的策略，才足以显示瓦岗军一家独大的气魄，个个表示应直接跟王世充大战一场，以雷霆万钧之势把他消灭。

李密本来还有自己的战略思路，可听到这些牛哄哄的话后，心里对自

己的判断也怀疑了起来，最后越想越觉得单雄信他们是对的，于是采纳了他们的建议。只有裴仁基一个人在苦苦争辩，但已经彻底沦为少数派，说出的话已经没有人听了。最后，裴仁基悲愤地以杖击地，大声对李密说："公后必悔之。"

魏徵对长史郑颋说："我们虽然屡次打了胜仗，但骁将健卒的损耗也很大，还没有得到补充，战士们也都很疲劳了。有此二者，则难以应敌。更何况现在王世充的部队已经到了饥饿的边缘，志在死战，个个拼命，实在难以与之争锋。我们不如深沟高垒以拒之，不过十天，世充粮尽，自然会撤退。我们顺利追击，想不胜利都难。"

郑颋哈哈大笑："此老生之常谈耳！"一副轻蔑的神态。

魏徵肃然道："此乃奇策，何谓常谈。"他说过之后，也不再等郑长史说什么了，直接拂袖而去。

李密采纳了单雄信他们的建议后，诸将就雄赳赳地率兵出战了。

于是，李密走出了第一步臭棋。

当时，李密和程知节带着内马军（即内军，瓦岗军中最为彪悍的部队）于北邙山上，单雄信带着外马军（即外军）在偃师城北。

王世充最怕的就是李密躲在城里喝着茶让他去攻坚，现在看到李密居然引兵出来决战，哪能放过机会？他派几百名骑兵渡过通济渠，向单雄信发起进攻。

李密知道后，马上派程知节和裴行俨去援助单雄信。

裴行俨这次英勇过度了，跑在最前头，不提防被一支箭射中，坠落马下。幸亏程知节的动作很快，在危急关头，冲上前去，杀了几个敌人，把裴行俨救起。王世充的部队果然像魏徵所料的那样，个个神勇无比——一来，他们觉得自己有周公附体；二来，如果不打赢这一仗，他们就没有饭吃了，因此必须死磕到底，战斗力一直处于巅峰状态。瓦岗外军被他们打得望风披靡。程知节也知道有些不妙了，便夹起裴行俨，两人同乘一匹马，往回逃。

王世充的骑兵紧追而来。

第二章　错上加错　瓦岗军大势去矣
　　　　　忍了还忍　李世民克敌制胜

正在玩儿命跑路的程知节耳闻背后风声飒然，知道敌人的兵器已经递到背后了，但骑在马上，无从闪避，径直被那杆长矛刺中。

好个程知节，猛然反身，大刀一横，大力一击，竟将那杆长矛击断，然后大刀一闪，将那几个追击的人全部斩首。这一下，他神威大展，其他人也不敢再追击过来。他和裴行俨这才得以脱身而去——在演义里，都说他只有前三斧厉害，可从这个细节看，他真是不止三板斧。正好天色已晚，不宜再战下去了，双方各自收兵。李密手下的猛将孙长乐等人都受了重伤。

第一仗，瓦岗军大败。

当然，这次大败对整个局势并没有造成无可挽回的影响，因为李密部队的人数仍然占优。如果他突然醒悟过来，结局会是另一个样子。

但李密并没有突然醒悟过来。他接着走出了第二步臭棋。

李密虽然败了一阵，但仍然不把王世充放在眼里，轻敌之心已经在他的脑子里固化。自己明明都被人家揍得连程知节这样的勇将都差不多死在战场上了，居然还不把对方放在眼里，大营之外，还不设防御敌人的营垒。

王世充这次拼死出战，一来就是靠自己部队拼命的劲头，二来就是死盯李密的破绽，寻瑕伺隙，以便获胜，可以说就是想取巧打赢这一仗——他除了取巧，根本没有别的办法。而李密却因为轻敌而卖出了这么一个大大的破绽给王世充。

王世充又抓住这个机会，在夜间派二百多个骑兵潜入北山，在溪谷中埋伏，然后下令全军喂好战马吃饱饭，准备战斗。

在宣布出击时，他进行了一次战斗动员："今日之战，非直争胜负；死生之分，在此一举。若其捷也，富贵固所不论；若其不捷，必无一人获免。所争者死，非独为国，各宜勉之！"意思是说，这次战斗如果打不好，我们各位也都得死，不独事关国家的前途命运而已。

这天是九月十二日。

天刚放亮，王世充就带着部队冲到李密的大营前。

李密到了这个时候，仍然没有认真对待，看到王世充的部队冲来，心里仍然在冷笑：你既然来送死，我只得出击了。

李密派部队前来迎敌。

你想想，主公都这个心态了，部下们的状态又能好到哪里去？一群人懒懒散散地出来，然后开始懒懒散散地列阵，比平常搞实战演习还有气无力。

王世充大喜：李密啊，你比俺想象的更差啊。你这次彻底完蛋了。

他当然不会等李密列阵完毕再进攻。他大声命令全军，乘敌还乱哄哄地列阵时，把他们全部往死里打。他手下的部队都是江淮一带的人，剽悍勇猛，动作迅捷，往来如飞，杀得李密的部队眼花缭乱。

王世充对这次大战是花了很多心思的。他早已经物色到一个长得像李密的人，事先捆绑起来。当双方拼得正酣、斗得脑子一片混乱时，他突然推出这个"特型演员"，一直推到阵前，让双方打斗的战士都看得清清楚楚，然后大声叫喊："李密已经被活捉了！"

李密虽然是读书人出身，但自从进入瓦岗后，很爱上场战，曾几次受过伤，差点在战场丧命。李密的这些经历为王世充的这个诡计进行了有力的铺垫。

王世充的士卒们一见，无不大呼万岁，更加勇猛了。

与此同时，王世充事先埋伏的士兵也全部杀出，乘高而下，突击李密的大营。李密的士兵这时都已经丧气到底，再加上李密没有在营外设置营垒，王世充的这队伏兵很轻松地杀进营中，放起火来，到处浓烟滚滚。

如果李密是个优秀的战场指挥官，有出色的组织协调能力，这时会挺身而出，直接破掉王世充的忽悠大法，同样可以扭转战局。可是李密只是个打顺风仗的人，并没有挽狂澜于既倒、扶大厦之将倾的手段和魄力。他看到局势突然变成这个样子，也跟所有的人一样蒙了。此时，那几个之前力主大决战的大将陈智略、张童仁等竟然投降王世充了。

李密接到这个消息后，心理崩溃了，趁着部队还没有全部被消灭的时候，率一万多人跑向洛口。从他还能组织一万多人跑路的事上看，局势并没有糟糕到无可挽回的地步，将士们仍然是可以有效地组织起来的。可是，在心理崩溃之下，他只能走向失败。

王世充得胜之后，并没有停下来，而是连夜进军，包围偃师。

第二章 错上加错　瓦岗军大势去矣
忍了还忍　李世民克敌制胜

镇守偃师的就是郑颋。他是李密的长史，算是李密身边最亲信的人，也曾牛哄哄地要求跟王世充决战，还趾高气扬地批评魏徵的建议是老生常谈。当王世充的大军来到城下，这家伙就惊呆了。更让他惊呆的是，王世充还没有下令攻城，他手下的士兵便已经打开城门，把王世充放进城来。

偃师对于王世充是很重要的。当然不是战略上有多重要，而是因为王世充是从江都奉调东都来对抗李密的，他来的时候并没有带家属。他的家属一直留在江都。宇文化及从江都出来时，顺便也把他的家属带来了。李密大破宇文化及后，王世充的家属就为李密所获。李密获了王世充的家属后，马上把他们送到偃师，想用他们来招降王世充。但这个计划还在心里酝酿，偃师就被王世充攻破了。

王世充攻下偃师后，不但救了他的所有家属，还俘获了李密手下一批重要部属：裴仁基、郑颋、祖君彦等数十人。

连王世充都没有想到，胜利居然来得这么容易，而且这样的胜利还是从他向来畏惧的李密身上获得。王世充心头的狂喜实在无法形容，他的手下看到他们现在对李密简直是势如破竹，士气不断地飙升。王世充夺得偃师之后，又得到邴元真的密信，他愿意献出洛口仓。

邴元真虽然深得李密的信任，可是邴元真对李密并不忠诚。他原来是个县吏，因为贪污而畏罪潜逃，跟翟让上了瓦岗。因为他曾当过县吏，文字功底不错，也会处理文件，翟让就让他当掌管文书。李密进入瓦岗开幕府时，手下缺乏人才，翟让就向他推荐了邴元真这个前贪污分子，说可以当长史。李密没有办法，只得将就任用。李密很看不起邴元真，虽然看在翟让的面子上让其成为长史，但从来不让邴元真参与他的决策讨论。如此一来，邴元真这个长史的权力就大大地缩水了。你想想，一个贪污分子能甘心吗？

他当然不甘心。

他一不甘心，就暗中对李密咬牙切齿。

但李密对他并不提防——李密对王世充都敢于掉以轻心，更何况一个他向来看不起的邴元真。当李密准备西拒王世充时，居然把他辖区内最为

关键的洛口仓交给邴元真镇守。

邴元真的贪婪,世人皆知。现在让他当这个肥缺,即使守得住,也会被他贪掉一大块。宇文温认为,让邴元真守洛仓,后果会十分严重,就对李密说:"如果不杀邴元真,咱们必将后患无穷。"

这个提醒绝对没有错,可是李密却"不应",好像事不关己一样。

邴元真本来对李密就已经怀恨在心,又通过某些渠道听到宇文温的建议,便下决心反叛李密。

在邴元真做反叛的准备工作时,杨庆知道了,马上把这个情况向李密报告。李密这才着急起来。李密刚刚被王世充打败,急忙带着部队向洛口仓狂奔。他准备入城时,就知道邴元真已经勾结王世充,王世充也正在向洛口仓狂奔的路上。

到了这时,李密的机会又来了,而且李密也确实看准了这个机会。他没有立刻进城,也没有声张,而是跟众人商量,决定先在那里按兵不动,只等王世充渡洛水时,来个击其半济,肯定会大获全胜。

大家都觉得是妙计。

这也确实是妙计。

为了让这个妙计成功,李密派出侦骑,密切关注王世充的动向,随时把王世充的动静向他报告。李密这么做,绝对没有错。可是他派出的侦骑却是几个马大哈,王世充的部队已经渡过洛水了,他们才急忙向李密报告。

大好机会就这样眼睁睁地消失。李密本来还想跟单雄信合兵,再图进取。哪知,单雄信这时对他却敷衍了事,一副拥兵自重的样子。李密终于尝到了杀翟让的苦果。翟让那帮兄弟,这时都不再理李密的号令了。李密意识到,凭自己现在掌握的力量,无论如何也不是王世充的对手,只得带着轻骑投奔虎牢关。

于是,洛口仓又落入王世充的手中。

王世充不但不费一兵一卒拿下了洛口仓,彻底解决了困扰很长时间的粮食问题,还抓获了李密及其手下诸将的家属。

王世充大喜。他虽然也很残暴,但他知道现在不是残暴的时候,这些

第二章　错上加错　瓦岗军大势去矣
　　　　　忍了还忍　李世民克敌制胜

瓦岗家属对于他而言，还是大有用处的。他对这些人都好言好语地进行亲切慰问，让他们暗中去招呼还在李密手下当兵的亲人，瓦解李密的军心。

单雄信本来就是翟让的死党，也是瓦岗军中的虎将，善用马槊，勇冠三军，号为"飞将"。房彦藻认为单雄信立场向来不坚定，轻于去就，留着他有害无益，不如除掉算了。李密却认为人才难得，不忍心采纳房彦藻的建议。到了这个时候，单雄信看到李密大势已去，便带着所部投降了王世充。

从李密对待邴元真和单雄信来看，好像他很能相信人。可是他也只是相信了不该相信的人而已，对应该相信的人却疑心重重。当他带着部队撤出、准备就近前往黎阳时，突然有人提醒他："主公杀翟让时，差点把徐世勣也砍死了。现在主公失利去依靠他，能保万全吗？"

李密一听，马上就改变了主意。因为此前他就对徐世勣产生了疑心，这才派他出来镇守黎阳，现在被人家一提醒，哪敢再前去投奔？其实，徐世勣对他倒是忠心耿耿，可惜他却硬是不了解徐世勣。作为最高领导人，看人的眼光这么差，也只有失败了。

留守金墉的王伯当得知李密已经大败之后，也放弃了金墉城，退保河阳。

即使到了这个时候，李密仍然掌握着几个城池，手下仍然有徐世勣、王伯当、魏徵这样的猛人，如果振作起来，仍然可以干出一番事业来。可是他的雄心却被彻底击垮了。

李密听说王伯当在河阳之后，便离开虎牢来到河阳。

他召集诸将开了个会，商量如何应对当下的困境。李密的脑子确实很好用，他在会上提出了自己的规划：南阻黄河，北守太行，东连黎阳，再图进取。从当前的形势上看，他的这个规划是很正确的。可是他偏偏拿来让大家讨论。他彻底忘记了，他的这些手下大多是草莽出身，搞抢劫很有创意，但对战略决策，基本不在行——前次跟王世充对决时，如果他不开会，只按自己的意思行事，局势绝对不会坏到这个地步。但他却忘记了这个血的教训。现在他又开了这个决定他前途命运的会议。

他手下诸将听到他这样说,都道:"现在我们新败,众心危惧,如果还在这里停留,只怕不用几天,大家都逃散了。"

李密一听,不由得很是绝望,道:"我所依靠的就是兄弟们。如果兄弟们都跑了,我就无路可走了。"他突然两眼一红,说我太对不起你们了,把你们带上了绝路,现在只有自刎以谢诸位了。说着,他真的拔出了宝剑。

王伯当急忙抱住他,哭得当场昏倒在地。大家也都跟着痛哭,现场一片悲怆。

李密道:"诸位幸不相弃,当共归关中。密身虽无寸功,但诸位必保富贵。"

柳燮说:"主公跟唐公同族,以前关系也很好。这次虽然没有跟唐公一同起兵,但主公在这里阻隔东都,切断了隋军的归路,使唐军不战而据有长安。这也是大功一件啊。"

其他人一听,都说:"对啊。怎么能说没有功劳呢?"这些人对前途都已经悲观至极,听说去投靠关中,个个都举双手赞同。这个选择对于瓦岗军诸将而言,确实是个正确的选择,现在李密前途黯淡,真不如到关中去。李渊现在的事业正如日中天,到那里去混,比在这里从头再来要强多了。但对于李密而言,这绝对不是最好的选项。目前他虽然大败,但手里仍然有可观的力量,也还有徐世勣、王伯当等得力部将,只要能信任他们,放手让他们大干,还是可以有一番作为的。只是他此时太过脆弱,经受不住失败的打击,再被一群悲观的部下影响,只得放弃曾经远大的理想,去投降李渊。他初出道时,就知道关中战略地位的重要性,而且重要到得关中者得天下的地步。可是后来,他硬是在东都那里纠缠了近两年,最后成为李渊顶住隋军主力的重要力量——变成了李渊的棋子。现在棋子的作用没有了,他也该去关中当降将了。

李密对王伯当说:"王将军的家庭很重要,就不必跟我一同去关中了吧。"

王伯当说:"以前萧何尽率子弟以从刘邦,我现在恨不能带着兄弟们都跟着你,怎么能因为暂时失利而离开你呢?纵然粉身碎骨,我也跟你

第二章　错上加错　瓦岗军大势去矣
　　　　忍了还忍　李世民克敌制胜

到底。"

于是，李密带着剩下的两万多人进入关中。

李密原来势力范围内的那些地方官，看到李密已经狼狈西去，便都投降了杨侗。李密瓦岗势力就这样在壮盛阶段，直接进入消亡模式。

当然，现在狼狈的不仅仅是李密，宇文化及的状态也好不到哪里去。

宇文化及被李密痛打一顿，差不多到不能自理的地步，再也不敢在李密势力范围内惹事了。他来到魏县时，手下张恺又想对他搞一次政变，可是被他发现。宇文化及虽然智商不高，却多次挫败手下人的阴谋。宇文化及发现这个阴谋后，马上把所有参与者全部砍死。这么一杀，他的心腹干将就又损耗了很多，本来就很薄弱的兵势又直接下跌了。宇文化及的智商本来就很一般，能把个人的事业搞到现在这个模样，基本都是靠他弟弟宇文智及的脑子。可是宇文智及的智商也仅比哥哥稍高一筹而已，并没有足以安定天下的大才，到了这个时候，他也跟他的哥哥一样彷徨无计。

几兄弟在前途无法预测的情况下，大眼瞪小眼之后，无赖的思想又涌上心头：既然前途无望，不如娱乐至死。于是，几兄弟趁着现在还没有山穷水尽，便"相聚酣宴，奏女乐"，过一天算一天。

可是这种欢乐也不能浇尽焦虑。有一次宇文化及喝醉了，对智及说："当初我什么都不知道，那场事变全是你的主意。推我为老大，也是你的策划。现在一事无成，人马越来越少了，我们还背着个弑君之名，为天下所不容。宇文氏惨遭灭族，全是因为你啊。"说着，他搂住两个儿子，痛哭起来。

宇文智及大怒，骂道："当初事情顺利成功的时候，你为什么不怪我？现在失败了，便把责任推到我头上。你为什么不直接杀了我去投降窦建德？"

两人就这样先是大喝特喝，然后就开始吵架，先是嘴头胡言乱语，接着破口大骂，然后又扭打起来，把街头无赖作风表现得十分到位。手下人看到几兄弟都这样了，这个集团真不值得留恋了，便都组队离开，另谋

出路。

宇文化及看到身边的人越来越少，自知必败，就一声长叹："人生固当死，岂不一日为帝乎！"他说过这句话之后，就毒死了杨浩，宣布即皇帝位，首都定在魏县，国号许，改元天寿。人家是事业成功了，至少是看到前途一片光明了才宣布称帝，他却在穷途末路，几乎败在眼前时，宣布当皇帝，完全是一副过把瘾就死的模样。

3. 放过敌人就是自取灭亡

李密率领着他那支庞大的队伍很快就进入了李渊的势力范围。李渊此前虽然接受过很多牛人的投降，但都没有李密投降这么有影响力。在此之前，他还在为着举兵东向之后如何面对李密而费尽心力，哪知还没跟李密面对面一次，李密就直接投降过来了。李渊接到李密的请降信，只觉得幸福来得太突然了。为了让李密有面子，他不断派出使者去迎接李密，以至于"迎劳"的使者"相望于道"。

李密看到李渊这么厚待自己，心下大喜，他对身边的死党说："我拥众百万，现在解甲归唐。山东一带连城数百，都曾是我的势力范围。他们知道我在此，只要派个使者去招抚，他们都会前来归顺。这个功劳比起窦融来也不算小了。我到长安后，能不安排个要职给我吗？"

武德元年（618）十月初八日，李密终于怀着激动的心情来到长安。哪知到了长安后，有关部门对他的接待就不那么热情了，他手下的士兵好几天都没有安顿好，饭也吃不饱。大家的怨言就多了起来。李密这帮手下，长期生活在瓦岗寨，平时都是别人来投靠他们的，到了这时才知道，寄人篱下实在太不幸福了。不久，李渊任命李密为光禄卿、上柱国，封邢国公。这几份制书离李密原来的期望还有一段很长的距离，让李密的心头也是一片悲凉。这还不算，大唐朝廷的大臣们又都看不起他，有点权势的人还不断地向他索取钱财。你想想，前一个月，他还是全国力量最为雄厚的首领，突然之间沦落到这个地步，心理落差岂止三千尺。不过，李渊对他的态度还是很不错的，跟他见面时，称他为弟。后来，李渊还把舅舅的女儿独孤

第二章　错上加错　瓦岗军大势去矣
　　　　忍了还忍　李世民克敌制胜

氏嫁给了他。

其实，这应该是李渊故意在玩他。如果没有李渊的旨意，那些有关部门敢怠慢李密吗？李密曾经是独霸一方、夺取天下呼声最高的首领，现在突然失利而来投奔，如果不杀一下他的风头，降低他的调门，以后就不好管理了。然后，自己又对他笑脸相迎，跟他称兄道弟，表面上把两人的关系提高到绝无仅有的高度，让李密怒也不是，喜也不是。

接着，李渊下诏，任李神通为山东道安抚大使，山东诸军并受节度。这个位置，本来李密以为会是他的，但现在李渊却送给李神通了。

随着这个诏令一下达，李渊的目光开始投向了东边。

首先出击的是邓州刺史吕子臧和抚慰使马元规。他们打击的对象是号称迦楼罗王的朱粲。李渊率先拿这个家伙开刀，自有他的政治考量。朱粲也是隋朝末年的一路反王，造反之后，自称迦楼罗王。这个称号来源于佛教。在佛教故事中，迦楼罗王就是那只金翅大鹏——后来在演义中，那只大鹏变成了岳飞。朱粲用这个大鸟作为自己的王号，并不是他想皈依佛门，要当一个清心寡欲的大和尚，而是他认为这只大雕凶狠无匹，又能吃龙，用它为号，可以增加勇气，推翻大隋，平定天下。朱粲是史上著名的吃人魔王。别的反叛集团虽然也到处抢劫，但抢的大多是金银财宝和粮食等军用物资，朱粲却连人都不放过，因此他所过之处，便即成为没有人烟的地方——不管该地此前如何人口众多。

讨伐这样的人，在政治上是很得分的。而且这样的人不得人心，战斗力不强，自己容易取得胜利。

朱粲虽然凶残暴虐，敢于吃人，但打仗的水平太差，才跟唐军一接触，就被打败。

吕子臧对马元规说："朱粲新败，目前军心动荡，上下危惧，我们并力击之，一举可灭。如果再迁延下去，让他有喘息之机，其徒再集。那时，他的力量增加而粮食又吃光了，必定会跟我们拼死而战，必将是我们的大患。"

只要稍有点军事常识，就知道吕子臧的话十分正确。可是马元规硬是

不同意吕子臧的建议。吕子臧没想到马元规对他的建议否定得这么干脆,不由得急了,道:"既然抚慰使不愿合兵去打朱粲,那我就带我的部队去打吧。"哪知,马元规仍然不同意。

吕子臧也没有办法了,谁叫人家是主将。

朱粲看到唐军没有再过来把他往死里打,不由得大喜,果然像吕子臧所料的那样,他收拢余部,军势复振。朱粲看到自己这个号召能力也太强了,刚刚被打得大败,只片刻之间,又集结到比以前更多的士兵,觉得还当那个大王太没意思了,于是就自称楚帝,然后率兵进攻邓州。

吕子臧看到城外朱粲的部队如蚁而来,转头望着马元规,捶胸而叹:"因为你,老夫今天也得死了。"

马元规拉长着脸,无言以对,也没有办法守城。

朱粲一到城下,就下令火力全开。好像得了老天爷的神助一样,他才进攻不久,就下起大雨来,而且下得没完没了,直到冲毁了邓州城墙。

所有人都知道,邓州无论如何也守不住了。吕子臧的亲信劝他投降,活命要紧。吕子臧喝道:"哪有天子方伯向强盗投降的?"率领部下冲向敌人,力战而死。

朱粲的部队杀进城中。

马元规虽然毫无道理地放过了朱粲,但他也不是个怕死的人,也带着部队打到最后,力竭而死。他到了这个时候,内心肯定无比悔恨,明明掌握着主动权,却硬是贻误战机,造成了这个严重后果。生死决斗的时候,放过敌人就是自取灭亡。

4. 刘兰成一计连一计

这个时候,东部仍然很乱,各种势力都在寻找机会进行扩张。

除了那些著名的反王,比如窦建德、杜伏威,还有一些不著名的反王,这时也闹得有声有色,比如被称为北海贼将军的綦公顺。綦公顺前些年刚刚起事时,手下有三万多人。他带着这三万多人去攻打郡城,很快就攻克了外城,准备向子城进攻。当时,城中的粮食已经吃光了,而且綦公顺也

第二章　错上加错　瓦岗军大势去矣
　　　　　　忍了还忍　李世民克敌制胜

知道了这个情况，因此很乐观地认为，攻破此城，只在旦夕之间。这个认识一上心，轻敌思想马上生成，对敌的警惕性就直接归零。城中的守将此时也都觉得城破就在眼前，个个睁着眼睛盯着城外的动静。其他人看着也就看着，没有看出什么特别之处来，但刘兰成却不一样。刘兰成是本地人，出身于当地的望族，这哥们儿自小就熟读经史，很有军事才干。他曾参加过大隋的科举考试，考中明经科。所谓明经，就是通晓经典，能考得上的，当然学问不一般。他这时只是赋闲在家，看到郡城危殆，便挺身而出。他在城头观察之后，马上发现綦公顺一点也不设防。这可是袭击的大好机会啊。

　　他马上组织城里一百多个壮士，冲出城外，袭击綦公顺。城中的部队也跟着冲杀出来。

　　綦公顺不会想到，城里的人居然敢出来打他，突然遇袭，也不由得呆了。刘兰成率军一阵猛砍，把綦公顺打得毫无还手之力。綦公顺没有办法，只得弃营而逃，北海郡城这才保住。

　　城里的人都欢声雷动。郡官及望族们聚在一起，经过讨论，便将城中的军民分成六军，分给各路将领带领。刘兰成也得以带领一军。刘兰成当上这个职务，可以说是众望所归，但仍然有人不服。不服的人姓宋，现任本郡书佐，大家都叫他宋书佐。书佐是郡城主办文书的官吏。此前，刘兰成也任过鄱阳郡书佐，但他已经很长时间无官一身轻了。宋书佐觉得自己是本地的官僚，现在居然比不过刘兰成，马上就眼红起来，到处挑拨："刘兰成通过这一仗，深得人心。这对各位大大的不利啊。不如把他做掉，免得日后被他指挥。"

　　这些人在守城时，被打得眼冒金星，眼看城池危在旦夕，也是干瞪着眼毫无办法，但整起人来却很有手段，而且搞得干脆利索、毫不拖泥带水。他们听到宋书佐的挑拨之后，立刻形成决议，要把刘兰成挤出权力圈子。这伙人的良心还没有彻底坏掉，他们觉得刘兰成刚刚立了大功，保全了大家的性命，现在杀他，还是有点过意不去的。因此，他们就只夺了刘兰成的兵权，把这个兵权交到宋书佐的手上。

刘兰成被这伙人摆了一道，立马知道，还在这城里混，自己这条命都将完蛋。他想到这一层，马上逃出城外，投奔了綦公顺。

綦公顺对刘兰成早有耳闻，前些天又刚被他打败，知道刘兰成的水平比自己高多了，现在看到他主动前来投靠，当然大喜过望——不光綦公顺大喜，所有的人都跟着大喜。綦公顺也很看得开，直接对刘兰成说，你水平高，来当这个首领，带领大家去打胜仗。

刘兰成固辞，只答应当二把手——长史。

綦公顺没有办法，只得让他当长史，但部队的事全交给他。

刘兰成投了綦公顺之后，很长一段时间里，都没有什么动静。

五十天之后，他才在军中挑选了一百五十人，去北海劫掠。

大家一看，长史大人没有疯吧？带一百五十人去抢郡城？这可不是开玩笑啊。但他不理，仍然带着大家轻装前进。

他来到离城四十里时，留下十人，吩咐他们多割草，分成一百多堆放在那里；到了离城二十里，又留下二十人，让他们分别扛着大旗；离城五六里，又留下三十人，埋伏在险要处；他自己身边只留下十人。到了夜间，他在距城一里左右之处潜伏，剩下的八十人都分别安置在方便的地方，吩咐他们：只要听到鼓声就冲出来，抢夺人畜，然后迅速离开，并点燃草堆。大家一听，哪有什么人畜可抢夺啊？难道他们会送过来？但他既然这样安排，大家也只得听着。

大家在黑暗中按他的吩咐去行动，然后在黑暗中等着看他的笑话。

天亮的时候，北海城头出现了一批人，他们向城外张望，但见：天气晴朗，视野范围内皆无烟尘。由此得出结论：出城劳动安全。

他们必须出城来打柴和放牧，否则就无法烧火煮饭，牛马也会饿死。

他们觉得安全之后，就成群结队出城，有的准备砍柴，有的放牧。

到中午的时候，刘兰成带着随他为一组的十人跑到城下大喊大叫。

城头的人突然看到刘兰成出现，而且貌似要攻城。他们深知刘兰成的本事，也知道刘兰成被他们逼得出城当了"盗贼"二当家，现在突然冒出，心头肯定怀着深仇大恨，急忙敲起鼓报警。

第二章　错上加错　瓦岗军大势去矣
　　　　忍了还忍　李世民克敌制胜

刘兰成事先埋伏在各个地点的人听到鼓声后，都迅速按计划行事，有的烧烟火，有的举大旗，把虚张声势的戏码做足，那八十人则杀出来，抢夺人畜，然后一声呼哨，绝尘而去。

刘兰成预计他那些伙计已经得手并成功撤出之后，这才带着他的十人小组慢慢地从城边撤出。城上的人看到他一点也不慌张，前头又是烟尘大起，认为刘兰成已经布置大量的伏兵，哪敢出城追击？他们只是在城头上瞪着大眼看着刘兰成那一伙人越走越远，最后从视野中消失。

这一次抢劫的成绩是获得一千多头牲畜。

城里的人很快就知道，刘兰成这次只带来一百五十人，这说明他手下已经没有什么人了。他们却不知道，刘兰成是故意让他们知道这个"真相"的。而这个"真相"其实是假象。

城里的人知道这个"真相"后，都很后悔那天没有追击，把他一击至死，就都盼望他继续前来。

刘兰成当然不会马上来，他要是马上来，就会让人觉得可疑。他是一个月之后才来的——这样人家会觉得他是吃完了那些牛马，现在又没有吃的了，又必须前来抢劫了。

这一次，他策划的不是抢牛抢羊，而是抢郡城。他带的人不是一百五十人了，而是叫綦公顺把全部部队带出，埋伏在某个地方。他像上次似的，带着二十人，大摇大摆地来到城下。

城上的守军一看，刘兰成你小子果然来了。哈哈，我们等你多时了。

他们也不打话，组织人马，开出城门，举起大刀，直向刘兰成扑来，大有把刘兰成二十人组砍成肉泥之势。

刘兰成看到敌人杀来，掉头就跑。

城里的人显然对刘兰成愤怒至极，全军开出，务必把这个反贼追杀到底。

一直追了十多里，眼看就要追上了。蓦闻一阵鼓响，綦公顺的大军突然杀出，旋风般向他们冲击。

守城部队这才知道，又中了人家的套路，都急忙掉头，跑进城里。

綦公顺又死死地包围了北海城。

刘兰成再次出现在城下，对着城头喊话："不要做无谓的抵抗了。你们想想，宋书佐除了会搞挑拨离间，还有什么水平？你们要是跟这样的人混下去，到头来都会被他陷害至死。"

本来城里就没有什么核心人物，大家分成六个部分，各自为政，一个不服一个，又接连中了两次刘兰成的诡计，都有些失望了，现在听刘兰成说的有理，于是很多人都争着出城投降。

刘兰成到底是个读书人，知道玩政治那一套，对出城投降的人都加以慰问，好好安顿。对那些曾亏待过他的人，刘兰成也是好好接待，让他们心服口服。最后，城里的人都出来投降了。

刘兰成进城之后，很快就见到那位善于搞挑拨离间的宋书佐。大家都一致认为，刘兰成可以对任何人宽大为怀，但对宋书佐肯定要大加报复，不把他杀头也要让他脱一层皮。

哪知，刘兰成见到胆战心惊的宋书佐时，脸上却波澜不惊，仍然像以前一样，对宋书佐笑脸相迎，行礼如仪。当然，这种善于搞挑拨离间的小人是不必再留在城里了。于是，刘兰成送他一笔资金，礼送出境：到别的地方施展你这方面的才华吧，北海不需要这方面的人才。

如此一来，北海马上"内外安堵"。

北海郡另一个将军臧君相看到力量比他还薄弱的綦公顺居然轻松地占领了郡城，不由得眼红起来，便想趁着綦公顺立足未稳之际前来抢走这个胜利果实。他带着五万人的部队大张旗鼓而来。

綦公顺得知臧君相的大军杀来，心想自己手里就这点人马，哪能对抗得了？不由得大惧起来：早知郡城是个烫手的山芋，就不来抢了。

他急忙叫来刘兰成："现在我是没有办法了。你看看怎么办。"

刘兰成果然胸有成竹，说："现在臧君相的部队离我们还远，对我们一定没有什么防备。将军可以趁着这个机会，率精兵倍道而去，对他们进行袭击，肯定会一举成功。"

綦公顺说："好主意。"

第二章　错上加错　瓦岗军大势去矣
　　　　　　忍了还忍　李世民克敌制胜

他马上挑选了五千精兵,都带好熟食,骑上快马,疾驰而去。

很快就到了指定地点。

刘兰成先带二十人敢死队前进。他们来到离臧君相五十里处时,看到一群人肩扛背驮着东西正向臧君相的大营前进。刘兰成知道这群人就是臧君相派出抢掠、正满载而归的士兵。

刘兰成他们也找来蔬菜粮食及炊具背上,冒充抢掠的人,然后混进那支队伍,一边走,一边进行侦察,全盘了解到对方的军号及主将的名字。傍晚,他们随着那队人进入了营地。人家都已经各进其营,他们仍然背着东西到处转,一直转完整个营地,不但摸清了整个营地的虚实,还知道了夜里值更守卫的暗号。完成这些工作之后,他们才在空地上烧火煮饭。然后安然休息。到三更时,他们来到主将的帐幕前,突然挥起大刀,见人就砍,片刻间就杀死了一百多人。臧君相的大营一下就乱了起来。他们还没弄清怎么回事,綦公顺的大军又已到达,在营外猛攻。臧君相看到敌人里应外合,更是大惊失色,提起裤子,跳上坐骑,只身逃出营外。綦公顺斩俘数千人,将所有的军用物资全部缴获,胜利回城。

綦公顺经这一仗后,在北海就一家独大了,很多"盗贼"都前来归附。后来,李密进驻洛口,綦公顺自知绝对不是李密的对手,就带着大家归顺了李密。

李密的事业虽然不断做大,但他的管理还是十分松散的,对很多前来归降的人,并没有改编重组。所以,很多归附过来的势力都跟依附差不多,扛着他的旗号,实际上高度自治,这也导致了他在鼎盛时期就败得无路可走——即使当时很多城池都还打着他的旗号,但他已无能为力,只好选择了投降。

随着李密的投降,原先依附他的势力也紧急选边站队。綦公顺那双眼睛把几个大势力望了一遍,觉得还是李渊最靠谱,于是也向李渊请降,成为大唐的下属。那个刚刚投降李密的王轨,也向李渊办理了投降手续。

西部的李轨这时突然头脑发热,宣布登基当皇帝,改元安乐。这让李渊的心头又是一紧:西部看来放松不得。

当然，现在直接跟李渊叫板的不是李轨，而是薛仁杲。

此时，李世民跟薛仁杲对峙已经整整六十天。在这六十天里，不管薛仁杲如何挑战，李世民都一概不理，使得交战前线变得异常沉闷。

别人觉得很沉闷，薛仁杲却觉得十分郁闷——他的粮食已经吃光了。

他手下的大将梁胡郎看到他已经没有办法，就带着部队投降李世民。

李世民知道，薛仁杲部不但没有饭吃，而且将士也离心离德，完全可以对他们开展行动了。他叫行军总管梁实到浅水原那里扎营，专门引诱薛仁杲的部队前去攻打。

宗罗睺看到梁实的部队远离大营，又在一个没有水的地方扎营，不由得哈哈大笑：梁实，你居然到这个地方扎营，简直是不知道"死"字是怎么写的啊。

宗罗睺在这里沉闷了两个多月，做梦都想打一场，这时看到机会终于来了，哪能放过？他立刻"尽锐攻之"。梁实只是坚守不出。当时，营中无水，人马"不饮者数日"。但他仍然死守。宗罗睺的进攻越来越急，各种进攻办法都已经用尽，所有的部队也轮换了几遍。

李世民知道宗罗睺的部队已经到"再而衰"的地步了。他把诸将召来，一挥手："可以打了。"

当然，他仍然没有蛮来，而是继续用疲敌之计。他派庞玉率一支部队在浅水原那里列阵，摆出跟宗罗睺一决胜负的姿态。

宗罗睺打了梁实这么多天，场面十分火爆，把梁实打得惊险异常，几度面临失守的关头，但却没有取得胜利，这让他很恼火。现在，他看到庞玉的部队出来列阵，不由得大喜：老子攻坚不下，就只好在野战取胜了。他率领全军向庞玉猛攻。庞玉拼死抵敌，越来越困难了。

李世民看到庞玉已到了难以支撑的地步，知道宗罗睺的部队也到了极端疲劳的程度了，便率着主力部队，从原北突然杀出。

宗罗睺确实是个猛人，看到李世民的主力出其不意而来，心下也不慌乱，马上举兵迎敌。

李世民一看，出其不意的效果打了折扣，又当机立断，亲率数十骁骑

第二章　错上加错　瓦岗军大势去矣
　　　　忍了还忍　李世民克敌制胜

冲过去,直杀进宗罗睺阵地的核心,然后在中间开花,四处冲杀。如此一来,唐军表里奋击,呼声动地。宗罗睺的部队本来就已经十分疲劳了,被李世民这支生力军如此大杀,马上就到崩溃的边缘,结果被斩杀数千级。宗罗睺只得率着残部逃跑。

李世民率两千骑兵追过去。

此时,薛仁杲在城里的部队还是不少的,如果再加上陆陆续续逃回去的散卒,战斗人员的数量仍然十分可观,两千多人追上去,跟送死有什么区别?

窦轨拦在李世民马前,叩头切谏:"薛仁杲现在还守着坚城,我们虽然打败了宗罗睺,仍然不宜轻进,请先按兵以观,再做决定。"

李世民道:"我对此战思考已经很久了。现在我军势如破竹,机不可失,舅舅不要再说什么了。"便率部挺进。

薛仁杲听说李世民追来,当然也不惧怕,率兵出来,列阵于城下。

李世民则隔泾水面对薛仁杲。

双方在那里对峙着,李世民并没有进攻,薛仁杲也没有打过来。

双方对峙了不久,薛仁杲那边的骁将浑幹等一干人突然出阵。他们出阵并不是前来冲锋,而是前来投降。

薛仁杲虽然头脑相对简单,但也知道,浑幹这个头一开,接下来就会有大量的人出去投降。薛仁杲平时胆子很大,人也够猛,但因宗罗睺大败,损失惨重,导致他胆子瞬间缩水,此时看到军心已经严重不稳,心头更是大惧,急忙下令撤回城里固守。

天快黑的时候,李世民的后续部队开到了,李世民下令包围城池。

半夜里,守城的人纷纷下城,向李世民投降。

薛仁杲在黑夜之中,看到他的手下纷纷离他而去,那本来满是横肉的脸面,此时一片惨然,不知如何是好。他睁着那双大眼,在黑暗中度过了整整一夜。第二天,累得差点垮下来的薛仁杲仍然没有想到什么办法,只得随大流出城,向李世民举起了白旗。

这一战,李世民死死捏住忍字诀,而且一直捏了足足两个月,不管薛

仁杲如何挑衅,他总是"我自岿然不动",直到对方粮食吃光,军心浮动、将领狂躁了,这才果断出兵,一击而胜,把西部最有威胁的薛仁杲势力拿掉。

打败薛仁杲后,李世民收编了薛仁杲的精兵一万多,男女人口五万多。诸将都过来向李世民祝贺,然后问他:"主公一战而胜之后,急舍步兵,又不带攻城之器具,轻骑直赴薛仁杲的城下,所有的人都以为主公疯了。因为实在找不到这样也能打赢的战例啊。但最后却很快就取之,这是为什么?"

李世民道:"宗罗睺所带的部队都是陇西人,将领彪悍、士兵骁勇,如果真的跟他们面对面,我们是万万打不过他们的。我之所以取胜,完全是靠那点计谋,再加上出其不意。虽然把他们打败了,但我们斩获仍然不多。如果迟迟不出击,让他们全部入城,薛仁杲再抚而用之,我们就难以再胜他们了。只有迅速出击,他们无暇回城,就只有散落于陇外。如此一来,防守力量就虚弱了,薛仁杲也会被吓破胆,难有什么作为,最后只有失败了。"

大家一听,无不佩服得五体投地。

李世民对薛仁杲还是不错的。他把薛仁杲的部队都分给薛仁杲兄弟及宗罗睺他们带领,而且还经常跟他们一起打猎,像亲密无间的老战友一样。薛仁杲手下的将士看到李世民这样对待他们,比此前薛氏父子对他们好了无数倍,无不心存感激,愿效死力。

李世民在这里还发现了个人才,叫褚亮,就是大名鼎鼎的褚遂良的父亲。他本来是钱塘人,自小聪明好学,博览群书,善文工诗,跟江南众多大名士都有交往,名声很快就传遍江南。陈后主闻知后,就把他召来,命即席作诗。他的诗作一出,举座皆颔首赞许,叹为才子。陈后主大喜,当场任命他为尚书殿中侍郎。陈亡后,他也跟着入隋。本来有这样的大才,他在隋朝应该受到重用。哪知,因为他的诗文写得好,就受到自诩为天下第一才子的杨广的嫉妒,直接把他诬为杨玄感集团的死党,然后把他贬到西海郡。薛举举事后,任命他为黄门侍郎,让他参与机密。虽然他在这个

第二章　错上加错　瓦岗军大势去矣
　　　　忍了还忍　李世民克敌制胜

岗位上没有对薛家作出多少贡献，但李世民仍然派人找到他，对他"礼遇甚厚"，让他当王府文学。

薛仁杲他们看到李世民对自己是真好，都认为从此之后，他们会受到大唐朝廷的重用，完全可以开启全新的幸福生活。哪知，李渊对薛家父子却很气愤。他得知薛仁杲被俘后，便派使者对李世民说："薛举父子杀了我们大量的子弟兵，一定要诛其党以谢冤魂。"

李密知道后，向李渊进谏："薛举虐杀无辜，正是他自取灭亡之道，陛下又有什么可以怨恨呢？他们已经心悦诚服地归顺，算是我们大唐的良民了，岂能不加以安抚？"

李渊一听，便下令只杀其主谋者——即把薛仁杲押到长安斩首，其余的人皆赦免。

李渊看到李世民一举搞定了薛仁杲，解除了西部最大的威胁，心里着实高兴，派李密前去迎接凯旋的李世民。

李密是当时的大名士，其水平能力也得到大家的公认，因此极端自信，即使跟李渊面对面时，脸上也常常刷上一层别人一眼就看得出的傲色。等到他跟李世民见面时，只觉眼皮一跳，心率也失常起来：果然是大大的英雄啊。他私下对殷开山说："真英主也。不如是，何以定祸乱乎！"

这时，还有个历史人物，目前还在举棋不定，不知往哪边站队。

这个人就是徐世勣。徐世勣本来是翟让的死党，翟让死后又成为李密的核心成员之一。此人能力极强，李密很佩服他，也很想重用他，但因为他是翟让死党的这个身份，使得李密对他又不放心，便把他下放到黎阳。李密失败后，仍然不敢到黎阳投奔徐世勣。此时徐世勣仍然坚守黎阳，未有归属。

当时魏徵也随李密到长安。魏徵是个有抱负的人，在李密那里得不到施展，现在他觉得自己立功的机会到了。他向李渊请求，让他去招抚潼关以东地区。

李渊当然同意，任命他为秘书丞，让他乘驿站的传车去黎阳，招抚徐世勣，劝他马上做出正确的抉择——投降唐军。

徐世勣本就是个聪明人,那双眼对着目前活跃的各个势力一扫,立马知道,只有李渊势力才是唯一可靠的,完全可以放心加入。他马上决计向西,投靠明主。他对长史郭孝恪说:"这片地皮和人民,原来都是魏公的,我只是帮他看守而已。如果我上表献上这些土地和百姓,是利用主公的失败,当作自己的功劳求得富贵。对此,我是深以为耻的。现在应当登记郡县的户口、士兵及马匹数目,先上报魏公,由他献上才对。"

他完成这些工作之后,派郭孝恪出使长安,还运粮送到李神通的军中。

李渊对徐世勣的归降是很重视的,听说他已经派使者来到长安,可是这个使者并没有奉表来见他,而是去找了李密,心下觉得奇怪。听说徐世勣也是个人才啊,办事怎么这么糊涂?他把郭孝恪叫来,问明情况。郭孝恪把徐世勣的意思告诉了李渊。

李渊一听,不由得大为感叹,说:"徐世勣不背德,不邀功,真纯臣也。"作为人主,最喜欢的就是这样的臣子,他还没有见到徐世勣,就很爽快地赐徐世勣姓"李":从此你跟我们就是一家人了。于是,从现在开始,徐世勣就成了李世勣。李渊又任命郭孝恪为宋州(今河南省商丘市)刺史,让他与李世勣策划处理武牢以东的地区。他给李世勣的权力很大:得到的州县,官吏全由他们补选。

5. 李渊有心纵李密

此时,还有几股势力在跟李渊对抗。

第一个是那个吃人魔王朱粲。

朱粲一战而攻下邓州,连斩两员大将,声势猛然高涨起来。他带着部队再犯淅州(今河南省南阳市淅川县)。李渊派郑元璹带一万多步骑前去应战。

第二个是尧君素。尧君素本来是杨广的死党,杨广下江都之后,让他跟屈突通镇关中。后来,他跟屈突通抗拒李渊的军队,屈突通看到形势不妙,就把河东交给他,让他当了河东通守。屈突通失败后,被迫降唐,还前来劝他也顺应历史潮流,但尧君素坚决不当投降派。李渊派独孤怀恩去

第二章　错上加错　瓦岗军大势去矣
　　　　　忍了还忍　李世民克敌制胜

攻打尧君素。此时尧君素仍然把自己当成大隋的忠臣，可是他的周边已经没有一个城池还挂着隋字号的招牌了。尧君素完全处于孤立无援的境地——也就是说，他已经完全陷于绝境，但他仍然保持着那颗忠心。尧君素为了表示他永远不投降唐军，把抓到的赵慈景的妻子砍了，还把首级挂在城外，让唐军看看。赵慈景的妻子可不是一般人，她是李渊的女儿桂阳公主。这一刀下去，注定李渊不会放过他。

尧君素虽然力量不雄厚，难成心腹之患，可是却一刀杀了公主，而且还将她枭首城外，这让李渊暴跳如雷。

当然，现在李密也很郁闷。李密长期当第一大势力的首领，一度屹立中原，所向无敌，地位无比尊贵，投降后，又仗着有归国的功劳，最后却得到这样的待遇，与他的期望相差太大，到现在心头的块垒仍然坚硬地堵塞着。有一次，适逢大朝会，李密作为光禄卿应当进奉食物。他虽然按仪式完成了这个规定动作，但他却深以为耻，退朝之后，把自己的这种心情向王伯当倾诉了一番。王伯当听了之后，也跟着闷闷不乐，对李密说："其实，天下的事都还在您的掌握中。现在徐世勣在黎阳，另有襄阳公在罗口，黄河之南的兵马，都还望着您的指挥棒。您怎么能长期这样下去呢？"

李密大喜，心中又有了打算。

李密找了个机会，对李渊说："臣空受荣宠，却安坐京师，不曾报效国家，这跟领空饷有什么区别？现在山东之众都是臣的老部下，请让臣前往山东收抚，凭借朝廷的威力，取王世充如拾地芥一样。"

李渊此前做过调查，知道那些投降王世充的李密旧部大多不服王世充的领导，也正想派李密前去收服，现在看到他主动请缨，当然很高兴。

可是很多大臣却不同意，说："李密这个人狡猾好反，如果派他前去，就如投鱼于泉、放虎归山，他一定不会再回来。"

李渊说："帝王自有天命，不是谁都可以取得的。假如他真的叛离，就像用蒿子做的箭射到蒿子里，不值得可惜。然后就让他们二贼争斗，我们还是可以收渔翁之利。"

大家看到皇上都这么说了，还有什么话可说？其实细品李渊的话，我

们完全可以品出李渊真正的想法。他对李密肯定是不放心的，他也是个有神论者，大隋末年到处流传的好些图谶，其中最引人注目的就是李氏代隋的预言。当这些传言满天飞时，全国大部分人都认为图谶的预言必应在李密的身上。李密由此曾成为众望所归的人物，如果他稍为小心，目光放得长远一点，多一点大局观，此时他仍然是天下第一大势力。你想想，李渊对这样的人能放心吗？李密到长安后，有关部门对李密的种种无礼，应该是李渊的故意安排，否则谁敢这样对待曾经的猛人李密？因为按惯例，李密以那样的实力和声望投降过来，李渊至少会在一段时间内让他成为决策圈里的重要人物，你想想，那些深谙官场规则的人敢得罪将要成为他们顶头上司的李密吗？他们巴结李密都还来不及，岂敢公然向他索要钱财。屈突通他们投降过来时，谁敢去向他索贿？而最后，李渊给李密的也就是区区一个光禄卿，远不如给徐世勣的待遇。如此种种，其实就是要把李密再次逼反，好把这个最有可能应图谶预言的李密彻底搞定。当李渊答应让李密前去招抚山东旧势力时，大臣们都怕李密会有行动，难道李渊就看不到这一点？李渊也是靠忽悠搞起事来的。他最提防的就是这样的人。

十一月二十九日，李密终于要奉旨出发了。

李密出发的时候，又去见李渊，请求让贾闰甫当他的助手。李渊同样"许之"，他让李密和贾闰甫一起登上御榻，给他们赐食。李渊倒了一杯酒，自己先喝一口，再传给李密和贾闰甫各喝一口之后，说："我们三人同喝了这杯酒，表明咱们是一条心的。两位好好建立功勋，不要辜负朕意。大丈夫一言许人，千金不易。在这里，我可以毫不保留地告诉两位，有人确实不愿意兄弟去执行这个任务，但朕以真心对待兄弟，不是别人可以离间的。"他这话其实就是"勿谓言之不预也"的意思。

李密和贾闰甫再拜受命。

李渊觉得光派这两人过去，不足以成事，便又安排王伯当为李密的副手。所有的人都知道王伯当是李密的死党，一直在盼望李密能东山再起。对李密一直保持高度警觉的李渊肯定知道这一点，但他偏偏把王伯当也分配给李密。这样做的结果，就是让李密的反心更加坚定。

第二章　错上加错　瓦岗军大势去矣
　　　　　　忍了还忍　李世民克敌制胜

当然，山东一带的各种势力，并不全是李密的旧部，比如窦建德。窦建德确实也依附过李密一段时间，但也仅仅是通信往来，并没有实质性地依附过瓦岗军。因此李密的投降，对于窦建德而言，基本没有造成什么影响，他继续当长乐王，比魏公的称号还要大一圈。

他的首府就在乐寿。在李密准备东进的时候，有五只大鸟落在乐寿，然后几万只普通的鸟都紧随着大鸟在乐寿的空中飞翔，整整一天后才离开。窦建德看到后，认为这是自己的祥瑞之兆，马上改元五凤。他手下的几个人认为巴结的时间又到了，便对他说："这是上天赐给大禹的，请改国号夏。"这些人硬是把"禹锡玄圭，告厥成功"的典故套到窦建德的身上，让窦建德好好地高兴一番——反正窦建德也没有文化，不知道这个典故的出处和内涵，即使他知道了，他也不会说破。窦建德一听，原来这五只大鸟把自己跟大禹有机地联系起来，心里当然是万分高兴，马上"从之"，把说这番话的宋正本提拔为纳言，把另一个附议人员、本来只是景城丞的孔德绍提拔为内史侍郎。

窦建德改了国号后，果然有了一个收获。当时，他的边上还有一股势力。这股势力原来的头领叫王须拔。王须拔此前在攻打幽州的战役中，被一支流矢射死。他的手下魏刀儿就接过他的班，根据地在深泽，活动范围在冀、定之间。窦建德决定把他吃掉。他先是派人去找魏刀儿，说现在全国的形势已经发生了根本性的变化，咱们必须向中原进军，不能老在这里你防我、我防你。咱们和平共处，向四方发展吧。

魏刀儿也是个头脑简单的家伙，听了窦建德的话，觉得很有道理：咱们防来防去，实在防不出什么效益来，反而让力量分散，没有全部投入打砸抢"事业"之中去。于是，他就答应了窦建德的要求，对窦建德不再设防。

窦建德看到对方果然上当，马上抓住时机，狠狠地袭击了魏刀儿一把，把魏刀儿打得大败。魏刀儿率着残部撤回深泽。窦建德举大军围住深泽。

魏刀儿的手下看到窦建德的兵势太大，知道他们无论如何都支撑不下去了，就把魏刀儿捆住，出来向窦建德投降。窦建德斩了魏刀儿，顺利合并了他的队伍。

如此一来，窦建德周边的易州和定州都向窦建德投降了，但冀州刺史

麹棱不投降，他有个叫崔履行的女婿，说自己有法力无边的奇术，完全可以保住冀州，不管窦建德如何进攻，都不会攻进来。麹棱对他的话全盘相信，因此坚决不向窦建德低头：有本事来进攻，你不来进攻，人家还不知道俺女婿有这样的本领呢。

窦建德当然不信邪，天下要是有这样的奇术，还需要百万大军干什么？他马上带兵围困冀州。

当大片夏军密密麻麻地向冀州展开进攻时，崔履行来到城上，一脸轻蔑地望着城外的敌人，挥挥手，对大家说："你们只管坐着，不要跟这些低素质的敌人交手。他们就是登上城墙，你们也要稳定好情绪，不要害怕。我在这里作法，他们会自己把自己绑起来。呵呵，见证历史的时刻就要到了。"

他先设了个神坛，到了晚上，他一脸神秘地来到坛前，设符祈祷，然后穿上丧服，挂竹竿登上北楼，放声大哭起来。接着，他又叫妇女爬上屋顶，向四面抖动着裙子。

当崔履行在城里玩这些左道旁门时，窦建德军的进攻更加猛烈了。

麹棱看到城中屋顶上的妇女抖裙子抖得都快要大小便失禁了，崔履行哭丧也哭得声音都发不出了，但对城外敌人的战斗力一点也没有影响，不由得也慌了起来，看来这个女婿真的不靠谱，想下令战斗。可是崔履行却出来阻止："岳父大人，马上就要成功了。现在你战斗，俺的法术就会失灵，咱们就会前功尽弃。"

麹棱一听，只得又将信将疑地叫停了战斗。

于是，窦建德的部队就像在进攻一个不设防的城池一样，只一会儿就把城池攻陷了。

当窦建德部队拥进城时，崔履行还在那里放声大哭，那些跳了一夜抖裙舞的妇女已经累倒在屋顶上。

窦建德抓到了麹棱。窦建德认为麹棱能为大隋坚守到最后一刻，是大大的忠臣，他现在也需要这样的忠臣，哪知麹棱是因为被女婿忽悠才守到现在的。他对麹棱说："你真是忠臣啊。"让他当了内史令。于是，河北几大州都划入窦建德的版图中。

第三章　李玄邃铸成千古恨
　　　　王世充东都称皇帝

1. 大隋忠臣尧君素

武德元年（618）十二月，李渊任命李世民为太尉、使持节、陕东道大行台，下令蒲州、河北诸府兵马并受他的节度。

这个命令一下，所有的人都知道，李渊已经把重点放到了东边。李世民现在是李渊手下头号军事人物，他出现在哪里，哪里就是李渊的重点目标。

此时，尧君素仍然死守河东，成为一个难拔的"钉子户"。

李渊继续派吕绍宗、韦义节、独孤怀恩前去攻打河东。这几个人虽然努力作战，但硬是攻不下河东。

他们很急，城里的尧君素也很焦急。他困守的是一座孤城，外援的希望已经等于零，不管敌人有多少，全靠他自己在苦守。不过，在形势上，东都还有个大隋的小朝廷，这个力量已经十分单薄的朝廷，在尧君素的心里仍然是合法的大隋朝廷，仍然是他效忠的对象。这时，看到唐军的进攻越来越猛，他已经没有一点侥幸的心理。他就特别制作了一只木鹅，然后写了一份奏表，把目前河东的形势进行了详尽的描述，置于木鹅颈中。他把这只木鹅放进黄河，让它漂流东下。这只木鹅流到了河阳，被那里的守军得到。他们马上把奏表送到东都。

杨侗看到奏表，也只能在那里眼含泪水地叹息而已。大隋是有忠臣的，可是他的父亲却只任用奸臣，导致了现在的局面。他已经无可奈何。此前，他在东都还可以说了算，现在这里已经是王世充说了算。他面对尧君素那张来之不易的奏表，端视良久之后，就下令拜尧君素为金紫光禄大夫——这是他现在唯一的权力，也是他唯一能做到的。至于尧君素的安危，他是无能为力了：尧君素，你就自求多福吧。

正好庞玉和皇甫无逸从东都逃出来，来到长安，向李渊投降。李渊又叫两人来到城下，向尧君素喊话，说："大隋气数已尽，江都已经自顾不暇，你坚守多日，已经对得起杨家了。何必再死守下去？于你于国已经毫无意义了。大唐皇帝向来宽宏大量，对你既往不咎，保你继续荣华富贵。"可是尧君素不理。后来，李渊又叫人拿出一块免死铁券，许诺不杀他。他也不答应。

李渊再次加码，把尧君素的原配夫人也带到城下。尧君素的原配夫人大声对他喊："隋室已亡，君何自苦！"

尧君素大喝："天下名义，非妇人所知！"说罢，就引弓而射。尧君素的箭术果然厉害，但闻弓弦响处，与他结发多年的妻子应声而倒，把大义灭亲的戏码好好地表演了一场。尧君素靠门荫入仕，并不是个学问家，但却把儒家经典中的那些精髓领悟得比很多皓首穷经的读书人还深刻，而且践行得义无反顾，心中的忠义，远超对妻子的情义。

当然，尧君素也知道他是顶不了多久的，但他仍然决心坚守到底。尧君素跟部下在一起时，每说到国家之事，就不住地长叹流涕，对大家说："俺过去在晋王府就开始侍奉皇上，依大义不能不死。如果大隋的国统终将走到头，天命另有所属，俺就会自砍脑袋交给各位，随你们拿去获取富贵。现在城池还很坚固，仓储也还丰备，大事如何，犹未可知。你们千万不要生有二心。"尧君素性格严厉，很善于统御部下，是个天生的帅才，部下也乐为所用。他虽然宣称城里的仓储丰备，可是不久，粮食就吃光了，城里很快就上演了"人相食"的人间惨剧。但他仍然不死心。不久，他们抓到了城外的一些人，从这些人的嘴里也知道了外面的形势——大隋真的已经穷途末路，被人家宣布灭亡了。

尧君素这才疲软了下来。

他身边的两个死党薛宗和李楚客大牙一咬，联起手来，把尧君素杀掉，然后向唐军投降，把尧君素的脑袋送到长安。此前，为了有个照应，尧君素派王行本带七百精兵驻扎在别处。王行本听说城里发生了变故，急忙率兵前来救援，但已经来不及了。王行本只得把杀害尧君素的那伙人全部杀死，然后重新整顿部队，又登城拒守。

独孤怀恩看到尧君素的脑袋已经在手，心下正高兴，哪知又突然发生了这样的事，不由得大怒，又引兵围攻城池，仍然攻不下。

2. 罗艺降唐

这时，河北还有一股势力，其首领就是罗艺。罗艺前些年被赵十住逼反，自称幽州总管，统辖幽、营二州，势力也很可观。宇文化及很早就派人去劝他归顺自己。可是罗艺根本看不起宇文化及这个无赖，见到宇文化及的使者后，大喝一声："我隋臣也！"然后就把使者"咔嚓"掉。罗艺残暴而任性，通晓兵事，也有点小手段，听说杨广死后，便为杨广发表，哭吊了三天，把政治戏做得很足，好像他是大隋最铁的忠臣一样。

对于这样一股势力，很多首领都想把他拉进自己的圈子里。跟他相近的窦建德和高开道等又都派使者过来跟他谈判，真诚地请罗艺跟他们合作。

罗艺接待了这几拨使者后，对手下说："窦建德、高开道，目前虽然势力大涨，看上去有声有色，其实不过是大贼一个而已。听说唐公已定关中，人心都归向他。他才是我真正的主公。我打算归顺他。敢阻者，斩！"

正好李渊派张道源抚慰山东，罗艺趁机奉表李渊请降。如此一来，渔阳（今天津市蓟州区）、上谷（治所在今河北省张家口市怀来县）等郡也跟着归降唐朝。李渊大喜，任命罗艺为幽州总管，其他几个手下，也都封为将军。

窦建德知道后，心下大怒：老子跟你就是隔壁，你居然去投降李渊，你这是看不起我。这时，窦建德刚刚吞下冀州，事业迈上新的高峰，哪能让罗艺看他不起？于是，带着十万部队压向幽州。

罗艺看到窦建德大军前来,当然不怕,下令出战。他的手下薛万均说:"彼众我寡,出战必败。只能跟他们玩智力。"

罗艺说:"怎么玩?"

薛万均说:"先使一部分老弱背对城池临水为阵,对方必然渡水前来进攻。您再派我带着百名精骑兵埋伏在城边。等他们半渡时,突然攻击,一定能取胜。"

罗艺觉得有理,便依计行事。

接下来的情节跟薛万均所料毫无二致。窦建德看到罗艺的部队就在河对岸列阵,士兵们个个无精打采,这是来送死而不是来战斗啊。他对罗艺还是有所了解的,认为这家伙是个粗人,不会玩什么阴谋,因此就毫无顾忌,下令大军渡河过去,把对面那些歪瓜裂枣全部给老子打死,结果被薛万均"击其半渡"而大破之。窦建德的大军居然不能打到城下。

窦建德十分恼火,强盗面目又暴露出来,马上分兵掳掠霍堡及雍奴(今天津市武清区)等县。哪知,罗艺又突然出兵截击,让他又吃了个大败仗。窦建德吃了分兵的大亏,只得又把部队集结起来,攻打幽州。罗艺回城固守。两人相持一百多天,窦建德无法攻进幽州,只得撤兵而去。

这时,汉川发生了一件十分离奇的事。这一带原来是羌族豪强旁企地的势力范围。当年薛举搞事时,他率部落归附了薛举。薛仁杲失败后,他就投降了李渊,被李渊留在长安。他觉得很郁闷,便又跑了回去,率领部下造反。他带着自己的武装进入南山,从汉川出来,所过之处,都烧杀掳掠。

那个刚从东都投降过来的庞玉看到这家伙居然也敢搞事,便带兵去围剿,却被他打了个大败。

旁企地打了个胜仗,心下也是牛哄哄的。他牛哄哄地来到始州,看到一个姓王的美女,就把她劫持起来当自己的压寨夫人。那个王美女也是个狠角色,假装顺从,然后跟他一起拼酒。结果两人都喝得大醉,醉得不省人事,睡卧野外。王美女比他先醒。先醒的王美女并不逃走,而是拔出他身上的佩刀,一刀将他的脑袋割了,又送到梁州。他的部众得知首领就这样完了,便都自动散伙。所有的人都没有想到,这个牛哄哄的家伙连庞玉的大军都打败了,最后居然如此败亡,败亡的剧情也太离奇了。

李渊下诏赐王美女尊号为崇义夫人——谁说女子不如男?而能喝的女子更胜男儿。

3. 李密全军覆没

李密正在执行自己的招抚任务。

李渊当然不会放手让李密去完成招抚工作。他叫李密把自己的部队分成两半,一半留在华州,只能带一半出关。

李密跟王伯当在一起,两人的话题肯定不会偏离搞事的主题,而且越说越公开。于是,李渊安排给李密的长史张玉德也觉得有些不对劲了,就给李渊上了一封密奏,说如果不采取措施,李密必叛。

李渊接到密奏后,进行了一番思考,觉得不能再让李密继续下去了——等他再招一些旧部,凭他的能力,还真不好收拾。

李渊就给李密下了个命令,说先让部队缓慢推进,李密本人可以单骑回朝,接受更重要的工作安排。

李密接到这个敕书时,已经来到稠桑,他读过敕书后,对贾闰甫说:"先派我去山东,现在又无缘无故召我回去。我们出发时,皇上曾有言'有人反对你向东去'。现在看来,这些谗言已经起作用了。我现在如果回去,一定会被杀掉。不如攻打桃林,取了县里的军队和粮食,向北渡河。等消息到了熊州,我们已经走远了。假如能到黎阳,大事就会成功,你觉得如何?"

贾闰甫曾经是他的死党,按他的想象,他这番话一结束,贾闰甫肯定会大力支持。哪知,贾闰甫却说:"皇上待主公已经很好了。何况国家的姓氏已经符合图谶的预言,完全可以说是天命有归了。天下最终是要一统的。主公既然已经归顺了,现在怎么又产生别的想法?现在任瓌、史万宝就在熊、谷二州,他们手里都掌握着大批军队。熊、谷二州离此地并不远,主公早晨发动事变,晚上他们的大军就会赶到。即使能攻破桃林,也没有足

够的时间召集士兵、组织战斗。而一旦被称为叛逆，谁又能再接纳主公？依我看，主公不如暂且按朝廷的命令行事，表明根本没有别的想法。如此一来，那些谗言会不攻自破。到时再考虑出山东的事。"

李密闻言大怒，说："李渊待我，还不如刘邦待周勃、灌婴那些粗人。连个割地封王的待遇都没有，我实在忍受不了了。况且他和我都应了谶文，今天不杀我，听凭我向东前进，足以证明王者不死。纵然李渊定了关中，山东最后也是我的。老天爷给的不要，难道要白白地送给人家吗？你老贾是我的心腹，怎么能这样想呢？如果你不跟我一条心，我就先斩了你再继续往前。"

贾闰甫流泪说："虽说主公也应图谶，但近来观察天道和人事，似乎已经逐渐地不合适了。现在海内分崩离析，人人都想独立自主，割地称雄。主公这次要是再逃亡，又有谁过来听你的指挥？自从主公杀了翟让之后，大家都说主公是个弃恩忘本之辈。这个形象一毁，现在谁还愿意把手中的军队交给主公呢？人家看到主公一出现，心里的第一个想法就是主公又要来夺他们的军队了。因此，他们都会反抗。一朝失势，哪还有立足之地？如果不是蒙受主公的特殊恩惠，我是不会说这番坦率的话的。但愿主公好好考虑。主公的福分恐怕是不会再有了。只要主公能有个好的安身之所，我死不足惜。"

李密大怒，举起大刀，就要砍贾闰甫。

正好王伯当在旁，把怒气冲冲的李密劝住。李密这才放过贾闰甫。贾闰甫知道不能再随李密混下去了，便只身逃往熊州。

李密又跟王伯当商议。王伯当虽然一直支持李密卷土重来，但也认为目前时机还不成熟，劝李密谨慎。李密这时心头已经塞满郁闷之情，恨不得立刻高举旗帜，跟李渊决一死战，因此也不听王伯当的劝告。王伯当看到李密已经头脑发昏，谁也劝不转了，便道："义士之志，不以存亡而改变。主公坚决不听从我的劝告，我就只有随主公一起同死，只是最后没有什么益处而已。"

李密这时已两眼发红，马上把李渊的使者拉来斩首。李密这一刀砍下，

第三章 李玄邃铸成千古恨 王世充东都称皇帝

他人生的后半场就已经定下了。

李密斩了李渊的使者后，便按计划进行。十二月三十日早上，他来到了桃林县，对桃林县的县官说："我奉诏暂时返回京师，家人请求寄居在县衙。"

李密挑选了几十名肌肉发达的勇士，男扮女装，戴着面罩，把兵器藏在裙子下，冒充他的妻妾，向县衙方向行进。

李密带着这一群人进入县衙。等那几个县官出现时，那群"妇女"突然脱下服装，将现场控制住。李密马上宣布搞事，驱赶一群老百姓进入南山，然后凭借险要，向东而行。

第一步，成功了。

他派人骑着快马去向伊州刺史张善相通报——张善相是他过去的老部下，叫张善相派兵接应。

张善相还没有接到通报，坐镇熊州的史万宝就先得到消息了。史万宝对行军总管盛彦师说："李密十分彪悍，还有王伯当作为助手，咱们真的难以抵挡。"

盛彦师笑了笑，说："只要给我几千人马，我保证把他的脑袋砍下来。"

史万宝说："你不是开玩笑吧？你用什么办法？"

盛彦师说："兵法尚诈。现在还不能公开出来。"

他说过之后，便率领部众越过熊耳山，到山南占据要道，命令弩手埋伏在路的两旁，再命持刀盾的士兵埋伏在溪谷那里，然后对大家说："等他们过河到一半，再火力全开。"

有人说："听说李密是向洛州而去的，现在总管却在山里埋伏，这是为什么？"

盛彦师说："李密是在耍诡计，他声言要去洛川，实际上是想出其不意，经襄城投奔张善相。如果他们进了谷口，我们从后面追赶，山路险要，只要他们用一个人殿后，我们就无法前进，拿他们一点办法都没有。现在我们抢先进谷，就等于抢占了先机。这里将是李密的末路。"

李密本来心思细密，也曾经算无遗策，可是自从自己当了首领、不断

取得胜利之后,心态也随之发生了变化,虽然脑子还在不断地开动,不断地想出一点策略来,可是执行力已经大不如前了。这一次,他在连王伯当都不看好的时机仓促举事,本来把握性已经不大了,好容易想出个声东击西的办法来,可是在实施过程中又犯了个大错。本来,按他现在的情况,应该以最快的速度与张善相会师,再作下一步打算。哪知,他觉得人家都会被他忽悠,去守洛川道。他渡过陕州之后,就觉得前途不足为虑,便放慢了行军速度。

李密慢悠悠地带着他的队伍,翻过山从南面而出。

盛彦师大呼:"我在此等候多时了。"纵兵击之。李密本来就是一个善于打顺风仗的人,此时盛彦师如此出其不意,他哪能抵挡得了?李密被盛彦师打了个手忙脚乱,然后就全军覆没,最后他和王伯当都被当场斩首。

一代豪杰,最后就这样落幕。没有人会预料到,曾经纵横中原、令全国英雄为之折腰的李密,最后居然是这个结局。当然,这个结局完全是他自己造成的。他本来有问鼎中原的资本,但却在紧要关头决策失误,输给已经穷途末路的王世充;然后又在基本盘还在的情况下,心态突变,投降关中;再后来又因为不被李渊重用而愤愤不平,忍无可忍,在没有任何人看好的情况下贸然举事;最后还不抓紧时间赶到指定地点,在半路上被人家出其不意截击,彻底完蛋。一步走错,步步皆错。只能怪自己,怪不得别人。

李密死的时候只有三十七岁,正是当打之年,但却自毁人生,过早地离开了历史舞台。

后来,南宋的大文豪叶适对他的评价是:"李密谋无不中,量无不容,盖非唐初君臣所能及。然身为事主,则不能成功,而终以戮死。张良为画策臣,未尝特将人之材器,所成就固自不同也。余尝叹战国、楚汉之间,有实负智能忍死而不求遇者。范增、庞统之俦,盖褊浅矣。至南北、隋唐,则皆无之。以密之智谋,审乎特起之难,隐而不试,老死不憾,其庶几乎?"

晚清学者秦笃辉也认为:"李密尚有山东旧地,虽败于隋,非穷无所归者,且有徐勣(即徐世勣)代为之守,而其麾下王伯当、魏徵之流皆人杰也,何遽降唐?既降又图反复致死,进退狼狈,岂天夺其魄邪。"

李渊看到李密的脑袋后,心情肯定万分轻松。李渊知道李世勣对李密仍然忠心耿耿,便派人拿着李密的首级送到黎阳,给李世勣看看,并把李密的反状事实详细地向李世勣进行了通报。

李世勣看到原主公那个血肉模糊的首级后,马上北面拜伏痛哭。之后,他上表请求让他出面收葬李密。李渊很喜欢李世勣的忠诚,就满足了他的请求,下诏把李密的尸体送给李世勣处理。

李世勣完全按照君臣的礼节为李密服丧,还排出仪仗,全军缟素,搞得十分隆重,最后将李密葬于黎阳山之南。

李密当初对李世勣缺乏信任,先将其贬到黎阳,后来在危急之时也宁愿投降关中而不愿投奔李世勣。如果李密地下有灵,知道李世勣对他如此忠心耿耿,一定会悔恨交加。

一念之差,结局就会是另一个模样。

4. 和尚称帝

这时,北方几个郡也还在乱。罗艺的死对头李景仍然以大隋右武卫大将军的名义守着北平。曾经招降过罗艺而不成功的高开道又围住北平,而且一围就是一年多,但始终没有打进去。当时,大隋辽西太守邓暠看到李景危急,就带着部队前来救援。李景这才得以带着部队迁到柳城。后来,他又准备返回幽州,可是在路上碰到强盗,被人家杀掉。李景一死,本来就已经岌岌可危的北平在没有主心骨之后,马上就支持不住,被高开道一举攻取。高开道接着又攻下渔阳郡,队伍也发展到一万多人,而且大多是骑兵。他觉得自己的部队规模已经很大了,就自称燕王,都城设在渔阳。

高昙晟是个和尚,但从来六根不净,估计皈依佛门也是因为好吃懒做,而去混生活。他那双混浊的眼睛看到高开道这样的人都可以举事称王,心想自己比高开道帅多了,有心机多了,为什么只能当一个清心寡欲的和尚?于是,他也决定起来搞事。

他是和尚，圈子里只有僧人。于是，他就动员大家都不要得过且过，而是要有进取心，人家都可以起来造反，我们和尚为什么不能？这些僧人出家的初衷都是为了混日子，听他这么一说，俗心马上全面恢复，纷纷表示跟他干。于是，他们趁县令设斋、士民大集时，突然现出本来面目，号召参与斋会的群众跟他们起事——现在天下都乱成这个样子了，你们都没有饭吃了，还当什么良民？我们和尚都不当了啊。那些群众都是不明真相的，听他们这么一鼓动，便都跟着和尚们造起反来，当场杀了县令和镇守。高昙晟看到形势比他预想的更喜人，心下就更乐观起来，便自称大乘皇帝——一个很有佛教特色的皇帝称号。他还立了一个尼姑静宣师太为邪输皇后——从这件事上看，他早前就已经跟这个尼姑有过一腿。他自称皇帝之后做的第一件事，就是派人去召高开道，册封高开道为齐王。

高开道这时正处于牛哄哄的状态，突然收到这个莫名其妙的任命书，这才知道原来大和尚也起来搞事了，而且还要吃掉他，不由得冷冷一笑：你不招惹我，我还不知道这个世界上还有你这个奇葩人士呢。一个手握念珠的和尚居然敢跟一个职业"盗贼"玩，看看到底谁能吃掉谁。

高开道不动声色，满口答应了高昙晟的收编，并带五千人过来，成为高昙晟的部下。

高昙晟一看，看来佛祖真的在保佑他啊，一纸文书过去，高开道这个杀人不眨眼的家伙就乖乖地带着他的部下前来归顺，看来佛门弟子造反，比别人更有优势。

哪知道这是高开道的一盘大棋。

高开道前来接受收编之后，看到高和尚脸上全是得意忘形之色，知道自己的忽悠已经成功。几个月后，高开道瞅了个机会，突然发狠，对高昙晟来了个袭击，砍掉了那颗光头，然后兼并了和尚的全部人马，实力又增长了一圈。高开道笑得合不拢嘴。

5. 李渊稳朱粲

此时，另一股势力又大涨起来。这个势力就是朱粲。

第三章　李玄邃铸成千古恨　王世充东都称皇帝

朱粲于武德元年（618）十月攻陷邓州，斩了唐军两员大将之后，势力就开始膨胀。他趁着胜利，又去攻打淅州。李渊赶紧派郑元璹带一万多步骑去对付朱粲。直到十二月十一日，郑元璹才在商州把朱粲击败，但也只是胜了一场而已，远没有达到消灭朱粲的地步。

朱粲吃了这个败仗后，带着他的部队跟唐军展开运动战，转战于汉水和淮河之间，而且运动得毫无规律。朱粲虽然极其残忍暴虐，但号召力却很强，在失败之后，居然又动员到了二十多万人的部队。他带着这二十多万人，到处去攻打州县，一旦攻克，立马下令士兵放开肚皮猛吃，一直吃到那里的粮食差不多没了才转移他处。将要离开时，他都会下令把该地的物资全部烧毁。他从不像其他势力那样，占领某个地方当根据地，然后发展农业，至少可以在困难的时候救急。他一占领某个地方，那个地方的老百姓就被逼得饿死。《旧唐书》对他这些行为的描述是："百姓大馁，死者如积，人多相食。"

有时候朱粲无所掳掠，军中粮食紧张起来，他就叫士兵们把女人和小孩子抓来，烧煮而食。他不仅吃女人和小孩，饿起来连自己的部众也照吃不误。

颜之推的儿子颜愍楚，原来是大隋的通事舍人，后来被贬官南阳。朱粲知道后，就让他来当自己的参谋。后来，朱粲缺粮，到处找不到吃的——连女人和小孩子都找不到了。他抬头一看，马上就看到了颜愍楚和另外一个参谋陆从典，心头一喜：哈哈，这不是人吗？他们的肉同样可以吃啊。于是，两个参谋的全家都被杀掉，成为他的腹中之物。后来，他干脆下令，每到一处，都将该处的妇人和小孩征集起来当军粮。他越来越疯狂，人们对他越来越畏惧。于是，他势力范围内的各城堡终于相继背叛了他。

由于朱粲的实力还很强大，再加上到处运动，李渊在短期内还真组织不了很强的力量来对付他。其他势力又忙着争抢地盘，一时之间，他到处抢掠，无人能管。他心里很高兴。但是，李渊不能来管他，并不代表没有人敢向他叫板。淮安当地的豪强杨士林和田瓒看到这家伙太过暴虐，如果再不起来反抗，淮水南北的男女老少将会被他吃光。两人奋起一呼，其他

州县也马上起来响应。

朱粲当然不怕——堂堂训练有素的唐军都被自己打得大败，你们这些只会拿农具的农民算什么？哈哈，你们这不是来打仗的，而是来给俺大军送军粮来的。哪知，这些农民对他愤怒至极，看到他的军队冲过来，人人无不拼命，争抢上前，战斗力无比强悍，把他打得大败。结果，朱粲只率几千残兵逃到菊潭（今河南省南阳市西峡县）。

杨士林赶跑朱粲之后，乘虚占领了几个郡县。他当然知道自己这点力量是不足以自立的，于是就派人去见大唐信州总管李瑗，献出所辖汉东四郡，请求归顺大唐。李渊下诏任命杨士林为显州道行台，而杨士林则任命他的老搭档田瓒为长史。

朱粲虽然逃得性命，但由于近段时间表现得太残忍，不管他如何动员，再也没有人参加他吃人的队伍。他看着自己身边的人越来越少，心头也害怕起来。他在躲避了几个月后，于武德二年（619）闰二月，派人到唐军那里请降。

李渊这时对他仍然没有办法，看到他来降，就封他为楚王，听凭朱粲设立官属，完全可以方便行事。当初李密投降李渊时，待遇离这个标准还有很长一段距离。李密只是被册封为公，而且还是"两个字"的公，朱粲却被封为一字王。当时，李渊的堂弟李神通都只是两字王，一字王只有李渊的儿子。从这里完全可以看出，李渊是在忽悠朱粲。唐军目前到处是敌人，实在腾不出手来对付这个流氓，就只好用个王爵先稳住他，只要这个流氓能安下心来，不跟自己对着干就好。

李渊担心朱粲情绪不稳定，还特别派散骑常侍段确带着他的关怀、带着他的温暖到菊潭对朱粲进行慰问。段确爱喝酒，而且是逢喝必醉，一醉就敢于胡说。他于武德二年（619）四月来到菊潭。朱粲摆了个盛大的酒宴款待朝廷慰问团。大家自是大喝特喝。段确很快就进入恍惚状态，转过他那张脸，喷着酒气问朱粲："听说朱大王喜欢吃人肉，不知人肉是何滋味？"

朱粲看着他脸上全是侮辱的神态，嘴里也是狂喷着嘲讽的口气，当然不会示弱，道："吃醉鬼的肉就像吃酒糟猪肉。"

段确虽然醉了，但他仍然能听出朱粲的反讽，马上大怒起来，指着朱粲的鼻子，骂道："狂贼，你入朝后不过是个奴仆头目而已，还能吃人肉吗？"段确彻底忘记了他眼前的人是史上著名的吃人魔王，更忘记了李渊叫他来慰问的根本目的，只凭着自己的性格，使起脾气来。

朱粲哪受得了这个侮辱：你以为就你会发脾气，老子没有脾气？你发脾气只是气势汹汹地骂人，老子发起脾气来就要吃人。他马上把段确及其全部随从都抓起来，当场煮熟，分给左右大吃特吃。他也知道，如此一来，李渊是不会放过他的，现在他根本没有抵抗能力。因此，他一不做二不休，把菊潭男女老少全部屠尽，然后跑到洛阳，投奔王世充。王世充任命他为龙骧大将军。

6. 王世充造舆论

王世充一战而灭瓦岗，收罗了李密的美女、珍宝及部下十几万回到东都，然后当作战利品排列在皇宫门前的阙楼之下。杨侗对这些俘虏都实行大赦，然后任命王世充为太尉、尚书令、总督内外诸军事，还让他建太尉府、设置官属，任意选拔人才。王世充虽然残暴、奸猾，但也知道要在这个世界上混得风生水起，手下必须有人才。他知道裴仁基父子都是猛人，只是李密不善于利用而已，这才使得他们成为自己的俘虏，因此对这对父子他是很尊重的。李密的授业恩师徐文远在学生失败后，又回到了东都。

此前，徐文远在李密面前把王世充说得一无是处，建议李密尽快把王世充搞定，似乎是王世充的天然仇敌一样。很多人都以为，这次他回到东都，一定会在王世充面前摆足名士架子，坚决不在王世充这个奸诈小人面前低下大儒的头颅。众人都睁着大眼，等着看他见到王世充那一刻的高傲表情，然后看王世充如何对待他。

在大家的想象中，徐文远看到王世充时，肯定是用力挺起胸膛，把那颗瘦尖的脑袋仰起，使得山羊胡子往上翘，成为全身的制高点。然后，他大步从王世充的面前经过，根本无视王世充的存在。最后，王世充在那里

咬牙切齿……

哪知,徐文远看到王世充远远而来,就急忙把神态调整为恭敬模式。待王世充来到恰当的位置时,他就深深地拜下去,那撮山羊胡须几乎点到地面。而且以后他见到王世充时,也都保持着这个动作。当大家看到他深深下拜时,腰部成为全身制高点,身板几乎要折叠起来,就知道那个知识分子的腰杆已经彻底折断。

后来,有人忍不住问他:"王世充和李密都是你的门生。为什么你见到李密时态度很傲慢,而见到王世充时却如此恭敬?"

他微微一笑,说:"魏公,君子也,能容贤士;王公,小人也,能杀故人,吾何敢不拜!"

大家一听,终于深刻地领会到什么叫精致的利己主义者。

王世充吞并了李密的旧部,不但武装力量大增,粮食问题也解决了。他已经彻底不把杨侗放在眼里了。他在筹建太尉府时,把隋朝所有显要的官员、名士都充实到太尉府中,使得杨侗这个朝廷成了个空壳。朝廷大大小小的事都通过太尉府办理,朝廷里的那些部门都无所事事。王世充在太尉府前面立了三块牌:一求文学才识,堪济时务者;二求武勇智略,能摧锋陷敌者;三求身有冤滞,拥抑不申者。前两块是求贤牌,很多首领都曾大力求过贤,但第三项却真的没有哪个首领这么干过,要求受过冤枉的前来投诉。从这一点上看,王世充是真的很有水平的,是知道玩大政治的,也深知民心才是决定事业的大前提。如果他的人品与之相匹配,历史都有可能被他改写。

这三块牌一立,文武人才没有多少过来,倒是那些受过冤屈的人都前来,每天上书数百,请求申冤。王世充都一一接见,现场办公,亲自阅文,好言好语慰问。大家看到他这个样子,比以前那些大隋官员平易近人多了,也比那些官员有水平多了,人人心下欢喜,以为王世充能体察民情,相信在以后的日子里,他一定会从善如流。他对将士也都和颜悦色,说要大大地奖赏。于是,大家对他都有所期待。

哪知,他搞了个现场办公之后,就没有然后了。大家这才知道,王世

第三章 李玄邃铸成千古恨 王世充东都称皇帝

充是玩形式主义的。嘴上的那一套很好听，其实是口惠而实不至。

很多人由此对王世充的前途都不看好，甚至他很亲信的人也如此。

马军总管独孤武都向来为王世充所亲任。他有个堂弟独孤机，觉得不能跟这样的人走下去了，便找来几个同党，谋划把唐军引过来，来个里应外合。他们后来觉得光他们几个人搞事，里应的力量有点单薄，就找到独孤武都，对他进行动员："王首领只会滥用感情忽悠下属，实际上他为人卑鄙、狭隘、贪婪、残忍，不顾亲旧。这样的人怎么能成大业？按图谶之文，天下应归李氏，跟王字一点边都不沾。李渊从晋阳举事，占据关内，在进军的过程中，从未遇到阻滞，天下英雄无不景仰攀附。更何况李渊对人都坦诚相待，善于用人，不念旧恶，据此胜势以争天下，谁能敌之？我们现在可以说是托身非所，只能坐等人家来消灭。现在任管公的军队就在新安，他又是我们的旧交，如果我们暗中派人去跟他们取得联系，让他们夜里来到城下，我们充当内应，开门放他们进来，必定大获成功。"

独孤武都一听，觉得很有道理，说："就这么办。"

他们这么办才不到两天，就发生了泄密事件。王世充把他们全部抓来杀掉。

王世充杀了这几个人后，也怕人心不服，就又把姿态放低，努力去巴结杨侗，对杨侗的礼数相当到位，仿佛是杨侗身边的奴仆一样。后来，他觉得仅这样行礼如仪，还不足以忽悠大家，就又去请求刘太后收他为干儿子，尊称刘太后为圣感皇太后。

王世充这么卖力地表演了一段时间后，看到局势已经逐步稳定，没有多少人再敢于对他指指点点了，便又恢复了其骄横的做派。有一次，他在宫中吃了赏赐的食物，回到家后呕吐，便怀疑有人下毒，从此不再上朝拜谒皇帝。

杨侗知道王世充迟早会做出不臣的举动，但他现在已经力不能制。杨侗无可奈何之下，只得从内库中取来丝织品，亲自做了许多幡花；又拿出各种衣服玩物，让僧人到处施舍给那些缺衣少食的人。你不要以为杨侗这样做是为了争取民心，或者是善心突发，怜悯底层百姓。他是想借此来感

动冥冥中的那股力量，让那股力量赐福于他、保佑他。

王世充知道后，心下十分不高兴：你都送给那些底层百姓了，俺还有什么搞头？于是，他就派张绩、董濬守住章善、显福二门，主要任务就是：宫内的杂物，毫厘不得出。

杨侗的预料十分准确，王世充的不臣之心逐渐显露。

武德二年（619）正月，王世充就开始玩天降祥瑞那一套把戏了。

首先，有个人不知道从哪里冒出，手里拿着宝剑和印玺，说是在某地散步时突然发现的，现在拿来献给王首领。然后，又有人出来向大家报喜：向来浊浪滚滚的黄河昨天晚上突然清澈见底，如果站到河边看，就可以看到河里大群的水生动物"皆若空游无所依"。

王世充哈哈大笑，下令把这几个接踵而来的"祥瑞"大力宣传，让大家知道，他的统治是得到老天爷的认可的，为他的篡权打下舆论基础。

7. 夏王窦建德

在王世充忙着玩这些把戏时，窦建德跟宇文化及火并了一场。

宇文化及被李密打了那一场之后，战斗力已经直线下跌，而且再也没有起色，觉得哪里都不安全了。但他也知道，在这个世界上混，还是必须去战斗的。于是他去攻打魏州（今河北省邯郸市大名县）。魏州总管叫元宝藏，元宝藏本来也是李密的手下，现在李密都完蛋了，他还没有找到新主人，但他又实在不愿当宇文化及的手下，因此就死守着城池。宇文化及猛攻了四十天，就是打不进去。

魏徵知道后，就前去跟元宝藏见面，劝他投降李渊。元宝藏同意。武德二年（619）正月初七日，他向唐军办理了投降手续。魏州又划入大唐的版图。

魏州一并入大唐的版图，宇文化及就必须跟李渊的军队零距离接触了。

大唐这一带的统帅正是李神通。

李神通趁着宇文化及正在疲劳的时候，出兵魏县，对宇文化及大打出手。宇文化及抵挡不住，只得向东逃窜，来到聊城。李神通顺利攻拔魏县，

第三章　李玄邃铸成千古恨　王世充东都称皇帝

斩获两千余人，然后引兵追击宇文化及，把聊城包围起来。

宇文化及自知，光凭他现有的力量是挡不住李神通的。宇文化及现在手里没有别的资源，而他从江都出发，带了大量的珠宝。他拿着这些杨广花了无数心血搜刮来的珠宝，送给海边的那些盗贼，叫他们跟自己干。现在海边盗贼的头领就是王薄。王薄可以算是反隋的首义人员，还创作了《无向辽东浪死歌》，一度是长白山一带最有声势的头领，可是几经大战，被张须陀连番重创，终于被打残，流落海边，自此一蹶不振，沦为海边盗贼，基本被人家忽略了。笔者读中学时，曾经在历史课本里看到过王薄光辉的形象，但当再看到这个人物时，原来的光辉形象真的在心里坍塌了。宇文化及混到今天，没有谁看好过他，他手下的人都离他而去，可是王薄居然看在那堆珍宝的面子上，带着自己的部众，乱哄哄地投奔了宇文化及，成为群雄中最被人看低的宇文化及的手下，跟宇文化及一起守聊城。

宇文化及靠着一堆珍宝得到了一支生力军，大大地松了一口气，觉得抵御远道而来的李神通应该没有问题了。

哪知，他这口气才松到一半，另一个首领又率着大军，向聊城大步而来。

这个首领就是现在手握河北诸州的窦建德。

窦建德知道宇文化及进入齐鲁地界后，觉得这是干掉宇文化及的大好机会。拿下宇文化及，不但可以得到聊城，还能抢到可观的政治分。他对手下说："我们本来就是隋民，宇文化及弑君反叛，就是我们的仇人，我们不得不讨。"他这话说得义正词严，把宇文化及说成大隋的叛逆，好像他是大隋的忠臣一样，完全忘记了他当初起事时，就是高举打倒杨广的旗帜，消灭了大隋的无数士兵，连杨广派出的薛世雄也被他打得全军覆没。这仍然不妨碍他自称大隋的忠臣，仍然不妨碍他以此为借口去打宇文化及。

窦建德的大军还在行军途中，李神通已经拼命攻打聊城了。

宇文化及虽然还能坚守城池，但后勤报告没有粮食了。

宇文化及一听就慌了：没有吃的了，这仗还怎么打？

宇文化及是个纯粹的流氓，丝毫不要面子，觉得不能打仗了，那就投降吧。他派人前去向李神通请降。本来投降也不是什么技术活，像朱粲那

样的人都可以反复投降，所以宇文化及对投降还是有信心的，觉得李神通一听到自己的意愿，立马会满脸堆笑地批准。哪知，李神通却冷着脸说："不行，任何人都可以投降，唯独宇文化及不行。"

李神通手下的崔世幹劝李神通答应宇文化及算了：继续打下去，我们会白白地损失很多兄弟，这样不值得啊。

李神通却说："我们的子弟兵长途跋涉、风餐露宿了这么长时间，现在敌人粮尽计穷，城池克在旦暮，我正当攻取聊城以示国威，才有理由分了他的财宝慰劳将士。如果接受他的投降，我拿什么东西来犒赏广大将士？"

崔世幹说："老大只死盯着聊城，可是却忘记了另一件事——窦建德的大军就要开到了。如果我们还没有搞定宇文化及，内外受敌，我军必败无疑。而且，不打就降伏了敌人，才是最容易拿下的功劳。为什么一定要贪其财帛而不接受他的投降呢？"

李神通大怒，不再跟崔世幹啰唆，直接把他关起来：有意见你对黑暗说。

正好这时，宇文化及的弟弟宇文士及从济北那里运来一批粮食，送给宇文化及，使得宇文化及的士气又涨了起来，军势复振，继续死守聊城。

李神通督兵攻打，各路部队奋勇而战。贝州刺史赵君德表现得最为抢眼。他身先士卒，冒着敌人的石矢，冲到城下，攀堞先登，上了城墙。

大家一看，只要后军继之，则聊城唾手可得。

哪知，李神通向来看这个赵刺史不顺眼，看到他居然登上了城墙，把头功抢到手，心下十分不自在，居然下令鸣金收兵。大家拼了大半天，拼到胜利在望时，却被李神通硬生生地叫停。于是，危如累卵的聊城又继续屹立在唐军面前。大家望着被他们打得破败的聊城，看着他们的总指挥李神通大帅，实在是百思不得其解。

在大家百思不得其解的时候，窦建德的大军来了。

李神通哪敢继续在城下待下去？赶紧走吧。

窦建德来到城下之后，宇文化及还不知道厉害，引兵出战，被打得一败涂地，又抱头而回，死保聊城。

第三章　李玄邃铸成千古恨
　　　　王世充东都称皇帝

窦建德的兵势比李神通的强大多了,他看到宇文化及回城死守,也不打话,下令全军齐出,四面攻城。

王薄看到窦建德的攻势太猛,城墙又已经被李神通打得破烂不堪,除非神仙相助,否则宇文化及的崩溃只在顷刻之间。自己拿了他那堆珍宝,帮他守了这么长时间,也对得起他了,现在没必要再陪他去死了。于是,王薄果断地打开城门,把窦建德的部队放进了聊城。

窦建德入城之后,活捉了宇文化及,然后进去谒见杨广的原配萧皇后,对着萧皇后称臣,再然后身穿丧服为杨广痛哭。杨广还活着时,全国人民都恨不得吃他的肉,窦建德在造反时,也把杨广骂成史无前例的暴君,现在却又把他抬起来当招牌,而且还痛哭流涕。大家稍把前后事一串联,就知道窦建德的这些动作全是假惺惺的。

窦建德接着对被宇文化及裹挟而来的官员都安抚一番,最后把抓到的宇文化及和宇文智及兄弟及一批死党送到襄国,然后全部枭首军门之外。宇文化及对于他的下场应该早有思想准备,因此在他被押赴刑场时,只说了一句:"不负夏王。"

大隋末年的各个首领当中,除了有限的几个贵族出身的首领会玩点政治手腕,其余大多干着打家劫舍的勾当——只是他们的队伍庞大,好像跟土匪不一样,其实都是放大了的匪帮。唯独窦建德例外,他出身草根,并没有受过良好的教育,但他的政治眼光却很不错,这个政治天分使得他的事业越做越大,那些原来比他更强悍的势力此时都已经被人家打得不见踪影了,而他却大模大样地占据了几个大州。他不但是"影帝",而且生活也极其简朴,每攻克一个地方,所得的资财,都分给兄弟们,自己分文不取。窦建德虽然不是佛门弟子,但却不吃肉,每餐只吃一大碗青菜就着粗米饭。他的原配夫人曹氏,也从来不穿绫绢做的衣服,身边的奴婢只有十个人。他消灭宇文化及,俘获一千多隋朝的宫人,自己一个不留,全部遣散。

窦建德看到裴矩也在这里,不由得大喜,马上让他当了自己的左仆射,负责人才的选拔工作。裴矩当年在西部时,主管西域事务,把一套连横合纵的技术玩得炉火纯青,哪知后来随杨广到了江都,便毫无用武之地,最

后还被宇文化及这个大流氓裹挟着四处流窜，直到现在又被窦建德这个大老粗重用。当他拿到夏王送过来的那份制书时，心里肯定感慨万端。

窦建德这时看了一下形势，觉得还不是宣布独立自主的时候。于是，他又派人去跟王世充见面，表示他也拥戴杨侗为主。杨侗就册封窦建德为夏王。

窦建德虽然起事已经很长时间了，占据的地皮也很辽阔了，也宣布建立了政权，但他到底是个大老粗，手下也没有什么读书人，因此还没有一套典章制度。裴矩成为他的首席智囊后，就帮他定了威严的朝仪及律令。

窦建德一看，很是高兴：有学问的人就是不一样啊。从此，他一有时间就跟裴矩请教这些典章制度的知识。

8. 首发大将奔唐

很多人一定记得，宇文化及还有一个弟弟宇文士及。在宇文化及被消灭时，宇文士及并不在场。原来，宇文士及早已不看好他哥哥的前途了，早就想脱离哥哥的集团。他早年当隋朝的尚辇奉御时，李渊是殿内少监，两人时常见面，很聊得来，算是结下了比较深厚的情谊。当宇文氏兄弟来到黎阳时，李渊想救宇文士及一把，就派人带着自己的手诏去见宇文士及，召他到长安来共享富贵。宇文士及接到李渊的亲笔信，并没有告诉他的哥哥，而是派他的家童间道赴长安，又托李渊的使者向李渊献金环，表达了自己想回长安的美好愿望。

宇文化及来到魏县时，兵力更加单薄了。宇文士及就劝两个天天吵架的哥哥冷静下来，认清形势，归顺唐军算了——当初骁果也是要回关中的啊，咱们归顺李渊，正好兑现当初的诺言。可是宇文化及不从。

宇文士及就跟封德彝商量：再跟我这个老哥走下去，只有死路一条了。你说怎么办？

封德彝就帮他想了个主意，先想办法离开宇文化及。那时，宇文化及的军队正严重缺粮，可请求到济北去筹粮。宇文化及看到自己的亲弟弟请求去筹粮，哪能不大喜？这个弟弟向来不积极工作，现在终于主动了。真

第三章　李玄邈铸成千古恨　王世充东都称皇帝

是患难才知道谁是真兄弟。宇文化及称帝后，封宇文士及为蜀王。宇文士及只是紧盯着哥哥，直到最后，死死地待在济北那里，跟哥哥保持着距离——他知道，只有跟哥哥拉开距离，他的生命才在安全范围内。后来，宇文化及果然如他所料，被人家砍了脑袋。之后，他迅速走出第二步——带着封德彝离开济北，跑去投奔李渊。其实，李渊跟他们兄弟的渊源还不仅于止，当时李渊的一个昭仪就是宇文士及的妹妹。算起来，李渊还是宇文氏兄弟的妹夫呢。

宇文士及到长安后，李渊授他上仪同。封德彝觉得自己为宇文士及出谋划策，教唆他投降李渊，也算是有功之人，况且自己也是个很有才的人——当年连杨素都对他大力推崇，现在投奔正需用人之际的李渊，肯定能当个高官。哪知，李渊说他作为大隋旧臣，没有好好做人，专做谄巧不忠心之事，把他骂了一顿之后，遣返回家。

如果是别人，肯定会死了这条心，要么就老老实实待在家里，去开个学馆，收几个学生，靠收徒费活过这辈子，要么离开长安，另择头领，继续打拼。可是封德彝知道，不管你到哪个头领那里再就业，最后那个头领都会被李渊搞定，到时再见到李渊，就不是这个处罚了。而他又不甘心自我埋没。于是，他又利用自己的渠道，施展自己的特长，大力吹捧李渊，把李渊的马屁拍得万分舒服。李渊虽然曾经板着那张脸义正词严地大骂他谄媚杨广，祸国殃民，是不可重用的，可是当封德彝把那一套用到他身上时，他只觉得无比的舒服受用：这样的人才怎么能浪费呢？于是，他就又拜封德彝为内史舍人，不久又提拔为侍郎。

现在李渊周围的敌人还有几家，而最强大的对手无疑是王世充。

双方的边界已经对接，不时会产生一些流血冲突。比如，武德二年（619）闰二月，唐骠骑将军张孝珉就带着一百多个勇士去袭击王世充的汜水城，直杀进汜水外城，将一百五十艘运米船沉入水中。

王世充当然不高兴，两天之后，他就下令去攻打唐的谷州（今河南省信阳市光山县西南）。这次他派出的将领正是秦叔宝和程知节。这两条好汉

本来是李密手下的干将，李密失败后，他们就成了王世充的俘虏。王世充素闻两人之名，自然要对他们加以重用，待两人甚厚，任秦叔宝为龙骧将军，任程知节为将军。但两人恨王世充太过奸诈，觉得跟他混不会有什么前途。程知节对秦叔宝说："王世充器量浅薄而心胸狭隘，又乱说话，管不住嘴，动辄赌咒发誓，像个老巫婆，哪里是拨乱反正的君主呢？"当你听到这样的话时，你还相信程咬金只会三板斧吗？秦叔宝自然十分认同。于是，两人就有了自己的打算。

他们随王世充出战，在九曲那里与唐军对峙。

王世充把此战的希望都放在两人身上。当时，两人都作为首发大将，带兵在阵上。他们带着几十名部下，向西跑了一百来步，然后向王世充下马行礼，朗声说道："太尉，我们深受你的厚待，一直都想着报恩效力，但太尉爱信谗言，不是我们心目中的主公，所以我们不想再跟太尉混下去了。现在咱们就此别过，从此各走各的路。"然后跃马直奔唐军阵地。

王世充不由得一呆，心里恨不得把两人砍成肉泥，但却不敢派人去追，只是眼睁睁地看着两条好汉投入敌人的阵营，从此成为自己的对手。王世充只会恨别人，绝对不会去想，为什么人家会这么决绝地离他而去。

李渊把秦叔宝和程知节都分派到李世民的手下。李世民对他们的名声也早就如雷贯耳，对两人十分尊重，任命秦叔宝为马军总管、程知节为左三统军。

王世充手下的另外几个猛人李君羡、田留安对王世充也早就看不顺眼，看到秦叔宝和程知节果断奔唐，便也向他们学习，带着自己的部众投降了李世民。

这几个人原来都是王世充拉拢的对象，平时王世充对他们信任有加，都离他而去，跟他不对付的李厚德就更不用说了。李厚德本来也是王世充的死党，但他的弟弟李育德是唐朝的陟州刺史，王世充就以此为由，把李厚德囚禁在获嘉。李厚德跟负责看守他的赵君颖是好朋友，硬是说动赵君颖跟他联手，把殷州刺史段大师赶跑，然后以城降唐。

李育德看到老哥来降，心情大好，马上出兵攻下王世充河内地区的三十一座堡垒。

王世充心下更是大怒:你兄弟献城俺还没有报复,你又来打俺。于是,他派侄儿王君度去攻打陟州,想给李育德一个大大的教训。

哪知,教训李育德也不是那么容易的。李育德看到王君度大军开来,大叫来得好,引军出战,把王君度打得大败,斩首千余级。

正在这时,李氏兄弟的母亲生了病,李厚德必须回去看望,他就叫李育德去帮他守获嘉。

二月二十七日,已经恼羞成怒的王世充合几路兵马杀向获嘉。李育德寡不敌众,城池陷落。王世充把李氏三兄弟全部杀死,终于泄了心头之恨。

王世充攻下获嘉、杀死李氏三兄弟之后,并没有停下来,又攻打谷州。谷州守将史万宝出战,但被王世充打败。

尽管王世充连续取得两次胜利,但他手下的人仍然不看好他。

就在他刚刚打败史万宝的时候,还打着大隋旗号的北海通守郑虔符、文登令方惠整及东海、齐郡、东平、任城、平陆、寿张等地都宣布易帜,换上了大唐旗帜。那个刚刚归顺窦建德的王薄看到周边这个形势,便也紧跟潮流,换上了大唐旗号。王薄自己先当首领,成为一方雄主,然后被打成海边盗贼,接着为了一堆珍宝归顺流氓宇文化及,帮宇文化及苟延残喘了几天,又成为窦建德的俘虏。此前,窦建德是以他为榜样发展起来的,当他投降窦建德时,已经成为窦建德手下可有可无的一员。于是,他又恢复了海边盗贼的身份,这时摇身一变,又成了大唐手下的军官,个人事业是越做越小,身上早没有了作《无向辽东浪死歌》时的豪情。

9. 王世充理政

东都集团一下丢失了大片地皮,但王世充并不怎么心疼。他现在最想做的不是开疆拓土,而是搞代隋的禅让。他虽然是东都权力场上唯一的寡头,但他在东都的时间并不长,人脉并不深广,否则就不会出现这么多人组队离开他的现象了。如果是别的人要篡位,肯定有一大帮人出来,为他制造舆论,打好基础,然后一起演戏,把他"逼"上帝位。可是王世充没

有这些人。他只得亲自操作了,为了把所有的大臣都召到东都,他扯了个谎,说准备去攻打新安,请大家一起来商议。

但他的死党李世英认为不能这样做。

他对王世充说:"现在四面八方的英雄之所以在短期内归附东都,是认为主公能够中兴大隋的缘故。现在全国九州之地,一片混乱,平定的还不及十分之一,主公就仓促称帝,只怕很多跟主公最亲近的人都会离去。"

王世充一听,只得低着脑袋说:"公言是也。"

可是另外几个手下又出来反对李世英的话。

首先出来发言的是王世充的长史韦节。他说:"大隋气数已尽,这是大家都已经达成的共识。主公何必再抱那个死教条?特殊之事,自然不可与常人商量。"

太史令乐德融接着用自己的专业知识来为王世充解释:"往年长星出现,这是除旧布新的征兆,现今岁星在角宿、亢宿,亢宿是郑的分野。如果不马上顺应天道,恐怕王气就会衰落。"

王世充一听,有文化的人就不一样,一套天象理论过来,什么问题都不尴尬了,都可以圆满解决了。他怕李世英再来那一套,自己又绕不过去,那就麻烦了,便当场拍板:"就这样定了。"

果然,他刚刚拍板,外兵曹参军戴胄就过来对他进言:"君臣,犹父子也,休戚同之。太尉如果竭忠殉国,则家国都会安定。"

王世充心里大骂戴胄不识好歹,可是又不好当面驳斥——因为连他都觉得自己底气不足,于是就把僵硬的笑容挂到脸上,假装对戴胄的话称善,把戴胄很客气地打发走了。

戴胄一走,王世充立刻把接受九锡的事提上议事日程,要求有关人员做好方案。戴胄知道后,又跑过来,摆了一大堆谁都无法反驳的大道理。

王世充也不反驳,怒容满脸地等他的滔滔不绝结束之后,当场下文,任戴胄为郑州长史,马上卷包袱到新地方上任,具体工作是镇守虎牢。王世充把戴胄赶走之后,就叫段达把他的意思向杨侗转告了。

杨侗这时还能有什么话说?以前他还牢牢掌握大权时,王世充打了太多的败仗，而且败得连王世充都觉得没有脸见人了，他仍然派人去好言好语劝慰。为了让王世充彻底放下心理包袱，他多次在王世充败得连底裤都输光的情况下，从府库里拿出大量的金银财帛赏赐给王世充。那一段时期，王世充在李密面前是个常败将军，可是这个常败将军得到的奖赏比杨广时期对功臣的奖赏还多。杨侗如此对待王世充，并不是他不知道王世充不是好人，而是他父亲留给他的那些大臣水平实在太低了，比较来比较去，真的没有谁比王世充更有能力。因此，他只得死死拉住这个家伙，然后这个家伙就坐大了起来。坐大起来的王世充就把他撇到一边，成了一块鸡肋似的招牌。现在王世充想挂上自己的招牌了，于是杨侗就只有独吞被摘牌的苦果。这个苦果是他父亲种下的，父亲已经先吃了一半，剩下的这一半由他来吃下去。他对今天是有思想准备的，听了段达的话，情绪并没有产生大的波动，一脸平和地说："王世充新近平定了李密，已经拜太尉，也算是对他的表彰了。从那时开始，他似乎没有再立什么丰功伟绩。加九锡之事，待天下平定之后，再议之不晚。"

段达想不到杨侗在这个时候坚持起来，他要是不完成任务，就无法回去交差，只得说："陛下啊，这可不是俺的意思，而是太尉想这样。"

杨侗知道自己再争已经毫无意义，便两眼紧盯着段达——这是他父亲下江都时安排给他的头号助手，主掌东都留守府的军事，领东都最高工资，可是面对敌人的围城，从来没有拿出过好办法；王世充进东都后，便又出卖王世充的反对党而一跃成为王世充的头号亲信，现在居然为王世充来逼迫自己，这就是他父亲给他安排的亲信。他在心底里一声长叹，然后冷冷地道："随你便！"

于是，段达便以杨侗的名义下诏拜王世充为相国，假黄钺，总百揆，晋爵郑王，加九锡，郑国置丞相以下官。

王世充继续把情节往前推进。于是，东都道士桓法嗣送来一本书给王世充，书名叫《孔子闭房记》。千万不要以为这本书的内容是讲述孔子闭门做学问的那些事儿，这实则是汉代以后流传的一本著名的图谶。该书把汉代以前那些帝王易姓相受之说都搜集整理起来，编写成册，然后说其前因

后果孔子早有预言。比如沙丘之亡（秦亡）、卯金之兴（汉兴）这些事，孔子早已经知晓，并在书中预为之谶。桓法嗣说，他经过长期研究，在这部伟大的专业书里有了惊人的发现，就是相国当代隋为天子。

王世充当然大悦，马上任命桓法嗣为谏议大夫——别人当这个谏议大夫，都是劝俺不篡权，你才是俺最好的谏议大夫。

王世充又叫人暗中网住各种飞鸟，然后在帛布上写些他受命于天之类的文字，系在飞鸟的颈脖上，再放飞出去。谁得到这样的飞鸟献来，他就授以官爵。

这边王世充大力造势，那边段达则加班加点，以杨侗的名义制作各类文件，不断地授予王世充特殊的礼遇。王世充本来就是个"影帝"，政治表演的艺术炉火纯青。当这些"殊礼"不断加来时，他则不断地奉表礼让。最后是百官劝进。百官怕王世充不上位，便不惜违背祖宗的遗愿，设位于都堂，再劝他称帝——首领，我们都把事情做到这个地步了，你要是还推辞，我们就没有脸活下去了。王世充嫌这些大臣资历不够，突然想起一个人来——纳言苏威，这可是大隋老一辈大臣，是杨坚时期政坛三驾马车之一，地位仅次于高颎和李德林。

他马上安排人员去请苏威老人家。此时苏威真的已经是老人家了，他把最美好的青春年华都奉献给了杨坚，到杨广即位时，就一脚把他踢出权力中心，让他边缘化。杨广也知道他有水平，因此不管到什么地方，都要带上他，碰到什么无法解决的大难题时，就让他出来贡献智力。他在杨广那里，已经变成一本大辞典，碰到不认识的字，杨广就去翻一翻，平时基本束之高阁。杨广死后，他以为他的辞典功能已经结束，哪知王世充又过来利用一下。这时，他已经年老力衰到难以上朝的地步。王世充要求他的手下，每次在劝进表中，一定要把苏威老人家的名字放在第一位。

到了王世充决定接受"殊礼"的那一天，几个人把苏威扶持起来，站在百官之前。王世充才南面正坐，接受大臣们的拜见。

接下来就是所谓的受禅仪式了。

这时，东都还有个大学问家孔颖达。王世充还是很会利用人才的，他

第三章　李玄邃铸成千古恨
　　　　　王世充东都称皇帝

要求孔颖达安排禅让仪式，派段达、云定兴等十多人组团入宫，逼迫杨侗："天命不常，郑王功高德重，盖于海内，愿陛下效法唐、虞，禅让于郑王。"

尽管杨侗对今日之事早有所料，但当这几个人向他进逼时，他仍然浑身颤抖，脸色大变，双膝撑着矮桌，愤然道："天下，高祖之天下，若隋祚未亡，你们就不应该说这样的话。如果天命已改，又何必搞什么禅让？他直接当上皇帝就行了。诸位不是祖上辈旧臣，就是自己位居三公。既然你们都这样说了，我还有什么指望？"他说得"颜色凛冽"，在场大臣无不冷汗遍身。他们也是迫不得已，他们知道王世充是个奸猾小人，人品哪比得上杨侗。如果让他们选择，他们宁愿选择杨侗，而不会选择王世充。可现在不是按人品来定位的，而是看谁的拳头硬。他们要是不为王世充说话，立马就会完蛋。

杨侗说完那番话之后，就宣布退朝，回宫之后，对着太后，泪如雨下。

王世充并不理会杨侗的心情，又派人对杨侗说："陛下，如今海内尚未安定，我们需要一个年长的人来掌舵。等到天下太平了，再恢复陛下的帝位。"

然后不管杨侗同不同意，他于四月初五日宣布奉皇帝之命受禅。当时，杨侗已经被王世充的哥哥王世恽关在含凉殿。大臣们看到的场景是：诏书不断地从后宫传来，王世充则不断地辞让。连续你推我让了几次之后，王世充这才"不得已"受之。其实，杨侗对这些情节一点也不知情。此前很多皇帝在逊位时，还可以在禅让诏书上签个字、盖个印，现在杨侗连这个手续都免了。

王世充当了皇帝之后，觉得隋朝的宫殿都藏着无穷的晦气，自己新帝上位，必须万象更新。他派众将带着士兵清理宫城，再请来一批术士，用桃汤、苇火在宫中举行了一场隆重的除凶祈福仪式。四月初六日，王世充这才备法驾入宫，宣布即位，改元开明，立儿子王玄应为太子、另一个儿子王玄恕为汉王，奉杨侗为潞国公，再任命苏威为太师、段达为司徒、云定兴为太尉。

王世充当了皇帝之后，办公模式很有特色。他并不在大殿内批阅文件，

而是在阁楼下及玄武门等处设榻，行坐没有固定的场所，又亲自接受奏章上表，直接处理。有时，他又轻骑简装突然出现在闹市上，也不用清道令百姓回避。老百姓看到这个新皇帝远远而来，只须让道即可。

每到这时，他都会按辔徐行，然后在脸上刷出和蔼可亲的神态，再用很亲切的语气对围观的群众说："过去的天子，都居住在重重宫殿之中，民情根本无法上达天听。朕当皇帝，可不是为了贪图皇帝的宝座，只是想拯救天下百姓于危难之中。所以，我虽然当了皇帝，但却像一州刺史一样亲览庶务，还要跟官员百姓共议朝政。我怕宫门有所限制，现在就在宫门外设座位听朝。各位可以把自己了解的情况毫无保留地讲出来。"

他接着又下令西朝堂专门受理冤情，东朝堂专门接受直言极谏。

大家一看，王世充当了皇帝之后，还真的浪子回头，要造福百姓了。于是，他每天都收到几百人的献策上书。而且这些上书里，什么情况都有，有的说自己受了冤屈，有的又给他洋洋洒洒地开出治国的新方案。每天把这些上书分类是一件艰巨的工作，他一个人更是难以全部省阅。几天之后，王世充就觉得头昏脑涨，不再出宫了。

当然，在这段时间里，王世充还是很想有作为的，很想给人们一个新的气象看看。他手下的将军丘怀义在门下内省，觉得无聊时，就请王玄恕和王世充的侄儿王君度及另一个哥们儿郭士衡前来喝酒，还召来几个美女，一边喝酒一边鬼混、赌博。御史张蕴古就把他们告到王世充那里。王世充大怒，下令把那几个人捉来。那几个喝花酒喝得不知天高地厚的家伙来到他面前时，他二话不说，上前直接打了王君度和王玄恕十几个响亮的耳光，然后又下令带到东上阁，再打几十大板。而对于丘怀义和郭士衡，他一概不问罪，让人们知道，皇子犯法比庶民之罪更重。然后，他重奖张蕴古一百段布帛。

王世充虽然不再出宫，但他每次听朝时，为了显示自己的精明勤政，总是对着大家殷勤训导，言辞重复，千端万绪，什么都说，滔滔不绝，最后让人听不出头绪来，连边上的侍卫都听得疲倦不堪。各部门官员上奏政事，也因为必须长时间听他喋喋不休的教诲而疲惫不已。

御史大夫苏良实在忍无可忍，对他说："陛下话太多，而又不得要领，以后如此这般地商议一下就可以了，何必费这么多口舌？"

王世充年轻时口才就很好，在跟人家辩论时，常常把人家驳得哑口无言，最知道如何发表演说。只是官当大了，喜欢到处发表讲话，说起来就收不住，变成现在这个样子。他听了苏良的话，觉得很对，沉默了良久，但最终也不能改——某些习惯一旦形成，这辈子就真的难以改正了。

10. 安兴贵一人平河西

窦建德听闻王世充自立为帝，马上就跟东都断绝一切关系，然后自建天子旌旗，出入都像天子一样，武装清道警戒，下达的文件也称为诏。王世充的脑子还算冷静，他现在虽然控制了几个大州，但仍然不敢托大，也向李渊学习，去跟突厥搞好关系，把突厥当自己的靠山，来给自己壮声势。突厥这些年来，趁着中原大乱，捞了不少好处，北方群雄每每起事，都把他们当成头号靠山，让他们的虚荣心得到极大的满足。始毕可汗现在更是雄心勃勃，以北方群雄的共主自居。就在前两个月，他带着部队渡过黄河来到夏州，梁师都马上发兵去跟他会师。他又分五百骑兵给另一个独立首领刘武周，准备从句注山去打太原。

如果他按这个情节推进下去，李渊的麻烦就大了。因为太原就是他的龙兴之地，打太原就是在挖他的墙脚、动他的根本，他就必须集中全部的力量去应对。可是，始毕可汗在雄心勃勃时，身体却不争气，他突然病逝了。他的儿子什钵苾年纪太小，不能立为可汗，大家就立其弟俟利弗设为首领，称处罗可汗。

本来，李渊听说突厥联合梁师都和刘武周要入侵太原时，就派高静带着一堆财宝，要去贿赂始毕可汗，让他见钱眼开，退兵了事——反正你们每次出兵，也只是为了钱财而已。高静扛着一大堆金银财宝才到半路，始毕可汗就死了。李渊听说始毕可汗已经驾鹤西去，突厥其他人基本不足为虑了，就叫高静把手上的那些财物交到当地的府库之中。突厥人听说之后，不由得大怒，马上宣布起兵：不把你们这些唐人打痛一次，你们永远没有

记性。

丰州总管张长逊知道后,急忙叫高静拿这些财物出塞,作为朝廷赠送给始毕可汗丧事的用款。突厥人这才收住冲天怒火,下令班师。

当突厥人拿着财物兴高采烈地班师后,就只有刘武周还傻乎乎地去攻打并州。当时,并州在李元吉的管辖范围内。李元吉看到刘武周的部队开来,直接引兵把刘武周击退。后来,李渊还派李仲文带兵去增援并州。没有了突厥兵,李渊根本不把刘武周等人放在眼里。

你想想,连李渊都屈服于突厥的威胁,给突厥大大的面子,其他北方首领能不把他们当靠山吗?

这时,突厥那边的"第一夫人"仍然是从隋朝嫁过去的义成公主。义成公主看到窦建德跟突厥交好后,就派人前来迎接萧皇后和南阳公主到突厥安居。窦建德派一千多骑兵护送,还将宇文化及的首级献给义成公主。从此,萧皇后就在突厥那里当上了流亡皇后,直到贞观四年(630),李世民打灭突厥,这才把她迎回故国,对她礼遇甚厚。十七年后,这个人生大起大落的皇后才逝世,享年八十一岁。杨广天天胡来,到处疯玩,但杨广在一生中,对这个皇后倒还尊重,从来没有过休她的想法。只是她嫁了这么一个玩主,身为皇后,最后却饱受亡国之痛,直到流落异域,这才能在乱世之中苟且而全。乱世一来,灾难遍地,即使贵为皇后,同样难以幸免。

由于突厥搅了一下局,西部那些首领的想法又多了起来,不光刘武周等人前来动手动脚,李轨这时也想出来走几步。

话说去年李渊曾经成功地与李轨合作,搞定了他在西部最大的威胁薛仁杲。李轨当时也很诚心,不仅自愿当李渊的"从弟",还派他的弟弟李懋到长安入朝。李渊不但送还李懋,还派张俟德持节册拜李轨为凉王、凉州总管。就在那时,李轨突然称帝,让李渊心头一紧。他称帝之后,立刻出兵攻陷河州。也是这时,李渊的特使张俟德才赶到。

李轨看到李渊给他的委任制书后,头脑好像又清醒起来,把手下几个头头脑脑召集来,对大家说:"李氏有天下,是历运所属,而且他已经占据了京师。一姓不可竞立,所以我想除去帝号,东向接受册封,如何?"

第三章 李玄邈铸成千古恨 王世充东都称皇帝

曹珍说:"隋亡天下,英雄并起,称王称帝,瓜分鼎峙。唐自保关中、雍州,我们大凉自河右,各有所属,何况已为天子,怎能接受别人的官爵呢?如非要以小事大,可依照萧詧旧例,自为梁帝而称臣于周。"

李轨一听,也很有道理,当皇帝没有几天,称朕都还没有习惯,就突然自动废掉,这脸打得也太响亮了。于是,他就采纳了曹珍的建议,既保留帝号,又在李渊面前矮了半截,应该不会让李渊生气。他就派他的尚书左丞邓晓到长安入朝,奉上的文书自称"从弟大凉皇帝"。

李渊看了大怒,喝道:"李轨这是不想臣服啊。"把邓晓囚禁了起来。

双方的关系就此处于僵化状态。

对于李渊而言,他必须解决西部问题。这些力量不清除,哪天突厥人头脑一发热,又出面把他们组织起来,对他大打出手,他的麻烦就大了,就永远无法东顾。既然现在李轨敢于称帝,他正好趁着西部这些势力还各自为政、突厥刚拿了他的钱财还没有其他想法时,把李轨这股势力吃掉。

与此同时,李轨的内部还出现了杂音。李轨也跟所有的首领一样,手下有个头号谋士,名叫梁硕,是他的吏部尚书。既然是头号谋士,肚子里肯定装了谋略,首领一般情况下又基本言听计从,因此很多人都怕他。

梁硕虽然很聪明,也知道大家对他有畏惧心理,但他并不在乎这些,仍然努力地为首领提供智力服务。他发现凉州这里有很多从西域移民而来的胡人,繁衍得比较快,就意识到再这样下去,凉州就会成为胡人的天下,汉人就会成为少数民族,就劝李轨加以提防。可是户部尚书安修仁却不同意。两人就产生了矛盾,而且这个矛盾越来越大,大到交恶的地步。梁硕为此树立了一个敌人。当然,如果只有安修仁一个敌人,梁硕是不会有什么事的。可是接下来,他又得罪了另一个人。这个人叫李仲琰,是李轨的儿子。

他跟李仲琰既没有利益冲突,也没有业务纠纷。他得罪李仲琰只是因为一次礼节性的往来。李仲琰有一次去向他问候,不知是何原因,他只是礼貌性地点点头,并没有起身答礼。李仲琰以为这个老儿敢于在他面前耍大牌,心里大为生气。李仲琰知道梁硕现在在集团中已经树敌不少,很多

人都看他不爽，于是就组织了这些人，一起诬陷梁硕。

李轨是通过玩阴招起事的，他也跟很多同类首领一样，疑心很重，总怕别人也对他来这一套。因此，听到以他儿子为首的人诬告后，他一脸怒容地拿着一包毒药来到梁硕的家里，命令梁硕全家一起吃下去。于是，梁家一门老少，全部被毒死。

尽管梁硕在集团内有很多政敌，这些政敌也团结起来把他害死了，但那些有良心的人都知道，梁硕一直为李家出谋划策，立了不少功。这么一个大功臣，最后居然被李轨一包毒药灭门，人们无不觉得李轨也太不像话了。很多高官也觉得心头寒意阵阵，对他产生了莫名的惧意，觉得为这样的人拼命太不值得了。

李轨对此并没有察觉。

他杀梁硕后没有几天，有个胡人巫师对他说："陛下，告诉你一个好消息：天帝将派玉女从天而降。"

李轨也跟很多虔诚的迷信人士一样，听到这个特大喜讯，哪敢怀疑？既然玉女要降临，咱们得举行一个隆重的欢迎仪式，迎接玉女的到来。他出动部队修筑楼台，等候玉女飘飘而下，进入楼台，然后他上到楼台，与玉女来个"金风玉露一相逢"，那得多浪漫啊。为了保证这个玉女能在楼台上笑得花枝乱颤，他把这个楼台修建得富丽堂皇，耗费了大量的财物，而且恰逢饥荒，凉州境内已经出现"人相食"之事。李轨知道后，也有点慌了。凉州本来就是个贫困地区，搞了个楼台，国库就已经空虚。李轨没有办法，只得散其家财去救济受灾群众，但仍然不足供给。他又把大家召来，商议是不是打开战略储备粮救灾。曹珍说："就应该这样。"

可是以谢统师为首的一帮人却坚决反对。这伙人原来是大隋的朝廷命官，向来内心不依附李轨。他们一直都在暗地里搞小团体，跟群胡勾结，一有机会就挑拨离间。搞定梁硕，他们功不可没。他们知道，如果李轨采纳了曹珍的建议，他就会大得民心。这实在不是他们乐见的。于是，他们质问曹珍："现在饿死的，都是老弱的人，而不是那些可以做事的人，更不是壮勇之士。我们仓储粮食是要备意外之需，岂能随便施惠于弱小无用之人？仆射只想附和下情，却不为国家着想。这算什么忠臣？"

如果李轨的思维稍微正常点，就知道这些话不可信。可是他现在已经处于昏庸状态，听了谢统师的话，觉得太正确了，也不等曹珍再说话，马上就大声说："对啊。幸亏你们提醒，否则我就犯大错误了。"

他果断下令，关闭仓门，不管发生什么事、不管死多少人，都不能拿战略储备粮来当赈灾物资。

很多人本来对他都已经不爽了，现在看到他连境内的灾民都不管了，只听信那几个家伙的谗言，就更加怨恨不已，怨恨得多了，心里就有了脱离他而去的想法。

李渊既然囚禁了李轨的特使邓晓，接下来就必然跟李轨兵戎相见了。

李渊知道凉州地势险要，李轨本人的能力也很强，就决定联络吐谷浑一起夹攻李轨。

前些年，杨广曾经御驾西征，亲自率兵攻打吐谷浑，把吐谷浑的可汗慕容伏允打得抱头鼠窜，率领余部到党项人那里避难。杨广又立他那个在长安当人质的儿子慕容伏顺为主，让他回去管理吐谷浑。但伏顺才回到边境，就发生了兵变，兵变分子把他的辅政大臣斩掉了。他不敢再向前进，只得又回长安，伏允便又回来当了吐谷浑的首领。李渊即位之后，伏顺从江都回到长安。

李渊当时的力量还不雄厚，而他周边全是对手。尤其是西边那几个家伙，时刻都盯着长安。他见到伏顺之后，马上心生一计，派使吐谷浑，跟伏允讲和。伏允本来就不是一个好战的可汗，曾经多次要求当大隋的附庸，只是杨广想过把御驾亲征的瘾，不批准他的要求而已。他刚刚被打得差不多亡国亡种，哪敢再跟中原朝廷作对？马上就答应了李渊的要求。李渊又请他出兵去攻打李轨，并许诺把伏顺遣还——咱们以后就是一家人，还用什么人质？动辄押个人质，那是隋朝霸权主义的霸凌行径，我们大唐不玩这种小人伎俩。当然，条件还是有的，就是起兵攻打李轨。伏允一看，李轨现在正好跟他接壤，你不打他，他也会打你。于是，他就一面向凉州进攻，一面派使者拿着贡品到长安，请李渊放伏顺回去。李渊很干脆地把伏

顺送了回去。

当然,李渊也知道,光靠吐谷浑还不足以把李轨搞定,他这边也必须配合行动。正好李轨的户部尚书安修仁的哥哥安兴贵也在长安。安兴贵在长安混,也很想混个出人头地,只是一直找不到合适的机会,现在看到李渊要打凉国,便主动向李渊上表,请求让他去凉州招慰李轨。

李渊对他说:"李轨据有河西,阻兵恃险,连接吐谷浑和突厥。我起大兵讨伐,还觉得没有把握,你能凭口舌说服他吗?"

安兴贵说:"李轨现在确实很强悍,但如果给他讲透逆顺祸福的道理,他应该是会听从的。如果他真要凭险固守死拒到底,也不用担心。臣世代为凉州望族,了解其士民,在那里有深广的人脉,而且我兄弟安修仁目前很受李轨的信任,手下有一批亲信,在其内部搞事,也是很容易的。"

李渊见他说得很有把握,就同意让他去试试。

安兴贵来到武威后,李轨就让他担任左右卫大将军。

安兴贵找了个机会,对李轨说:"咱们凉州是个边远州,地不过千里,而且土瘠民贫。现在李渊起自太原,夺取了函秦,宰制中原,攻必取、战必胜,这是天意啊,非人力所能为也。可以说,谁跟他作对,谁就是跟老天作对。您何不顺应天意,举河西以归之,那么窦融之功又可重见于今日了。"

李轨道:"我据河西,有山河之固。他虽然强大,又能奈我何?你从长安来,是为李渊当说客吧?"

安兴贵看到李轨果然不吃这一套,也不敢再说了,马上向李轨谢道:"臣闻富贵不归故乡,如衣锦夜行。我们全家都受陛下荣禄,哪肯附唐?刚才只是把我的一些浅见呈上陛下,至于可否,全在陛下。"

李轨当然断然否决。

安兴贵出来后,马上就走出他的另一步,跟他的兄弟安修仁秘密联合各胡部。这些胡人本来就想捣乱,看到安氏兄弟出面挑头,便都积极响应。兄弟两人马上带着这些人,突然向李轨袭击。李轨一看,这家伙还真是李渊派来的捣乱分子。就你这个样子,老子还怕你不成?李轨马上带兵出来迎战。

李轨很自信，可是他手下的部队已经一点也不自信了，结果被人家打了个大败。

李轨急忙回到城里，关起城门固守：有本事你们打进来。

安兴贵并没有去攻坚，而是跑到城下，大声向城里喊话："大唐派我前来诛灭李轨。敢助之为虐者，夷三族。"

李轨下令关仓，城中人对他本来就已经恨之入骨，这时听到安兴贵的喊话，便都行动起来，跑到城外，投奔安兴贵。李轨身边的人马上就稀薄起来，最后他变成了光杆司令。

李轨知道，自己的末日就在眼前。

在末日到来之前，他突然记起，自己修了个玉女台，到现在玉女的倩影还迟迟未到。他真的心有不甘啊。自己为了修玉女台，竭尽国力，导致民心生变，对玉女的渴望和虔诚实在是苍天可鉴啊，结果仍然感动不了玉女。他只好带着自己的老婆孩子登上玉女台，置酒为别。

他万万没有想到，自己本来是想在这个高台上跟风姿绰约、不食人间烟火的玉女激情相会，现在却跟这个"黄脸婆"在这里郁闷地干下诀别酒，情何以堪！

李轨喝下杯告别酒之后，抬眼看了看天空。西北四月天，依然凉风透衣，而今天的天空一片净明，目光可以投到无限远。李轨在这个无限远的天空中，连玉女的衣角都没有看到。

他只在那里仰望苍天无言。

苍天也无言。

最后，安兴贵把无言的李轨抓获，送到长安。河西就这样被平定了。李轨原来是西部除薛举势力之外实力最雄厚的集团首领，刘武周和梁师都都远不如他。李渊一直为李轨的存在而大伤脑筋。现在安兴贵凭一人之力，就把李轨彻底清除，这让李渊高兴得真想跳起鲜卑舞来。

李渊没有跳鲜卑舞，那个被留置在长安的邓晓却舞蹈称庆起来。李渊一看，就知道这哥们儿的意思，对他说："你为李轨的使臣，听到李轨灭亡

了，不但不心痛，反而欣喜到这样的程度。你这是献媚于朕，而不忠于李轨，这样的人能为朕所用吗？"于是，下令对邓晓终身不得录用。

李轨很快就被押到长安，李渊当然不会让他继续活下去，把他和他几个儿子全部斩首，然后提拔安兴贵为右武侯大将军、上柱国、凉国公，赐帛万段，任安修仁为左武侯大将军、申国公。

于是，让李渊十分头疼的大凉势力就这样被搞定了。

第四章　宋金刚连败裴玄真
　　　　　李世民平定刘武周

1. 李元吉本性凶残

李渊成功地消灭了李轨势力，而在这期间，西部、北部的几个势力也在不断地互动着。刘武周的势力这时已经差不多跟窦建德连接起来了。梁师都也不断地向南发展。

开始时，李渊为了防备刘武周和梁师都，就派他的另一个儿子李元吉为并州总管，留守晋阳。李渊举事到现在，基本都靠李建成和李世民冲锋陷阵，开疆拓土，把事业不断做大做强。这两个儿子和他的女婿甚至女儿，到现在为止，都表现得很优秀。大家看到这几个人都是少年英雄，心想李元吉也不会差到哪里去吧。

事实证明这个认识是错误的。李世民长得英气逼人，连李密那样高傲的人第一次看到李世民都惊为天人，由衷赞叹。可是李元吉的颜值就有些让人不满意了——连他老妈都不满意，还在他很小的时候，就不愿养他，要把他丢掉。后来是其母的侍女陈善意私自把他养起来。李元吉长大后，性格怪异，残忍而好兵。他当边郡长官之后，就更加骄奢淫逸。他一天无所事事时，就叫奴仆、诸妾数百人披甲为兵，练习交战，而且不是点到即止的演习，而是举刀互砍，谁狠谁赢，谁不够狠谁就死。每一场大砍大杀之后，都死伤很多人。养母陈善意批评他，说再这样胡作非为下去，会丢

掉性命的。李元吉大怒起来：你以为你把我养大了，就可以随便批评我了？你以为你救了我的命，我就不好意思对你怎么样了？他居然下令身边的那几个肌肉男：把这个老妖婆给老子弄死。

陈善意万万没有想到，自己冒着危险辛辛苦苦养大成人的李元吉竟然这样把她杀掉。

李元吉弄死救命恩人后，还私谥她为慈训夫人。

李元吉除了喜欢假仗真打，还喜欢打猎。他自己的打猎装备，足足装满三十多车。他常常对大家说："我宁可三日不食，不能一日不猎。"

李渊任他为总管时，还安排了窦诞和宇文歆当他的助手。窦诞也是个玩家，努力配合李元吉胡来。李元吉不但白天到处疯玩，就是夜里住在留守府里待久了，也觉乏，常常在半夜开门跑出去，冲进民宅，纵淫为乐，而且从不闭府门。宇文歆劝说多次，但两人就是不听。

宇文歆就向李渊上表，控告他们："齐王多次与窦诞肆意游猎，践踏民田，还放纵左右公然劫夺，致使民间六畜殆尽。他们还经常在大街上射人，以看人避箭的样子为乐。百姓对他们无比怨恨。不能让这样的人守此城啊。"

李渊一看，觉得再让这个家伙当晋阳留守，根据地就会完蛋，马上把他的官免了。

李元吉接到免职文书后，也有点慌了，他当然不情愿回到长安被父亲约束。他后来想了一个办法，收买了几个晋阳的老百姓，让他们跑到京师，对李渊说，李元吉是他们敬爱的父母官，他们舍不得这个父母官离开晋阳。李渊一看，原来这小子还真得民心，于是就又让李元吉官复原职。

就在这时，武德二年（619）四月，刘武周带着他和突厥的联军已经大步南下，来到黄蛇岭，兵锋大盛。李元吉一看，老子从小就喜排兵布阵，这些年来，经常搞实战演习，正愁无用武之地，现在你来了正好。他派张达去迎敌，号称一定要让刘武周有来无回。张达手下只有一百多号人，他对李元吉说："咱这几个兵哪是人家的对手？您要是一定要让俺去战斗，最后有去无回的不是他们而是我们啊。"

第四章 宋金刚连败裴玄真 李世民平定刘武周

李元吉大怒：军人的天职就是服从命令，我的命令已经下达，你去也得去，不去也得去。

张达看到李元吉那双盯向他的红红的眼睛，知道要是不出战，他马上就会没命，只得大叫一声，带着那一百多人冲过去，结果毫无悬念地被人家一个不剩地歼灭。

张达看到自己的兄弟一个都不剩了，心下恼怒起来，一不做二不休，就在阵前投降了刘武周，然后当刘武周的带路人，带着刘武周的部队袭击并攻陷了榆次。

刘武周想不到进军如此顺利，更加马不停蹄，又攻下了平遥。

李渊接到败报，心里自然很郁闷。而这个郁闷还没有消失，又一个不利的消息传来：梁州总管、山东道安抚副使陈政被手下干掉。那个手下割了陈政的首级，投奔了王世充。李渊当然十分恼火，可是他无法顾及这事。因为晋阳这边的漏洞越来越大——刘武周不断地大喊大叫，打打杀杀，李元吉对他毫无办法。刘武周手下的宋金刚一看，就教唆刘武周更要放开手脚大干下去。宋金刚本来也是一支力量的首领，主要活动范围在易州，手下也有一万余人，还独立自主时，主要跟魏刀儿合作。后来魏刀儿被窦建德搞定，宋金刚也曾跑过去想救老朋友一把，可是被窦建德打败。他只得率四千人逃了出来，西奔刘武周。刘武周早知道他善于用兵，看到他来投，不由得大喜，称他为宋王，还将自己的财产分出一半给宋金刚。

宋金刚看到刘武周不但收留了他，还待他这么好，也对刘武周深自结纳。他没有兵分给刘武周，也没有财产赠给刘武周，就休了自己的发妻，娶刘武周的妹妹为老婆：以后咱们就是一家人了，你是我的内兄，我是你的妹夫——关系瞬间就拉近到了一起。

两人通过这番操作成为一家人后，宋金刚马上劝刘武周不要再像以前那样小打小闹了，要有自己的奋斗目标：出兵的时候，一定要先看好攻打之地的战略价值，不要看到一个地方就乱哄哄地出兵，否则即使打赢了，也只能算是打了个胜仗，除了满足打胜仗的虚荣，没有特别的意义——这样的打法，就是突厥这些游牧民族多年来的打法，我们不是突厥人，我们

要有我们的打法。刘武周一听,这个妹夫还真用对了,忙问:"现在打哪里才是正确的?"

宋金刚说:"打晋阳,向南争天下。"

刘武周一听,妙啊。李渊就是靠这个地方搞起来的。晋阳不但是李渊的根据地,而且那里还有晋阳宫,建设得富丽堂皇,里面的宫女就一个字"美"。要是打进晋阳,那个幸福就别提了。于是,他猛一拍大腿,马上任命宋金刚为西南道大行台,率三万兵马杀向并州。他自己则带着一支部队进攻介州。介州城里居然有个刘武周的内应。这个内应叫道澄,是个和尚。道澄来到城墙上,用一条长长的佛幡把刘武周的士兵拉上去,使得刘武周顺利地攻下了介州。

李渊分明感受到了巨大的压力。此前刘武周虽然也活跃,但只是四处抢掠,全是土匪的做派,所以李渊对他并不重视,现在看到他两路兵锋所指,目标显然是晋阳,其战略目光已经非同小可,不得不重视了。李渊马上派左武卫大将军姜宝谊和行军总管李仲文去对付刘武周。

刘武周的手下黄子英来到雀鼠谷(今山西省介休市境内),不断地向唐军挑战。双方才一接触,黄子英就假装不胜,率兵败走。

开始时,姜宝谊和李仲文的头脑还很清醒,认为黄子英是在使诈败计,所以在他败走之后,便收住脚步,没有追击。

黄子英则很有耐心,不断地挑战,不断地失败、退走。姜宝谊和李仲文终于忍无可忍了,带着全军追上去。于是,刘武周的伏兵杀出,把唐军杀得大败。姜宝谊和李仲文也成了俘虏。这两人虽然上了人家的当,被人家活捉过去,但人还是很机灵的,硬是瞅个空当,逃了出来。

李渊并没有恼羞成怒,治他们败兵之罪,而是又派他们带兵去打刘武周。李渊也知道,这两个家伙是无法打败刘武周,保住大唐老根据地的,可是手头又没有其他能征惯战的名将,一时也是束手无策。正在这时,裴寂主动请求去打刘武周。

裴寂是李渊手下头号大臣。他都主动请缨出战,可见当时李渊的形势有多紧急。

李渊马上任命裴寂为晋州道行军总管,全盘负责讨伐刘武周事宜,允许他便宜从事。

2. 李靖命悬一线

除了刘武周在挖李渊的墙脚,其他势力也都在向大唐的领土杀过来。

目前已经跟唐军交火的就有王世充、窦建德、梁师都、萧铣。跟大唐的边境有点连接的,都跟唐军动了手。

王世充玩了一段时间内政之后,觉得也必须打点仗来表现一下。他率军几次攻打伊州(今河南省汝州市)。唐军的守将就是原来李密的死党张善相。他带着部队尽力守城,可是他手下部队人数不多,粮食更不多。后来,粮食吃光了,援兵也没有到来,于是城池就被王世充攻陷。

张善相被抓后,仍然不屈服,把王世充骂得一塌糊涂,直到被王世充砍了脑袋。

李渊听到之后,在那里一声长叹:"吾负善相,善相不负吾也!"

五月,王世充继续进军,又攻下了义州(今河南省信阳市商城县西),接着挺进济州(今山东省聊城市茌平区西南)。李渊这时已经很难分出很多军队去对付了,他派刘弘基带兵去救济州。

王世充这时连续获胜,而且是在对唐军的战争中获胜,实在让他心情很爽。不过,还是有一件事让他放心不下。他打败李密时,裴行基和裴行俨都被他活捉。他任命裴仁基为礼部尚书、裴行俨为左辅大将军,可是又觉得这两个家伙既有水平,又有威望,留着终究让他放心不下。

裴氏父子很快就知道了王世充对他们的猜忌。他们知道王世充是个什么样的人,他既然有了猜忌之心,接下来就要把他们搞定。他们不得不为自己做打算。两人马上联络尚书左丞宇文儒童及其弟弟宇文温和散骑常侍崔德本等人,进行一番密谋,准备找个机会刺杀王世充及其党羽,然后再立杨侗为主。

王世充是什么人?他既然已经对裴氏父子起疑了,自然会对他们进行严密的监控。所以,这几个人还在商量时,就被他闻知了。他马上把这几

个人抓了起来,并毫不犹豫地夷其三族。王世充的哥哥王世恽说:"这几个家伙谋反,就是举着杨侗的牌子。看来只有把杨侗这块招牌砸烂了,才能断绝这些人的念想。"

王世充觉得哥哥说得对,就派他的侄儿王仁则带其家奴梁百年,拿着毒药去完成这个任务。

杨侗看到两人拿着毒药过来,当然不想死,他对两人说:"你们再去跟太尉说说。他以前说过,不会这样对待我啊。"杨侗的天真程度实在令人哭笑不得,这些乱世的首领,谁讲话算数过?

不过梁百年还是有点良心的,准备去向王世充证实一下。王世恽不同意。杨侗知道自己真的没有希望了,就恳求说,在死之前,总要让他去跟太后诀别一下吧?这样的诀别,人生就这一次。王世恽仍然不同意:要死就死,这么麻烦干什么。

杨侗只得流着眼泪,自己动手,设席焚香,拜佛祈祷,说:"愿从今以后,不再生在帝王家!"然后把那碗毒药喝下去,可是却喝不死。几个人只得又找来一根绳子,把杨侗勒死。

王世充杀了杨侗,也大大地松了一口气,可是这口气才呼出,就收到了个让他气急败坏的消息——罗士信(《隋唐演义》中罗成的原型)又背叛了他。在他俘虏的李密所有将领中,他最信任的就是罗士信。他俘虏罗士信后,觉得这小子真是生猛,是个难得的人才,就"厚礼之"。厚到什么地步?常常跟他一起吃饭,甚至还同睡过一张床。罗士信得到这样的待遇,对他很是感激。后来,王世充又得到邴元真。他看到自己一番同吃同睡就让罗士信对他心悦诚服,就又如此这般在邴元真的身上如法炮制。邴元真的人品,向来就不怎么好。他还在李密军中时,就被很多人鄙视。这时,罗士信看到王世充把他跟邴元真一同对待,马上就觉得反胃起来,心头大为"耻之"。当然,如果光是这样,罗士信还不会走极端。另一件事的发生,坚定了罗士信离开的想法。罗士信有一匹好马,被王世充的一个侄儿王道询看见。王道询也是个爱马人士,就叫罗士信把这匹马免费转让给他。罗士信当然不给。王道询就去告诉了王世充。

第四章 宋金刚连败裴玄真 李世民平定刘武周

王世充二话不说，采取强夺手段，把这匹马从罗士信手中夺来，交给了王道询。

罗士信心头怒火万丈，当时没有说什么，等王世充命他出征时，就把部队带到唐军阵前，请求投降。李渊想不到居然有这个收获，第一时间就派人前去慰问，并送去很多粮草，然后任命他为陕州道行军总管——这可是方镇大员的级别啊。王世充的另外两个大将杨虔安和李君义也一点也不看好王世充，看到罗士信这样的人都决绝地离他而去，便也率所部去投奔唐军。这让王世充很抓狂，自己明明处于高歌猛进的佳期，这几个家伙居然还离他而去，宁愿投到被群殴的李渊阵营。

王世充拿那几个人没有办法，只好继续进攻。他派郭士衡去进攻谷州。此时，唐军全线处于疲软状态，在他看来，拿下谷州应该没有问题。当郭士衡牛哄哄地带着大军大步进入谷州地界时，谷州刺史任瓌并不怕郭士衡，他带着部队出城迎敌。两下交战，任瓌把郭士衡杀得大败，而且败得片甲不留。

这时，唐军另一个大将秦武通率兵突然攻打洛阳，在城外把王世充的大将葛彦璋打败。

王世充这边的攻势被任瓌阻住，而窦建德那边又大举进逼洺州。洺州正是李神通的管辖区域。李神通眼红病很厉害，上次在聊城的表现实在令人大跌眼镜，因此很被窦建德看衰。李神通管辖的范围很宽广，但手下的士兵并不多，看到窦建德的大军席卷而来，吓得脸色都变了，马上退保相州。窦建德很快就到了洺州城下，根本没费什么力气，就拿下了洺州，然后又向相州冲杀过去。

李神通觉得相州也不安全了，就带着全部人马跑到黎阳，让李世勣当他的保护伞。

北边的梁师都这时也不闲着，带着突厥几千骑兵向延州进犯。大唐行军总管段德操手下没有几个战斗人员，哪敢出城迎敌？只得高挂免战牌，躲在城内坚守。不过，段德操也不是消极地缩头避战，而是睁大眼睛，死盯着城外敌人的动静，寻找他们的破绽。终于，他看到梁师都部队已经松

懈。九月初一日,段德操派副总管梁礼带兵突然向梁师都发起进攻。

梁师都看到城内的守军居然主动向他挑战,不由得哈哈大笑:欠揍的终于来了。他下令全军冲击,务必把这几个不知"死"字怎么写的敌人全部消灭。

双方一接触,就打得你死我活,难解难分。

正在梁师都聚精会神跟梁礼拼杀时,段德操率一支轻骑,打着很多旗帜,绕道从梁师都阵地的背后突然呐喊而出,掩击其后。梁师都及其部队都大吃一惊,以为被人家套路了——难怪他们敢于以少量军队出来正面决战,原来主力部队已经悄悄地从后背攻来了。

梁师都一下就慌了神,被人家两面合击,不抓紧时间跑路,就真的来不及了。于是,他和他的部队都争着寻路而逃,瞬间进入崩溃状态。段德操把他们打得七零八落之后,挥师追击,一直追了两百多里,还顺势攻破了梁师都的魏州,虏其男女两千多人。

于是,梁师都这一路的威胁就解除了。

可是南面又出现了警报:萧铣在占领大片南方的地皮后,也不甘寂寞,派他的大将杨道生摸进峡州的地界,结果被峡州刺史许绍击退。但萧铣并不消停,又派陈普环带着水军逆流而上,意图攻取巴蜀。许绍得知后,派他的儿子许智仁和李弘节带兵前去追击,一直追到西陵,又把萧铣的部队打败,生擒陈普环而归。萧铣这才知道,唐军的战斗力还真强,不是每个人都能从他们身上讨得便宜的,于是只得增兵守住蜀城和荆门城,改进攻为防御了。

在萧铣经略南部时,李渊对萧铣的壮大也是极为担忧的。就在不久前,他已派李靖赴夔州筹划对付萧铣。李靖接令后,马上信心满满地奔赴新战场,准备立新功,可是他才来到峡州,就受到萧铣军队的阻挡而不能前进。

李渊知道后大怒:就会在老子面前吹牛,一碰到敌人就动弹不得。老子信了你,现在就误了事。你误了老子的事,老子就砍你的脑袋。他派人去找许绍,要求许绍找个恰当的机会把李靖砍了。如果许绍是一个唯命是从的人,这一刀就会毫不犹豫地砍下去,历史上就不会有李靖这个人了。

可是许绍在跟李靖一聊之后，觉得这个人是大大的人才，要是杀了，是大大的浪费，就上奏李渊，请求刀下留人。许绍跟李渊有过同窗之谊，关系很铁。看在老同学的面子上，李渊终于放过李靖一马。

3. 李元吉弃城而逃

李靖逃过一劫，而刘文静就没那么幸运了。

刘文静是李世民的头号谋主，也是太原起事时的重要谋主，更是李渊现在的一号红人裴寂最好的朋友，在裴寂悲观时，他天天为裴寂打气。但刘文静不是李渊的人，虽然这些年来他确实贡献了很多金点子，完成了很多艰巨的任务，比如出使突厥，争取到突厥的配合，阻击屈突通，使得李渊西进长安而无后顾之忧，等等，这都是不容有失的——只要出现一点漏洞，李渊的事业就有可能打水漂。刘文静的这些过人的才华，都是摆在明面上的。刘文静认为他的水平和功劳都在裴寂之上，可是现在他的地位反而在裴寂之下，心里超级不爽。每次朝堂议政，裴寂赞同的，刘文静就必定反对，而且在反对的同时，还不忘记夹上几句尖酸刻薄的话损一下老朋友。

老朋友同样是有脾气的——没有脾气的人是不会造反的，你刻薄了他，他当然也会反击。于是，曾经一对无话不谈、有难同当的老朋友就出现了矛盾，而且矛盾越来越尖锐。刘文静比裴寂的性格更加激烈。有一次，刘文静跟他的弟弟刘文起一起喝酒，在谈到裴寂时，心头激愤至极，突然拔出大刀，砍向柱子，大叫："一定要砍掉裴寂的脑袋！"

大概心头一不爽，幻觉就会出现。他们家有一段时间，时常闹鬼，刘文静就请来几个巫师，帮他们搞定那些扰乱他们一家的妖魔鬼怪。那个巫师在星光之下披头散发，口中衔着刀作法，搞得十分神秘。这么一阵乱搞之后，妖魔鬼怪好像真绝迹了，可是刘文静的那个小妾却出来搞事。这个小妾得不到刘文静的宠爱，心情也像刘文静一样郁闷。刘文静对裴寂一有气，就拔刀击柱，发誓要砍死老朋友；这位小妾也恨不得把刘文静搞死，以泄心中的郁闷。她一介女流，当然不敢对刘文静拔刀相向。她就叫她的哥哥去告发刘文静，说刘文静谋反。

　　李渊应该老早就知道刘文静跟裴寂的矛盾。裴寂是他头号红人，裴寂恨谁他就恨谁。因此，在裴刘两人之间的争斗中，他是旗帜鲜明地站在裴寂那一边的。这时接到这个告发，他比裴寂还高兴，立刻下令裴寂和萧瑀一起对此事进行调查。

　　刘文静本来并没有造反，对自己的行为也不隐瞒，说："太原起兵时，我位居司马，算起来跟裴寂的长史大致相当。现在裴寂官居仆射，住着最好的豪宅。我的职务和所受到的待遇跟其他人没有什么两样。这些年来，我东征西讨，老母留在京师，连个像样一点的住房也没有。对此，我确实产生了一些不满的情绪，有时喝多了，就口出怨言，不能自保。但谋反之事，确实从来没有过。"

　　李渊对大臣们说："听刘文静说的这些话，显然就是要造反的。"

　　大家显然没有从刘文静的这几句话里听出谋反的意思来，看到李渊这么说，都面面相觑。李纲和萧瑀都说刘文静真没有谋反，李世民也出来为刘文静申辩："太原起兵之初，都是刘文静先定非常之策，事成之后才告知裴寂的。京师平定后，两人的地位和待遇悬殊太大了。他也只是有了不满的情绪，并无谋反之心。"

　　大家一看，李世民都出面了，刘文静看来不会有什么事。

　　哪知，就在这时，裴寂出来说："刘文静的才智和谋略在众人之上，而且性情粗疏险恶。如今天下未定，留之必贻后患。"

　　大家一听，这是典型的谗言。这么多人都已经证明刘文静毫无谋反之心，连李世民这样的人都出来为刘文静洗白了，裴寂仍然这么说。即使是裴寂，这时也没有抓到一点刘文静谋反的把柄，而是说因为刘文静能力太出众了，留着是祸患。现在天下未定，大唐需要的正是谋略出众的人才啊，哪能以此为由杀掉人才？

　　大家都觉得裴寂这话十分荒唐。

　　李渊也觉得有点荒唐。他看了看裴寂，然后在那里沉默了很长时间后，还是决定满足裴寂杀掉老朋友的愿望，于是下令把刘文静与刘文起处死，家产全部没收。

第四章 宋金刚连败裴玄真 李世民平定刘武周

李世民看到刘文静就这样被处理，心头十分无奈。他只是用外人不易察觉的眼神看了看裴寂，并没有说什么。

裴寂当然没有注意到李世民向他投过来的那道幽幽的目光。他这时要去对付刘武周了。

此前，刘文静老说他的功劳和水平比俺裴寂厉害，现在俺也去打个胜仗回来给天下人看看，裴寂除了跟皇上关系好，也是有出众的能力的，也是能打胜仗的。

武德二年（619）九月，裴寂信心满满地来到介休，直接跟宋金刚面对面。

裴寂一到目的地，就显示出他军事方面的短板。他把部队驻扎在索原，部队饮用着山里的泉水。可是，他居然没有很好地派部队保护好水源。宋金刚看到裴寂如此驻军就笑了。虽然裴寂不断向他挑战，但他并没有出兵去跟裴寂接触，而是派部队去切断了裴寂的水源。

于是，唐军很快就进入缺水的状态，全军上下个个都渴得要死。

裴寂这才知道水源对战争的重要性。他这时已经觉得口舌冒烟，嘴皮干裂难耐了。如果不马上找到几口水来灭火，只怕他也要立刻妥协放弃了。

他急忙下令全军拔营，到有水的地方驻扎：这次一定要好好保护水源，绝对不能再吃同样的亏。

宋金刚等的就是这个时候，在唐军乱哄哄地争抢着急赴水源的时候，他下令全军出击，杀向已经毫无秩序的唐军。裴寂这时只专注于往水源方向跑，以解渴为第一要务，万料不到敌人会杀过来。他连个抵抗的意识都没有，只是在那里慌乱地看着敌人对自己的部队纵横狂砍。你想想，主帅都是这个样子，其他人还能怎么样？

宋金刚一顿狂砍，把唐军杀得全军覆没。结果是裴寂一人逃出生天，急奔了一天一夜，这才来到晋州。裴寂很不服气：都还没有正面接触，就被打成这个样子，这不是他的真正水平，况且刘文静也曾有过浅水原之败，所以这次败仗不能证明他就比刘文静水平差。他本来到了晋州之后，准备再从这里整顿军队，放手跟刘武周大打一场，把脸挣回来。哪知，就在此

前，刘武周的部队攻打河西，浩州刺史刘瞻因为兵少，向晋州求救，李仲文已经带一支部队去浩州助刘瞻保卫河西了。晋州之所以敢于让李仲文去河西，就是因为他们以为裴寂的大军能打败宋金刚。现在裴寂全军覆没，整个晋州就成了不设防的地方，于是，晋州以北的城镇就全部成为沦陷区。现在就只有河西还掌握在唐军手里。在这一次失利中，姜宝谊再次被宋金刚俘虏。姜宝谊上次被俘虏，能寻隙逃回，这一次他又想故技重演、逃之夭夭，但被宋金刚发觉。宋金刚恼怒起来，把他砍了。

裴寂这才知道，不是每个人都能指挥千军万马上阵杀敌的，一不小心就会失败。他这时也觉得自己的罪责大了，就上书向李渊谢罪。

如果是刘文静，李渊至少都会把他的官爵一撸到底。但李渊对裴寂却格外开恩：不就是损失了一支部队吗？不就是丢失了晋州那一片地皮吗？损失的部队，可以征兵补充嘛；丢失的土地，可以再打回来嘛。古代名将都常说：胜败乃兵家常事。何况裴寂就只失败这一次。裴寂确实就只失败了这一次——因为他只带过这次兵。李渊像以前的杨侗对待王世充一样，不断地安慰他，说可能河西那个方位对你不利，那你就到河东去当一把手吧。于是，裴寂又成了河东的一把手。

李渊把打败仗的裴寂安排得很妥帖，让他不带一点失败的心理阴影到新的岗位，但却无法把刘武周解决。刘武周继续进军，已经进逼到并州。

并州仍然是李元吉当一把手。

李元吉虽然折磨手下很有办法、忽悠父亲也很有创意，但对敌人的进犯只有蠢办法。

他看到刘武周大步而来，就觉得自己万万不是对手，还是提前逃跑为妙。当然，他并没有直接宣布放弃并州，而是干劲十足地对他的司马刘德威说："敌人就要到了。我已经制定好了应敌之策，就是你带着老弱守城，我带精兵出战。"

刘德威看到李元吉这么勇敢、这么身先士卒，心下大是感动，不住地点头称是。

李元吉这次执行力很强，半夜就带着兵马出城。

第四章 宋金刚连败裴玄真 李世民平定刘武周

当李元吉出发后,刘德威就知道自己被放了鸽子。因为李元吉连他的妻妾都一起带走了——如果是出战,哪有带家属过去的?他虽然爱让女人们举行实战演习,可这几个女人从来不参加那种血腥的游戏。这是逃跑的节奏啊,而且还把精兵全部带走了,你害人也不能害得这么没良心啊。

李元吉逃得很是时候,他才刚刚离开,刘武周的部队就已经来到城下。

晋阳城里有个地头蛇叫薛深,估计平时吃了不少李元吉的苦头,看到刘武周的部队前来,马上把城门打开,满脸微笑地把刘武周的部队迎接进来。刘武周兵不血刃地拿下了并州。

李渊那边闻报之后,不由得暴跳如雷,大声对李纲说:"元吉年轻不懂事,我才叫窦诞和宇文歆去辅佐他。晋阳城里有几万部队,还有足够吃十年的粮食,更是我们王朝兴起的基业,现在一下就放弃了。我听说是宇文歆首先向元吉提出这个主意的。我一定要杀掉他。"就在前一段时间,宇文歆曾向他检举过李元吉及窦诞的种种不法行为,说如果不换掉李元吉,晋阳失守是早晚的事。可是李渊却被李元吉忽悠,继续让李元吉在那里当主官,现在果然如宇文歆所料,晋阳被刘武周占领。李渊没有反思自己的错误,反而把责任全推到宇文歆的头上。

李纲说:"齐王年轻而且骄奢放纵,窦诞不但没有规劝他,反而为他掩饰,使百姓愤怒而大失民心。可以说,今次大败,罪在窦诞。此前,宇文歆曾多次劝谏过齐王,可齐王就是不改。宇文歆又将这些情况奏闻过朝廷,这样的忠臣怎么能杀呢?"

李渊被说得脸有些发红,但也没有当场认错。直到第二天,他才又召见李纲,对李纲说:"我有了你这样的大臣,才能够不滥施刑罚。元吉自己不学好,不是窦诞和宇文歆两个人能禁止得了的。"从他的话中可以知道,他清楚自己的儿子是什么货色。最后,他还是把宇文歆和窦诞都赦免了。

就在李渊为这事恼火不已时,刘武周本人已经进据太原,派宋金刚攻打晋州,又拔之,还把大唐的一个牛人刘弘基活捉。刘弘基最后又逃了出来。

宋金刚更是一路猛打猛冲,又攻陷了龙门,离长安已经不远了。

李渊很郁闷，李纲也很郁闷。在隋朝，李纲曾当过太子杨勇手下的属官，也劝过杨勇多次，但杨勇不听。现在李纲是礼部尚书，李渊还让他领太子詹事，又去辅佐太子李建成。开始时，李建成对他很尊重，李纲觉得这个太子还不错。可不久，李建成又像当初的杨勇一样，"昵近小人"，而且还嫉妒起李世民功高。李纲一看，照此下去，这两兄弟肯定会势如水火。你想想，一个是当朝太子，一个是首席大臣，又手握重兵，手下一大批猛人，一旦势如水火，后果真的不堪设想。李纲向来耿直，觉得自己的责任就是带好太子，太子犯了错误，自己就该指正，于是他就不断地劝谏李建成。李建成根本不理他的劝谏。李纲意识到再这样下去，自己又会成为两个皇子争斗的牺牲品。他当牺牲品的次数太多了，这次真的不想当了，就向李渊打了个辞休报告。

李渊接到报告后，把李纲叫来，大骂："你连何潘仁的长史都当过，现在居然耻于当朕的尚书，而且朕现在正需要你去辅佐李建成，你却要坚决离职？这是为何？难道朕真的连何潘仁都不如？"

他以为他这么怒气冲冲，就可以把李纲吓得跪下谢罪。哪知，这可不是李纲的风格。李纲行过一礼，说："何潘仁虽然是一个强盗，但每当他要杀人的时候，我一劝谏即止，所以我当他的长史问心无愧。陛下是创业明主，我的能力太欠缺，所以我对陛下说的话，就如同以水浇石，石头虽然淋湿了，可是水并没有渗透进去。太子也是如此。所以，我不敢霸占尚书省之位，更不敢再让东宫蒙受污辱。"

这话一说，李渊连个盗贼都不如了。不过他这时还是有点雅量的，也深知李纲的为人，马上熄灭了怒火，对他说："朕知道你是个耿直的人，所以才坚持挽留你继续辅佐太子。"

几天之后，李渊再任命李纲为太子少保，原来礼部尚书和太子詹事的职务保留。李纲仍然坚持他的做人做事原则。他发现李建成饮酒已经毫无节制，就劝他不要饮酒过度，还劝他不要信任那些奸邪小人，不要疏远骨肉兄弟……

这么多个"不要"下来，使得李建成心里十分不快。李建成虽然没有对李纲发飙，但就是不理他的规劝——你有力气就喋喋不休、滔滔不绝吧，俺继续欢乐！

李纲一看，自己的努力全部无效，就觉得真不宜混下去了，便又怀着极端郁闷的心情向李渊打报告，称自己年老多病，已经不能入值办事了。李渊这才下诏解除他的尚书之职，但少保仍然留着——恰恰是东宫的职务，让他郁闷不已。

4. 庞玉平集州

这时，唐军仍然在四周跟各个敌对势力开战。

东边的李神通还在跟窦建德接火。李神通看到窦建德来势很猛，就派张道源守赵州。

十月二十五日，窦建德的大军冲上来。唐军根本不堪一击，赵州很快就落入窦建德手中，总管张志昂和刚刚领兵到赵州的张道源全部被俘。

窦建德抓到这两个人之后，就想把他们杀了。凌敬劝他说："人臣各为其主，这是天经地义的。他们能坚守不下，都是忠臣。大王要是杀了他们，以后还用什么激励部下呢？"

窦建德仍然怒气未消，说："我都到城下了，他们仍然不投降，直到力竭才就擒，我怎么能放过他们呢？"

凌敬并不闭嘴，说："现在大王不是刚派高士兴去易水抵挡罗艺吗？如果罗艺一到，高士兴就投降了，大王觉得如何？"

窦建德这才笑了笑，放了那几个家伙。

当时，罗艺的部队已经开来，窦建德必须去对付罗艺了。

李渊也很看好罗艺，特意赐罗艺李姓，从此罗艺也就成为李艺了。

窦建德上次被罗艺击退，心里虽然不服，但也知道罗艺很彪悍。现在罗艺主动出击，必须由他亲自出马御敌了。于是，他率兵前来再会罗艺（现在叫李艺）。两人在衡水相遇，结果窦建德又被李艺击破。于是，李艺为李渊阻住了窦建德的进攻。

唐军在东边丧师失地，但在对梁师都的战斗中取得了胜利。梁师都看到很多势力都能在唐军身上捡到便宜，尤其是跟他同一档次的刘武周更是势如破竹，把李渊的儿子打得抱头鼠窜，自己却被段德操杀得灰头土脸。同样是在北方起事，同样有突厥兵的加持，差距怎么这么大？他真的不服，于是十月三十日，他又组织了一支队伍，继续向延州进军，务必让段德操知道他的厉害。段德操看到他又冲杀过来，马上带兵迎击。这一次，段德操也不玩什么阴招了，直接对着干，同样把他打得找不着北。段德操一口气斩首两千级。梁师都不由得气为之夺，转身就跑。当他来到安全地带时，身边只有一百多骑兵，输得跟上次一样惨。

这些首领个个向李渊举刀砍来，巴蜀那边的集州少数民族又起来搞事。这个少数民族当时被称为"獠"。李渊任命庞玉为梁州总管，去平定这些还没有开化的部落。庞玉带兵进发，但这些未开化的民众并不蛮来，知道唐军是专业军队，他们硬拼是不行的，于是就跑到山里，据险自守。蜀道本来就难行，他们一据险自守，庞玉一时之间就无法进军，没几天军中就"米且尽"。更要命的是，军中还有很多本地人，这些本地人都排队过来对庞玉说：这仗真不能打下去，他们守的地方太险要，谁都不能攻进去，趁着粮草没有彻底消耗完毕，咱们撤还来得及。

庞玉一听，马上知道了这些话的含义，便到处声称："秋谷即将成熟，百姓不得收割，全部拿来供应军需。不平定叛乱绝对不回军。"

那些人一听，不由得傻了眼。因为如此一来，他们家就都不得收割，都得跟着饿死。所以，大军必须尽快离开。于是，他们只得偷偷地潜进叛军的营地，和认识的人取得联络，暗中筹划，杀死了獠兵的头领，然后就出来投降庞玉。

庞玉就这样不费一兵一卒，连一场像样的战斗都没有打，就平定了集州的叛乱。

5. 李渊弃而又用李世民

相比刘武周的进军来说，集州的这种叛乱只属于癣疥之疾而已。

这时，刘武周手下的头号悍将宋金刚已经攻取浍州（今河南省信阳市固始县一带），军势几不可挡。

宋金刚又杀到了裴寂的面前。

裴寂杀刘文静时虽然态度强硬，可是面对宋金刚的兵锋，却表现得十分胆怯，更拿不出什么抵敌方案来。他只是不断地发文件，派人催促虞、泰两州的居民进入城堡。那些人进入城堡后，他便派人去一把火烧掉他们的积蓄。这些老百姓一看，不是说敌人来了要对我们打砸抢烧杀吗？现在敌人还没有来，你们就先烧了我们的东西。等敌人走了，我们到哪里安身？谁给我们饭吃？谁给我们衣穿？大家对裴寂无不怨声载道：被这样的人统治，不如反了。

夏县的吕崇茂马上知道，民心已经可用。于是他登高一呼，宣布起事。那些已经沦为无产者的人都纷纷响应。吕崇茂自称魏王，派人跟刘武周取得联系，请刘武周快点杀来。

裴寂万料不到这些小民居然也敢反他。他也不想想造成这个现状的原因在哪里，只是气急败坏地带兵去打这些"盗贼"。他以为，他打不过宋金刚，打这些"盗贼"应该不在话下，如果连这些"盗贼"都收拾不了，刘文静在地下都会笑他。他咬着牙，带着部队向那群破破烂烂的"盗贼"杀过去。结果却被人家杀得屁滚尿流。

裴寂跑回城里，抹着脸上的汗水，浑身颤抖地把情况向李渊报告了。

裴寂这么一胡闹，连河西、河东的民心都搞完了。李渊自是大惊，但他仍然没有怪裴寂，只是派李孝基、独孤怀恩、于筠、唐俭等出马，先去收拾吕崇茂。

这时，东边的形势也严重恶化了。除了吕崇茂之乱，王行本还死守着蒲坂。虽然唐军多番进攻，却都没有攻下。王行本比原来的尧君素灵活多了。尧君素只忠于大隋，而王行本则丢掉了信仰，转而与刘武周联合，派

人去接应刘武周，弄得关中震骇。

李渊这才意识到，用人错误才是最大的失误。面对这样严峻的局面，李渊也有些束手无策了，就用颤抖的双手批了个手令：贼势如此，难与争锋，宜弃大河以东，谨守关西而已。

可以说，如果按李渊的这个决策去执行，关中基本就到大势将去的时候了。如果李渊被阻隔在关西，则山东那些州郡必将为窦建德或王世充所攻占，而李渊退守之后，军心民心都会出现大规模的波动，在刘武周的锋芒之下，李渊即使要死守关西，都还有点吃力。况且，长安城的城防并不坚固——这也是李渊很快就攻下长安的原因之一。

在这个关键的时候，又是李世民站起来反对："太原是我们事业根本所在，河东地区富饶，京师就是靠它供给的。请给儿臣三万精兵，一定可以消灭刘武周，收复汾、晋地区。"

大家知道，李渊自起兵到现在，关键大仗都是李世民打出来的，可是当大唐陷于被群殴的局面时，李渊居然将李世民雪藏起来，没有打出这张王牌。即使刘武周已经攻下河东，长安已经感到阵阵寒意，李渊也是宁愿放弃根本，也没有派出李世民。难道李渊真的忘记了他的这个儿子？李渊肯定不会忘记，可是他为什么不把李世民派出，宁愿派出一个不知兵的裴寂过去，把并州的局面搞得一塌糊涂？李渊到了现在，对李世民肯定也有点担心了。李渊是从隋朝过来的，对杨广搞定杨勇的事看得清清楚楚。如果当年杨坚不安排杨广去带兵，后来杨广很难搞得定杨勇。现在李世民功劳太大了，大唐手下的猛人几乎都是李世民带出来的。李渊杀掉刘文静，很难说他不是在剪李世民的羽翼。否则，李渊断然不会在一点证据都没有的情况下就向刘文静举起屠刀。然后，李渊就做出派裴寂出征的决策，而且东面的事李渊也只交给李神通这样的人去全盘主持。这些决策，只要你仔细一品，就知道李渊是在心情很复杂的情况下做出的。即使到了这时，李渊心中仍然没有派李世民出征的选项，这就更加充分地说明了李渊对李世民的看法。

而李世民大概也已经知道他父皇内心的真正想法了，因此在这期间，

第四章 宋金刚连败裴玄真
李世民平定刘武周

他基本没有出什么风头,即使败报频传,危机已经由四处向长安逼来,他仍然没有作声。现在他父皇居然要做出放弃河东、收缩到关西的决策,大唐基业眼看就要进入难以挽回的危局,他这才不得不出来请缨。

李渊当然也知道收缩战线死保关西的后果是很严重的,听了李世民的话,也只得点头,同意让李世民出来收拾局面。李渊知道,现在刘武周处于顺风时期,再加上裴寂一个"脑残"政策,使得河东民心已经转向刘武周,如此一来,刘武周的力量只有越打越雄厚,越战越强。要战胜刘武周,必须集中能够集中的力量。于是,李渊下令,悉发关中兵,全部交给李世民,让李世民带去攻打刘武周。

十一月二十日,李渊进驻华阴宫,然后来到长春宫为李世民送行。

这个仪式感强烈的画面,完全凸显出李渊紧迫的心情。

6. 李世勣救父投降

山东方面,窦建德在跟李艺大战不利之后,并没有收手,他又引兵杀向卫州。窦建德现在手下人多,一场小失利,对他而言,根本没有产生什么影响。窦建德有个习惯,就是每次行军,都把部队分成三道,辎重、家眷居中,步兵、骑兵在两边,相隔三里左右,他自己率一部居前。这一次进军,他也是像往常一样,带着一千名骑兵前行。

李世勣知道后,就派手下猛将丘孝刚去侦察敌情。丘孝刚是李世勣手下最生猛的战将,使一根长枪,最善于冲锋陷阵。他带着三百骑兵一路而来,正好与窦建德不期而遇。本来他的任务是来打探敌情的,可丘孝刚却十分好战,看到窦建德昂然而来,不由得血脉偾张,一摆手中长枪便带头向窦建德的骑兵队冲杀过去。窦建德万万没料到这个愣家伙居然袭击自己,毫无应对的准备,居然被他杀得大败,急向后方逃去。如果丘孝刚到此就收兵而回,完全可以算作一场胜利,可这家伙觉得这仗打得还不过瘾,就大喝着向窦建德追杀过去。

窦建德的右军看到首领被人家打得狼狈而来,急忙前来救驾。他们看到敌人就这几百号人,马上放心地把丘孝刚包围起来。丘孝刚虽然英勇,

左冲右突，但终究没有能冲出人家的围困，被人家砍死。

窦建德被丘孝刚愣打了一下，差点把性命丢了，心下大怒，下令不去打卫州了，去打黎阳。李世勣，老子本来不想玩你，既然你来惹老子，老子不打你一下，你会说老子看不起你。

李世勣在当李密手下时，就在黎阳当守将。当时，李密对他有所猜忌，因此派他守黎阳时并没有给他多少兵马。他投降李渊后，也一直在黎阳待着，手下的力量并没有得到补充。这时被窦建德一轮猛攻，他很快就招架不住了。窦建德的大军杀了进来，包括李神通、魏徵、同安公主（李渊之妹）、李盖（李世勣之父）在内的很多人都成了窦建德的俘虏。只有李世勣带着几百骑杀出城外，渡过黄河。他来到安全地带后，又怕父亲会被窦建德干掉，便又折回黎阳，向窦建德投降。

窦建德看到他主动回来投降，心下大喜，他也知道李世勣是个人才，马上任命他为左骁卫将军，让他继续守黎阳。但窦建德对他还是很提防的，并没有把他的父亲李盖放回来，而是天天带在自己的身边，明显是将李盖当作人质。

卫州看到黎阳都守不住了，也不等窦建德来攻，直接派人前来南城投降。

李渊对这边已经无法顾及。

李渊这段时间既被人家群殴，又在用人上接连出现失误。你想想，如果他一来就让李世民出征山东或者去对付刘武周，再让李世勣来独当一面，局面肯定不会如此。但他却用一个不知兵的裴寂去应对颇知兵法的宋金刚，除了被虐，还能有什么话说？再派极端自私又毫无大局观的李神通经略山东，面对的是如日中天的窦建德和王世充，不被人家打死已经是上上大吉了。当然，窦建德对李神通还是以礼相待的，好吃好喝，一餐不少。

随着卫州和黎阳的失陷，大唐的负面清单还没有结束。滑州的首领王轨本来是宇文化及的死党，后来也归降了李渊。这时，他仍然在滑州那里上任。他也跟李世勣一样，到现在只是从李渊那里拿到一张巨大的委任制书，别的方面都没有什么实质性的接触。现在周边的几个州都被窦建德拿

第四章　宋金刚连败裴玄真
　　　　　李世民平定刘武周

下了，几个生猛的将军都成了窦建德的俘虏，滑州的民心立刻动荡起来。最后，王轨的一个家奴居然以为自己发达的机会到了，把王轨杀掉，带着他的首级前来向窦建德投降。这个家奴天真地以为，当他把王轨的脑袋献到窦建德的眼前时，窦建德会立马嘎嘎大笑，然后爽快地丢给他一张鲜艳的委任制书，从此之后，他就当家作主，把富贵生活过到地老天荒。哪知，窦建德跟所有首领一样，最恨的就是背叛主人的奴仆。你想想，如果这也值得鼓励，他身边那些奴仆为了获得富贵，某天突然脑子发烧、两眼放光起来，他还有命吗？他指着这个杀主求荣的奴仆大喝："奴杀主大逆，吾何为受之！"立斩奴首，并把这个装满发财思想的脑袋送到滑州。

　　滑州群众看到窦建德真够意思，再加上群龙无首，集体商量了一下，决定投降窦建德。

　　王世充看到窦建德居然拿下了黎阳，心里很不平衡：这几个州更靠近我的控制范围啊，你窦建德怎么也来抢？于是，他也亲自带着部队一路杀来，很快就直抵滑台，逼近黎阳。

　　王世充这时的形势也处于上升期，黎阳附近的尉氏、汴州、亳州几个首领，都认为他们不是王世充的对手，便都投降了事（这几个城池，原来也都依附李渊，只是李渊由于实力所限，至今无法顾及）。

　　李渊目前跟原李密这些手下的往来，也只是互派使者来加强沟通联系而已。这时，他派往黎阳的使者夏侯端才赶到黎阳。

　　夏侯端这次前来，是代表李渊抚慰各州，表示大唐朝廷并没有忘记大家。李世勣本来就是假装投降的，他接待了夏侯端之后，便派兵护送夏侯端出去完成任务。夏侯端从澶渊到济河，给各州县都发了檄文。这些地方的首领都接受了夏侯端的号召，表示归降李唐。夏侯端完成任务后返回。他来到谯州时，正好汴州和亳州投降了王世充，挡住了他回长安的路。如果是别人，肯定是丢掉队伍，兄弟们就此别过，自寻生路，自求多福，然后要么就化装成叫花子，破帽遮颜，潜伏而去，要么就绕道而行。可是夏侯端却不愿丢下这帮兄弟。夏侯端平时十分注意笼络，很得人心，这时跟他一起的有两千人，虽然粮草紧张，但仍然不愿离开夏侯端。夏侯端坐在

沼泽之中，杀马来让大家填肚皮，流着泪对大家说："你们的家乡都已经投降了敌人，但你们看在同事的情分上，没有离开我。我奉皇上的命令出使，跟你们不一样。你们都有妻子儿女在老家，不需要跟我一样。你们现在砍我的脑袋过去投降，必获富贵。"

大家都很感动，也都流泪说："首领跟唐室非亲非故，但为了忠心，而立志牺牲。我们虽然出身卑贱，但也有人心，岂能杀害您去求富贵？"

夏侯端说："你们不忍心杀我，那我就自己动手吧。"

大家急忙上前把他抱住。于是，大家继续前进。当然他们是不敢高喊口号走在大道上的，而是专门找小道潜行。他们潜行了五天，不断地有人饿死，然后又多次受到王世充军队的袭击，最后夏侯端的身边只剩下五十二个人。此时，他们身上连一粒粮食都没有了，他们不敢在有人烟的地方赶路，只得在山里吃着野菜和树皮。夏侯端对已经瘦得皮包骨的那些同伴说："你们还是自谋生路吧。只要走出这个大山，你们就可以活下来了。何必跟我饥寒交迫地走死路呢？"

但大家都不同意。既然都同生死共命运到现在了，再怎么困难也要坚持走到底，坚决不能半途而废。首领愿意走到死，我们就陪首领走到死。

当时，河南全境基本都被王世充占领，只有杞州刺史李公逸还孤零零地竖着大唐的旗帜。虽然夏侯端他们只选在山中行走，尽量做到偷偷摸摸不让人家知道，但李公逸和王世充还是知道了他们的行踪。李公逸知道后，派兵过来迎接他，给他提供住宿，使他们结束了饥寒交迫的困境。他们进入王世充的势力范围后，王世充也派人前来见他，而且来人还拿着一件衣服，对他说这是大郑皇帝刚刚从身上脱下来的，你看都还留有大郑皇帝那深厚的气息和体温呢。除了那套"名牌"衣服，还有一张大大的委任制书，你看委任制书上写得明明白白：淮南公、尚书少吏部。你就跟俺到东都去吧。

夏侯端接过委任制书，冷冷一笑，把委任制书和那件还散发着王世充浓厚气息的衣服一起丢进火堆里，说："夏侯端堂堂天子大使，岂能受王世充之官？你想让我过去，除非要了我的脑袋。"他说着，带领那几个手下继续从山里向西行。山里很快连羊肠小道都没有了,他们只得踏着荆棘,艰难前行。经过一段时间的昼夜兼程,他们终于来到了宜阳。半途中,有的人被虎狼吃掉,有的跌落山崖而死。剩下的那一半人,连头发都脱落了,看起来已经没有了人样。

夏侯端终于来到长安,上殿拜见李渊。他只是不断地道歉,说自己能力低下,导致数千兄弟全部死在路上,没有提一句自己的功劳,更没有提一路上的艰苦。

李渊的另一个使者郎楚之,才来到山东,就被窦建德擒住。窦建德逼他投降,他宁死不屈,最后也被放回长安。李渊虽然在部署大将时,用人失误得几乎把事业都玩儿完了,但在选择使者时,没有用错人。

李公逸虽然接济了夏侯端一次,让他绝处逢生,可是却没有谁来接济他一把。他现在孤悬敌后,四周没有一个友军。王世充已经不允许他境内还有这么一颗钉子存在。他派他的堂弟王世辩带兵去攻打雍丘。李公逸不断地遣使长安,请李渊派兵来救。且不说现在李渊被刘武周逼得已经把全部力量抽去河东了,就是手里真还有多余的部队,也无法去救援李公逸——因为李公逸的雍丘跟李渊控制的区域还沾不上边,他总不能派一支部队飞过敌占区直达雍丘城下吧。

李公逸自料此城必将失守,便让他的手下李善行留守雍丘,自己带一支轻骑入朝,把情况当面向李渊汇报。可是他才到襄城,就被王世充的手下伊州刺史张殷抓获。

王世充对他说:"你越郑降唐,到底是何道理?"

李公逸说:"我于天下,唯知有唐,不知有郑。"

王世充大怒:你不知有郑,俺就让天下没有你。他下令把李公逸拉下去砍了,然后猛攻雍丘。李善行抵挡不住,战死城陷。

王世充境内唯一的唐军据点就这样消失了。

7. 李世民的大羽箭

当然,目前最让李渊焦虑的仍然是刘武周。

李渊那焦躁得要冒火的眼睛仍然紧紧地盯着河东方向。十一月十四日，李渊又接到报告：刘武周已经进入浩州。他现在把一切希望都寄托在李世民的身上了——他不得不这样了。

李世民比李渊更清楚，刘武周每前进一步，他们李家的事业就逼近危机一步。他引兵从龙门出发，来到黄河边。黄河正好冰封。他率兵跨过黄河，驻扎在柏壁，跟刘武周集团第一高手宋金刚对峙。

此时河东诸县在战乱之后，粮仓已经空空如也，人情危惧，个个怕被乱军砍杀，因此都躲到城堡中。李世民驻扎之后，征集不到军需物资，军队也缺粮起来。本来军事形势对唐军已经大大不利了，现在又缺粮，这仗还能打吗？

别人是可以不打的，但李世民必须打。

他知道他现在必须保持万分冷静的头脑，越是困难越要沉住气。他现在手下的部队不多，但他曾在这一带经营，在人民群众中还有很高的声望。他扎下营寨之后，马上发布政令，晓谕百姓，说是俺李世民来了，请你们不要害怕，请你们一定要相信李世民，支持李世民。

躲在城堡中的群众听说是李世民来了，果然有人跑出城堡，加入李世民的队伍，有些人还扛着粮食过来。于是，李世民的军粮得以充实。

李世民知道，他的出征很是仓促，现在跟兵锋正盛的宋金刚对决那是在找死。他只是派小股军队开展游击战，到处侦察，只要找到对方的空子，就袭击一下。主力部队则坚壁不战，弄得宋金刚疲惫不堪，锐气不断地下跌。

李世民本人也经常出去开展这些袭扰活动。有一次，他带一支轻骑去侦察敌情。那些侦察兵分头去执行任务后，他就只和一名警卫在山中午休。两人睡得正香，不提防有一支宋金刚的部队正好经过，而且还发现了他们的行踪。当这支部队向他们扑来时，他们仍然在睡大觉，一点没有意识到人家已经向他们杀过来了。就在这时，一只老鼠被蛇追杀，慌不择路，从警卫的脸上横跑而过。警卫被弄醒了。

警卫一惊而醒，第一眼就看到敌人已经举着大刀冲过来。他这一惊非

第四章 宋金刚连败裴玄真 李世民平定刘武周

同小可,立刻把李世民拍醒,再晚连起来的时间都没有了。两人连忙跳上马背狂逃。可是才跑了不到一百步,就被人家追上了。李世民不愧是从战场上摸爬滚打过来的,仍然没有慌乱,他等敌人追上来时,瞄个真切,一箭向敌人当头的大将射去。李世民带的都是大羽箭,据说此箭比别的箭大一倍以上,是他为自己特制的弓箭,威力远比平常弓箭巨大,正常的弓箭手都拉不开他的弓。他的大羽箭呼然而去,正好射中敌方的带头大将。那个带头大将应声落马。

其他人一看,不由得吓呆了。他们面面相觑,看到李世民还在那里拉着弓箭,哪敢再逼上前?一声呼哨,便逃了回去。李世民这才安然而返。

在李世民与宋金刚对峙时,独孤怀恩那几个大将仍然在包围着吕崇茂,没有取得一点进展。于筠有点急了:一个小草民带领的武装,我们都打不过,这不是比裴寂更差了?他对主将李孝基说:"咱们得加大进攻的力度,不能再拖下去了。"

独孤怀恩却不同意,说:"将军,还是先做好攻城器具,然后才好进攻。你看,现在连秦王那边也都是保守的打法。"

李孝基一听,很有道理,就采纳了独孤怀恩的意见,放缓了进攻的节奏。

吕崇茂一看,急忙抓紧时间,去向宋金刚求援。

宋金刚在那边正无事可干,得到吕崇茂的鸡毛信后,立刻派兵去救,而且出马的是尉迟敬德。尉迟敬德后来跟秦叔宝齐名,他也跟秦叔宝一样,先当隋朝的基层军人,都是靠讨伐"盗贼"起家的。尉迟敬德在高阳参军。他是打铁出身,练出一身肌肉,武力指数很高,而作战又十分勇敢,不久就因功被授朝散大夫。大业末年,刘武周起兵反隋后,闻知尉迟敬德大名,就把他网罗到自己的帐下,任其为偏将。这次刘武周全力南下,当然不会让尉迟敬德这样的猛人闲着。尉迟敬德正好分在宋金刚手下。现在吕崇茂请求救援,宋金刚就派尉迟敬德和寻相两人带兵过去。

两人来到夏县时,李孝基他们还不知道人家的援兵到了,一点预案都没有。当尉迟敬德的部队突然出现在他们的背后时,李孝基这才知道,他

浪费时间去搞什么攻城器具,真是误了战机。可到这个时候才明白,已经没有什么用了。吕崇茂看到援兵打到,也打开城门,纵兵而出,对唐军进行夹击。唐军根本没有招架之力,几个首脑李孝基、独孤怀恩、于筠、唐俭及行军总管刘世让全部成了俘虏。

裴寂这时仍然在河东,看到由自己引起的这一连串的败仗,脸如死灰。

李渊也坐不住了,急令裴寂回朝。

裴寂回到朝廷,脸色灰白地去见李渊。李渊严肃地批评了他一通,下诏将他移送有关部门。很多人都以为,这个皇帝面前的第一红人,看来就红到这里了。

哪知,大家这个想法才产生,那边李渊就又下令把裴寂放了,而且"宠待弥厚"——让他比以前更红。大家在那里傻眼了。

尉迟敬德和寻相大破唐军一阵,心里很是兴奋,一路高唱凯歌而还。

但他们忘记了,他们的前面还有李世民。李世民此时正在那里睁大眼睛,寻找破敌之机。他是天才的军事人物,那双眼睛比任何人都犀利。现在他们处于低潮时期,对方则处于强劲的上升阶段。但机会往往会在这个时候悄然出现在某个地方——你必须仔细寻找才能找到。

他很快就把目光锁定尉迟敬德和寻相。

当尉迟敬德和寻相的部队一路牛哄哄地返回浍州时,李世民派兵部尚书殷开山和秦叔宝带兵过去,在良川截击。尉迟敬德和寻相正沉浸在胜利的喜悦中,完全没有想到李世民会来这一手,被打得大败。唐军一口气将刘武周的部队斩首两千级,终于取得了一次胜利。

尉迟敬德和寻相被打败,心里很不服,便又偷偷地带着精骑,去蒲坂援救王行本。他们虽然做得很隐秘,但仍然被李世民知晓。李世民哪能让他们得逞?他亲自带着三千步骑,从小路连夜赶到安邑,再次截击尉迟敬德和寻相。他们被打了个出其不意,自然又是大败。这一次,他们败得更加彻底——只有两人脱身而去,部下全部被俘。

李世民又返回柏壁,继续跟宋金刚对垒。

李世民连获两次胜利,而且打的又是对方最生猛的悍将,极大地增强了大家的信心。诸将都过来向他请战,想把宋金刚也一起端了。

李世民却摆摆手,说:"宋金刚悬军深入,而且对方的精兵猛将都集中在他手上。现在刘武周据太原,基本就倚靠宋金刚为他的保障。但宋金刚军无蓄积,都是靠掳掠来补充军需,最利于速战。我则闭营养锐以挫其锋,然后分兵攻打汾州和隰州,骚扰他们的要害之地,他们粮尽又无计可施,到时只能选择退军。他们退军之时,就是我们的机会。因此,目前不能速战,仍然采用游击战法,把他们搞到疲劳为止。"

唐军直到这时才算勉强站稳了脚跟,关中地区又松了一口气。

8. 独孤怀恩被灭

李渊终于可以腾出一点力量来对付另一个"钉子户"了。这个"钉子户"就是据守蒲坂的王行本。自从尧君素以来,唐军一直围攻这个内部已经极度困乏又没有外援的孤城,但就是没有攻下来。这个"钉子户"的存在,使得唐军无法打通往东的线路,总是在那里缩手缩脚,无法施展。武德三年(620)正月,李渊派秦武通再去攻蒲坂。

王行本本来以为只要跟刘武周联手,得到刘武周的接应,他就可以继续在这里跟李渊周旋。哪知,尉迟敬德的援军才到半路,就被李世民打了个全军覆没,王行本盼望的援军连个影子都看不到。现在宋金刚带着主力部队在浍州跟李世民对垒,自顾不暇,绝对分不出力量来救他了——估计连派兵救他的心情都已经没有了。王行本知道现在谁也救不了他,只得咬着牙出战,希望能打个胜仗,抢到对方的物资,又可以坚持一段时间。可是这一仗,王行本打败了,只得逃回城中,但城中已经没有一粒粮食了。王行本终于绝望到底,准备突围出去,可是却没有谁愿意跟他突围:兄弟们帮你守城守到了现在,仗打了这么多次,也对得起你了,现在就别再叫兄弟们跟你一起死了吧。

王行本知道,如果只有他一个人突围,简直就是送死。他也不好意思再逼大家了,只得顺着大家的意思,开门投降。正月十七日,王行本终于打开了蒲坂的城门,向唐军举起了白旗。王行本在这里守了差不多两年,

挫败了唐军无数次的围攻，直接影响了李渊向山东的发展，使得李渊万分生气。李渊听到这个消息之后，第一时间就跑到蒲州，不由分说，下令将王行本斩首。

到了这个时候，刘武周仍然没有认识到形势已经开始反转。他觉得这么多天都没有战事，实在是太沉闷了，又派出一支部队去打潞州（今山西省长治市部分地区及河北省邯郸市涉县），接连攻破长子和壶关。大唐的潞州刺史郭子武看到刘武周突然来犯，就慌了手脚，毫无抵御之策。

李渊急忙派王行敏前去助他守城。王行敏到了潞州后，两人的意见不统一，最后产生了矛盾。有人对王行敏说："郭子武已经跟刘武周暗通款曲，请将军小心。"

王行敏一听，现在还小心个啥？既然郭子武已经跟刘武周暗通款曲了，他就该死。于是，他突然向郭子武下刀，砍了郭子武的脑袋，然后宣布郭子武跟刘武周通款，准备献城投敌。过了几天，刘武周的大军果然杀来。王行敏率兵将其击退。

到了这个时候，我们就可以看出刘武周这一步棋实在是臭不可闻。本来宋金刚面对李世民已经毫无办法、锐气挫尽了，随时会被李世民干掉，他现在最应该做的是全力以赴防备李世民，只要把李世民打垮，则李渊的势力就会垮掉，关中其他几个州自然会跟着倒下。现在刘武周却到处分兵惹事，而且还玩砸了，使本来就低落的士气更加低落。

唐军反击的时机似乎来到了。李渊再派桑显出来助阵，命他攻打夏县，务必把吕崇茂搞定。

可就在这个时候，唐军内部又出现了麻烦。

这个麻烦是独孤怀恩制造出来的。独孤怀恩是独孤信的孙子，也就是李渊的表弟。他的两个姑姑，其中一个嫁给了李渊的父亲李昞，另一个嫁给了杨坚，也就是著名的独孤皇后。他还很小的时候，就被独孤皇后带到宫中抚养，过的基本就是皇子般的生活。他跟李渊的关系也很不错，李渊称帝后，也常请这个表弟过来喝几杯。有一次，李渊喷着酒气对独孤怀恩开了个玩笑，说："你两个姑姑的儿子都当了皇帝，接下来应该是我舅舅的

第四章 宋金刚连败裴玄真 李世民平定刘武周

儿子上位了。"别人说这样的话，那是大逆不道，可这是李渊开的玩笑，自然没有谁会说什么。

大家一听，也都把此话当玩笑话，虽然玩笑开得有点大。可是独孤怀恩却把这话当真了。他时常对人家长叹："难道我家只有女人才尊贵吗？"

李渊当时给独孤怀恩的待遇还是很高的，让他当了工部尚书，还派他带兵打仗，而且常常独当一面。此前就是独孤怀恩主持围攻蒲坂的军事行动。可是独孤怀恩打了多日，就是拿不下王行本。蒲坂历来是李渊的眼中钉，对关中事业的牵制太大了，所以李渊时刻都想把这个"钉子户"拔掉，但独孤怀恩却花了很长时间都没有拔掉，这让李渊也焦躁起来，多次派人拿着敕书去批评独孤怀恩。这让独孤怀恩很生气，就跟他的铁杆部下元君宝商量：咱们起来造反算了。两人还没有商量出具体方案来，就在夏县那里被尉迟敬德打败，并成为俘虏了。他们成为刘武周的阶下囚之后，元君宝对唐俭说："独孤尚书近来谋大事，如果早点做决断，哪有今日之辱？"其实，唐俭跟他们并不是一伙的，元君宝大概以为他们的前途甚至生命即将落幕了，这才毫无顾忌地在唐俭面前说这番话。哪知，正是这番话要了他们的命。

李世民连败尉迟敬德之后，独孤怀恩趁着对方看守松懈就逃了出来。回到长安后，李渊还继续信任他，让他带兵去打蒲坂。

元君宝知道后，又对唐俭说："独孤尚书成功逃出，现在又到了蒲坂，真是王者不死啊。"

唐俭对李渊还保留着那颗忠心，他看到李渊又把军队交给独孤怀恩，心想如果独孤怀恩利用这支军队搞事，只怕还真的搞出大事来。于是，他劝尉迟敬德跟唐军讲和——将军已经两连败，现在宋金刚也没有办法，不如先留条后路吧。尉迟敬德居然听从了唐俭的话，派刘世让去跟唐军谈判。唐俭则巧妙地通过刘世让报告了独孤怀恩造反的事。

当时，王行本已经投降，独孤怀恩已经进城，而李渊由于这次胜利，心情愉快，也渡过黄河，准备到独孤怀恩的营中跟表弟喝个庆功酒。此时，李渊已经在船上，刘世让恰好赶到，把这件事情跟李渊说了。

李渊这才大吃一惊,失声叫道:"吾得免,岂非天也!"

李渊冷静下来后,就下了个手诏,召见独孤怀恩。

独孤怀恩并不知道他的事情已经泄露,马上轻舟而来。他才下船,就被等候多时的武士抓住。他这才知道真的完了。

李渊下令把他移交有关部门,然后抓捕他的那些党羽,最后全部斩立决。虽然独孤怀恩这次谋反被李渊扑灭,而且扑灭得毫不费力,但如果情报来得稍晚,他就彻底完蛋了,历史也可能因此事而被改写。

李渊开始转败为胜了。

9. 杜伏威降唐

前段时期,原李密辖区的州县要么被打,要么主动投降,纷纷被划进王世充和窦建德的版图,使得李渊的势力大为缩水。但就在这段时间里,杜伏威居然又申请加入大唐集团。

杜伏威本来长期在历阳,离长安很远,从来不曾跟李渊有过瓜葛。当时,他周边的形势是,那个曾经横扫过琉球的陈棱占据江都。陈棱是隋朝少有的能打仗的将领,曾有过多次上好的表现,比如击败杨玄感,又大败过孟让,可是杨广不会用人,使得一个好好的人才被白白地闲置在江都。宇文化及离开江南时,叫他当江都留守。陈棱对杨广还是很忠心的,他找到杨广的灵柩,粗备天子仪卫,将杨广改葬在江都宫吴公台下,也算让杨广身后有了一点尊严。王世充称帝后,大隋连个挂名的皇帝都没有了,陈棱不知道应该去效忠谁了。他看了一下形势,目前全国的头领很多,而他认为能笑到最后的只有李渊。于是,他派人从江都来到长安,向李渊请降。李渊任命他为扬州总管。当然,他的这块地皮也只是暂时成为大唐的飞地。

除了陈棱守着江都、杜伏威据历阳,当时还有两个势力:一个是沈法兴,另一个是李子通。

李子通本来是隋末"盗贼"发源地长白山的头领之一,后来不断地转战,就转战到江南来了。沈法兴本来是吴兴郡守,宇文化及杀杨广之后,他就以讨伐宇文化及为名起兵,一下就征集到六万大军。手里有了这些军

第四章 宋金刚连败裴玄真 李世民平定刘武周

队后,他并没有去追击宇文化及,而是乘虚抢占了长江以南的十几个郡,然后于武德二年(619)称梁王。

这四个紧挨在一起的头领,每个人都有着独自占领江南的愿望。沈法兴先跟李子通对打了几次,基本都以失败而告终。

当然,李子通现在最想霸占的地方还是江都,因此在把沈法兴痛打几次之后,又带兵去攻打陈棱。陈棱的军事能力不错,但他是个遵纪守法的人,并没有像那些造反分子那样,天天扩充军队,因此他手上的战斗人员并不多,被李子通一包围,立马动弹不得。他只得派人去见沈法兴和杜伏威,请两兄弟出手相救:否则他拿下江都之后,就会去打你们,现在救我就是救你们。

两人一看,陈棱说得真对,便都向江都派出援兵。

两支援军同时出发。沈法兴的援军由他的儿子沈纶率领,杜伏威则亲自出马。两支大军很快就逼近了江都,杜伏威驻扎在清流,沈纶则驻扎在杨子,相去仅几十里。

李子通一看,自己马上就要被攻击了,大吃一惊,这可如何是好啊。

陈棱在城里也松了一口气,做好了出城夹击李子通的准备:本来谁不惹谁,地区平衡保持得好好的,你偏要来打我,现在你知道后悔了吧。

李子通也知道现在后悔真来不及了。幸亏他手下还有个谋士毛文深。毛文深看了一下形势,向李子通献上一策:紧急招募江南人,令他们假扮沈纶的兵,夜袭杜伏威营,然后笑着欣赏情节的发展就可以了。

李子通大喜,马上按计行事。

杜伏威的大营突然被袭击,他马上组织反击,抓到了几个俘虏,一问原来是沈纶的军队。杜伏威本来并不傻,可是这时太过激愤,哪还管得了别的。他大吼一声:你沈纶居然想要吃掉我?吃掉别人,那是老子的拿手好戏。于是,他也派人去报复了一番。

沈纶无端被杜伏威袭击,当然也是气炸了肺。于是,两人立刻变成仇家,你提防我,我也提防你,谁也不敢进军了。

李子通看到两人果然上当,不由得大喜。他免除了后顾之忧,全力攻

打江都。陈棱万万想不到，杜伏威这个老手居然会在这个小儿科伎俩面前翻车。眼看他叫来的援兵就在眼前，只要踏上一步，就可以把李子通打得大败，可是那两支援军却在那里一动不动，好像全部石化了一样。他独撑了几天之后，便再也支持不住了，眼看李子通的部队已经打进了江都城，他只得乘间逃出，投奔杜伏威。

李子通进了江都城后，并没有停下来，而是突然出兵，袭击沈纶。沈纶这时只把注意力集中在杜伏威身上，全天候对着杜伏威大营的方向咬牙切齿，又被李子通打了个出其不意，抱头鼠窜而去。杜伏威也带着自己的部队离去。李子通占领江都后，意气风发，宣布称帝，国号吴，一下成了江表实力最强的头领。

杜伏威看到李子通的力量已经十分雄厚，自己暂时不能跟他抢风头了，在陈棱的动员下，便向李渊请降。李渊便也按惯例，任命杜伏威为淮南安抚大使、和州总管。

10. 李世勣奔唐

杜伏威这样的老江湖投降，滑头的成分居多，对于李渊来说，只是起到一些政治性的影响。但李世勣的归来，他却十分高兴。

李世勣之所以向窦建德投降，是因为他的父亲被窦建德掌握，他是为了父亲的安全，而不是真心投降的。窦建德对李世勣的想法也很复杂，他现在太需要像李世勣这样的人才了——他手下无大将，每次出征都是他亲自出马，但对李世勣又不大放心，就天天让李世勣的父亲在自己身边，也就是变相把李盖当人质。正所谓疑人不用，用人不疑。现在窦建德一边不放心李世勣，一边还想用他，就用这个办法来控制李世勣。即使李世勣是真的投降他，李世勣心里对他还爽吗？

李世勣投降过后，就一门心思想着要回归大唐的怀抱，但又担心老父的安危，一直犹豫不决。后来，他就跟郭孝恪商量这件事。

郭孝恪说："我们才刚刚加入窦建德的阵营，他对我们肯定还很提防，如果现在有什么表现，他就会起疑。我们可以先给他立个功劳，让他信任

第四章　宋金刚连败裴玄真　李世民平定刘武周

我们，然后再想办法。"

李世勣觉得很对。现在为窦建德立功，只有去打王世充。于是，李世勣瞅了个机会，突然向王世充控制的获嘉城发动进攻，一举攻克了获嘉，俘虏了大量人员，还缴获了大批战利品，然后全部献给窦建德。窦建德看到他一出手就大获成功，不由得喜上眉梢，对他也开始信任了。

李世勣知道，仅立一次功是不够的，必须再接再厉，再立新功。于是，他又盯上了王世充手下的一个干将——刘黑闼。其实，刘黑闼小时候就不是一个好青年，史书对他的描述是：无赖，嗜酒，好博弈，不治产业，父兄患之。也就是说，他既无赖，还爱喝酒，又好赌博，更懒得从事生产劳动，他的父母和兄弟都为他伤透了脑筋。刘黑闼还很小的时候，就跟窦建德建立了不同寻常的友谊。每当他穷得没有饭吃时，窦建德就接济他一把。隋末大乱时，这样的人一般是不会老实地待在村子里的。刘黑闼先是投入郝孝德集团，后来随郝孝德加入李密的阵营。李密失败后，刘黑闼又成为王世充的手下。王世充听说刘黑闼很勇敢，打仗也很卖力，就命刘黑闼为骑将。可是刘黑闼却看不起王世充，常常在背地里嘲笑王世充。

王世充对此并不知道，仍然重用刘黑闼，让刘黑闼守新乡。

李世勣趁着刘黑闼刚到新乡，就去袭击刘黑闼。刘黑闼本来就看不起王世充，因此打仗就不怎么用心用力。于是，李世勣根本没有经过激烈的战斗，就攻克了新乡，俘虏了刘黑闼，并把刘黑闼送给窦建德。窦建德看到老朋友来了，马上任命刘黑闼为将军，封为汉东公，对他无比信任，经常叫刘黑闼带着小支特种兵去执行袭击和侦察任务。刘黑闼在执行这些任务时，往往还能看清形势，乘间奋击，最终获胜而还，大大超出窦建德的预期。

连续为窦建德立了两件大功，李世勣认为可以行动了。李世勣这时心里的想法已经多了起来，觉得如果光自己跑回去，太不值得了，得想办法把窦建德搞定，然后把窦建德所占的地盘全部划归大唐的版图，那是何等威风。

李世勣很快就想出一个办法来。他派人对窦建德进言："曹州和戴州

人口众多，物资丰富，现在是孟海公的地盘。孟海公虽然依附王世充，但两人目前的关系很微妙，典型的貌合神离。我们完全可以趁此机会，派大军前去攻打，会很快就拿下这两个州。我们吞并了孟海公之后，再挟胜利之威，兵逼徐州和兖州，同样可指日而下。如此一来，黄河以南，不战而定。"

窦建德一看，这个规划真是大气磅礴，当场拍手叫好，决定亲自率兵去攻取河南。窦建德的动作很快，马上派曹旦等人带五万兵马渡过黄河，作为先锋。

李世勣也带三千兵过来跟他会合。

李世勣此时已经做好准备，只等窦建德来到，他就率这三千部队对窦建德发动突然袭击，杀掉窦建德、找到父亲后，再带着窦建德的地盘回归大唐。

李世勣的这个计划很严密，可是窦建德却没有来。窦建德没有来并不是因为他知晓了李世勣的计划，而是因为他的老婆刚刚生了孩子。他太喜欢这个新生的儿子了，便把出征的事往后推了。他万万没有想到，这个儿子让他躲过一劫。

于是，只有曹旦在那里，让李世勣无从下手。曹旦是窦建德的内兄，仗着自己妹夫是首领，带着手下的兵到处侵扰百姓，为所欲为，见到利益就抢，谁敢反抗就杀谁，带的部队没有一点纪律。那些归附过来的头领，看到曹旦这样霸道，心里非常愤怒，背后都破口大骂。这些头领中有一个人叫李文相，他手下只有五千人，此刻驻守在孟津，他还有个很生猛的老妈霍氏，据说善于骑射，也很有主见，在营中自称霍总管。李世勣为了对付窦建德、加强自己的力量，也把李文相拉拢过来，并跟李文相结为兄弟。

李文相自号李商胡，平时大家都称他为李商胡。李商胡跟李世勣结为异姓兄弟后，自然带他到家里拜见老母亲。

霍总管看到李世勣，就知道儿子的这个结拜义兄是非常之人，对他说："窦建德无道，你为什么要跟他？"

李世勣道："母亲无忧。不过一个月，我就可以杀掉他，然后咱们一起

第四章 宋金刚连败裴玄真 李世民平定刘武周

归唐。"

李世勣也觉得霍总管是个女中豪杰，况且李文相他们对窦建德已经怨恨至极，所以才这么坦然相待，没有隐瞒。哪知，霍总管确实是个女中豪杰，但她性格很急，觉得一个月太久，而性急的人大多鲁莽，但求快意，不计后果。

李世勣告辞之后，她对儿子李商胡说："李世勣答应与我们共同杀掉窦建德，可是他却说等一个月后。我只怕时间长了，会发生变化。我们既然已经下了决心，何必要等他来了再动手？不如速战速决。"

李商胡自然听从母亲的话。两人很快就达成共识，马上行动。当天晚上，李商胡把曹旦手下的二十三个裨将都请来喝酒。这二十三人平时作威作福，吃了这家吃那家，现在看到李商胡主动请他们，哪想到其中有诈？于是，他们都前来赴宴，结果却赴了个鸿门宴。他们正喝得头脑晕乎乎的，一群武士就冲过来，把他们全部砍杀。李商胡清点了一下死在现场的人，发现还有两个曹旦的别将高雅贤、阮君明没到。

那两个别将因为路远，又隔着黄河，不能来了。李商胡又用大船载着三百个河北兵进入黄河。到了河中间，他把这三百人全部杀掉。只有一个兽医因为水性好，这才得以幸免。他游到南岸，把情况报告给曹旦。

曹旦这才意识到问题真的很严重，马上加强警戒。

李商胡行动之后，才派人通知李世勣。李世勣大惊，这事要坏了。郭孝恪倒还冷静，说事已至此，我们完全可以袭击曹旦，一旦成功，就可以吞掉他手下的军队，也不失为良策，否则，你的商胡兄弟就危矣。

李世勣仍然在犹豫，他认为，杀曹旦真的没有多大意思。现在义弟突然举事，惊动了窦建德，他的计划已经全面破产了。过了一会儿，他又得知曹旦已经有了防备——如此一来，连曹旦都无法袭击了。李世勣知道，到了这个时候，如果不逃，他的性命都不保。他马上跟郭孝恪带着几十个亲随逃出，直奔长安。

那边李商胡继续奋战。他看到曹旦已经戒备，就掉头向北，去袭击阮君明，把阮君明打败。高雅贤知道自己肯定抵挡不住，便带着余下的部众

逃跑。李商胡率众追杀，但没有追到。

窦建德很快就接到这个消息了。他手下那一群人都咬牙切齿地对他说："请先杀掉李盖。"

窦建德只是摇摇头，说："李世勣是唐朝的大臣，为我所虏，不忘其本朝，是大大的忠臣。他父亲又何罪之有呢？"下令把李盖也放了。

李世勣就这样来到李渊的身边。

窦建德可以放过李世勣，但他绝对放不过李商胡。他亲自出马，向李商胡发动进攻。李商胡根本没有招架之力，被窦建德打得全军覆没，他本人也被窦建德斩杀，为自己的鲁莽付出了生命的代价。

11. 尉迟敬德降唐

刘武周两次去打王行敏，吃了两次亏，便又转了个方向去进攻浩州。哪知，浩州守将李仲文也不好惹。李仲文也像王行敏一样，看到刘武周的部队来到，便带兵迎敌，一阵猛打，就把刘武周的部队打败，当场斩俘几千人。

刘武周仍然不服，继续前来叫板。唐行军副总管张纶带兵接战，又把刘武周打败，让刘武周很郁闷。此前刘武周一路南下，都是势如破竹，李元吉被他打得望风而逃，裴寂也是被他打得晕头转向，现在为什么打起来就这么困难，不管打哪里都打不顺手了？其实道理很简单，现在他那些最能打的部队都在宋金刚那里。宋金刚被李世民拖着，打又打不得，退又不好退，还时不时被唐军的游击队玩得一日数惊，实在是太烦了，再加上城里的粮食已经见底，下一步怎么走？连宋金刚都不敢想。宋金刚自以为自己很精通兵法，哪知碰上了一个军事天才，他那些学来的兵法全部无用，局面一下就打不开了，而且还拖累了刘武周。

张纶和李仲文连取两胜之后，信心也足起来，带兵去攻打石州（今山西省吕梁市境内）。石州的守将叫刘季真，是个"盗贼二代"，他父亲刘龙儿于大业十年（614）就造反，自称为王，立刘季真为太子。刘龙儿被杀后，刘季真独立支撑了一段时间，就依附了刘武周和突厥，然后弄了个很

第四章　宋金刚连败装玄真　李世民平定刘武周

有突厥特色的称号"突利可汗"。

刘季真看到唐军大步前来，也不敢交战，就假装投降。李渊照例封刘季真为石州总管，而且还赐氏李姓，封彭山郡王。李渊靠卖这个姓，确实很有赚头，但这次他却失算了。

刘武周看到李仲文这么嚣张，又沉不住气，带兵再打浩州，还是被李仲文击败。

正在这时，宋金刚军中的粮食终于吃光了。

武德三年（620）四月十四日，宋金刚只得宣布退兵，向北逃去。

李世民等的就是这个时候，他率兵踩着宋金刚的尾巴追击过去。

七天后，李世民追到吕州（今山西省霍州市）时，追上了寻相，把正急着逃跑的寻相打得大败，而且还一路追杀，追了两百多里。来到壁岭时，刘弘基抓住李世民的马缰，说道："将军破贼，追击到这里，战绩已经很大了，不能再深入下去了。现在士兵们都已经又累又饿，还是先暂时扎下营来，等兵马粮草齐备了，再进军不晚。"

李世民道："宋金刚现无计可施才逃跑，他们已经军心涣散，正是打他们的最好时机。要知道，打仗历来是'功难成而易败，机难得而易失'，我们必乘此势取之。如果我们停留不前，让他们有了喘息的时间，到时要取胜就难上加难了。"他说过之后，立刻策马而去，将士们看到将军都不吃不喝而抢时间，也没有谁再敢提肚子饿了。他们又一鼓作气追到雀鼠谷，一天之内打了八仗，李世民全部获胜，俘斩数万人。到了晚上，后队仍然没有上来，李世民他们就在雀鼠谷的西原扎营。此时，李世民本人也已经两日不食、三日不解甲了。当时，军中只有一只羊，李世民把这只羊杀了，跟大家分着吃，估计大家只能喝特大锅的羊汤了。

次日，继续前进，直抵介休。当时，宋金刚尚有两万之众。宋金刚部队人数本来比追击过来的李世民部队的人数多得多，但由于军心涣散，大家只一门心思地往北逃，结果被李世民追着打，一路溃败下来。宋金刚也被打得难以忍受了，他看到李世民还不放过他，便一咬牙，带着部队出西门，背城列阵，南北七里，发誓跟李世民决一死战。

这时，李世勣也已来到李世民的军中。李世民让他率兵跟宋金刚接了一仗，稍稍往后退却。宋金刚乘机指挥部队全面反击，誓言把唐军往死里打：咱们这一路来受他们的欺负实在太多了。宋金刚看到眼前的唐军只有招架之功而全无还手之力，心下大喜，更是奋不顾身地往前冲，要一鼓作气地把他们彻底消灭。只要消灭了李世民，余下唐军的将领就完全可以凭心情去"调戏"了。哪知，心念才一动，突然后军喊声大起，凭经验去判断，好像是后军乱了阵脚。宋金刚忙转头去关注。只见一群彪悍的精骑正跃马挥刀向他的部队砍杀过来，当头大将正是李世民。

宋金刚一看，不由得心下大惊：又着了李世民的道儿。难怪正面跟他接触的部队这么容易落败退却，原来全是装的。

宋金刚的部队被唐军这么前后夹击，立刻支持不住了。李世民和李世勣大砍大杀，宋金刚又被砍翻三千多人。宋金刚知道再打下去，连他也会被砍翻在地，只得带着轻骑冲出包围，向北狂逃。李世民率兵继续猛打猛追，一直到张难堡。

当时，这一带的大部分地方都已经被刘武周拿下，而张难堡仍然掌握在唐军手里，死守这一片孤岛的是浩州的行军总管樊伯通和张德政。他们这时仍然保持着高度的警惕性，看到前面有部队冲过来，便紧闭堡门，准备拒守。

李世民看到堡中还是大唐的旗号，便跑到堡前，脱下头盔，向城堡中的人表明身份。

城堡里的守军这些天日夜盼着朝廷派兵前来救援，可是这许多天来，盼星星盼月亮，盼得连星星和月亮都看不见了，仍然没有看到一个救兵，这时突然看到秦王出现，无不喜极而泣，出堡过来迎接。

李世民的随从告诉他们，秦王到现在还没有吃过饭呢。

守军马上给李世民和他的部队献上浊酒和粗米饭。

宋金刚虽然逃跑了，但尉迟敬德还守着介休。

李世民派王宗道和宇文士及进城去面见尉迟敬德，请他认清形势，放下武器，投降大唐，会比以前更加荣华富贵。

第四章 宋金刚连败裴玄真 李世民平定刘武周

尉迟敬德看到宋金刚都被打得不知去向了，刘武周势力所有的精兵也已经完蛋，知道再跟他们打下去，就只有死路一条了。他跟寻相一商量，马上达成共识，开门出来投降。

李世民老早就听说过尉迟敬德，这时看到自己顺利地将其收归麾下，心下大是高兴，让他为右一府统军，继续统率其八千旧部，和各营掺杂在一起。屈突通怕尉迟敬德会反复，劝李世民要多加防范。可是李世民不理。

刘武周此前虽然多次出击多次失败，但他的信心并没有受那些失败影响，因为他还有宋金刚。只要宋金刚的部队还在，他就什么都不怕。哪知，宋金刚也失败了。当他获知宋金刚大败而逃时，表现出来的就是"大惧"。刘武周这时动作比往日更加快捷，他接到消息的第一时间，就果断地丢掉并州，直奔突厥自保。

宋金刚咬着牙，脸上全是不服的神态。在他看来，他是被李世民套路才失败的，要是能跟李世民面对面地打，他肯定能把李世民打败。因此，他又把大家聚集起来，准备再战。可是大家都不愿拿起武器了。他知道人心已去，这才带着一百多亲随，向刘武周学习，也投奔突厥去了。

李世民来到了晋阳。

刘武周任命的仆射杨伏念打开城门，把城池献给了李世民。

当时，唐俭也在城里，他早已经把府库封好，等着李世民的到来。于是，前一段刘武周所夺的大唐领土，又全部回归到大唐的版图上。

宋金刚虽然逃到突厥境内，但实在不肯在突厥人面前低眉俯首过着没有尊严的生活，就又准备回到上谷，重整旗鼓。突厥人知道后，觉得宋金刚也是个麻烦人士，突厥也不是法外之地，不是你想来就来想离开就离开的，便派骑兵去追，很快就把他抓获，最后将他腰斩。另外那个假装投降的刘季真，因为他哥哥刘六儿在李世民占领介休时被斩，也不由得傻了眼。刘季真怕自己的假投降被人家看穿，便离开石州，投奔刘武周的另一个手下高满政。高满政也看他不起，对他手起刀落。

现在最郁闷的肯定是刘武周。他刚准备南下时，只是想着抢占点便宜，

哪知却碰上李元吉和裴寂这两个蠢材,一路居然得以高歌猛进、势如破竹,打得李渊差点喘不过气来。他心头很高兴,内史令苑君璋劝他要冷静一点:"李渊凭一州之众,直取长安,所向无敌,此乃天授,非人力可为啊。晋阳以南,道路狭窄险要,孤军深入,后无援军,如果进取不利,怎么回军?不如北连突厥,南结李渊,就占这么些地方,南面称孤,这才是长远之计。"刘武周当时正得意,哪听得进这么消极的话。等到失败,刘武周再见到苑君璋时,脸上挂满了后悔的泪水,说:"不用君言,以至于此。"

刘武周心里的后悔之情堆积得越来越多,越来越难以化解,就又想回到他发迹的地方——马邑,想东山再起。刘武周的图谋被突厥人知道了,突厥人哪愿在自己的旁边再多出一个武装势力来?于是,他们把刘武周也杀了。刘武周余下的部众,突厥人就让苑君璋代为统领。于是,曾经不可一世、威胁得李渊想避走关西的刘武周就这样玩儿完了。

至此,大唐的北面才真正进入无忧状态。

李渊获知太原回归之后,抑制不住内心的狂喜,大摆了一个宴会,请群臣大喝特喝,觉得还不足以表达心头的喜悦之情,便又赐大家缯帛,而且赐得十分豪横,让大家进入御府,尽力取之,个个满载而归。

第五章

第五章　力排众议　李世民进逼洛阳城
　　　　欲收渔利　窦建德援救王世充

1. 尉迟敬德大战单雄信

这时，突厥人的心情也很复杂。他们本来全力扶持刘武周和梁师都，助他们南下打李渊。可是当李渊拿着一大堆金钱送给他们的时候，他们马上财迷心窍，就不再帮助刘武周了——而且处罗可汗看在那堆金光闪闪的钱财的面上，还派他的弟弟带两千骑兵去助李世民，致使刘武周在关键时刻又一败涂地。最后，他们还把投奔过来的刘武周干掉了。

他们做完这些之后，又突然发现自己干了傻事，杀掉刘武周对他们真的没有多大好处，但对李渊的好处实在太大了。现在李渊的实际控制区域又迅速地恢复了原状，而且比原来更牛了。因为原来他还被刘武周牵制着，做什么都还有些顾虑，难以放开手脚。现在刘武周这个大麻烦一清除，以后李渊就可以放开手脚了。突厥人虽然拿了李渊大量的钱财，但他们想到这一层，又不乐见李渊的势力越来越雄厚。突厥人多年来常被中原人的阴谋玩得晕乎乎，裴矩和长孙晟那套连横合纵的套路把他们玩了又玩，玩得两人都有点"审美疲劳"了，他们仍然看不破。到了现在，他们也慢慢学会了这个套路的皮毛。在看到眼前的李渊越来越发展壮大时，他们的心头突然灵光一闪：何不再培植一个反唐势力来牵制李渊？

他们很快就把目光锁定王世充。现在王世充的边界线跟李渊的边界线

重合最多,完全可以在王世充的身上做文章。于是,他们派阿史那揭多为使者,带着一千匹良马来到洛阳献给王世充,并向王世充求婚。

王世充看到窦建德他们都跟突厥搞好了关系,心里也早有想法,这时看到突厥主动前来连和,哪有不答应的道理?于是,他选了一个宗室美女,送给突厥可汗,而且还开放边贸,跟突厥互市。

处罗可汗也没有跟李渊撕破脸面,表现上仍然保持着良好的关系。在李世民光复晋阳班师后,他就来到了晋阳。此时,突厥的力量仍然十分强大,中原那些首领都不敢得罪他们。所以,处罗可汗来到晋阳后,到处摆谱,曾经多次把刘武周击败的李仲文对他都无可奈何,只能眼睁睁地看着这个突厥可汗在晋阳城中横行,然后忍气吞声。

处罗可汗秀了一把突厥大国领袖的优越感之后,终于离开了。但他离开时,先把城中颜值高一点的美女全部带走,又留下了伦特勒带着几百个突厥兵在晋阳,声称是帮助李仲文镇守。而且从石岭以北,处罗可汗都留下了突厥兵镇守。

李渊对此也毫无办法。他现在必须集中精力向东发展。如果还被困在关中,他就只有被人家打杀的份儿了。现在他向东发展,首先碰到的就是王世充的地盘。李渊请大家来开会,商量如何攻打王世充。

王世充知道后,马上从各地挑选精锐部队到洛阳集结,设置四镇将军,分别守卫洛阳四城。

武德三年(620)七月初一日,李渊下诏,要求李世民督诸军向王世充进攻。

当时,屈突通的两个儿子都在洛阳,李渊对屈突通说:"现在想让你带兵东征,你的两个儿子怎么办?"

你想想,屈突通还能说什么?他只能说:"我以前是个战俘,早就应当被处理了,但陛下却宽大为怀,释放了我,还加以重用。当时我就在内心发誓,以后在有生之年一定为陛下尽忠,只是唯恐没有机会而已。现在有幸得以充当前锋,两个儿子又有什么值得顾惜的?"谁能保证他说这些话时,不是心如刀绞?

第五章　力排众议　李世民进逼洛阳城　欲收渔利　窦建德援救王世充

也许李渊也知道他心如刀绞，但李渊仍然赞叹不已："屈突通舍生取义，竟能至此。"其实，李渊的话说得不大对，屈突通不是舍身，而是舍儿子而保自身的。因为如果屈突通不这样说，估计他自身立刻难保。

突厥那边继续玩两面派，他们一面跟大唐保持着良好关系，一面偷偷地派使者赴王世充处。这个使者也是个马大哈，居然带着一大批物资，从大唐的控制区横穿过去。大唐潞州总管李袭誉知道后，带兵袭击，将其带着的数以万计的牛羊全部没收。

正在这时，李渊又接到骠骑大将军可朱浑定远的报告："并州总管李仲文已经跟突厥暗中勾结，想乘我们跟王世充交兵时，引胡骑杀入长安。"

李渊一听，差点大爆粗口。这个李仲文虽然跟他不是一家人，但他的爷爷和李渊的爷爷都是著名的"八柱国"之一。李渊的爷爷叫李虎，而他的爷爷就是李弼。算起来，两人是世交啊。李仲文的军事能力也不错，在对付刘武周时，有过很好的表现，而且死守孤城，显得信念很坚定，哪知才过几天，就全面变质了。可是，此时李仲文的反相又没有暴露，你还真不能进兵相逼——那样一来，就直接把他逼反了，他真的引突厥南下，李渊的这一盘棋就得重新布局了。但他又不得不防。于是，他就派李建成镇守蒲坂以备之，然后又派唐俭到并州做安抚工作，宣布暂时废掉并州总管府，征召李仲文入朝。

武德三年（620）七月二十一日，李世民来到新安——再往前走就进入王世充的地界了。

王世充派王弘烈镇守襄阳，王行本镇守虎牢，王泰镇守怀州，他的哥哥王世恽负责洛阳南城，王世伟负责洛阳宝城，他的太子王玄应负责洛阳东城，另一个儿子王玄恕守含嘉城，王道徇守曜仪城。王世充则亲自率作战部队三万人，准备迎接唐军的进攻。从他这个部署看，王世充的疑心实在是太重了，他只信他的兄弟和子侄，别的人基本都不敢放在要害的职位上。

北部的梁师都看到李渊把主力部队都调到东面后，觉得又是个机会，便又组织了一支突厥稽胡联军南下。他瞅的机会没有错，但他的军事能力

太差,才一出兵,就被段德操一举击破,丢下一千多士兵的尸体,逃了回去。

李世民的先锋就是罗士信。他来到指定地点后,并没有休息,就直奔王世充的慈涧。

王世充马上带着他那三万人马前来救援。

李世民听说王世充率主力出来,决定亲自出马去当侦察兵。他带着一队轻骑向王世充的部队相向而去,才到半路,就碰上了王世充的大军。李世民这个侦察兵显然是不合格的——上次去侦察时,还没侦察到敌人长什么样子,就被敌人赶上来,差点被打死在山上,这时犯的错误比上次更大,直接就撞上敌人的主力部队。

如果是别人,早就被敌人打得渣都不剩了。但李世民不是别人,他自从军以来,一直战斗在第一线,多次在危急时刻奋战到底,最后死里逃生。他这一次险情比以前都严重,除了突然遇敌、寡不敌众,道路还艰险。王世充的部队看到他们人少,更是个个争先,举刀砍来,大有把他们踏成肉泥之势。

李世民手下的士兵看到敌人太多,大为惊惧。李世民没有慌乱,他叫他们马上拨转马头急奔回营,他带几个兄弟断后。

王世充部队的首领正是著名的猛人单雄信。他带着几百骑兵直冲李世民,把李世民逼得左躲右闪,他那杆长枪也好几次差点戳进了李世民的身体。

李世民仍然没有慌了手脚,而是不断地抓住机会,张弓而射,几个逼近他的敌人都被他射落下马。那伙敌人看到他真的箭不虚发,谁靠近谁被射死,这才不敢太过进逼,让他得以喘一口气。李世民继续左右驰射,横冲直撞,发现前头有个将军模样的人,便纵马过去,一举将那人活捉过来。这个被他活捉的人正是王世充手下大将燕琪。王世充和他的士兵们当然不会知道,眼前这个纵马奔驰、左右开弓、跟他们打得火热的将军就是大唐军方统帅。他们看到他如此神勇,无不被他的神技慑服,不敢进逼。王世充也不想在大战之前跟一个侦察兵头目纠缠得太久,便下令暂时

第五章　力排众议　李世民进逼洛阳城
　　　　　　欲收渔利　窦建德援救王世充

退回。

李世民这才脱身而去，急奔还营。经过大半天的生死相搏，他的脸上已全部被尘土覆盖，形象也是狼狈不堪，他到营门前大叫开门。那些门卫看到几个人灰头土脸、狼狈不堪地急奔而来，哪敢一来就开门？只是伸出脑袋来问是哪个部的。

李世民大叫："我是秦王李世民！"

那人一看，全身都是厚厚的灰尘，就连脸上也看不到一丁点皮肉，只有两只眼睛在放着那点光芒，跟刚从土堆里爬出来似的。你要是说你是盗墓贼，俺坚决信你，可你说你是秦王，俺怎么能相信呢？骗人之前也先洗个脸吧？他哈哈大笑："你这个样子能当秦王，俺王大麻子就能当秦王的爹。"他说着，反手指着自己那张像撒满了芝麻的脸。

李世民的那几个左右十分愤怒，就要破口大骂起来。

李世民也是十分恼火，但转头一看，只见他的随从们个个脸上被尘土覆盖，看上去比鬼脸还狰狞可怖，马上知道自己现在的脸也比他们好不到哪里去，只怕他老爹见了也未必认得出，便脱下头盔，抹了一把脸。

王大麻子们看清他的面目，这才知道他真的是秦王，吓得赶紧把门打开，放他们进入。

李世民这次出去侦察，差点把性命丢了，但他并没有害怕，第二天就带着五万人向慈涧进军。

王世充不敢直接跟他对砍，撤除在慈涧的防守，返回洛阳。

李世民看到王世充自动收缩防线，心下大喜，便令史万宝从宜阳向南抢占伊阙龙门，派刘德威从太行向东包围河内，派王君廓从洛口切断王世充的粮草运输线，再派黄君汉进攻回洛城。李世民做出的这些部署，其实就是在剪王世充的裙边、阻断洛阳与各地的所有联系。当这些剪裙边的力量到位后，他自率大军屯于北邙，连营进逼洛阳，对王世充形成了高压态势。

这个高压态势一出现，对王世充就形成了强大的威慑力。洧州长史张公谨和洧州刺史崔枢心理抗压能力差，以州城降唐。

邓州当地人历来不服王世充,这时看到李世民的部队进逼而来,王世充的军心已经动摇,便突然举事,抓住邓州的刺史献给唐军。

形势对于唐军而言,一片大好。

最先展开军事行动的是黄君汉,他的任务就是攻打回洛城。他派校尉张夜叉带着水军袭击回洛城。回洛城的守军此时士气不振,被张夜叉一打,毫无还手之力。张夜叉一举攻克回洛城,活捉其守将达奚善定,切断河阳南桥后,这才回军。在回军途中,他又顺手收复了二十余处堡垒。

回洛城一被攻克,洛阳的包围圈又紧了一圈。王世充心里也不免紧张起来,急派他的太子王玄应等去打回洛城,务必一战收回——如果他不紧张,就不会派太子出马了。

王玄应和杨公卿两人带兵去攻城,虽然打得很猛,但没有攻下来。他们只好在城西筑月城,留下兵力驻守。洛阳没有外城,这个月城就权当城西的外城了。

王世充这才知道,自己收缩战线是大大的败笔——洛阳本来就是四战之地,周边的城池被隔离了,洛阳马上就成为孤城一个。洛阳这些年来一直被围困,先是杨玄感围一阵,接着是李密那没完没了的包围,使得城中多次出现缺粮的局面,多次处于危在旦夕的关键时刻。现在李密虽然失败了,洛阳也有了一段不被包围的和平时光,但全国都处于混乱不堪的战争状态,再加上王世充急于夺权当皇帝,又忙于权力的巩固调整,还抽不出时间来对洛阳城进行修整。当李世民的大军直逼而来时,他居然没有想到这些,直接就把大军撤回洛阳,使得李世民的主力直抵洛阳城下。王世充这才知道,消极防御其实就是被动挨打。

以现在洛阳的形势,李世民就是围而不攻,保持对洛阳的高压态势,王世充也是支持不了很久的。李世民不是李密。李密当谋士时,办法比袁绍多,可是他当头领之后,也跟袁绍一样没有主意。李世民才把军队开过来,布下的棋子就把洛阳变成一个孤城,就把高压态势表现得淋漓尽致,使得王世充的军心也浮动起来。

王世充就在这样的心理状态下,决定出来跟李世民对阵。他在青城宫

第五章　力排众议　李世民进逼洛阳城
　　　　欲收渔利　窦建德援救王世充

摆出了他的长阵。李世民当然不会示弱，也列出相应之阵。王世充隔河对李世民说："隋朝玩儿完了，全国形势四分五裂，大唐称帝关中，我在河南称雄，各占各的地盘，我从来没有过西侵举动，你突然举兵东来，到底是为什么？"

李世民懒得跟他对话，就让宇文士及放开音量对他大叫："四海皆仰皇风，唯公独阻声教，为此而来。"呵呵，普天之下都在仰慕大唐皇帝的威仪，唯独你王世充跟大唐皇帝唱反调，所以我们必须来。

王世充一听，心下大骂：什么狗屁四海皆仰皇风，就在前段时间，全国各个势力都在群殴你们，差点把你们打得路都找不见，现在却来说这样的话。王世充本来口才极佳，如果是在平时，他肯定会把宇文士及驳得眼都睁不开。可有时嘴炮也是需要实力支撑的，没有实力支撑的嘴炮，再怎么响亮，也毫无用处。王世充只是说："我们何不相互息兵，争做热爱和平的典范？"

宇文士及回答："我们现在得到的命令是夺取东都，还没有接到让我们讲和的诏书。"

这一次对阵之后，两人都没有开打，又各自带兵回营。

王世充没有开打，那是因为底气不足。唐军没有发起总攻，是因为时机没有成熟。就在这个时候，大唐不光面对王世充，还面对其他周边势力，而且这些势力没有哪个跟他们保持友好关系，尤其是窦建德势力。窦建德势力比王世充势力更雄厚，如果这时这两大势力联合起来，再加上突厥的参与，大唐基本就没有戏了。因此，当李世民率兵出征时，李渊也派使者去跟窦建德见面，主动跟窦建德讲和。窦建德虽然脑瓜不错，比很多首领都灵光，但毕竟大局意识不强，看到李渊主动前来求和，而且口气也很柔软，柔软到接近低三下四的程度，听着心情十分爽快，就同意跟李渊化敌为友，并把同安长公主放了出来，让她跟使者一起回长安。

李渊的外交取得了一次关键性的胜利。

李世民继续压迫着王世充。一直到八月，双方谁都不动手，河南一带

虽然处于战争的紧张状态,却又沉闷异常。

八月二十五日,刘德威再也忍不住了,终于打破沉闷,率兵突袭怀州,攻入外城,然后还收拾了怀州外城的堡垒。

九月初,王世充的显州总管王瓒看到王世充天天龟缩在洛阳城,被压得气都不敢出,到现在仍然没有拿出什么有效的办法来——虽然他此前声称有突厥当坚强后盾,可是现在通往突厥的交通线都已经被切断了,而怀州被打,内城被围,他也没有什么反应,看来他的信心也已经跌入了谷底。既然如此,何必再跟他?于是,他也率其所辖二十五州投降了唐军。他这一投降,王世充的形势更是大为不利,从此洛阳城就再也无法与襄阳取得联系了。

这时,李世民帐下诸将也开始发力了。史万宝进逼甘泉宫,王君廓攻打轘辕,而且一攻而克。王世充这才发觉自己又被对方抢了先手,急忙派魏隐去反击王君廓。

王君廓看到魏隐来势汹汹,便假装逃跑。

魏隐一看,哈哈,原来你也有怕死的时候,你越怕死,俺就越把你往死里打。他带兵猛追下去,结果却追进了人家的埋伏圈,瞬间大败。王君廓顺势向东挺进,攻破管城,这才收兵。

王世充本想通过这次反击提振士气,结果反而败得更惨,不但不能达到提振士气的效果,反而把士气拉得更低。尉州刺史时德叡对局势也深感失望,带着杞、夏、陈、随、许、颍、尉七州投降了李世民。李世民让投降过来的州县官们继续在原来的位置上行使职权,完全保留他们原来的级别,并把尉州改为南汴州。河南其他郡县也相继来降。

王世充看到自己的势力分崩离析,心下大是郁闷,可是又毫无办法,这些投降过去的部下,大多是原来李密手下的干将,归顺王世充实在是不得已而为之。他都还没有来得及对这些人开展安抚工作,人家城头便已换了大王旗。不过,李世民这时也遇到了件麻烦事。这时他带的部队中,也有很多人是收编过来的刘武周部众。那些将领目前还是不服大唐,很多人开了小差,就连尉迟敬德的老搭档寻相也叛逃了。

第五章　力排众议　李世民进逼洛阳城
　　　　　　欲收渔利　窦建德援救王世充

李世民手下的众将一看，个个都很生气。其他人都无所谓，但他们对尉迟敬德特别关注。他们都知道尉迟敬德特别生猛，要是他也背叛，给大唐制造的麻烦就大了。为了防患于未然，一帮人就把尉迟敬德囚禁于军中。然后屈突通和殷开山去找李世民，对李世民说："将军，尉迟敬德不是一般的骁勇，现在他被囚禁，心里肯定会恼火，留之恐有后患啊。不如马上把他杀了。"

李世民说："不然。尉迟敬德要是叛逃，哪会在寻相之后呢？"他马上下令把尉迟敬德放了，而且还把他带到自己的卧室之中，拿了一大堆金子，说："大丈夫相互之间，讲的是意气相投，不要因为一点小事而耿耿于怀。我绝对不会相信谗言去害了忠良。如果你一定要走，这点金子就是我送给你的路费，以表我们这一段共事之情。"

尉迟敬德大是感激，表示此生跟定了秦王。

第二天，李世民和尉迟敬德带着五百骑兵出营巡视。他们刚刚登上北魏宣武帝陵，还没有察看好地形，突然喊声大起，原来是王世充率一万多兵马前来，把李世民团团包围，又是单雄信冲在最前头。单雄信上次差点把李世民活捉，但后来让李世民逃脱了，心下大恨，这时看到李世民就在眼前，心想只要把李世民搞定，就什么问题都解决了。他舞着长枪，纵马直冲李世民而来。他曾是瓦岗军中最生猛的长枪手，向来所向披靡，这时发起狠来，李世民的卫兵根本抵挡不住。

他大声吼叫着，已经冲到李世民的眼前，只要再上前几步，就可以把李世民一枪挑下。

李世民心里大叫完了。

间不容发之际，尉迟敬德催马而出，大声呼喊，迎住单雄信。单雄信心下冷冷一笑：想跟瓦岗第一枪对打？一枪向尉迟敬德直刺而去。尉迟敬德奋力一扫，单雄信只觉得手臂一震，心下大惊：这是哪里来的对手？只是他心里不服，以为自己大意了，这才让尉迟敬德得手，想打起精神好好教训一下尉迟敬德。可是尉迟敬德不但力气够大，手法也是极快。单雄信的枪还没有举起，他的长槊已经横刺而来，把单雄信刺下

马来。

单雄信乃王世充手下头号猛将,大家看到他都被人家一槊挑下马来,无不大惊失色,不自禁地稍稍退却。

尉迟敬德露了这么彪悍的一手之后,这才保护着李世民冲出重围。

李世民有惊无险地突出重围之后,又和尉迟敬德率骑兵反杀过来。尉迟敬德舞槊跃马,冲入敌群,如入无人之境。这时,屈突通率领主力部队杀到,把王世充杀得大败。最后,王世充只身逃脱。尉迟敬德还活捉了王世充的冠军大将军陈智略,俘虏了六千名手持盾牌的长矛兵。

李世民大喜,对尉迟敬德说:"这么快就得到你的回报了。"赐尉迟敬德一箱金子,从此把他当成自己最最亲密的战友。

尉迟敬德在众人面前上演了一场救主大戏,其在战场上的厮杀能力简直是无人能及。而且大家还发现,他在刀枪如林的敌阵之中居然没有受伤。有时,敌人的长枪刺到他的身边,他竟能空手夺来,再反刺过去,将敌人刺死。对他的这一手功夫,大家就只有赞叹了。

李元吉从小就玩骑马使枪,向来觉得自己马上功夫无人能及,听说尉迟敬德的这些事迹之后,大为不服,就找到尉迟敬德,说咱们去掉枪头比一比,看谁比谁厉害。

尉迟敬德说:"我可以去掉枪头,但大王的枪可以保留。"

两人上了马,你来我往。李元吉的手法果然迅捷无比,一招比一招快,招招向尉迟敬德的身上刺去,大家都看得眼花缭乱了,可是李元吉的枪尖连尉迟敬德的衣角都没有沾到一次。

最后,李元吉也不好意思再刺下去了。

李世民问尉迟敬德:"夺与避,孰难?"

尉迟敬德答:"夺难。"

李世民笑道:"你敢再夺元吉的枪吗?"

尉迟敬德道:"谨遵大王之命。"

如此一来,就是李元吉拿着长矛向尉迟敬德进攻,而尉迟敬德必须空手接招了。李元吉想,这次肯定能一枪把他挑下马来。

第五章　力排众议　李世民进逼洛阳城
　　　　　欲收渔利　窦建德援救王世充

哪知，李元吉的长枪才递出，就被尉迟敬德一把夺过，而且连续三次，弄得李元吉的脸面大红，只得在那里向尉迟敬德伸出大拇指，说：我真的服了你。其实，他内心深以为耻。

2. 李艺大战窦建德

王世充虽然疑心很重，除了他的兄弟和子侄，对别人都不怎么相信，但偏偏很信任那个邴元真。他让邴元真为滑州行台仆射。

邴元真还在李密的手下混时，因为人品太差，李密手下的人对他十分生气。他就是投降了王世充，成为王世充手下的高官，李密手下的人对他还是咬牙切齿。

李密手下还有一个人，濮州刺史杜才，这时仍然没有找到新主人。杜才对邴元真背叛李密导致瓦岗全部瓦解恨之入骨。他知道凭自己的实力和能力，要恢复瓦岗是不可能的事，但完全可以利用自己现有的力量，搞定邴元真，为李密报仇。

杜才很快就想到了个计策，这个计策就是诈降计。他派人去向邴元真请降。

邴元真一看，哈哈，你小子以前不是天天骂我投降吗？现在你也投降了？这是形势啊。俺先投降，只能说明俺比你先认清形势。当然，你是晚了点，但现在也还来得及。

邴元真为了更好地笼络杜才，同时摆一下官威，就亲自来到濮州，招慰新降的将士。

杜才看到这个家伙果然中计，心下哈哈大笑，还把笑容堆到脸上，出来迎接邴大帅：以后俺的前途就靠邴大帅了。然后，他拉着满脸得意之色的邴元真入帐。

邴元真落座之后，正要发表热情洋溢的讲话，哪知他的嘴巴还没有张开，热情洋溢的话才挤到喉头，杜才就大手一挥，几个武士从后堂拥出，一把将邴大帅拿下。杜才指着他的鼻尖骂道："你本来就是个废才，魏公却让你当了大官。你并没有建立一点功劳，最后还害得魏公和瓦岗事业毁

于一旦。现在既然前来送死,我不杀你,真的对不起魏公了。"说着,就拔刀把邴元真斩首,然后拿着这颗首级到黎阳,放在李密的墓前,祭奠李密。

杜才知道王世充肯定会报复,于是就以濮州降唐。王世充手下的张镇周也接着反叛,前来投奔李世民。

对于王世充而言,可谓内外交困,打又打不过李世民,内部高层又不断地脱他而去,使得他的力量不断地薄弱下来。

罗士信本来是李世民的先锋官,可是跟王世充对垒到现在,他还没有在战场上大砍大杀过,心里很是不舒服,便带着本部人马袭击王世充的硖石堡,也是一举拿下。他接着又围攻千金堡。千金堡的守军不但对王世充死忠,而且守得也很顽强。罗士信展开几轮进攻,都没有拿下。堡里的守将还在城头指着罗士信大骂:哈哈,你打不进来,咱们就比赛一下口才,看谁爆的粗话厉害。

罗士信当然不会跟他进行粗口比赛。他并不把对方的话放在心里,只集中精力想办法。最后,他想到了一个办法:半夜时派一百多个人抱着婴儿来到堡下,把婴儿弄醒弄哭,然后大声讨论,说咱们拼了性命,从洛阳逃出,前来投罗士信总管,都跟他约好了,怎么也不开门放我们进去啊?再不进去,孩子会被冻死的。

这伙人讨论了一阵子,预料到堡上的人都听清楚了之后,突然有人惊呼:各位,咱们搞错了。这不是咱们跟罗总管约见的地方,这是千金堡啊。

对,这是千金堡。赶快跑啊。

于是,这伙人一阵惊呼,夹着婴儿迅速地逃出去,婴儿在黑夜里哭得很大声。

堡上的守军一直在监控着这群人,将他们的议论都听得清清楚楚,看到他们连夜逃走,都以为罗士信已经撤军回去了,连这伙来投奔他的人都找不到他了。他们对这些背叛王世充的洛阳人十分生气。现在你们自投罗网,就别怪我们不客气了。他们迅速披挂上马,打开堡门,去打那伙"叛

第五章 力排众议 李世民进逼洛阳城
欲收渔利 窦建德援救王世充

逃"的人。

其实，罗士信并没有撤军，而是埋伏在河道里，看到城堡的人打开城门追出，便迅速冲了出来，趁着门还在大开着，杀进堡内。罗士信对千金堡人恨极，下令把堡里的人全部屠尽。

在李世民不断地蚕食王世充，让王世充很郁闷时，大唐跟窦建德的关系又出现了裂痕。窦建德本来就很反复。他虽然跟大唐签订了友好条约，但不久之后，又觉得这个条约对他而言真没有多大好处，只是在约束他不能向西发展而已。他不敢直接向东跟李世民作对，就又向北谋求发展。只要打通了往北的道路，就可以跟突厥连成一片，突厥人爱钱，只要舍得出点钱，突厥就可以任他玩弄于股掌之间，自己搞点连横合纵，到时天下是谁的，真未可知。于是，窦建德又向幽州进军。窦建德的想法很好，只是他没有想到，李艺虽然很霸道，也很残暴，但跟周边首领的关系还不错。窦建德前一次围困李艺，眼看就要把幽州拿下而李渊根本没有力量前来救援时，李艺居然派人去向另一个首领高开道求助，而高开道也派两千骑兵出来救李艺。窦建德只得又缩回去。

后来，李艺继续劝高开道向自己学习，归顺大唐。高开道居然接受了李艺的建议，向李渊递交了降书。李渊马上任命高开道为蔚州总管，也赐姓李氏，封北平郡王。李渊大概是给归降将领赐姓最多的开国皇帝了，只要看到谁有利用价值，立刻就改人家的姓。这种成本为零的拉拢手段，何乐而不为。高开道也是个生猛的人物，有一次，他从战场上归来，额头中了一箭，箭镞断在里面。他派人去找医生来把箭镞取出来。医生一看，说："箭镞太深，不能取出来。"高开道大怒：你不能取箭镞，老子就砍你的脑袋。他就把这个医生砍死了，又找另一个医生过来。这个医生说："是可以拔出，但总管会很疼痛。"高开道又把这个医生杀了，再找第三个医生。这个医生大概对前两位的遭遇已有耳闻，知道要是还说不行，脑袋立马就会落地，不如先开刀，还有活下去的可能，因此只说了两个字："能出。"于是，用小凿子凿他的额头骨，再钉入楔子，使骨头裂开一寸多的缝，最后取出了箭头。那时的手术没有麻醉，高开道硬是挺住，不但没有大呼小叫

疼死我也,反而奏乐进餐如故——这个情节肯定是吹的,你想想,被人家在额前敲敲打打,血流满面,哪能进餐?

窦建德被迫从幽州撤退后,心里很不舒服,连个李艺都搞不定,还有什么脸说与人争天下?看来上次带的部队太少了。于是,他又起二十万大军,再向幽州杀过去。

这一次,窦建德的攻势果然很生猛,大批的士兵很快就冲上了城堞。

李艺对此早有防备,事先已经挖了通往城外的地道。眼看城头已经守不住,薛万均和薛万彻带着一百多人敢死队从地道钻出,来到敌人的背后,突然发起冲锋,对窦建德的攻城部队掩杀。窦建德军料不到这一招,马上被唐军击溃。

李艺看到窦建德的部队被击溃,心下大喜,带着部队杀出城,直接冲击窦建德的大营。

如果是别人,大概率会被李艺打得抱头鼠窜。而窦建德也是战场老手了,知道如果他也守不住大营了,那就全完了。他更知道,李艺的部队并没有多少,只要不慌乱,就完全可以把他们挡住。他在大营中列出战阵,然后填平堑壕,再冲出来迎敌。李艺这下傻了眼,敌人还没有乱啊。

窦建德一口气又把李艺打得大败,扭转了局势,再追到幽州城下。窦建德继续攻城,但由于锐气尽失,最终没有攻下来。他也不敢屯兵幽州城下太久,便又撤军回去。于是,幽州又保住了。

3. 李渊逐渐壮大

现在王世充最为气恼的是不仅老打不了胜仗,而且叛逃的人越来越多。就在这时,杨庆又带着管州投降了李世民。别人投降还情有可原,杨庆投降,真的不该啊!当年李密把杨庆的底一翻,逼得杨庆改为郭氏,然后向瓦岗投降。李密败后,杨庆又归王世充,然后恢复了杨姓,王世充让他当管州总管,还把哥哥的女儿嫁给他。王世充以为,如此一来,他们就是一家人了——匈奴、突厥娶了个中原宗室之女,都还老实一段时间,杨庆堂堂中原士大夫出身,这点做人的基本原则总应该有吧?哪知,杨庆却不在

第五章　力排众议　李世民进逼洛阳城
　　　　欲收渔利　窦建德援救王世充

乎这个做人的基本原则——你王世充还有什么资格谈做人的基本原则？当李世民大军前来时，杨庆就偷偷派人跟李世民取得联系了，说无论如何都要脱离王世充这个奸贼的控制，投奔大唐。李世民当然乐呵呵地接受。他派李世勣带兵去接收。杨庆准备带着妻子一起前来迎接李世勣。可是他的妻子却不愿，她还记得自己是王世充的侄女，还记得做人的基本原则，对杨庆说："主上把我嫁给你，目的就是拴住你的心。现在你既然辜负了主上的托付，去追求富贵，保全自己，我将如何对待你呢？将来到了长安，我不过是你家里的一个奴婢罢了，对你又有什么用处？你送我回洛阳，就是对我最大的恩惠。"但杨庆不答应。

杨庆离开后，她对身边的人说："如果唐军最终取得了胜利，则我家必定灭族；如果郑国胜唐，我的老公必死。人生至此，活着有什么用？"于是自杀身亡。王氏本来只是王家的一个少女，当王世充需要笼络杨庆时，就把她嫁给了素昧平生的杨庆，完成了一桩政治婚姻，硬是把她卷进错综复杂的政治关系中。当然，如果她只是浑浑噩噩的一般妇女，对这些政治手腕一问三不知，跟着命运嫁鸡随鸡、嫁狗随狗，也就罢了，偏生她还聪明伶俐，还知道政治是怎么一回事——尽管她是被动的，但她的精神世界仍然被"政治"两个字成功地裹挟了。于是，她就只能成为政治的牺牲品——这个牺牲品的属性，在她生于这样的家族时就已经注定了。

王世充的太子王玄应当时镇守虎牢，听说自己的堂妹夫向敌人献出管城，心下大怒，忍无可忍，带兵去攻打管城，发誓无论如何也要把管城重夺回来。可是当他来到管城时，突然发现管城已经被李世勣接管。李世勣正愁无仗可打，看到这小子满面怒容而来，哪能放过？便带兵出来迎战。王玄应一接触，这才知道李世勣的军事能力真不一般，打了一下，立马感到不顺手，只得又紧急叫停，然后快速撤兵而回。

李世勣占领了管州之后，并没有闲着，又把目光盯向了荥州。荥州刺史魏陆原来也是李密手下。李世勣就叫郭孝恪给魏刺史修书一封，请他也过来算了。魏陆收信之后，马上请降。在双方紧锣密鼓地商谈合并事宜时，王玄应一点也不知情，还派大将军张志来到荥州征兵。

张志来到荥州，才刚刚入座，正想传达太子的指示，魏陆却抢过了发言权，向他和他带来的几个将军宣布：你们被捕了，现在荥州已经归顺大唐。他在把荥州献给李世勣的同时，还把这几个自投罗网的将军也交了过去。阳城令王雄看到这么多个职务比他高得多的头领都投降大唐了，便带着他辖区内的诸城堡前来投降。这片地区划归大唐版图之后，大唐终于打通了嵩山以南的道路——此时，虽然东部有很多城池都归顺大唐，但因为中间隔着王世充势力，使得那些归顺过来的地区都没有实质性地跟大唐有过接触，最多是通过使者拐弯抹角传达一些声气，是名副其实的大唐飞地，以至于被人家一逼，又不得不倒向别的势力，以求生存。

魏陆又叫张志伪造王玄应的文件，命王玄应东路兵马停止前进，要求这支部队的头领张慈宝先返回汴州，然后派人叫汴州刺史王要汉把张慈宝搞定。王要汉是王伯当的兄弟，对王世充也是恨之入骨，接到魏陆的信后，马上答应照办。他斩了张慈宝的脑袋，直接送给了李世民。

当这些消息接二连三地传来时，王玄应也慌乱不已。他万万没有料到，这些城池的守将居然全是投降派，仗还没有打过几次，地皮就丢掉了大半，原本一块整齐的势力范围，现在也被分割成几个不等份。他现在都无法跟洛阳保持联系了，眼看四周的城池都已经插上了大唐的旗帜，虎牢城已经成为孤城，只怕再坚持下去，不用李世民派兵前来攻打，城中也会因什么事而生变起来。他这么一想，恐惧就更加深入，结果就使他陷入深深的绝望中。如果别人绝望，就会举着白旗，向唐军投降。可是他能投降吗？他不能投降，只好逃跑。他一口气逃回了洛阳。

此时，王世充的襄阳也无法跟洛阳取得联系。主管襄阳军政事务的就是王弘烈。李渊命李大亮趁襄阳无援之际，经略襄阳。

十一月初一日，李大亮首先向樊城发动军事行动，顺利"拔之"，并将王弘烈手下大将国大安斩首。李大亮继续扩大战果，连破襄阳城周围十四座城栅。

当月二十九日，李大亮又拿下沮州和华州。所有人都没有想到，曾经牛气冲天的王世充军队，居然如此不堪一击，被李唐连续攻击，居然毫无

第五章　力排众议　李世民进逼洛阳城
　　　　　　欲收渔利　窦建德援救王世充

还手之力。王世充当时大破李密的那份豪迈也都蒸发了，缩在洛阳城里死守，然后天天接收这些影响心情的坏消息。他原来以为当了皇帝，会享受无穷无尽的幸福生活，花天酒地，随心所欲，哪知即位之后，心情就没有一天好过，远不如当初他当江都丞时搞腐败来得心情畅快。

王世充这时不但被李世民的部队逼得无比郁闷，还担心窦建德对他虎视眈眈——要是窦建德又突然发兵西进，与唐军对他进行夹击，他马上就到人生的最后时光了。

窦建德这时简直是群雄中最让人头疼的人。窦建德霸占河北、山东一带，跟王世充和李渊都边界连接。于是，窦建德就成了李、王两边共同争取的对象。李渊曾经一度跟他建立过友好关系，可是蜜月期还没有结束，窦建德就进攻了幽州，让李渊很生气，幸亏李艺彪悍，硬生生地顶住了窦建德的进攻，这才保住幽州。

王世充看到窦建德打了幽州，心里无比高兴——此前因为他进攻窦建德的黎阳，窦建德一气之下，就以牙还牙，袭破王世充的殷州，从那时起，双方就交恶，不再有什么往来。现在王世充被李世民逼得丧师失地，洛阳岌岌可危，万般无奈之下，派人去向窦建德求救。

窦建德接到王世充那封看起来都有点气喘吁吁的信，召大家来开个会，问：王世充这样的流氓，咱们救还是不救？

窦建德手下的那帮人比他更没有战略眼光，听到他抛出的议题之后，没有人说什么话：反正都由头领决定。

后来，中书侍郎刘彬说："现在天下大乱，唐得关西，郑得河南，夏得河北，呈鼎足之势。现在李氏攻郑，从秋到冬，兵势日增。唐强郑弱，显而易见。照目前的形势看，郑必不支。郑亡，夏就不能独立了。不如跟郑解仇除愤，团结一心，共同对付李唐。如此一来，夏击唐于外，郑攻唐于内，一定能打败唐军。唐军被击退后，我们再静观其变，若郑可取则取之，并二国之兵，天下可取。"

窦建德一听，觉得太正确了。这确实是他现在最为正确的策略。

窦建德马上派使者去见王世充，答应出师救援。同时，他还派人去见

李世民，要求李世民跟王世充以和为贵，不要再进攻洛阳了，大家各占地盘，做个友好邻邦，你好我好大家好。李世民什么话也没说，把使者留了下来。

王世充得到窦建德的答复，松了一口气。窦建德现在手里有几十万大军，按数量而言，比李渊还要多。他只想着窦建德力量强大，却没有想到两人的联手到底有多大的诚意，更没有想到，他自己手下的那一帮人，除了他家兄弟和子侄，都已经对他没有信心了。在这样的形势下，即使有窦建德的援手，他又能支撑多久呢？就好像自己的腿已经断了，拐杖再硬又有什么意义？

就在王世充跟窦建德签完联合互助协议后，王世充的许、亳等十个州的头领组团到李世民那里请降。王世充无法控制这些人投降，只好把更大的希望寄托在窦建德的身上。他派王琬和长孙安世前往窦建德处，请他抓紧时间出兵救援，再晚就来不及了。

其实，这时窦建德也有苦难言。他的战略意图本来是打通北方边境，以便与突厥连成一片，到时可以在突厥那里上下其手，牵制唐军，可他就是过不了李艺这道坎。李艺这个家伙实在让他烦不胜烦。就在前几天，李艺居然出兵火笼城，又在那里取得了一场胜利。这还不算，他原来的手下张道源也倒向了长安，跟李渊勾结，请李渊出兵攻打洺州。

恰好这时，并州方面解除了威胁。这一带能给唐军制造威胁的就是梁师都和突厥。梁师都在举事时，力量跟刘武周处于同一个档次，但他的水平却比刘武周差很多，手下又没有宋金刚这样的狠人，虽然不断地跑到大唐境内打打杀杀，但基本每来一次，就被痛打一次，因此李渊对他并没有认真对待。他原来有个盟友郭子和，本来还相互配合，共同发财。但郭子和的脑袋比梁师都清醒得多，觉得以自己这个水平和实力及所处的地理位置，真不足以当乱世首领。当他看到李渊起势后，就认定李渊才是真龙天子，于是在武德元年（618）就向李渊奉表归顺了。这时，他看到梁师都不断地南下找麻烦，一怒之下，向梁师都的地盘冲杀过去，攻取了宁朔城。恰好突厥内部又开始出现分裂，他得知后就派人去向

第五章　力排众议　李世民进逼洛阳城
　　　　欲收渔利　窦建德援救王世充

李渊密报。可是送信人才到半路，就被突厥人抓住。此前，他在表面上仍然和突厥人很友好。突厥人抓到这个送信人之后，才知道原来郭子和跟李渊是"同穿一条裤子"的，心头大怒，就把郭子和的弟弟郭子升抓起来。

郭子和知道突厥人一发怒，就会狠狠地打过来，急忙向李渊打报告，申请批准他带着部众南下。李渊这时也不想跟突厥闹得太僵，就让郭子和带着他的部众到延州安置，不再跟突厥有接触，让突厥人消消气。

按理说，郭子和一走，梁师都应该高兴才对。可是他真高兴不起来。因为他手下的两个大将张举和刘旻于前几个月率部降唐，让他的心理阴影瞬间扩大，到现在仍然没有消失。梁师都看到自己的力量就剩这点了，心下"大惧"。他一大惧，就自然而然地想到他的后台——突厥。他派陆季览去面见处罗可汗，对处罗可汗说："大汗，现在中原处于丧乱时期，神州大地已经四分五裂，各个势力的力量都不怎么强大，因此北面的势力都向大汗称臣。现在定杨可汗刘武周已经败亡，唐国已经成为天下最强的势力。我们首领梁师都肯定会被唐军消灭。梁首领一完，下一个就会轮到大汗了。大汗不如趁唐还未平定天下，像当年魏道武帝那样，率兵南下，夺取中原。我们可以当大汗的向导。如果我们亡国了，大汗再南下，就没有向导了。"

处罗可汗一听，这个方案真好，马上进行了部署，准备派莫贺咄设从原州、泥步设和梁师都从延州杀入大唐境内，另外，突利可汗及契丹也以幽州为目标挺进，与窦建德会师。可以说，这个战略部署一旦实施，李渊的麻烦就不是一般的大了。突厥的骑兵本来就强悍，再加上山东实力最突出的窦建德的配合，李渊要战胜他们，到底有多少胜算？估计李渊都不敢掰手指头来合计了。

然而，人算不如天算。在处罗可汗就要下令发兵的时候，他却莫名其妙地去世了。

由于他死得太出人意料，所有突厥高层都很迷糊，不知如何是好。于是，新领导人的决定权就落到了义成公主的手里。义成公主也生了个儿子，

叫奥射设，但她认为自己这个儿子颜值太差，要是当了可汗，有损突厥大国的形象，就把这个太子废了，另立莫贺咄设，号颉利可汗。

颉利可汗刚刚即位，觉得大权未稳，不敢轻启战端，于是就叫停了南伐的部署。为了不刺激李渊，他还特地派人来到长安，通报了处罗可汗逝世的消息。李渊心想：终于不用担忧突厥南下了。

并州总管刘世让也趁着这个机会，把此前处罗可汗留在并州的伦特勒擒住，清除了突厥在并州的势力，稳住了李渊的老根据地。

当李渊接到张道源出兵洺州的请求时，就派刘世让带兵出土门，朝洺州方向挺进。这路兵马一出，不管能否取胜，都可以牵制窦建德的力量，使其不能全力以赴去援救王世充、对李世民形成夹击之势。

4. 有退者即斩之

这时候，东南一带的几股小势力也没有停歇。

那一带现在最大的势力就是刚刚攻占江都的李子通。李子通并不满足于只拿下江都，他还想打倒沈法兴和杜伏威。他首先向沈法兴发动军事行动，一举攻占京口。沈法兴当然不会在那里等着他继续打过来——他的地盘也不大，再打过来，他连躲的地方都没有了。他派蒋元超带兵去拒战。

双方在庱亭决战，蒋元超被打得大败，他自己也战死了。

沈法兴并没有多少兵马，蒋元超一败，他的家当就再也禁不起折腾了。他只得放弃毗陵，跑到吴郡暂时闪避。他这么一放弃，丹阳和毗陵也放弃了他，归降李子通。

沈法兴一进入低潮，杜伏威就有些坐不住了。虽然此前杜伏威和沈法兴一起中了李子通的奸计，他跟沈法兴成了仇敌，但看到沈法兴的大半地盘被李子通吃掉，李子通马上就一家独大起来，根本不必费脑子去想，他就知道，李子通的力量一膨胀，就会马上拿他开刀。

杜伏威本来脑子还是很灵活的，只是因为中了李子通的套路，丧失了与沈法兴联合的机会。现在杜伏威看到李子通已经打得沈法兴不能自理，哪能再让李子通嚣张下去？杜伏威趁着李子通全力攻打沈法兴，已经到师

第五章　力排众议　李世民进逼洛阳城
　　　　　欲收渔利　窦建德援救王世充

老兵疲的时候，派辅公祏率几千人去攻打李子通。

辅公祏带着兵马，渡江进攻丹阳——丹阳本来是沈法兴的地盘，李子通刚刚拿下，脚跟尚未站稳，被辅公祏一打，就招架不住。辅公祏一战得手，占领了丹阳之后，进屯溧水。

李子通看到辅公祏打得很生猛，忙带几万兵马前来拦截。

这时，辅公祏的部队只有几千人，力量太过悬殊。如果是别人，肯定就高挂免战牌了。可是辅公祏知道，对李子通只能速战速决，否则等他回过气来，自己就万劫不复了。辅公祏挑选一千精壮之士，手持长刀作为前锋，一千人跟在后面。辅公祏对后面一千人说："有退者即斩之。"原来这一千人都是督战队员。

这两千人出发后，辅公祏带着余下的部队紧紧跟上。那一千长刀前锋果然殊死而战，拼命冲杀，即使受了伤，仍然红着两眼发疯拼命，李子通的部队马上就抵挡不住了。

辅公祏又分兵从左右翼全面攻击李子通的方阵。李子通想不到对方如此拼命，自己的部队完全放不开手脚，只得往回跑路。

辅公祏下令：兄弟们追啊。

李子通看到辅公祏一路追下来，心头大怒，突然下令部队回头反击：咱们不反击，就只有被他追杀到死了。这一次，轮到辅公祏感到出其不意了。他们部队人数本来就比对方少很多，全凭一股血勇之气把对方打蒙，这才把对方打跑。现在李子通方面回过神来，全军反扑，他们也不由得呆了。几万名举着大刀长矛的士兵猛然反扑，辅公祏抵敌不住，慌忙往回跑。

他们跑回大营中，闭壁不出。

当然，大家都知道，如果辅公祏就这么"闭壁"下去，接下来就是被李子通越来越紧地包围着，结果如何，不用想也可知。可是现在辅公祏也没有办法。

辅公祏没有办法，但王雄诞有办法。

他对辅公祏说："李子通现在虽然部队人数多，但他们有一个弱点，就是还没有建成壁垒。他们又刚刚获胜，心里装着胜仗的满足感，肯定没有

多少防备。我们完全可以来个突袭，一定能够把他们打败。"

辅公祏被吓坏了，听了王雄诞的话，只是摆摆手，说使不得使不得，他们那么多人，我们冲过去，只会送死。

王雄诞看到辅公祏胆子已经吓破，知道再怎么说也是白费口舌，说不定辅公祏被说得烦了，还会产生矛盾，那可大大不妙。但对他们来说，这样的机会已经不多了。王雄诞退出来后，偷偷地集中自己那几百号部属，让他们吃饱饭，做好战斗准备。到了半夜，王雄诞带着他们打开营门出去，在李子通的大营前，顺着风势纵火。

李子通突然看到自己的大营陷入一片火海，而火海中杀声震天，也不由得慌了起来。此刻又是半夜，敌情不明，士兵们都已经到处乱跑，人人找不着北。李子通无法再组织战斗，只得弃营而逃。

王雄诞虚张声势地大喊大叫，那些来不及随李子通逃跑的士兵，都就地向王雄诞举手投降。王雄诞清点了一下，居然有几千人。

李子通收拾散卒之后，坚持了几天，粮食又吃光了。李子通没有办法，只得放弃江都，退保京口——这个地方也是刚刚从沈法兴手里夺来的，想不到却成了他最后的避难所。

于是，江西地区就全部划归杜伏威名下。杜伏威也把他的总部迁到丹阳。

李子通看着杜伏威得意忘形地进入丹阳，心下当然不爽，可又拿杜伏威没办法。既然拿杜伏威没有办法，那就只有继续打沈法兴了——沈法兴啊，对不住了，杜伏威打我，我就只好打你了。于是，他再度收拾散卒，又得两万多人，冲向吴郡，又把沈法兴大破一番。

沈法兴这次破得比较彻底，只带得几百人弃城而去。

虽然近来不断打败仗，但他在吴郡还有点号召力，附近"盗贼"首领遂安派他手下的大将叶孝辩出来，迎接沈法兴，让沈法兴到他们那里安身，再图发展。沈法兴跟着叶孝辩走了一程，又觉得自己堂堂官僚出身，哪能跟这群没有素质的"盗贼"混？真是越来越堕落了。沈法兴就后悔起来，想把叶孝辩干掉，然后再改投会稽——那里有崇山峻岭、茂林修竹，才适

第五章　力排众议　李世民进逼洛阳城
　　　　　欲收渔利　窦建德援救王世充

合他这样的人安身立命，以图东山再起。哪知，沈法兴的这个图谋很快就被叶孝辩发现了，叶孝辩大怒：老子过来救你的命，你反而想要老子的命，天下还有没有道理可讲？沈法兴没有办法了，但又逃不脱叶孝辩的掌握，只得投水自尽。

李子通把总部迁到余杭，把沈法兴的地盘全部接收，军势复振。

5. 李世民的玄甲军

现在的形势有点滑稽，这些历史页面的"边角废料"小势力，打得都很努力，可谓你死我活，这里打不赢，马上转战他处，从不让自己停歇，而那几个大势力却只是摆着决一死战的架势。主要原因其实很简单，王世充因为实力有限，手下没有什么拿得出手的猛人，他本身搞点投机战术还过得去，但摆堂堂正正之阵，他真搞不来，所以他只能缩着头，在那里提心吊胆地过着朝不保夕的日子，哪敢出来硬拼？李世民虽然能打，手下猛人也多，但他从关中向东，兵力也不算多，刚刚兼并刘武周的力量，这才拼凑出这么多军队，向心力还没有形成。再加上李世民深知，王世充不得人心，原李密手下的人都不服，只要保持高压的态势，那些人就会不断地转变立场，投到他的帐下。这比打硬仗、攻坚城的效果好多了。

王世充手下的人继续投降。

这一次投降李世民的是梁州总管程嘉。梁州是个大州，包括西南一大片地皮，全部归入大唐控制，使得大唐实际占有的面积扩大了很多。

由于王世充手下不断地向李世民献地纳土，杜伏威控制的地皮也离唐军不远了。杜伏威现在仍然高举着大唐的旗帜。为了表示自己真心实意地归顺大唐，更为了向江南一带的那些头领表明他有大唐做靠山，杜伏威派陈正通和徐绍宗带两千兵马出发，说是去跟李世民的大军会师。现在杜伏威的地皮跟李世民的地皮仍然没有连在一起，两位大将出发之后，先到梁县。梁县仍然打着王世充的招牌，当然战斗力已经没有多少了。两人冲进去，没费什么力气，就占领了梁县。

　　李世民也像以前的李密一样,在军中搞了一支特种部队。这支部队由一千精锐骑兵组成,都着黑衣黑甲,分别由他最贴心的四个亲信秦叔宝、程知节、尉迟敬德、翟长孙带领。每次战斗,李世民也身披黑甲,带着这支部队为前锋,亲自在第一线砍人,因此每战所向披靡。

　　就在前几天,即武德四年(621)正月中旬,屈突通和窦轨带兵巡行。

　　王世充虽然不敢跟李世民决战,但他很爱出洛阳城来逛逛。不过他出来时,并不像李世民那样只带少量轻骑玩心跳,往往带着不低于万数的部队浩浩荡荡而来。上一次,李世民就遭遇过王世充的大队人马,差点被搞定。这一次,屈突通才一出来,又突然跟王世充的这些部队偶遇。

　　到了这个时候,你不想打都不行了。

　　结果,屈突通被打得连逃跑的机会都没有。

　　眼看这支唐军就要被王世充打得全军覆没,王世充不由得哈哈大笑:老子终于赢了一回!

　　这时,李世民也得到了报告。他二话不说,一声大吼,带着一千玄甲军出来,去救屈突通和窦轨。玄甲军在李世民及秦叔宝的带领下,直冲王世充的部队,片刻就把王世充的部队打得溃不成军,并在阵前生擒王世充的骑将葛彦璋。王世充只得带着残兵逃跑。这一仗,李世民斩俘王世充六千多人。

　　王世充逃回城后,手压胸口,暗叫倒霉不已。

　　倒霉的事还在接着来。

　　王世充一直都不信任别人,重要的事都只交给自己的儿子才放心。比如运送军粮这样的事,王世充也是让他的太子王玄应去执行。

　　这天,王玄应带着几千人从虎牢往洛阳方向运送粮草。李世民很快就知道了王玄应在运送粮草,不由得嘿嘿一笑,派李君羡带兵去截击。

　　王玄应虽然深得父亲器重,但军事能力实在太差,被李君羡的部队一冲击,便溃散而逃。王玄应迫不及待地夺路而去,把所有的粮草都送给了唐军。

　　李世民认为,经过近半年的包围,王世充在他的高压之下,士气已经

第五章　力排众议　李世民进逼洛阳城
　　　　　欲收渔利　窦建德援救王世充

无可挽回地跌入谷底，现在完全可以向王世充发动最后一战——向洛阳发起总攻。

他派宇文士及来到长安，向李渊奏请派他重兵进围东都。

李渊对宇文士及说："回去告诉秦王：这次攻打洛阳，不获全胜，决不收兵。攻下东都之后，隋朝皇室的车驾仪仗、图书及器械，除去各人所需，都由他收集起来。其他男男女女、玉器布帛，则都用来赏赐将士们。"

武德四年（621）二月十三日，李世民把他的军营转移到青城宫。

王世充看到李世民大军进逼，也不敢再做缩头乌龟了，趁着唐军还没有筑好壁垒，就带着两万部队从方诸门冲出，凭借旧马坊的墙壁和堑壕，靠近谷水，进逼唐军。唐军诸将都有些慌乱起来。

李世民并没有慌乱，反正现在他就要跟王世充对决。李世民带着一队精锐骑兵在北邙布阵，然后又登上魏宣武陵观察敌情。李世民张望了一阵之后，对大家说："王世充已经陷于绝境。现在他倾巢而出，想侥幸决胜。如果我们今天把他们打败，以后他就彻底软了。"

李世民马上命令屈突通率五千部队渡过谷水，向王世充发起进攻。他对屈突通说："你们一跟王世充交战，就放烟火。"

屈突通领命而去，李世民就在高处张望，他看到烟起之后，马上带着骑兵从山上急冲直下，身先士卒，杀进王世充的阵地中，与屈突通合力夹击王世充部队。

李世民想了解王世充的兵力部署情况，居然带着身边的几个猛将，杀入敌人的阵地，而且深入下去，直到敌阵背后，所到之处，尽皆披靡，杀伤甚众。他们杀透敌阵之后，突然发现眼前出现一道长堤，再也无法逾越了。敌兵包围过来，将他们冲散。李世民在一阵狂砍之后，突然发现，现在跟在他身后的只有将军丘行恭。王世充的骑兵齐拥上来，他们且战且走。正激战间，有个王世充的射手突然来个射人先射马，将李世民的坐骑射倒。李世民也被掀翻在地，狼狈不堪。当然，现在对于李世民而言，已经不是狼狈的问题了，而是生死存亡之际。

李世民十分勇悍，从军以来，每战必冲在第一线，而他上前线倚重的

就是他精妙的骑术，绝招就是骑在马上，左右驰射，例不虚发；一旦没有马，他就傻了眼。敌人看到他在地上狼狈地爬着，那双望着倒地的死马的眼里，流露着万分绝望的光芒。他们都认为，砍死李世民已经没有什么悬念了，于是都催马而来，要把他剁成肉泥。

正在这时，本来冲杀在前头的丘行恭，突然发现不见了秦王，急转头一看，原来秦王正趴在地上。他马上大喝连连，举起弓箭，射向靠近李世民的骑兵。丘行恭也是个神射手，此时救主心急，更是超水平发挥，发无不中，使得敌人不敢再冲向前。

丘行恭冲到李世民的身边，把自己的马让给李世民，自己手持长刀，冲在前面，又杀入阵中，去寻找主力部队。两人在阵中左冲右突，终于冲出王世充的阵地，回到大唐军中。

李世民玩得九死一生，惊心动魄。王世充这时也拼了老命，带着全军作殊死搏斗。王世充的军队在唐军强有力的冲击之下，几次三番被打散，但又被他重新集合起来，形成战斗队形。双方从辰时一直打到午时，战场上已经血流成河，王世充这才体力不支，退了下去。李世民挥军直追，直到城下，俘获七千人，并顺势包围了洛阳。

当然，在这次战斗中，不仅李世民一个人有精彩表演，段志玄也把个人英雄主义表现得十分突出。段志玄这时的职务是骠骑将军，他也像李世民一样，冲在砍人第一线，一路砍杀，不知不觉地深入敌阵，然后又像李世民一样，坐骑倒地，人滚下来。李世民滚下来时，有丘行恭奋力救了回来，而段志玄身边没有其他人。于是，他被王世充的士兵活捉。王世充的两个骑兵把他夹在中间，抓住他的发髻，准备过河。段志玄一看，只要过了河，他就死定了。他趁着两人稍一放松，突然猛喝一声，拼尽全力，奋起一跃。那两个士兵都被他掀翻下马。段志玄当即夺了马匹，奔回唐军阵地。王世充的几百个骑兵在后面追着，但慑于他的神威，不敢靠近。他的表现比李世民更加生猛，身陷绝境，脱险全靠自己。

在这一战中，李世民差点变成肉泥，王世充也差点报废。当然，王世充不像李世民那样敢于孤身犯险、拿命不当命地到战场第一线冲杀，他的

第五章　力排众议　李世民进逼洛阳城
　　　　　　欲收渔利　窦建德援救王世充

惊险缘于一个俘虏。这个俘虏叫王怀文，职务是骠骑将军。前一段时间他去执行侦察任务，结果还没有看到一点敌情，就被人家抓了个正着。王世充手下没有人才，很想把王怀文笼络过来，以为己用，就将他安置在身边。

王怀文当侦察兵的能力很差，但却很沉得住气。王怀文一点也不想投降王世充，但却没有把这个心情表现在脸上，每天都不动声色地来到王世充身边上班。当王世充带着全军出来跟李世民决战时，他也跟了出来。

双方决战的次日，也就是二月十四日，王世充出右掖门，在洛水列阵时，王怀文突然举起长矛，猛刺王世充。王怀文为了这一天，已经憋足了气，不到万无一失之时是绝对不会出手的。这一矛果然直中王世充的胸口。

王世充感到出其不意，他的左右卫士更觉出其不意，眼见长矛已经呼地刺中王世充的胸口，个个都在那里目瞪口呆，不知所措。

哪知，大家目瞪口呆之后，王怀文也目瞪口呆。这一矛虽然一击而中，但并没有如他想象中那样，把王世充刺个透明窟窿。

原来王世充也是个怕死鬼，平常出来都穿一件质量十分过硬的内甲。他已经穿了很久，一直没有什么作用，而这一次还真的挡住了王怀文的长矛，让他捡回一条性命。

王怀文一击不中，便向唐军阵地狂奔而去。王世充的那些兵当然也拼命追杀。追到写口，终于追上了王怀文，当场把他砍掉。

王世充看到王怀文被砍之后，解去内甲，对大家说："王怀文以长矛刺我，却不能伤我毫毛，这难道不能说明天命归于我吗？"

王世充的现任御史大夫郑颋一直对王世充持不愿配合的态度，不管王世充如何请他，他都说自己有病，不能上班，可是王世充却硬塞个高官给他，他想推托都推托不了。当他听到这件事时，马上就冒出头来，对王世充说："听说佛有金刚不坏之身，陛下就是这金刚不坏之身。我实多幸，得生于佛世。我愿意放弃官爵，削发为僧，勤于修持佛道，以助陛下的神武。"

王世充说："你是国之大臣，声望素重，一旦进入佛门，必将惊世骇

俗，造成巨大的影响。等战争结束、天下太平后，我会满足你的要求。"

郑颋还是固请，但王世充不许。

郑颋回到家后，对他的老婆说："我年轻时就进入仕途，一心看重名誉节操，可是不幸遭遇乱世，落到如此地步，被迫厕身这样的集团。在国家存亡之际，我却才智有限，连自身都无法保全。人生自有一死，是早是晚，真没有什么差别。不如从了我愿，死亦无憾。"于是，他自己剃掉头发，突然穿上了僧服：你不批准我当和尚，我就自己当。

王世充知道后大怒，把他抓起来，喝道："你以为我必败，想以此来逃脱一死吗？今天不杀你，我何以服众？"于是将郑颋拉到闹市中斩首。郑颋在赴刑场时，谈笑自若，观看的群众都很佩服他的胆量。

6. 李世民的一箭双雕

在王世充将郑颋斩首时，李渊也杀了一个重臣。

这个重臣就是李仲文。前段时间可朱浑定远控告李仲文跟突厥暗通时，李渊不敢直接把李仲文怎么样，只是下诏让他回朝——回到长安，爱怎么处理就怎么处理了。当然，李渊也不全盘相信可朱浑定远的话，他又让唐俭去暗中查访，看是不是真有这么一回事。唐俭经过调查，向李渊上了一道密奏：李仲文听信一个叫志觉的妖僧所言，说李仲文身有五色光，还有金狗护卫，贵不可言。他又到处宣称有龙附体，因此就在汾州修建了一个龙游府。他接着又娶了一个陶姓的美女，以应"桃李之歌"的谶图。他还暗中跟突厥可汗勾结，请突厥当他的外援。突厥答应全力支持他，立他为南面可汗，帮他抢占河北之地。除了这些，他还干了很多贪赃枉法的勾当。李渊马上把李仲文抓了起来，然后由裴寂、陈叔达和萧瑀三人对李仲文进行审问。李仲文对此供认不讳，结果当然是"伏诛"。

当然，王世充杀郑颋时是气急败坏的，属于在自己死前也拉一个垫背的无赖做法。此时，王世充的形势并没有因为他那件内甲而带来什么好转。王世充部署在河阳的王泰，也承受不住唐军的压力，于二月二十二日，宣布弃城而去。王世充的猛将单雄信、裴孝达正跟王君廓在洛口对峙，双方

第五章　力排众议　李世民进逼洛阳城
　　　　　欲收渔利　窦建德援救王世充

分不出胜负，场面似乎还不怎么难看。可是李世民却不愿他们这么僵持下去，他带上五千部队前去增援王君廓。

单雄信虽然生猛，但深知李世民玄甲兵的厉害，看到他们一团乌云般旋风而来，不敢接战，带着部队遁逃。王君廓率兵追击，把单雄信狠狠打了一通。

王世充的怀州刺史陆善宗看到连单雄信这样的悍将都被打得屁滚尿流，自己这样的角色哪里顶得住？于是，也把怀州献给了李世民。

洛阳城就更孤单了，城外也密密麻麻地围满了唐军。

不过，洛阳城还很坚固，王世充集最精简的部队守着他这最后一城，布防还是很严密的，而且武器也十分精良，城头架着的大炮可以把五十斤重的石头射出两百步，有八个弓的弩，箭杆像车辐，箭镞更是大如巨斧，而且可以射五百步远，是当时少有的重型武器。

李世民下令四面攻之，昼夜不停，可是一连猛打了十多天，并无多少进展。

城中有十三个对王世充极端不满的人，想组织起来，当唐军的内应，可还没有实质性的动作，就被王世充发现了。王世充自然将他们一个不留地斩首。

这时，城外的唐军也很累了。他们都来自关中，也跟原来杨广带的那帮骁果一样，时间一久，就产生了严重的思乡情绪，纷纷要求回关中：别在这里打打杀杀了，洛阳城这么坚固，还有那么多重型武器，当年李密包围了那么久，都无可奈何，我们急切之间，又如何拿得下？就连刘弘基这样的硬汉都跑到李世民那里请愿。

李世民说："班师？我们大举而来，就是要一劳永逸，哪能稍碰点困难就夹着尾巴逃跑？现在东方诸州都已经望风归顺，洛阳已经成为孤城，势不能久。我们功在垂成，若弃之而去，岂不可惜？"李世民马上虎起脸来，向全军发了一道命令："洛阳未破，师必不还，敢言班师者斩！"

大家看到李世民这么严厉，也不敢作声了。

李渊听说众心思归，也怕引起不必要的乱子，那可不好收场——当年

杨广就是因此而丢掉性命的——叫人带着他的密信去命令李世民顺应军心，先回长安，以图再举。

李世民能听从吗？现在东方诸州都已经依附过来，只要洛阳一下，则东方那一片大好河山就会同时划归大唐版图；如果此时撤走，那些已经归顺的州县，就会重新成为他们无法控制的飞地，又会投王世充或者窦建德。这些州县再投其他势力之后，对大唐肯定会大失所望，以后再想收复就难上加难了。所以，必须拿下洛阳。李世民上表称，洛阳必可克，千万不能撤回去。他怕他父亲又听旁人的教唆，便派封德彝入朝当面向李渊报告战争形势。

封德彝对李渊说："陛下，现在王世充的地皮虽然很大，但那些州县长官只是表面上顺从他而已，并不真心拥戴他。现在王世充能实际管辖的也只有洛阳一城而已。王世充现在已经智尽力穷。攻克洛阳，可以说指日可待。如果现在回师，王世充的势力就会得到恢复、提振，再加上各地互相联合，以后想消灭王世充就难了。"

李渊的智商并不低下，听了封德彝的分析，马上意识到李世民的决策是对的，终于没有再催李世民回师。

李世民给王世充写了一封信，相当于最后通牒，请他认清形势，趁早投降，还可以保住性命、保住富贵；如果顽抗到底，后果如何，你王世充也是聪明人，不用我说你也知道的。

王世充并没有回信。

王世充不回信，摆出的是一副"死猪不怕开水烫"的模样，但沈悦却不愿陪这个"死猪"到底了。他派了个心腹来面见李世勣请降。李世勣马上派王君廓去接应。二月三十日，王君廓在半夜引兵来到虎牢。王君廓一到城下，就直接发动进攻。

城中一片慌乱时，沈悦已经打开城门，把唐军放了进来。

王君廓顺利拿下了虎牢，并俘虏了王行本。虎牢的失守，对王世充的心理打击是巨大的。虎牢一直给洛阳提供后勤保障，而且镇守的又是他的王家子弟。

第五章　力排众议　李世民进逼洛阳城
　　　　　欲收渔利　窦建德援救王世充

　　洛阳很快就陷于缺粮困境，粮食价格高得离谱，一匹绢只能换三升米，十匹布才能换一升盐，至于平时只有土豪才能拿来炫富的服饰珍玩，这时贱如粪土。当然，最先受苦的是底层百姓，他们既没有粮，也没有布绢，只得在极度的饥饿中吃树叶、啃树皮。最后，连树叶、树皮都得节约，于是，他们就把树叶和树皮捣成酱，再跟黄泥和在一起制成饼来吃。吃下去之后，个个都吃出了一身病，身肿脚弱，最后倒在地上，"饿死者相枕于道"。

　　当年杨侗把民众迁入宫城时，尚有三万户，现在只剩下三千户不到。即使贵为公卿，家里连糠都不多，最后也纷纷成为饿死鬼。

　　王世充当年夺位时，绝对没有想到他会在很短的时间内陷于这样的绝境。他现在唯一的希望，就是窦建德来救他。

　　大家知道，窦建德本来跟王世充也是敌对关系，李世民还没有出手之前，两人已经玩得不亦乐乎，你攻我的城，我抢你的地皮，一个不服一个。直到王世充被李世民逼得无路可走了，这才不得不放下姿态，派人去见窦建德，请求化敌为友。窦建德一直就看不起王世充，收到王世充的请求之后，首先想到的不是去救王世充，不让王世充的势力消失，以撑住现在的鼎足之势，而是想借此机会坐收渔翁之利，因此虽然答应得十分爽快，但动作却比蜗牛还慢——窦建德是想让王世充跟李世民拼得都没有力气了，自己再过去，先接收王世充的遗产，再灭掉已经跟王世充拼得有气无力的李世民，如此一来，这个天下就全部归姓窦的了。窦建德的这个想法，对于他而言似乎很正确，但仔细一想却是找死的想法。此时，王世充的大部分州县都自动挂上了李唐的大旗，王世充只能孤零零地守着已经缺米少粮的洛阳城。李世民打下这个城池之后，马上就可以召集到李密手下那些力量，很快就能让部队得到有力的补充，再挟胜而来，窦建德能抵挡得住吗？此前窦建德亲征出马，都被李艺杀败了几次，李艺的军事能力要比李世民差了几条街啊。如果他早日出兵救王世充，则又会是另一番模样了。因为早先时候，很多原李密的手下都在观望，如果看到他把大军隆重开来，他们肯定会对王窦联军有信心，不敢也不愿去归顺李世民。

然而，窦建德却偏要等到王世充已经山穷水尽了，这才宣布出兵。

窦建德命令范愿守曹州，自带孟海公、徐圆朗等人西出，去救洛阳。窦建德的大军来到滑州时，王世充的部下韩洪开城迎接。不久，他在酸枣驻扎下来，然后攻克管州，接着连下荥阳、阳翟两县，一路挥军西出，水陆并进，泛舟运粮，确实让王世充感到振奋。

王世充也派他的将领郭士衡带几千兵前来会合。双方合兵之后，共有十万人，对外号称三十万，在成皋之东原，筑宫板渚，派人向王世充进行了通报：你再坚持吧，俺只要打进虎牢，就什么都不用怕了。

窦建德这时满有信心，他一边进军，一边给李世民写了一封信，劝他以和为贵，退回潼关，把抢占王世充的土地还给王世充：从此以后咱们和睦相处，天下太平。否则，他就和王世充联合起来共同对抗李唐。

李世民请诸将来讨论。大家本来就已经不愿在这里继续打下去了，现在又听说窦建德的大军开来，都说咱们真的已经很累很累了，还是先假装服从一下窦建德吧，免得被他们的联军打败。如果打了败仗再逃回去，只怕关中都难以守住，大唐基业就此完蛋。

就连屈突通、萧瑀、封德彝等人都主张先避敌锋芒，留得青山在，不怕没柴烧。

郭孝恪却不同意。他说："王世充已经被我们逼到了绝路，眼看就要被我们拿下。现在窦建德远来相助，这是老天让他们两人同时完蛋的节奏。我们可以先据武牢（即虎牢）之险以拒之，再视情况调整战略战术，一定能够把窦建德打败。"

薛收接着说："王世充保据东都，府库很充实，全是金银财帛。而他所带来的兵，又都是江淮精锐。现在他被逼到这个地步，是因为太缺粮食了。我们拿住了他的命脉，跟他在这里相持，使他求战不得，守又难以持久。现在窦建德亲率大军，远来赴援，带的肯定也是他军中的精锐部队。如果让他们到此会合，然后窦建德从河北把粮食转运到洛阳，那么战争只能算刚刚开始，战争结束之日将遥遥无期，大唐一统天下之日，只怕就无限延后了。现在我们要做的，不是讨论撤或不撤，而是研究如何同时对付他们

第五章　力排众议　李世民进逼洛阳城
　　　　　　欲收渔利　窦建德援救王世充

二人。我认为，当务之急，宜分兵严围洛阳，深沟高垒，不管王世充怎么挑衅，我们都不跟他接触。大王则亲率精锐，先据成皋，做好准备，以逸待劳，一战则可破窦建德。窦建德一完，王世充还能玩下去吗？我可以预言，不出二十天，这两个家伙就会成为我们的俘虏。"

郭孝恪提出了战略构想，薛收则提出了具体的作战计划，李世民一听，不由得大喜，当场表示就这么办。

萧瑀、屈突通、封德彝仍然反对，说："我们现在是师老兵疲，王世充凭坚守城，我们都攻破不了，现在窦建德又一路大胜而来，锋锐气盛。我们腹背受敌，绝非良策。不如先退保新安，以承其弊。"

李世民道："王世充士气已丧，粮食吃尽，上下离心，根本不用攻城，就可以坐等取胜。窦建德新近到处打仗，到处获胜，将骄卒惰。我们据虎牢，扼其咽喉。他要是冒险硬攻，我们拿下他就很容易了。如果他不敢出战，只跟我们在虎牢那里对峙，则不出旬月之间，王世充必因缺食而自溃。那时，洛阳城破，我方士气必定狂涨，战斗力自然倍增，再全力收拾窦建德，可谓一箭双雕。如果不尽快进军，让窦建德进入虎牢，主动权就会牢牢地掌握在他们的手里，那些新归附我们的城池，必不能守。如此一来，他们两股势力一合并，其势必强，我们还有何弊可承？我决定了，不必再说什么。"

屈突通又建议先解围据险，以观其变。李世民一听，如果解了洛阳之围，他这个一箭双雕的战略还有何用？当场就否决了屈突通的建议。

李世民把部队一分为二，让李元吉继续围守洛阳，李世民自己亲率三千五百人东进虎牢。

因为时间紧迫，李世民决定之后，便立刻带兵出发。当时正是大白天，王世充正在城头，看到唐军一支部队突然开走，不知李世民是什么意思。如果王世充这时脑子灵活一点，立马就可以想到李世民抽走这么多兵力的意思。王世充此时也知道，窦建德的援军已经开到，按往常经验，王世充就应该出城接应。现在李世民把部队调出，正是他出城突击唐军的最佳时刻。然而王世充只是在城头上看着李世民的部队一路向巩县而去，然

后在那里猜着李世民到底要干什么。王世充最后的机会就在他猜来猜去时丧失了。

王世充的机会一丧失，就意味着李世民的胜机迎面而来。

第六章

第六章　浴血死战　李世民大破二强敌
算无遗策　李药师灭梁定岭南

1. 李世民诱战窦建德

李世民一路狂奔，终于赶在窦建德到来之前进入了虎牢。

李世民心下大喜，他那个冒险性格又迫不及待地表现出来。他又像以前一样，亲自去当侦察兵。这一次，他带着五百骁骑，出虎牢二十多里，亲自去察看窦建德敌情。

如果你以为他会带着五百骑到终点，就大错特错了，因为带五百骑跟随根本不算冒险。沿途各险要之处，他都设下埋伏，而伏兵分别由李世勣、程知节、秦叔宝带领。他自己只带着四个骑兵，继续前进。他一边走一边对身边的尉迟敬德说："我执弓矢，公执槊相随，虽百万众若我何！"如果窦建德在旁听到他这么张狂，只怕得当场气死。你想想，现在他们要去挑逗的不是几个人，而是一座足足有十万大军的大营啊。他接着又对这几个随从说："贼见我而还，上策也。"任何人一听到他这句话，都会以为他可能精神失常了：你如果带几万人前来，说一说这些话来鼓舞一下士气，那是没有毛病，可现在你才几个人，连同你在内才五条好汉啊，面对人家十万大军居然说出这样的话来，不是脑子发高烧了吗？

他们继续前进。在离窦建德大营三里处，他们碰到了窦建德的游骑。这些游骑看到他们只有五个人，就把他们当普通侦察兵看。这些游骑近来

跟窦建德刚刚打败并收编孟海公,心里全是胜利的骄傲情绪,根本不把他们当一回事。李世民分明从他们向他投来的眼神中看出其心理,对着那伙人大喝:"我秦王也!"然后拉起弓来向他们射去,当场射杀其带兵大将。

那几个跟随的骑兵不由得大惊失色:这个大王看来是真的发神经了,怕人家不杀他,先是自报家门,然后还把人家惹翻了。想死也不必这样来送死啊。你想找死,又何必拉上我们?我们可不想死。

李世民对他们说:"你们先回去吧。我和敬德殿后。"于是按辔徐行,摆出一定要把人家刺激出来的模样。

窦建德营中的部队果然大为震动,马上派出六千骑兵来追杀他们。那几个随从已经脸色发白地催马而逃,李世民和尉迟敬德仍然"按辔徐行"。眼看追兵将至,李世民这才引弓"射之"。但闻弓弦响处,敌军当先一骑落马死去。其他追兵一看,都有点怕了,不敢再进逼,但又不甘心退走,看到李世民和尉迟敬德前进一段之后,追上几步,便又停下,如此行行止止,犹犹豫豫,只是每次稍逼近一点,便被李世民射杀一人。一路下来,李世民杀了几个人,尉迟敬德则杀了十多个。双方就这样,走走停停,最后李世民把他们带进了埋伏圈。李世勣他们率兵突然杀出。窦建德军本来就迟迟疑疑,进不敢进、退不好退,心情很复杂地跟着过来,看到敌人果然有埋伏,心理当场崩溃,被唐军一阵冲击,便一哄而散,个个拼命夺路而回,最后在现场丢下三百具尸体。唐军还抓了窦建德的骁将殷秋、石瓒两人回来。

李世民打了这一仗之后,修书窦建德,说:"赵魏之地,久为我有,为足下所侵夺,但以淮安见礼,公主得归,故相与坦怀释怨。世充顷与足下修好,已尝反复,今亡在朝夕,更饰辞相诱,足下乃以三军之众,仰哺他人,千金之资,坐供外费,良非上策。今前茅相遇,彼遽崩摧,郊劳未通,能无怀愧。故抑止锋锐,冀闻择善,若不获命,恐虽悔难追。"

前几天窦建德写信谴责李世民悍然出兵犯郑,李世民没有回答。现在打了这一仗之后,他才给窦建德写信,猛烈指责窦建德只知道批评别人的霸道行径,全然不提自己也夺过唐军的赵魏之地,俘虏过他的堂叔李神通

第六章　浴血死战　李世民大破二强敌
　　　　　算无遗策　李药师灭梁定岭南

和他的姑妈。这种只知道用道德的电筒照别人，却从不照自己的行为，是标准的流氓行为。王世充更是一个反复无常的无赖，现在亡在旦夕，你居然出来救他。这样的人你救得了吗？请你一定要好好考虑，认清形势，悬崖勒马，带兵回去，否则追悔莫及。

窦建德也没有复信。我们可以想见，窦建德这时的心情也十分复杂。他率着十万大军隆重而来，才到虎牢前，还没有摆开决战的姿态，李世民就敢带着四个骑兵前来向他挑衅，更要命的是，他们居然还被李世民打得败退回营。这次战斗，无论是从规模上还是从别的方面来看，都不算什么，这种战斗的胜负对整个战局的影响基本可以忽略不计。但从另一个角度来分析，这次战斗绝对不是李世民心血来潮、个人英雄主义思想发作，为了展示自己的冒险精神而发动的，而是他经过严密的思考之后才做出的决定。以当时的形势，虽然他信心满满，誓言把王世充和窦建德两人一战而灭，但手下的士兵及将领们心里已经充满了厌战的情绪，个个都认为连洛阳都拿不下，对付一个已经离心离德、分崩离析的王世充都已经力不从心了，大家连续处于攻坚战的状态，累得连眼皮都抬不起来了，哪能再跟窦建德这支生力军硬拼下去？都强烈要求回关中，跟家人团聚，让老婆孩子抚慰一下自己疲惫不堪的身心。所以，部队的士气十分低落。以这样的军心士气去迎战正挟着连胜而来的窦建德，只有吃亏到底。因此，在决战之前，李世民必须把士气提振起来。

李世民知道，到了这个时候，你就是派很多人去做宣传，也是没有用的，只能用事实来证明窦建德是不可怕的，是可以战胜的。于是，李世民才决定来个孤身探敌的行动，不但自己全身而退，而且还把敌人打了个大败。如此一来，不但让自己的将士知道，敌人真的很弱，真的不足挂齿，还把窦建德的士气狠狠地一压到底：人家才几个骑兵就敢于在咱们十万大军的营前耀武扬威，不把咱们当回事儿，而咱们还真的奈何不了他们，看来眼前的敌人真的足够强大。他们心头自然会寒意阵阵。

此消彼长，李世民的目的顺利达到。

即使到现在，如果窦建德和王世充的决策正确，他们仍然是有机会的。

他们现在完全可以联合起来，找到唐军的软肋，来个前后夹击，还是可以令李世民很难受。可是这两个人都只有小聪明，没有一丁点战略眼光，更没有协作经验和精神，虽然已经来到战斗位置，但还是各自为战，你打你的，我打我的。就在窦建德刚刚被李世民"调戏"几天后，王世充借着窦建德大军给的胆子，派杨公卿和单雄信突然出战。李元吉带兵迎击，却打了个败仗，而且败得还很惨：行军总管卢君谔在战场上丢了脑袋。

从这件事上看，王世充和窦建德应该知道，唐军的软肋就在李元吉这里。李元吉自恃自己生得肌肉发达，又是自少习兵，向来不把父兄的告诫放在心上——李世民离开的时候就反复交代，不要轻易出战，可他就是不理。大家知道，王世充近来虽然很狼狈，但他手下的部队基本上是当年杨广组建起来的骁果，战斗力相当强悍，只要指挥得当，真的可以所向披靡。如果他带着这支部队不断地向李元吉冲击，不用多久，李元吉就会像他在并州一样，被打得没脾气——李世民又因为在虎牢这里被窦建德牵制，不敢动弹，只能眼睁睁地看着这个长着猪脑袋的弟弟完蛋。如果李元吉完蛋，唐军不但军心不稳，李世民也势必腹背受敌，根本无法招架。

但王世充根本没有这个想法，赢了一仗后，并没有继续下去，于是依然陷于李世民布置的战略框架内无法自拔。

窦建德则在虎牢那里被李世民卡住，寸步难行。现在李世民的策略已经很明显，用最精锐的部队把窦建德的大军拦在此处，李元吉看住洛阳，目的就是让洛阳不断地困难下去，直到自动崩溃。窦建德也许已经看出李世民的图谋，但他却毫无办法，只得继续在虎牢跟李世民僵持着，而且一僵持就是六十天。他虽然连续试图出击，但一直保持不利的纪录。

窦建德没有想到，自己兴致勃勃而来，只要打完这一仗，自己就是传说中的"渔翁"，从此九州大地这块蛋糕就是自己独吞，哪知却是这个样子。他很烦，他手下将士更烦，都纷纷向他提出回去的要求：反正在这里也没仗打，打也打不赢，不如回去，手里的钱没有了，扛起武器去抢，便又满钵满罐，生活幸福又充实。窦建德又不好意思宣布撤退。你想想，高调宣布出来救援王世充，共同打败大唐的侵略，现在连一场硬仗都没有打，

第六章　浴血死战　李世民大破二强敌
　　　　算无遗策　李药师灭梁定岭南

就夹着尾巴跑回去，这张脸也丢得太难看了。

李世民觉得窦建德在城外也太安逸了，侦察到窦建德军的运粮渠道，就派王君廓带一千轻骑去袭击窦建德的运粮队，把这支运粮队全部歼灭，俘获其大将军张青特。

窦建德十分恼火，可是又无可奈何。

凌敬对他说："大王，再这样待下去已经不是办法了，需要改变我们的策略。"

窦建德说："我也想改变这个困境啊。可是我已经没有办法了。"

凌敬说："办法还是有的。现在唐军能打的部队全部集中在这里，其他地方都已经很空虚。大王何不来个避实击虚，带大军渡过黄河，攻取怀州和河阳，派重将镇守，然后大张旗鼓，翻越太行，进入上党，直下汾州和晋州，挺进蒲津。这样做对我们有三利：其一，进入他们的空虚地带，是取胜的万全之策；其二，可以拓地收众，让我们的势力得到实质性的扩张；其三，关中必震骇，关中一震骇，则郑围自解。现在的上上之策，非此莫属。"

对于窦建德来说，这确实是上上之策了。窦建德也这样认为，并准备按此计而行。正在这时，王世充那边已经万分危急，不断地派人前来告急，以至于告急使者相继于道。王世充大概也知道了窦建德有放弃虎牢而挺进关中的图谋，他怕窦建德还没有到蒲津，洛阳就支持不住了，因此派出的使者一个接着一个，比赶街还急。他想以此来阻挠窦建德的行动。后来他发现，光这么无休无止地给窦建德送鸡毛信估计没有什么用，就派王琬和他的长孙安世跑到窦建德那里，朝夕哭泣，请窦建德无论如何都要救救洛阳啊。你看我们都哭成这个样子了，你难道就没有一点恻隐之心、悲悯情怀吗？如果没有这些，至少也要有点同情心吧？但凡还有点同情心，都不会硬起心肠离开这里扬长而去啊。当然，如果只是两人二重唱一样痛哭，仍然不会起很大的效果。王世充还有一手，就是拿出大量的现金，送给窦建德左右的将领，请他们看在这些金光闪闪的东西的分上，帮他在窦建德面前说好话。只说几句话就可以拿到这么多的钱，这收入也真的太丰厚了，

只有蠢人才不干。

这些拿了王世充金钱的人，都对窦建德说："凌敬就是一个书生，他写写文章、吹吹牛是可以的，但对战事向来是一窍不通的。他的话哪能当真？"

窦建德本身就没有多少战略眼光，向来只是小打小闹，用的计谋也非常直观，从来没有大的规划，现在听大家都反对这么做，心想这个建议真是好听不好使。于是，他对凌敬说："你的建议很好。不过，现在众心甚锐，完全可以通过打硬仗来获得胜利。士气如此高涨，简直是老天爷在帮助我啊。我以此决战，必将大捷。所以，你的建议就先保留吧。"

凌敬一听，刚刚说好，怎么说推翻就推翻了，推翻一个正确的决策比翻书还快，这可是关系到大夏的生死存亡啊，如果不按此计行事，就只有坐等失败了。他急起来，涨红着老脸"固争之"。

窦建德大怒起来，叫身边的人把他架出去：别让他在这里啰啰唆唆了。

窦建德怒气冲冲地赶走凌敬，回到后帐，他的夫人曹氏对他说："凌祭酒的建议真是好建议，应该采纳啊。现在大王自滏口乘唐军之虚，连营渐进以取山北，又联动突厥西抄关中，唐军必定还师自救，则郑围何忧不解？如果顿兵于此，则师老费财，成功的日子更是遥遥无期。"

可以说，曹氏此言，确实是看透了唐军的虚实，也划出了目前形势的关键点。窦建德平时老是恨自己没有人才，其实这个大人才就天天睡在他的身边，但他从来不把她当人才看。而且直到这时，他对曹氏仍然不耐烦，骂道："此非女子所知。吾来救郑，郑今倒悬，亡在朝夕，吾乃舍之而去，是畏敌而弃信也，不可。"一套所谓的"道义"话语，就成为他有力驳斥的依据——更何况，他的这个道义也是靠不住的道义——本来他就是抱着当"渔翁"的想法前来的，实在是可笑至极。

窦建德决心一定，便着手进行决战的准备：只有突破虎牢，才能救下王世充，否则一切免谈。于是，他密切关注李世民方面的动静。

双方就此开展了一场谍战。

窦建德先是探知，李世民军马的饲料已经没有了，必须到黄河北岸那

第六章　浴血死战　李世民大破二强敌
　　　　　算无遗策　李药师灭梁定岭南

里放牧。他了解这个情况后，心下大喜，立刻制定出一个可行的方案：只待唐军把马尽数赶到河北之后，他就可以乘机对虎牢发起总攻。

窦建德的计划不错，哪知李世民的谍报工作也很厉害，唐军的谍报人员马上把这个重要的情况向李世民报告。

李世民一听，先是大吃一惊，接着大喜过望：惊的是差点着了窦建德的道儿，喜的是自己提前获得这个情报，现在可以借此玩一下套路了。

李世民先来到北岸，南临广武，察看敌情，故意留下一千匹马，放在河边让窦建德看见，到了晚上他就偷偷溜回到虎牢。

窦建德正睁大眼睛，等着这一刻的到来。他看到李世民早早就带着大队人马到北岸去了，一群战马实实在在地在河边吃着嫩草，不由得笑得嘎嘎响：只要用心去寻找，总能找到好机会。李世民，你死定了。

第二天一早，所有虎牢城里的人都发现，窦建德的大军已经全部杀到，列阵于汜水之上。王世充也派大将郭士衡前来配合，驻扎在南面，阵地绵延数里，军士放声呐喊。

虎牢城里的唐军诸将都被这个场面吓得面色苍白，不知如何是好。

李世民却兴奋异常，窦建德终于被他引诱出来了。他一脸严峻地带着几个骑兵登上高处遥望敌军，对诸将说："敌人起兵山东，没有见过大阵仗，更没有遇到过强大的敌人，他们的事业一直开展得很顺利。现在他们在险要之处大声叫喊，这是没有政令的表现；逼近城墙扎阵，有轻视我的思想。我按兵不动，敌军气势自会衰竭。他们扎阵太久，士卒饥饿时，自然会撤退。到那时，我们再追击他们，可以无往而不胜。现在我可以预计：午后破敌！"

窦建德这时十分轻视唐军。他布好阵之后，就派三百骑涉过汜水，到离唐营一里的地方停下来，然后派人给李世民下战书："请选锐士数百与之剧。"这句话里的"剧"字就是戏的意思，就是请你派一帮人来陪俺的这些兄弟玩玩吧！

李世民当然不会在表面上示弱，就派王君廓带着两百长槊兵出来跟他对阵，双方还是很小心的，一触即离，没有打得你死我活，然后各自还营。

当时,王琬骑着原来杨广的坐骑,穿着华丽而鲜明的铠甲,在阵前来回炫耀着。

李世民一看,道:"真是一匹不可多得的良马。"

尉迟敬德说:"我去把它缴过来。"

李世民急止之,道:"岂可以一马丧猛士!"

可是尉迟敬德不听,手一挥,带着高甑生、梁建方就直冲而出,猛赴王琬。王琬还在那里趾高气扬地炫耀着,一点也没有提防,顷刻间就被三人当场活捉,再引其马而归。窦建德阵中的将士也不敢出来截击尉迟敬德,只是眼睁睁地看着三人俘获王琬人马而去。

李世民派人去召回那批北岸的马。他的优势全在骑兵,只有等那批马来到,才可以出战。

2. 李世民打败窦建德

李世民严令全军,不管窦建德的士兵在那里如何大喊大叫,大家都不要理。窦建德的部队一到现场就摆开战阵,这个森严的战阵一直摆到午时,太阳直照脑门,大家都喊得喉头发麻,汗出如浆,城中却无动于衷。他们终于觉得累了,肚子也在咕咕叫,都饿得发慌了,站了整整一个上午的两条腿也在打飘。于是,他们就坐了下来,争着喝水。窦建德一看,这个状态可不是战斗的状态,于是就让大家把战阵稍稍收敛,以便有序退却。

李世民一见,就叫宇文士及带三百骑经过窦建德战阵之西,再驰而南上。他对宇文士及说:"贼若不动,你就回来。如果他们动了起来,你就引兵东出。"

宇文士及领令而去,才到阵前,窦建德的阵地果然就动了起来。

李世民等的就是这个时候,恰在这时,河北的战马回来了。

李世民大喝:"可以进攻了!"

他率领轻骑兵当先而出,高叫"跟我冲",然后一马当先,第一个向敌人冲过去,诸将则率各自的部队拼命赶来。

说起来可能很多人都不相信,就在这个时候,窦建德并没有好好地组

第六章　浴血死战　李世民大破二强敌
　　　　算无遗策　李药师灭梁定岭南

织部队抵敌，而是在按部就班地举行早朝仪式。当李世民的部队喊杀连天地冲过来时，窦建德正在那里准备接受大臣们的朝拜。窦建德的那些朝臣和他一样，打死也没有想到李世民会在这个时候进攻。那些朝臣看到唐兵冲杀过来，就都急往窦建德住的地方跑过去。窦建德急令骑兵前来阻击唐兵。骑兵们得令之后，一直拥来，又跟朝臣们发生了交通拥堵，一时间进退不得。窦建德看到场面混乱不堪，又叫朝臣们退下：现在是打仗时间，不用朝拜了。

大家手忙脚乱地调整着，唐兵已经冲了进来。

窦建德只得退到阵地的东面。

窦抗看到窦建德狼狈东躲，便带兵过来追击，反而被窦建德打退。

李世民知道，如果窦建德反击窦抗成功，取得一场小胜，虽然是局部小胜，但会立刻把他们的士气鼓舞起来，那就不好玩了。他必须把窦建德的气势一压到底，绝对不能让它有丝毫反弹。李世民带着他的轻骑赶了上去。李世民带的这支骑兵正是玄甲兵。但见一股黑云旋风般扑来，便杀入敌群当中，攻击所向，挡之者无不血肉横飞，简直成了碾压机器。窦建德的部众看到敌人如此凶悍，自己纷纷溃散。这一次，表现得最抢眼的是王道玄，他冲在最前头，一路纵深杀入，直出阵后，再返杀进来，而且是几进几出。敌人向他射箭，但见"飞矢集其身如猬毛"，但他依然死战如故，勇气不衰，张弓而射，无不应弦而倒。李世民让他跟随自己战斗。此时，诸军都已冲倒，战斗进入白热化。一时之间，尘埃漫天，杀声动地。

现在战场上双方兵力对比悬殊，窦建德的兵力是李世民的数倍。如果短期内不能结束战斗，对唐军而言，是大大的不利。所以，李世民必须想办法尽快把窦建德打败，否则，等窦建德回过神来，重新组织战斗，要想取胜就难上加难了。

李世民略一思忖，便带着史大奈、程知节、秦叔宝和宇文歆挥动大旗纵深冲杀，一直突入敌人的阵后，然后将唐军的大旗张挂起来。窦建德军回头一看，不由得吓得瑟瑟发抖：兄弟们啊，帅字旗都换上了敌人的旗号，首领看来已经不妙了。我们还在这里为谁拼死？这种气氛如疾风般在窦建

德的军中蔓延开来。本来他们的斗志就已经跌落到底了，再加上又累又饿，现在又看到这个样子，哪还有心思打仗？只片刻之间，全军就进入崩溃的状态，个个都抱着脑袋往回逃跑。唐军在李世民的带领下，狂追三十多里，斩首三千级，俘虏五万多人。

窦建德也在混战中被长矛刺中，逃到牛口渚，被大唐的车骑将军白士让、杨武威发现。两人当然不愿放过立大功的机会，奋力猛追。窦建德仍然在拼命狂奔，但因身受枪伤，最后跌落下马。

白士让抢上前，举矛欲刺。

窦建德大叫："别杀我！我是夏王。我可以让你得到富贵啊。"一个当代枭雄，曾经纵横几大州，到此关头，也忍不住哀声求饶。

杨武威一听，就下马把窦建德捆了起来，放在马上押回大营，献给李世民。

李世民指着窦建德喝道："我自讨王世充，关你什么事？你居然闲得无聊，硬是越界而来，犯我兵锋，是何道理？"

窦建德这时惧意倍增，两腿发抖，说："今不自来，恐烦远取。"今天主动前来，是为了不麻烦你以后远远地跑过去揍我。英雄气概，荡然无存，让人看到的是一个穷极无聊而想通过自嘲来求得对方宽恕的可怜形象。

窦建德部下的将士都已经四散而逃。李世民把所俘虏的五万人，也都释放，让他们返回各自的家乡。

封德彝进入，向李世民表示祝贺，李世民笑道："幸亏没有采纳你的建议，才得有今日。哈哈，智者千虑，难免一失。"

封德彝的脸面大红。

这一仗，堪称经典。李世民的部队长期顿于坚城之下，已经师老兵疲，全军的厌战情绪十分严重。而窦建德的部队则是一支生力军，人数又明显优于唐军。所有人都认为，两军开战，唐军必败。然而李世民却力排众议，硬是以疲惫之师迎战窦建德的生力军。在这次大战中，李世民那双眼睛万分犀利，没有放过任何一个机会。为了提振士气、增强信心，他不惜孤身犯险，公开去挑衅窦建德军，这个想法本来就已经大大出乎人们的意料，

浴血死战　李世民大破二强敌
算无遗策　李药师灭梁定岭南

而他的行动更是足以惊世骇俗，收到了超预期的效果。其后，他又在间谍战中胜过对手，更在交战中寻瑕伺隙，不断地变换战术，终于将山东势力最为豪横的窦建德一举消灭。

窦建德本来是来救王世充的，结果他比王世充先走一步。当然，从他出兵的那一刻起，就注定了他会惨遭失败。因为他本来就是夹带私货而来，想当那个利益独占的"渔翁"，出发点已经十分肮脏，导致他没有在最恰当的时机出现在战场上。凌敬曾建议他放弃虎牢正面战场，挥师西进，乘虚而插进关中——如此一来，够李世民喝一壶了。可是他在采纳这个建议之后，又否决了。最后，他又在间谍战中失了先手，在双方交战中再失先机。另外，很多人的眼睛只看到窦建德兵力很雄厚，但却没有谁想到，他的部队都是收编那些"盗贼"兵而来的，平时的对手也只是那些毫无战斗经验的地方头领，没有经过大战的洗礼，没见过大阵仗，严格来说只是业余团队，一碰到李世民的玄甲军，才知道精锐部队是这个样子的。这么多失误叠加起来，他如果还能取胜，那只能说明对方的大将是蠢材，对方的士兵也全是蠢材。可以说，他一半输给了李世民，另一半是他自己玩输的。

3. 李世勣难救单雄信

窦建德的全军覆没，对于王世充造成的心理影响，完全可以用"超级绝望"四个字来形容。他万万没有想到，那么强大的窦建德居然被李世民一战打灭。王世充的部将王德仁看到窦建德已经完蛋，接下来李世民肯定回师洛阳，最先攻打的肯定是他守的故洛阳城（即汉魏之旧都）。他这么一想，也不跟谁打招呼，就偷偷换了一套平民服装，逃了出去。他的副将赵季卿找不到顶头上司，也知道王德仁已经夹着尾巴逃跑了。他当然也不会在这里坐着等死，于是就派人去见唐军，表示愿意献出洛阳城。

于是，王世充的洛阳就成了名副其实的孤城。

李世民并没有把大军开过去大张旗鼓地威胁他，而只是把窦建德、王琬、长孙安世、郭士衡这几个人押到城下，进行公开展览，让包括王世充在内的洛阳城全体人员看看，你们倚重的援军窦建德已经被我们俘虏了，

你们还负隅顽抗吗？

王世充登上城头，跟窦建德进行了一场对话。他们此前还没有见过面、握过手。他们先是互为冤家仇敌，打了个你死我活，然后在李世民的压迫之下，感到后果有点难测，就又团结起来，准备集两人之力，把李世民打倒。哪知，才一联手，还没有来得及配合，就被李世民打得呜呼哀哉。想来，两人对相见的场面肯定都有过预想。在王世充的预想里，两人联合打败李世民之后，他将带着朝廷的文武大臣举行隆重的欢迎仪式，握着窦建德的手一路笑谈进城，然后在一场规模巨大的庆功宴会上，把盏言欢，何等快意。窦建德的预想却是另一番模样，他想趁王世充被打得奄奄一息之时，再向李世民进攻，在把李世民赶跑之后，顺便收拾王世充。所以他设想两人见面的情景是，王世充成为他的阶下囚。结果没想到，他们是以这种方式见面的。

他们一边说着一边流下了复杂的泪水。

这次见面结束后，李世民派长孙安世进城，详细向王世充描述了这次大战的经过。李世民这个举动，是给王世充本来已经崩溃的精神世界再加一层压迫。

整个王世充阵营的人都已经达成共识，洛阳无论如何都已经守不住了。退一万步讲，即使能挡住李世民的进攻，他们最终也会饿死。

王世充召集诸将，讨论下一步怎么走。他先给出个方案：突出重围，南走襄阳。

诸将都说："我们唯一的倚靠就是窦建德。现在窦建德已经被李世民活捉了，我们即使冲出重围，结果也会完蛋。"

王世充一听，知道这些人已经全部丧失信心了，如果他坚持突围，他们也不会跟随，最后就只剩下王家那几个人组成突围团队而已。他们那帮人能帮他杀出去吗？他也只得听从大家的意见，决定投降唐军。第二天，他身穿素服，带着他的太子及文武群臣共两千多人出了洛阳城，浩浩荡荡地来到李世民的军门前请降。

李世民并没有摆出傲慢的姿态面对他。而王世充则俯伏在地，汗流浃背。

李世民对他说："你总以为我是个小孩，现在见了小孩，为什么要这么恭谨呢？"

王世充更不答话——他是有名的辩才，但他知道现在这个时候不管怎么说都不正确，因此只有不断地顿首谢罪。

李世民这才带着部队进入洛阳，分守各个街道和市场，严令部下不得侵略居民。

然后他进入宫城，叫房玄龄先入中书省、门下省，负责收集隋朝留下的图籍制诏——哪知，这些东西都已经被王世充销毁；他让萧瑀和窦轨封存府库，然后收其金帛，颁赐给将士们；最后收捕王世充集团中那些骨干分子，如段达、单雄信、杨公卿等十多个人，都斩于洛水之上。

李世勣此前跟单雄信交好，曾誓同生死。洛阳城破后，李世勣就去找李世民，为单雄信求情，说单雄信武艺绝伦，如果收归麾下，必大感恩，堪为国家尽命，最后还说愿用自己所有的职务和爵位来换单雄信的性命。但李世民不同意——还有说法认为，并不是李世民不同意，而是李渊不同意。其实，这个说法是不靠谱的。李世民一得洛阳城，即诛单雄信，李渊连知道这件事的时间都没有，哪里谈得上"不同意"？应该是李世民后来的史臣为了帮李世民洗白，把这些黑锅都甩到了李渊的头上，尤其是杀人之事，统统说是"高祖之命"，以掩李世民之失，比如前次屠县，也说是李渊下的命令。

李世勣固请不得之后，就痛哭着退了出来，然后去跟单雄信见面。

单雄信说："我早就预料到你是救不了我的。"

李世勣说："老兄啊，我本应该不惜余生，与兄俱死。但既然以此身许国，事难两全。而且我死之后，谁来照料兄长的家小呢？"

他说着，拔出刀来，从自己的腿上割下一块肉，让单雄信吃下去，说："咱们就此永别，此肉与你一同入土，不负以前的誓言。"

那个吃人魔王朱粲也被同时斩首。民众对朱粲甚为痛恨，看到他身首异处后，仍然不解恨，都扛起石头来砸他的尸体，不一会儿石头就堆成一

座小山。

李世勣不能救下单雄信，杜楚客则救下了自己的叔叔杜淹。很多人可能都不知道这个杜楚客是何方神圣，不过应该都知道他的哥哥。他的哥哥就是著名的历史人物杜如晦。当时，杜如晦就在李世民的帐下混，他的叔叔杜淹则一直紧跟王世充。杜淹跟杜如晦兄弟一直有矛盾，他曾利用职权，把杜如晦的哥哥杀掉，还把杜如晦的弟弟杜楚客关起来。杜楚客差点也被饿死在牢房里。李世民攻克洛阳后，杜如晦进城，最想做的就是把这个跟他兄弟有深仇大恨的叔叔杀掉，为哥哥报仇。而且以李世民当时画下的线，杜淹也应该处斩。可是杜楚客不同意，他请哥哥出面救救叔叔。杜如晦当然不从：他都杀了我们的大哥，又把我们折磨成这个样子。你去照镜子看看，你都被他折磨成什么模样了，这还是人的模样吗？杜楚客说："以前叔叔杀了咱们一个兄弟，现在哥哥又杀叔叔。咱们一门之内，相残而尽，岂不痛哉。"他说过之后，就找来一把剑，要在杜如晦面前自刎。杜如晦没有办法，只得去向李世民求情，李世民大笔一挥，赦免了杜淹。由此可知，李世民深恨单雄信。

李世民在洛阳办公的第一天，苏威过来请见，而且还称老病不能拜。

李世民十分鄙视这个大隋几朝元老，没有让他过来见面，只是派人对他说："老先生是隋室的宰相，享尽荣华富贵，可是当大隋动摇之时，老先生却危不能扶，使得君弑国亡。老先生见李密、见王世充都拜伏舞蹈，极尽巴结之能事。现在老先生既然老病了，也不必来见我。"后来，苏威来到长安，又请见李世民，但李世民仍然不许。于是，苏威就这样继续老贫下去，再也没有官爵，没有俸禄可领，终于"卒于家"。当然，他死的时候已经八十二岁，即使在现在都还算高寿。苏威在辅佐杨坚时，是出了大力的，为开皇之治作出了巨大的贡献。只是他性格偏狭，求名太甚，致使人格底线放得太低，仅仅因为意见不一致，就可以把另一个宰相李德林害死。虽称数朝元老，但却被讥为"疾风劲草，不见其人"。在自己得意时，从己者悦，违则必怒；在动乱之时，又朝三暮四，即使王世充这样的奸人，他都尽力巴结，使得其人品指数再度拉低。

第六章　浴血死战　李世民大破二强敌　算无遗策　李药师灭梁定岭南

隋室的大臣们大多是墙头草，但杨广的子女们表现得都很不错。此前，杨广的几个孙子都没有让杨坚丢脸，而杨广的长女同样令时人佩服，他这个长女就是南阳公主。南阳公主之前嫁给了宇文士及，当时她只有十四岁。据说这个公主跟她那个被砍死在杨广身边的侄儿一样，非常孝顺，宇文述卧床不起的时候，她每天都亲自为这个臭名远扬的家公调饮食，然后亲手奉上。杨广虽然残暴得无所不用其极，但对人品好的子女还是很喜爱的，因此不管去到哪个地方，他都把这个懂事孝顺又长得美的女儿带着。宇文化及杀死杨广之后，南阳公主也被宇文化及集团带着到处逃窜。他们来到聊城之后，宇文士及抛下妻儿归顺大唐。不久，宇文化及被窦建德消灭。当时宇文化及手下的人见到窦建德时，无不惊惧万分，唯唯诺诺，头不敢抬，只有南阳公主神色自若。她见到窦建德时，只是在那里痛陈大隋亡国，而不能报仇雪耻，说得粉泪盈盈，声辞不辍。包括窦建德在内的人，无不为之动容，对她更加敬重。

之后，窦建德诛杀宇文化及的余党，所有宇文化及兄弟的子侄都在坚决清理名单之中。宇文士及和南阳公主生有一子，名宇文禅师，年仅十岁，也被列入被处理的名单。窦建德还是很给南阳公主脸面的，派于士澄去找南阳公主，说："宇文化及弑君之罪，人神所不容，必须将其灭族。公主之子，法当从坐，若不能割爱，亦听留之。"等于说可以留下宇文禅师一命，况且宇文禅师才十岁，小学生一个，何罪之有？可是，南阳公主却没有留情，只是哭着说："你既然自称是大隋贵臣，此事何须见问？"这话就是说，站在大隋的角度上，宇文禅师是必须死的。于是，窦建德就把宇文禅师也处决了。很多人都夸南阳公主个性坚毅、立场坚定，是真的站在大隋皇帝的立场上为南阳公主点赞。南阳公主同意砍死自己的儿子，是因为他是宇文氏的后代，而宇文化及是弑君的罪人，谁跟他沾亲带故，都必须受死。在她的眼里，大隋皇家的利益永远是第一位的，哪怕她的父亲已经残暴得毫无人性，她也必须坚决维护到底，甚至不惜牺牲自己的儿子。在这样一种传统意义上的"政治正确"面前，她那美丽的脸上，刷上了大义凛然的神态，已经看不到一点人性的光辉。

大隋灭了，儿子也死了，丈夫又逃跑了，她也万念俱灰，终于出家为尼。窦建德失败后，她又回到长安。就在途中，她又跟宇文士及在洛阳偶遇。但她已经把宇文家的人视为仇敌，决意不再跟宇文士及见面。可是宇文士及却不忘旧情，一定要跟她见面，重续旧缘，跑到她的门前求见。她不开门，宇文士及就站在门口不走。

她对宇文士及说："我跟你已经是仇家了，今天之所以不将你手刃于此，是因为你哥哥谋逆的时候，你并不知情。"然后大声叫宇文士及离开。但宇文士及仍然不走，仍然在那里动之以情。南阳公主大怒起来，喝道："你如果一定想死，就进来吧！"

宇文士及这才心灰意冷而去。由此可知，宇文士及还是一个很念旧情的人，而南阳公主的情感世界，永远屈从于"政治正确"——连可爱的儿子都可以让人家砍死，丈夫又算什么？

4. 王世充死于非命

李世民进洛阳后，参观了杨广修建的宫殿，叹道："逞侈心，穷人欲，无亡得乎？"然后下令撤掉端门楼，再烧掉乾阳殿，毁掉天门，废诸道场，城中的僧尼各留大德三十人，其他人都遣返回家。

王世充和窦建德灭亡之后，他们原来控制的州县也不断前来向李世民投降，于是王世充的故地全部平定。

王世充的一干骨干成员很快就被押到长安。由于王世充手下的人大多是隋朝旧臣，比如卢行褒和苏世长，两人曾任王世充的左右仆射，原来跟李渊也都有旧交。李渊此前曾给他们写信，请他们来长安，跟自己一起干大事。可是当时他们都忠于王世充，没有谁理李渊，卢行褒甚至还杀掉了李渊的信使。这让李渊很愤怒：你不过来也就罢了，为什么连信使都杀掉？当卢行褒来到长安时，李渊直接就把他斩了，然后指着苏世长大骂一通：咱们是老朋友，你不来帮衬，却去跟要人品没人品、要才能没才能的王世充作恶到底？

苏世长说："陛下，隋失其鹿，天下共逐之。现在为陛下所得，陛下怎

第六章　浴血死战　李世民大破二强敌
　　　　　　算无遗策　李药师灭梁定岭南

么可以对同猎者生这么大的气，问人家争肉之罪？"

李渊一听，不由得哈哈大笑，不再问苏世长之罪，还让他当了谏议大夫。好口才有时还真有用。

有一次，苏世长随李渊到高陵打猎。这一次行猎，所获颇丰，李渊喜不自禁，很得意地对大家说："今天打猎，大家欢乐吧？"

别人还没有欢呼万岁，苏世长就抢过话头，说："陛下这次游猎，荒废了政务，算什么欢乐？"

李渊一听，脸上勃然变色，但过了一会儿，他又笑着对苏世长说："你的狂态是不是又要复发了？"

苏世长说："于臣则狂，于陛下甚忠。"

李渊虽然觉得大煞风景，心头愤然，但也不好意思拿苏世长怎么办。

又有一次，苏世长跟李渊在披香殿喝酒。此殿原是李渊未即位时的旧宅，在武功渭水之北。两人喝得都差不多了，苏世长突然借着酒胆说："此殿是隋炀帝修建的吧？"

李渊说："你这个家伙大大的狡猾，劝谏起来看似直言，其实多诈。你跟我的交情不是一年两年，难道不知道这座房子是我修建的？现在硬是把它与炀帝挂钩起来？"

你想想，把一个开国皇帝直接比成杨广，李渊的心里有多气愤？他这么一上纲上线起来，那真是天威难测。

可是苏世长却不管天威如何难测，仍然说："臣实不知，只是看到这殿的奢侈华丽程度丝毫不比倾宫和鹿台逊色，因此就猜测，只有隋炀帝才敢如此作为。如果是陛下为之，我认为，实在不合时宜。我以前跟陛下在一起时，看到陛下所居住的宅子，仅能庇风雨，当时陛下说已经足够了。现在陛下住着隋室的宫殿，已经极尽奢华，而还要超过它们。如此一来，陛下何以矫其失？"

李渊的脸面一红，不住地点头。

从这几个细节看，李渊在这个时候还是很有雅量的，能从善如流，即使对他已经冒犯了，甚至把他比作炀帝、比作桀纣，他都没有怪罪，更没

有给人家穿小鞋。苏世长曾是王世充手下的仆射,是郑国朝廷权力顶端的人,可是当他领王世充所发的高额俸禄时,他什么都不说,什么都不敢说。因为他知道,他要是敢直说,王世充就敢直接砍死他。这再一次证明,有什么样的皇帝就会有什么样的大臣。

李世民回到长安。

这一次,李世民回长安,真是风光无两。他身披黄金甲,李元吉和李世勣等二十五将从其后,跟他们隆重而入的是一万铁骑,前后都有乐队,其排场之大、阵容之威武,完全可以用"震撼"二字形容。是的,他必须风光无限地回来。这一战,他一举荡平山东(崤山以东)两大势力。在他们之前的预想中,打王世充会花很多时间,再打窦建德,又会花很多时间,现在只用一场大战就全部摆平了,这是一场大唐奠基之战。此战之后,大唐已经完全可以宣布挺立在历史的舞台上了——虽然还有一些独立势力存在,比如萧铣及东南的杜伏威等,但都是边角废料,已经不足为患。

李世民将王世充、窦建德及隋朝的乘舆、御物都献于太庙。

李渊终于跟王世充见了面。

王世充虽然很残暴,但他自己很怕死,他见李渊说的第一句话就是:"臣罪固当诛,然秦王许臣不死。"

李渊一听,点点头:这点表面信用朕还是有的。他下诏赦免了王世充的死罪,让他的身份变为庶人,然后把他连同其兄弟子侄都发配到蜀地。至于窦建德是在战场上被打败的,李世民还来不及跟他有什么约定,他就被抓了,所以李渊没有赦免他的理由,将其斩于市。

王世充看到窦建德被斩,心下肯定暗呼侥幸不已。窦建德本来跟李家的仇并不是很深,完全是为了来救他而被打败,然后就成了李家最恨的人,现在被处斩,而自己这个正主儿倒被李家父子赦免,这个世界有时就是这么诡异。

王世充心下不断地庆幸着,以为自己这一生可以撑到自然死亡的那一天了。他准备跟着他的那帮子侄起程去蜀地。由于押解人员还没有安排好,他们一家就被暂时关在长安附近的雍州。几天之内,都没有什么事。有一天,突然来了几个官差,声称皇上有旨,请王世充出来接旨。王世充一听,一定是李渊又要给自己官当了。他对自己的本事是很了解的,除了会搞基建,还是揣摩皇帝圣意并投其所好的绝顶高手。当年,他在杨广面前偶露峥嵘,就让杨广喜出望外,恨不得天天提拔他,使得他迅速成为大隋皇帝身边的红人,为他后来在中原开创的事业打下了坚实的基础。他知道,皇帝就是喜欢他这样的人,而且一旦喜欢了就永远离不开。哈哈,有此技在手,此生无忧矣。他忙不迭地跑出来跪下接旨。

不料他刚刚跪下,那几个人突然脸上凶光暴闪,乱刀齐下,全砍在王世充的身上,把他当场砍死。

朝廷很快查明,那几个家伙中的带头人竟然是定州的刺史独孤修德。大家问独孤修德为什么要杀王世充,独孤修德说,他的父亲独孤机曾是王世充的部下,在武德二年(619)联合别人准备降唐时,被王世充处死,他现在是为父报仇。王世充就这样死于非命。

5. 刘黑闼出山

河南河北两大势力被平定,表面看起来,接下来就是再剪除那几个不太成才的首领了,李孝恭和李靖也正在南下执行平定萧铣的任务。但万万没有想到,山东又出现了个大麻烦。这个麻烦是由窦建德手下那帮人搞出来的。

窦建德是在虎牢那里被消灭的,他原来的势力中还有很多人并没有真的归顺大唐。在窦建德被活捉时,他们还在那里盘踞着。他们听说窦建德已经完蛋了,知道大夏的事业已经到此为止。这些人本来都是"盗贼"出身,一看到"公司"破产、"老板"被搞定,马上就盗抢府库中的财物。府库中的东西抢光了,他们仍然不收手,继续举着兵器,抢街道居民的财产。那些刚刚到任的大唐地方官只得四处搜捕他们,将捕到的人绳之以法。于是,每天大家都听到某某被抓了,某某的屁股被打得皮开肉绽、惨不忍睹。窦建德那些还在外逃的部将都害怕了。

窦建德手下的两个部将高雅贤、王小胡为了逃避官府的追捕,逃出家乡,来到贝州。当时,李渊正在通缉窦建德故将范愿、董康买、曹湛和高雅贤。这几个家伙看到街上到处张贴着他们的画像,意识到不管他们跑到哪里,都逃不脱官府的抓捕。于是,他们约到一起商量,然后很快就达成共识:王世充以洛阳降唐,他手下的大将段达、单雄信等人都被夷灭,如果我们到长安,必定不能免死。我们十多年来,身经百战,天天过着刀口舔血的日子,早就应该死了。既然他不放过我们,我们又何必贪生怕死不敢举事?而且夏王向来待我们不薄。现在唐得夏王而杀之,我们不为他报仇,还有什么脸面见天下人?

这几个人越说越是亢奋,最后决定搞事。他们长期当窦建德的手下,此时为了保命,谁都没有做带头人的思想准备。但举事是必须有个带头人的。他们没有别的办法将带头人推选出来,就利用最传统的选拔方式——占卜。

占卜的结果是,应该推姓刘的为首领。

可是他们这一伙当中,没有一个人姓刘。后来,他们排来排去,就排到一个人,叫作刘雅。刘雅原来是他们的同路人,现在居住在漳南。他们就跑到漳南,跟刘雅见面,把他们的意思告诉了刘雅。哪知,刘雅是个胆小鬼,不想搞这些冒险活动了,对满怀希望的几个人说:"天下才刚刚平定,我只想当个老死田园的农夫,不愿再玩这些刀枪的事了。起兵弄不好会被杀头的,夏王那么大的本领,结果都那样了。你们还是找别人吧。"

大家一听,无异于当头泼了盆冷水,都呆在那里。呆了一呆之后,他们都大怒起来:大家都是夏王的手下,现在夏王死了,你居然不继承他的遗志,还在这里假装当一个遵纪守法的老农?看来你为了遵纪守法,下一步就会告发我们。与其等你去告发我们,不如我们先动手干掉你。几个人当场把刘雅杀掉:不想当首领,就当死鬼吧。

杀了刘雅,还得继续找首领。

他们一合计,又找到了个姓刘的,就是刘黑闼。

于是,几个人又屁颠屁颠地去找刘黑闼。

第六章　浴血死战　李世民大破二强敌 算无遗策　李药师灭梁定岭南

这时，刘黑闼也已经回到老家，当了个老实巴交的农民。那几个人找到他时，他正在菜地里种菜。刘黑闼果然不是刘雅。他原来是窦建德手下头号军事人物，生活过得十分幸福美满，现在天天在家挑着大粪种菜，辛苦还很臭，心下大是郁闷，这时听到这几个家伙的计划，便一拍大腿，说不种这菜了。他当场把家里唯一的一头耕牛杀掉，一边吃肉喝酒一边商量大事。刘黑闼有过搞事的前科，他很快就招到几百号人，然后带着这支队伍攻占了漳南县。

此前，李渊为了便于协调指挥，曾在各地设置行台尚书省，行台尚书省可以统一指挥几个州。随着平定窦建德和王世充，他就撤销了这些行台尚书省。当他闻报刘黑闼出来作乱，便又置山东省行台。当然，这时他仍然不把刘黑闼的搞事当一回事，仍然当作癣疥之疾来处理，就任命李神通为山东道行台右仆射。

到了八月初，刘黑闼又攻陷鄃县，魏州刺史权威和贝州刺史戴元祥联手向刘黑闼发动军事行动。结果让人大跌眼镜，两个刺史都被刘黑闼打死在战场上，所带部众也全部被歼。刘黑闼此战，获得大批的武器和俘虏，力量瞬间就雄厚起来。窦建德其他旧部看到刘黑闼的规模又闹大起来，便都跑过来投奔他，使得刘黑闼的队伍猛增到两千多人。他带着这支队伍在漳南设坛，祭奠窦建德，向窦建德在天之灵报告他们举兵之意，然后自称大将军。

李渊到这个时候，仍然没有高度重视刘黑闼。他发关中步骑三千人，交给秦武通和李玄通，叫他们去攻打刘黑闼。后来他又想想，觉得这两个家伙未必能在短期内取胜，便又加了道保险：命令幽州总管李艺引兵前去跟秦武通会合，共讨刘黑闼。

刘黑闼继续引兵出击，又攻下了历亭，抓到了屯卫将军王行敏。他叫王行敏向他下拜，王行敏挺着身子坚决不理。他一气之下，砍了王将军的头。

窦建德手下还有个人叫徐圆朗。徐圆朗原来也是个头领，后来被窦建德连同孟海公一起武力收编。窦建德完蛋之后，他被拜为兖州总管。但他

仍然不满足,觉得还是当一方老大爽快。刘黑闼派人去跟他联系。他收到刘黑闼的信后,马上答应举兵响应。正好李渊派盛彦师到河南。盛彦师来到任城,就被徐圆朗抓住。

徐圆朗抓住盛彦师之后就宣布起兵。

刘黑闼任命徐圆朗为大行台元帅。

如此一来,兖、郓、陈、杞、伊、洛、曹、戴等八州的豪强都起来响应刘黑闼。山东局势又动荡起来。

徐圆朗虽然抓了盛彦师,但对他还是很敬重的。当时,盛彦师的弟弟镇守虞城。徐圆朗就叫盛彦师给弟弟写信,劝他弟弟献出虞城。

盛彦师很快就写好了信:"吾奉使无状,为贼所擒,为臣不忠,誓之以死;汝善侍老母,勿以吾为念。"

徐圆朗看到这几行字时,脸色大变,但盛彦师却神色自若,好像徐圆朗脸色的变化跟他无关一样。如果是别的首领,脸色变到这个程度,肯定会对盛彦师手起刀落了。可是徐圆朗还是有点胸怀的,只片刻之间,他便把笑容硬生生地刷上脸面,说:"盛将军有壮节,不可杀也。"仍然待之如初。

刚刚接到河南道安抚使委任制书的任瑰还在赴任的路上,正好碰上徐圆朗造反,而他恰好就在徐圆朗控制的地盘里。他的副使柳濬劝他赶紧退保汴州,再作打算。

任瑰哈哈大笑:"柳濬你什么时候胆子变得这样小了?区区几个不成才的小贼,有什么可怕的?"

两人对话间,就有消息传来,任瑰嘴里的区区小贼已经攻下了楚丘,正向虞城大步杀来。

任瑰马上派崔枢和张公谨从鄢陵组织一百多人去助守虞城。而这一百多人,都是诸州押在这个地方的人质。大家一看,就这么点兵力,也太单薄了吧?一百多号人,哪对抗得了徐圆朗一路猛打猛冲而来的"盗匪"?

而且更要命的还不止这些。

柳濬说:"崔枢和张公谨都是王世充的旧将,他们手下的人又都是人

第六章　浴血死战　李世民大破二强敌　算无遗策　李药师灭梁定岭南

质,他们的父兄目前都在造反。让他们去虞城助阵,只怕是助了敌人的阵啊。"

任瓌没有搭理他。

崔枢来到虞城后,让那些人质跟虞城本地民兵一起守城,然后盯着那些人质。待到敌人进攻时,发现某个人质有反叛的,就杀他们的小队长。其他小队长一看,只得一咬牙,把手下的人质全部杀掉,从根本上清除后患,还把那些人质的脑袋挂在门外。崔枢一看,这才知道事情闹大了,任大人让自己带这些人质来,是助守虞城的,而不是带来让这些人练杀人的。他想禁止,但已经禁不了了。他只得派人去报告任瓌。

任瓌一听,不由得大怒,骂道:"我让你带着这些人质守城,目的就是让他们招其父兄,他们有何罪?你硬要杀他们?"崔枢一听,不由得在心头暗叫冤枉不已:你骂人骂得很理直气壮,可是在布置任务时你为什么没有交代清楚?现在发生了这样的事,才在破口大骂中讲出来。难怪有人说,这个世界就是头头好当,不管如何都是他们有理。

任瓌不再解释,回到自己的住处,对柳濬说:"我老早就知道崔枢做事就是如此简单粗暴。现在虞城的人杀了这些人质,跟外面敌人的仇就大了。他们怕敌人打进来把他们杀光,必定会拼死守城。我们不用担心了。"

徐圆朗拼死攻了多天,果然无法攻上来,最后只得恨恨而去。

虽然任瓌玩了个诡计,逼得虞城的老百姓拼命守城,但山东一带的民众仍不断起来响应刘黑闼。窦建德另一个手下崔元逊,原来是大夏的深州刺史,现在也不得不解甲归田,从刺史变成农民,心里当然很郁闷,听说刘黑闼已经举起反旗,便又找到几十个同党,商量着重操旧业。他们征召了一批战士,然后把这些战士藏在车里,再用禾草挡住,推到城里,一直往刺史府衙那里开过去。正值深州刺史裴晞当值办事,他们齐声呐喊,从禾草中冲出,把裴晞砍翻在地,然后传首刘黑闼。

徐圆朗虽然没有打下虞城,但他感到自己的前途无限光明,因此就自称鲁王。这可比刺史牛多了。当了鲁王的徐圆朗并没有停歇,又向济州进发,可是又碰上了硬骨头吴汲论,被吴汲论击退。

目前，主持围剿刘黑闼事宜的仍然是李神通。

李神通看到刘黑闼的军势越来越猛，也不敢托大，马上把从关中调来的部队和李艺的兵合并起来，以便统一指挥。他看到几支队伍会合后，力量仍然不算雄厚，就又发邢、洺、相、魏、恒、赵等兵合五万余人前来，组成一个庞大的兵团，然后拉出来跟刘黑闼叫板。

刘黑闼这时也信心满满，一点也不把李神通放在眼里，带着自己的主力昂然而来。双方摆开战阵之后，刘黑闼才发现，敌人布的阵居然有十多里，相对而言，自己的兵真的太少了。但到了这个时候，只得硬着头皮打下去了。因为部队人数不多，他只能依堤单行列阵，跟李神通对垒。

按常规来看，唐军比刘黑闼军多几倍，又有李艺这样的猛将在那里，打败刘黑闼是根本没有悬念的。

兵力有优势，又有李艺，还突然降了风雪，而且唐军处于上风口，真是天时地利人和全在李神通这边。

李神通马上下令全军出击，也要打一场胜仗给国人看看，他不光名叫神通，打仗也是很神通的。

此时，刘黑闼真是叫苦不迭，狂风卷着大雪，全往他的阵里扫来，大家被风雪打得眼睛都睁不开，耳闻得敌人的杀声越来越近，真不知如何是好。

正当刘黑闼绝望之时，突然风头一转，逆向狂扫。这一下，轮到唐军傻眼了，由于风力太大，大家不但睁不开眼，而且都站立不稳。刘黑闼抓住机会，大喊："老天爷在帮我们。兄弟们杀啊！"

双方的攻守瞬间易势。

唐军根本无法抵抗，只得转身拼命狂奔。李神通大败，士兵军马物资，直接损失三分之二。

当时，李艺负责西线进攻，他面对的是高雅贤。他已经把高雅贤打败，而且追逐近十里，听说主力部队已经惨败，只得咬牙收兵，退保笆城（今河北省石家庄市藁城区）。

刘黑闼当然不会放过他们，继续乘胜而来，再跟李艺大战，一下又把李艺打得大败，连他手下的猛将薛万均和薛万彻都成了俘虏。不过，这两个家伙也很大胆且机警，趁着看守人员疏忽，便又逃了回来。李艺看到自己的兵已经没有多少，李神通更是一脸死相，知道留在这里已经没有什么意义了，便带着剩余的部队回了幽州。

刘黑闼的军势大盛。

6. 房玄龄与杜如晦

所有的人都知道，只有李世民出来，才可以收拾刘黑闼。

其实，李渊也是很想叫李世民马上出征的。可是，他却不愿下这个决心。李世民现在的功劳太大了。李渊时刻都不会忘记，如果当初杨广不当平江南的总指挥，大隋也许不会是这样的结果。何况，当年杨广南征时，也只是挂名总指挥，真正的操盘手是高颎。现在李世民出征，全是自己亲自策划，还身先士卒，冲锋在前，九死一生而还，这样的功劳，这样的才能，完全可以把杨广甩在身后。而且李渊惊奇地发现，目前大唐最有用的人才，全是李世民帐下的。李渊论功行赏时又发现，现存的官职都已经不足以封给李世民这个二儿子了，但又不能不封。

于是，李渊就创造了一个职务——天策上将，授予李世民，而且规定，天策上将的地位在王公之上，也就是说，现在李世民的地位仅次于太子。然后，他还让李世民领司徒、陕东道大行台尚书令、增邑两万户。如果说天策上将仅是荣誉，那么陕东道大行台尚书令就是妥妥的实权，意味着陕东地区的军政大事全由李世民说了算。现在陕东地区又发生了这么多动乱，李世民的"市场"又兴隆起来了。不久，李渊又下诏，李世民开天策府，置官属。这个天策府可以设长史、司马各一人，从事中郎二人，并掌通判府事；军谘祭酒二人，一个当军事参谋，一个负责礼仪接待。此外还有很多人，完全是个小政府了。

我们无法知道，李世民的野心是否就是在这个时候形成的。在这个时候，李世民还是很低调的。李世民认为天下渐平，不用那么打打杀杀了，就开馆于宫西，自己一心一意地读书读史，并延四方文学之士于此。当时，

李世民命行台司马勋、郎中杜如晦、房玄龄等共十八人为学士，在阁下轮流值班，为他们供给珍膳，恩礼优厚。李世民在办完公事后，就挤时间来到馆里，放下姿态，以温和的态度跟大家讨论经义，常常到半夜才结束。因此，当时十八学士的名头也十分响亮，谁被选进其中，就被称为"登瀛洲"，意思是说，十八学士之位不是一般人可以当选的，就跟那座海中仙山一样，人不能至，至则成仙。

杜如晦和房玄龄是十八学士中的顶尖人物，最受李世民看重。杜如晦是秦王府兵曹参军，跟李世民的家臣差不多，但不久李渊就让杜如晦任陕州长史。李世民另外一批原秦王府的干将也不断地被放外任，这让李世民很郁闷——这些人才都是他开发出来的，他向来把他们当成自己的死党，现在这些死党全部被调走，他很不愿意。房玄龄知道他郁闷，就对他说："大王，其他人外任而去，都不足虑，但杜如晦万万不可放出去。他身负王佐之才。如果大王有意经营四方，非杜如晦辅佐不可。"

李世民一听，不由得大惊，对房玄龄说："如果不是你提醒，我真的搞糊涂了。"

从两人的这个对话可以看出，李世民此时的理想已经很远大了，而且房玄龄也已经知道。两人在没有外人在场时，肯定多次秘密讨论过这事。

李世民向李渊上奏，请求让杜如晦继续当他的下属。李渊当然没有话说，直接批准了李世民的请求。于是，杜房两人就紧跟着李世民，共同参与军事。每当军中出现复杂的事，一到杜如晦面前，他都能剖决如流。房玄龄则更有战略远见，每当李世民攻破一个地方，其他人都抢着取宝货，房玄龄则为李世民招揽人才，安排到幕府中供职。一旦遇到胸怀韬略的文臣、英勇善战的将军，他都私下里跟他们套交情，结友谊。最后，这些人都为李世民立下大功。李世民在外征战，需要向李渊汇报时，他都委托房玄龄代为面陈。

李渊听到房玄龄的报告后，不由得大叹："房玄龄为秦王陈事，虽隔千里，皆如面谈。"

第六章　浴血死战　李世民大破二强敌
　　　　　　算无遗策　李药师灭梁定岭南

7. 李靖恩威兼济平岭南

在忙着收罗人才，打造自己的班底时，李世民的堂兄李孝恭正在跟萧铣打得不亦乐乎。

隋末大乱涌现出的群雄当中，萧铣的水平应该属于末流。他靠江陵那几个中层军官起事，被推上头领的位置，典型的弱势首领一个。但因为他所处的地理位置跟那些生猛的割据势力不接壤，所以在人家打得你死我活的时候，没有谁注意到他的存在。萧铣乘机拿下了南方一大片土地，如果仅以占地面积算，在前一段时期，萧铣的版图绝对是全国最大的。但这个家伙是个典型的志大才疏、生性褊狭且多猜忌的人。你想想，只有其中一个性格特征的首领都很难在这个世界上立足，他居然独占了这么多的特征，这样的人，占再多的土地面积，也是没有什么作为的。江陵那群搞事军官把他树起来当首领后的一段时期内，还很把他当一回事——他毕竟是外戚，是萧皇后的侄儿，高贵得很，会得到上天的眷顾，因此都努力为他立功。

可是跟萧铣混了一段时间后，所有的新鲜感都没有了，部下发现他也就是庸才一个，要实力没有实力，连个铁杆死党都没有，于是就不把他当一回事了——在这个乱世上混，没有两把刷子，真的不好混。他们个个恃功邀赏，横来蛮干，而且动辄杀人放火，从不把萧铣的号令当一回事。萧铣这才觉得，自己这个首领原来只是他们的招牌，心里气极。萧铣想了一想，觉得再让这些人打下去、立功下去，就更控制不了他们了。既然如此，那就不打了，不开疆拓土了。于是萧铣突然宣布：鉴于目前的形势，我们暂停扩张国土，用心经营现有的地盘，好好耕田种地，待物资极大丰富之后，再作大发展。

大家一看，马上就知道萧铣这个政策的内涵了：不就是想让大家都去种田吗？从此大家就没有了兵权。你可以夺别的东西，但你想要我们的兵权，我们绝对不同意。

江陵帮的带头人董景珍现在是大司马，也就是萧铣集团的军方第一人，董景珍的弟弟也是将军。他这个弟弟性格也是极为火暴，看到萧铣在算计

他们手中的兵权,立刻破口大骂,然后找来几个跟他有同样心情的将军商量:咱们干脆来个兵谏。几个人都同意。哪知,他们还没有制定好行动的方案,所有的密谋就都泄露出来了。萧铣把这个密谋一曝光,连董景珍都没有话说了。于是,那伙谋逆分子只有"伏诛"。

萧铣本来就十分多疑,现在看到董景珍的弟弟成为逆谋的首要分子,心想哥哥能逃脱干系吗?弟弟的胆量肯定是从哥哥那里得到的。此刻,董景珍驻兵长沙。萧铣下了一道诏书,说弟弟是弟弟的事,这件事跟董大司马没有关系,朝中刚刚出现这个事件,很多事情还不好处理,麻烦董大司马回朝商讨一下,要求董景珍回江陵。

你想想,董景珍信他的话吗?董景珍接到这个诏书之后,第一时间的表情就是"大惧",接下来的想法就是,萧铣已不可共事。于是,董景珍果断地把长沙献给了大唐。

李渊立刻派许绍带兵去接应。

许绍这些年来一直专门对付萧铣,他看到萧铣头号军事人物投降后,便趁热打铁,于武德三年(620)十二月十五日,进攻荆门镇,很轻松地"拔之"。

许绍辖区跟萧铣和王世充控制区域边境相接,双方发生小规模冲突是经常的事。那两边的人一抓到许绍的兵,基本就是一刀了结。但许绍俘虏了他们的兵之后,都是好言劝慰,然后发路费让他们回家,说家里人很想你们。后来,那两家边境的将士都觉得有点羞愧,便不再进入许绍的辖区打砸抢了。

萧铣看到董景珍一言不合就带着长沙脱离他而去,心头当然大怒,马上派张绣带兵去攻长沙,一定要把长沙夺回来。

董景珍对张绣说:"张将军,你应该记得刘邦'前年杀彭越,往年杀韩信'这样诛杀功臣的事吧?咱们本来是一个团伙的,为什么要互相残杀呢?"

张绣没有回答,仍然进兵包围长沙。

董景珍虽然号称萧铣团队的第一能人,但也是个没有多少本领的家

第六章　浴血死战　李世民大破二强敌
　　　　　　算无遗策　李药师灭梁定岭南

伙——他要是很有担当精神，就不会极力拉萧铣过来当他们的挑头人了。他看到张绣不理他的话，就不敢抵抗下去，准备突围而出。可是他的手下却不干，直接把他砍死，把城献给了张绣。张绣立了个大功。立功是要被提拔的。于是，萧铣马上任张绣为尚书令。张绣当了尚书令之后，也觉得自己十分了不起，眼角就抬高起来，谁也不放在眼里，骄横得没有谱了。

　　萧铣一看，心头又是一缩：这个家伙继续骄横下去，自己可就危险了。于是，萧铣一咬牙，又把毫无提防的张绣杀了。萧铣手下本来就没有什么人才，这些年来基本都是靠张绣帮他打出这片天地的，现在把张绣也干掉了。其他人看到萧铣最努力的事就是杀功臣，无不心寒彻骨，对他都不再抱什么希望了。

　　一直关注着萧铣集团动态的李靖认为，可以对萧铣用兵了。

　　李靖这段时间一直在李孝恭手下效力。李孝恭现任职务是信州总管，他的责任范围重点在南方。李渊对李靖一直没有什么好感。前段时间，李靖就因为被敌人阻在半途，差点被李渊砍脑袋，幸亏许绍救李靖一命。一般这种不被"老板"看好的人是很难被放在重要位置，让其大展雄才的。后来与李靖齐名的李世勣此时已经在李世民手下东征西讨，建功无数，成为李世民阵营头号军事猛人，李靖却还是寸功未立。"是金子总会发光的"，这句话真是不假。李靖成为李孝恭手下时，正赶上蛮族头领冉肇突然脑子发热，向信州进攻。李孝恭率兵迎战，却打了败仗。李靖这时手里只有八百人。他在李孝恭大败之后，就带着这八百人袭击蛮兵，将冉肇打死，俘敌五千。李孝恭对李靖大为敬佩，把这事向李渊汇报。李渊哈哈大笑，对左右说："使功不如使过。我任命李靖就是使过。"然后给李靖寄了一张字条："既往不咎，向事吾久已忘之。"你一看就知道，天下脸皮最厚的就是这样的人，明明在这里强调那个"向事"，可却偏偏说，那件事我已经忘记很久了。你忘记了吗？忘记了还写个鬼啊。但他有权说他忘记，你奈何不了他。不过，从这时起，李靖在李渊的眼里已经不是过去的李靖了。

　　武德三年（620）四月，李孝恭和李靖再度合作，向萧铣的手下王提进攻，顺利清除了王提。

就在李孝恭已经兵力压境的情况下,萧铣仍然在清洗内部的军头。李靖哪能放过这样的良机?

经过精心准备,李靖向李孝恭提出了取萧铣十策。

李孝恭把李靖的十策上送李渊。

李渊一看,不由得拍着大腿大叫妙哉,下令改信州为夔州,由李孝恭为总管,令他大造舰船,训练水军,做好打击萧铣的准备。又由于李孝恭不熟悉军事,李渊就任命李靖为行军总管,兼任李孝恭的长史,也就是说,把军事方面的事务都交给李靖。李靖就这样突然成为主掌一方的军事人物。当时,李靖虽然把蛮族狠狠地打了一顿,但知道蛮族很反复,说不定哪天心血来潮,又出来搞事,让他们在跟萧铣对决时后院起火,麻烦也是很大的。这个隐忧必须先解除。他很快就想出了一个办法,叫李孝恭大量征召巴蜀地区所有头领的子弟,让他们担任官职,都安置在自己的身边。对外显示是提拔重用,实际上把他们当人质,使那些蛮族头领搞事时先好好想一想。

武德四年(621)八月,李渊下诏,可以对萧铣进军了。李渊任命李孝恭为荆湘南道行军总管,李靖代行军长史,发巴蜀之兵,统十二总管,自夔州顺流东下,出击萧铣,另派李瑷、周法明、田世康等人出兵配合。

李孝恭得到命令之后,立刻兵发夔州。

当时三峡的江水正狂涨,看上去水流湍急,凶险异常。诸将都请示,等水退后再进军,这样下去太危险了。李靖说:"兵贵神速。现在我们的部队已经集结完毕,萧铣还不知情。如果趁着水涨之机,突然抵其城下,掩其不备,一定能把他活捉过来。机不可失。"

李孝恭对李靖已经无条件佩服,听他说机不可失,马上就同意了他的建议,率全部战舰两千余艘顺流东下。

此时,在江陵的萧铣看到长江水正大涨,实在不利于水军行动,因此一点也不作防范。

唐军一口气攻拔荆门、宜都,推至夷陵。

萧铣这才慌起来,忙叫文士弘带几万精兵到清江,务必把李孝恭的大

第六章 浴血死战　李世民大破二强敌
算无遗策　李药师灭梁定岭南

军死死堵住,别让他们直撞江陵而来。

李孝恭一点也不在乎文士弘,大军继续顺流掩杀过来,把文士弘的部队冲击得七零八落,俘获战舰三百多艘,杀溺死者以万计,并狂追至百里洲。

文士弘的作战能力很差,但个人意志却很坚定。他大败之后,又在短时间内收集败兵,再来跟唐军作战,结果自然又被打败,逃入北江。

萧铣的江州总管盖彦看到唐军自上游猛冲而来,无坚不摧,情知凭自己这点力量去阻拦,也不过是螳臂当车而已,于是就举其所辖五州向李孝恭投降,使得李孝恭的部队直逼江陵。

萧铣万料不到敌人的进攻如此猛烈,自己的防守如此脆弱。前段时间,萧铣刚刚把部队变成"农垦集团",使得很多现役军人都变成扛着农具的新型农民,就是他身边的宿卫也只有几千人。当萧铣闻报唐兵大至、文士弘大败时,心头瞬间大惧。可是萧铣也知道,现在不管你如何大惧,人家都会毫不留情地打过来,你的"大惧"不会软化敌人要消灭你的决心。

萧铣必须抵抗。抵抗是需要子弟兵的,萧铣只得紧急召集部队过来保卫首都。可是萧铣的部队都在江南、岭表一带,道路遥远,远水救不了近火,当务之急只能自救了。

萧铣便率领现有的部队出来迎战。

李孝恭这次出征,可谓一帆风顺,心里很高兴,觉得萧铣不过尔尔。现在看到萧铣率兵前来决战,而且兵力不多,又听说萧铣的军事能力很差,当不足为虑,便想放马过去,让战斗早打早结束。

李靖说:"不可……"

李孝恭说:"怎么不可?"

李靖说:"文士弘是有名的健将,手下都是勇士。现在他们刚失荆门,只得让最精锐之兵前来拒战。此乃救败之师,其锋不可当,但其势必不能久。我们不如先泊南岸,缓之一日。敌人这时已经很急躁,必定会分兵,有的前来拒战,有的留城自守。兵分必弱。我乘机出击,想不胜都难。现在若急而攻之,他们一定会拼力死战。楚兵向来彪悍,难以抵挡。"

李孝恭这时已经被胜利冲昏了头脑,忘记了李靖才是大军事家,听了李靖的建议,很果断地否决掉,说:"李将军怎么胆子突然就小了起来?你既然没有把握,那你就守营,我自出战。"

李孝恭气冲冲地率兵出战,果然被对方打了个大败而回,最后拼了全力,才逃回南岸。

萧铣军取得了一场大胜仗,并没有乘胜冲杀、扩大战果,而是在敌人逃跑之后,到处抢掠军资,个个都抢得了个大大的包袱,背在身上,连路都走不稳,乱哄哄地往回走。李靖看到这个情况,马上纵兵击之。萧铣军看到敌人已经败逃而回,哪料到他们居然去而复回?被打了个大败,数以万计的士兵溺死在水中。李靖缴获四百艘船。李靖不再迟疑,不让对方有喘息之机,带着五千部队,继续冲杀,直抵江陵城下,靠近城脚扎下营寨。

萧铣的部下杨君茂和郑文秀率兵出来反击,李靖纵兵迎战。萧铣部队的人数虽然很多,但因连遭大败,士气已经跌落,人人胆寒,又被李靖打得大败。李靖这一战又俘其四千甲士,而且还打进江陵外城,再攻克水城,获得大量舟舰。正好李孝恭的大军赶到。李孝恭看到李靖只以几千部队,一路杀来,所向披靡,敌人毫无招架之力,不由得大是叹服。自己的主力部队,被人家一顿暴虐;李靖的偏师,居然有这样的威力。这事可是发生在一天啊。你真得承认,人与人之间是有差距的,而且有时这个差距还很大。

李靖让李孝恭把他俘获的船只全部散在江中。

诸将都说:"破敌所获,当为我所用,怎么反而放到江中,跟返还给敌人有什么差别?"

李靖说:"萧铣的地盘幅员辽阔,南出岭表,东到洞庭。我们孤军深入,如果攻江陵而不拔,待敌人援军四至,我们就会腹背受敌,进退不得,即使有大量的船只,又有什么用?现在把这些船放进江里,使其塞江而下,敌人的援兵看到,一定以为江陵已破,不敢轻进而往来打探。如此一来,他们就会浪费近一个月的时间,咱们就可以任意所为了。"

这些船只顺流而下后,应萧铣之召而来的援军果然迟疑不进。

第六章 浴血死战　李世民大破二强敌
　　　　　　算无遗策　李药师灭梁定岭南

其中丘和、高士廉、杜之松从交州带来的援军，都已经进入江陵的地界了，看到这个样子，都认为萧铣已经完蛋，就投降了唐军。

李孝恭一看，李靖简直是算无遗策啊，跟这样的人出征，简直是太爽了。他组织人马将江陵围得水泄不通。

萧铣马上陷于内外阻绝的困境。萧铣本来就没有什么水平，再把几个会打仗的人才干掉了，身边连个狗头军师都找不到。他望着城外的包围圈，再向远方望过去，自己急召的援军不见踪影，估计还行军在远方，说不定还没有出发呢，脑门上全是淋漓的汗水。

萧铣抹着脑门上的汗回到大帐，问岑文本："现在该怎么办？"

岑文本说："只有投降了。"

这一次，萧铣不敢发怒，全身颤抖了一阵，低声说："看来只能这样了。"

萧铣把群臣召来，向他们宣布："天不祚梁，不可复支矣。若必待力屈，则百姓蒙患，奈何以我一人之故陷百姓于涂炭乎！"你看这几句话，就不得不"佩服"萧铣这样的人。本来是为了自己当皇帝、鱼肉人民，可是水平太不上档次，疑心又重，动辄杀人立威，最后无人可用，被人家打得无处躲藏了，就把责任推到老天爷那里，然后又假惺惺地说，如果再打下去，老百姓会受苦，现在投降是为了让百姓免于涂炭。他们高高在上时，是从来没有考虑过老百姓的感受的；只有到这个时候，才把老百姓挂到嘴上，一来表演一下自己的悲情，二来也找个投降的借口，使得自己的投降行为充满了正义，给自己的虚伪无耻和无能披上一件道貌岸然的外衣。

萧铣向群臣宣布过后，就到太庙前，祭以太牢，告诉列祖列宗，他已经尽力了，但是敌人太厉害了，老天还不帮忙，只能投降了。

萧铣别的方面水平很差，但表演能力还是很突出的。守城的士兵们看到他声泪俱下，每个字都是为他们这些小民着想的，不由得大是感动，都哭了起来。

萧铣做了这番表演后，就来到李孝恭的军门前投降。

到了这里，萧铣仍然要表演，他对李孝恭说："当死者唯铣耳，百姓无

罪,愿不杀掠。"好像很有担当精神。

李孝恭率兵进城。诸将进了江陵,看到这里果然比夔州繁华多了,可以放手大抢一顿了,而李孝恭也准备批准他们这样做。岑文本对李孝恭说:"江南的老百姓,自隋末以来,长期为暴政所虐,后来又饱受群雄争斗之乱。现在还活着的,都是战争的幸存者。他们都盼望天下出现个一心为民的真龙天子。现在萧氏君臣、江陵父老决计投降,就是希望去危就安。如果大王纵兵掳掠,只怕自此以南,再也没有向化之心了。"

李孝恭一听,觉得很对,禁止了大家的掳掠。

诸将一看,发大财的机会就这样没有了。他们又提出,萧铣手下的死党们对咱们顽抗到底,让咱们很多优秀的子弟兵都死了,实在罪大恶极。我们不抢群众,但可以没收他们的财产,拿来奖赏将士们。

李孝恭一听,觉得也对,总得对将士们有个交代吧。

可是李靖却不同意,他说:"王者之师,应该是一支正义之师,是为了吊民伐罪的。老百姓受战事的催逼,不得不为他们的主人拼死战斗。为萧铣战死之人,也是死为其主,不能将他们与叛逆者同等看待,这就是当年蒯通在高祖面前免除死罪的原因。现在刚平定荆州、江陵,我们应该采取宽大的政策,抚慰远近之民。如果他们投降了我们,我们还要没收他们的家产,从此其他地方的敌将就会拼死抵抗,坚守不降。所以绝对不能没收他们的财产。"

李孝恭当然听从。于是,城中安堵,秋毫无犯。南方州县本来对萧铣并没有抱多大的希望,前些年只是迫于形势才依附于他的。现在看到他彻底倒下,而唐军对俘虏如此宽大,便都望风归顺。

萧铣投降几天之后,十多万援兵终于蜂拥而来。他们听说萧铣已经投降,他们救援的对象已经没有了,便都释甲而降。试想,如果李孝恭听任诸将的意见,对江陵或者萧铣那些死党进行掳掠,这十多万人会甘心投降吗?以李孝恭现有的实力,只怕江陵城很快就会成为这支唐军的墓地。

李孝恭把萧铣送到长安,李渊自然对他进行一顿教训,说他认不清形势,跟大唐对抗到底,现在如何?

第六章　浴血死战　李世民大破二强敌
　　　　　　算无遗策　李药师灭梁定岭南

　　萧铣其他方面的水平基本都上不了台面，但嘴上功夫还是不差的。他听了李渊的教训，便答道："隋失其鹿，天下共逐之。只不过俺萧铣无天命，这才成这个样子。如果陛下一定要以此治罪，那我就只有死了。"

　　李渊一听，居然还嘴硬，你以为我会可惜你这条性命？马上下令把这个家伙拖出去，斩于闹市。

　　之后固然是论功行赏，李渊任命李孝恭为荆州总管，李靖为上柱国，赐爵永康县公。

　　好消息又传来。原先萧铣派刘洎经略岭表，已得五十余城。刘洎完成这个任务，还来不及回到江陵向萧铣交差，萧铣就先灭了。他即以所得之城，献给大唐。李渊就任命刘洎为南康州都督府长史。

　　在灭萧铣之战中，李靖表现得十分突出，深受李渊的倚重，使得李靖在初唐诸将中得以脱颖而出，这的确是他的幸运。李靖碰上了李孝恭这个主人，李孝恭不知兵，但深得李渊的信任，对李靖也是言听计从，敢于让李靖放开手脚去打胜仗，为李靖搭建了一个施展自己才华的好平台。如果李靖的主公是李神通、李元吉之流，只怕这块金子会被埋没，至死也没有发光的机会。李家打天下打到现在，大战、恶战、关键之战，基本都靠李世民一人，直到现在，李渊才发现李靖可以独当一面。李渊把经略南方的任务交给了李靖。他任命李靖为检校荆州刺史，任务就是安抚岭南诸州，并特许承制拜授，也就是让李靖可以任命岭南各州的官员。这个权力真的很大。

　　武德四年（621）十一月，李靖越过南岭，到达桂州，然后派人分道招抚，所到之处，全部望风归降。这时，岭南最牛的土豪仍然是冯盎、李光度、宁真长。这几个岭南地方实力派人物，从隋朝以来，就跟中原王朝有深入的交往，政治眼光很是不错，他们这时也一眼看穿了形势，就都抓紧时间派自己的子弟前来求见李靖，表达了归顺的愿望。李靖马上代表大唐朝廷给他们授予官爵。几个地头蛇一搞定，马上就产生了连锁反应，其他大大小小的州都排队前来归附，李靖连下九十六州，所得民户六十余万。自此，岭南悉平。李渊龙颜大悦，授李靖岭南道安抚大使，检校桂州总管。

李靖不是南方人，他到岭南之后，很快就对岭南的民情进行考察，深入了解岭南的具体情况。李靖感到，岭南向来偏僻，距朝廷太远，中央的政令很难到达；再加上隋末以来，天下大乱，南方基本上处于脱离中央的状态，更是从来没有享受过朝廷的恩惠，对朝廷并没有很深的感情，只是迫于形势，这才不得不过来归顺，其实仍然是处于高度自治的状态，朝廷在他们心目中的分量并不重。李靖认为，对南岭的这个情况，如果"不遵以礼乐，兼示兵威，无以变其风俗"，也就是要文武兼顾。李靖带着部队从桂州出发，来了个南巡。本着恩威兼济的原则，所到之处，李靖都亲自"存抚耆老，问其疾苦"，深得老百姓的拥护。

这么一轮南巡下来，岭南一带"远近悦服"，社会得到了安定。

第七章　卷土重来　刘黑闼力竭被擒
　　　　　割据江南　辅公祏自寻绝路

1. 王雄诞打江淮

当李靖在南方大显身手时，李世民又迎来了人生中又一个高峰。

武德四年（621）十月，李渊下了个诏书：准许陕东道大行台尚书省自令、仆至郎中、主事，品秩与京师同，但员数稍少一点，而且山东行台及总管府、诸州都归其管辖。大家一看，这简直就是一个小朝廷了。李世民作为大唐疆土的主要开拓者、大唐集团创始团队的重要成员，心头的想法本来就与众不同，现在手中又掌握了这么多的人才资源、可以倾其朝野的大权，即使此前他没有其他想法，到了这个时候，他还能没有想法吗？李建成看到李世民有这么大的声望和威势，还能在东宫那里自在吗？从天策上将到现今的这些特权，李世民的地位更加凸显出来了，也让他心中的想法更加坚定了起来。

李渊作为一个开国皇帝，肯定也知道他这是在一步又一步把李世民推向权力的巅峰，也为两个儿子矛盾的激化打开了大门。但李渊不得不这样做，因为现在山东的局势必须由李世民去收拾。

现在的割据势力除了刘黑闼，还有杜伏威和李子通。杜伏威此前已奉表归降，但仍然处于高度自治状态，属于不可预测的势力。杜伏威和李子通已经结成一对冤家。杜伏威可以放过任何一个人，但绝对不会放过李子

通。只有消灭李子通，把江淮的地盘全部归于自己的势力范围，自己的力量才算雄厚。以这样的面积献给大唐，杜伏威的待遇将远高于此前；即使一言不合，又宣布单干，也能有一块像样的根据地。

武德四年（621）十一月，杜伏威派王雄诞去攻打李子通。李子通前次被杜伏威狠狠地打了一顿，实力直线下跌，力量单薄起来，但现在李子通手上仍然有一批精兵。李子通带着这批精兵扼守独松岭，与王雄诞相持。王雄诞对敌情和形势的判断十分准确，很快就看出李子通因为上次失败得太惨，心理阴影太大，恐惧感还没有消失，不敢应战。于是，王雄诞就派人多造鼓旗，夜间则虚灯火，造成数十万大军的假象，想吓一吓李子通。

如果李子通的脑子正常一点，就知道这么多灯火肯定是夸张的：杜伏威长期偏居一隅，这么多年来，一直谋求发展，但却一直壮大不起来，现在突然之间哪有数十万大军？但李子通心里已经装满了恐惧，脑子已经乱成一锅粥。他望着这些灯火，听着震耳欲聋的鼓声，脸上全是惊骇的神色，终于心理崩溃。李子通觉得真不能再在这里跟王雄诞这个野蛮的家伙对峙下去了。于是，他下令烧掉营帐，连夜撤走。

李子通以为撤退就安全了，但王雄诞能让他安然撤走吗？王雄诞密切注视着李子通的动静，看到岭上火起，就知道这家伙撑不住了，已经烧帐而去了。好个李子通，你这是活该找死。你要是偷偷地跑，无声无息地跑，俺还不知道你已经跑了，现在你居然放火烧掉营帐，这不等于告诉我你正在逃跑吗？王雄诞马上下令全军追击。李子通一路都被打着跑，到杭州城下时，终于完全崩溃。李子通走投无路，成为王雄诞的俘虏。杜伏威把李子通献给李渊。李渊大喜，把李子通软禁在长安。

王雄诞确实很猛。他在搞定李子通之后，又去攻打另一股势力汪华。汪华早在十多年前就在歙州一带称雄，隋朝就是剿不灭他，可谓兵精将强。王雄诞又搞了个小诡计，把精兵伏于山谷，然后派一批老弱去惹事。汪华当然不怕这些老弱，大手一挥，全军出击，把他们一碾到底。王雄诞的老弱当然抵挡不住，才一接触，就败下阵来。然后，汪华追击。王雄诞的部队继续狼狈而退，最后回到大营里。汪华马上向大营发起总攻，但一直攻

第七章　卷土重来　刘黑闼力竭被擒
　　　　　割据江南　辅公祏自寻绝路

到天黑，都攻不下来。汪华只得对大营叫："明天再收拾你们这帮欠揍的。"然后回军。

哪知，当汪华回到自己的大营前时，突然发现有点不对劲，不但大营军门紧闭，而且军营上飘着杜伏威军的旗帜。一开始，汪华还以为自己眼花了，但定睛一看，确实是杜伏威军。

汪华瞬间就明白了：原来王雄诞用那一批老弱来把自己引开，引到大营那里进行攻坚战，王雄诞事先埋伏在山谷的部队就乘虚抢占了自己的大营。

汪华今天打了一天的胜仗，把正面敌人打得屁滚尿流，把对方的大营打得气不敢出，可是现在却处于这样的状态：一群精锐的部队站在黄昏的暮色里，无家可归。汪华知道，王雄诞占领他大营的部队全是精锐，他就是有再多的部队，也无法攻进去。汪华望着苍茫暮色，真真切切地感受到了什么叫"日暮途穷"。最后，汪华只得向王雄诞请求投降。

昆山还有一股势力，大当家叫遂安，杜伏威叫王雄诞去把遂安收拾了。王雄诞到达现场，进行勘察之后，发现昆山的地形真的太过险要，实在难以力胜。王雄诞居然不带一兵一卒，单骑来到昆山城下，高呼遂安到城头听他一言。王雄诞对遂安大力宣扬大唐的威灵，把道理说通说透，最后居然使得遂安心悦诚服，当场打开城门，向王雄诞投降。王雄诞很有才华，只可惜没有遇到一个好主人，未能大展其才，殊为可惜。

杜伏威就这样完成了江淮的统一，尽有淮南江东之地。

2. 谢棱诈降李艺

杜伏威搞定李子通等势力之后，江淮算是暂时平定下来，但刘黑闼却没有这么容易搞定。

目前主持对刘黑闼军事行动的仍然是李神通。李神通根本无法左右整个局势。刘黑闼指东打西，玩得风风火火。武德四年（621）十一月底，他又攻下了定州，活捉总管李玄通。

刘黑闼知道李玄通还是很有水平的，想让他当自己的帮手，但李玄通

坚决不干。刘黑闼反复劝他,最后他只叹道:"我深受朝廷恩典,统领一方军府,孤城无援,这才身陷贼窝。我唯有保持气节,以忠诚来报答国家,岂能接受叛贼的官职?"

刘黑闼仍然不死心,又派李玄通的故旧拿着酒食来请他,想软化他的意志。李玄通对大家说:"各位关心我的处境,送菜送酒过来安慰我,我一定要跟各位一醉方休。"

于是,大家一起大吃大喝。吃饱喝足之后,李玄通对看守人员说:"我能舞剑助兴,你可把刀剑借我一用?"

看守真的借给李玄通一把刀。

曲终舞毕,李玄通一声长叹:"大丈夫受国家厚恩,镇抚一方,不能保全城池,又有何面目活在人世间?"随之大刀一横,竟剖腹而死。

正在这时,幽州那边又出了事,搞事的人就是高开道。高开道虽然跟着李艺归顺过大唐,但他觉得自己还是单干的好。刘黑闼在那里都搞得轰轰烈烈,自己这边背靠突厥,要搞起来,应该比刘黑闼更加声势浩大。

就在前一段时间,高开道想把李艺搞定,拿下幽州。高开道比谁都清楚,李艺是个打仗的老手,正面对着干,他是无法很快打下幽州的。于是,他想来个智取。高开道带着五百骑兵来到幽州,准备找机会对李艺下手。当时,他刚刚救过李艺,所以李艺对他还是很信任的。高开道到了幽州之后,直接带着几个随从骑士进入了李艺的都督府,观察李艺的动静。

李艺看到老朋友来了,马上设宴跟高开道开怀畅饮。高开道看到李艺警惕性很高,知道不能下手,便离开了幽州,回去再找机会。

机会马上就来了。武德四年(621)十一月,幽州发生了特大饥荒。高开道便对幽州开展救济行动,说幽州的饥民可以到他那里吃饭。于是,李艺就派幽州城的老弱们到高开道那里就食。高开道果然打开粮仓,热情地让他们吃得很饱。

李艺闻知后,心下大喜:看来高开道真的很够意思。他马上组织三千人、车几百乘、驴马一千多匹,前往高开道那里运粮。

高开道哈哈大笑,把这些人和装备全部留下,以为己用,然后向李艺

第七章　卷土重来　刘黑闼力竭被擒
　　　　　　割据江南　辅公祏自寻绝路

宣布：咱们的交往到此结束，从此是敌非友，俺现在已经称燕王。高开道虽然很自信，但他也知道，如果大唐真的来讨伐他，他是顶不住的。他之所以敢于起兵，就是因为他控制的地皮紧靠突厥。因此，高开道宣布起兵后干的第一件事，就是跟突厥搞好关系，引突厥为他的外援。

　　当然，引完突厥还得跟刘黑闼打招呼：现在大唐已经很强大，咱们必须联合起来，才能跟大唐拼一拼。高开道宣布起兵之后，肯定是要打一仗的。他带兵先去打易州，没有打下来，便在易州境内"大掠而去"。然后，他又盯上李艺。高开道也知道，连易州都攻不下，要攻李艺守的幽州就更困难了，因此他没有硬来，而是搞了个诈降计，派谢棱去向李艺投降，请李艺带兵出来接应。

　　李艺在战场上作风很彪悍，向来又比较自信，收到谢棱的请求，居然毫无保留地相信了，带着部队就急急忙忙出城去迎接。当李艺来到怀戎时，果然看到谢棱的军队隆重前来。哈哈，只要收编了谢棱的部队，高开道手下就基本没有什么力量了。李艺满脸堆笑地等着跟谢棱握手。

　　谢棱的大军来得很快，全是骑兵，人数又众多，跑得让李艺的眼前都变成扬沙天气了。

　　谢棱的"降军"直到李艺部队的面前，仍然没有减速，依然隆重而来。李艺心里暗道，这个谢棱也太激动了，早就应该叫部队立定了。难道你不认识这是来接应你们的部队？

　　谢棱当然认识这是李艺的部队，他就是要继续往前冲，而且来到李艺部队面前，他们都迅速抽出兵器，向正鼓掌欢迎他们到来的幽州部队疯狂地砍去。

　　李艺也是个老江湖了，看到这个样子，知道中了人家的套路，他想组织反击已经来不及了，只得掉转马头往回跑，带去的接应部队就这样被人家歼灭了。

　　高开道这一次开门红，消灭了李艺的有生力量，使得本来刚刚经历饥荒的幽州更弱了。李艺现在只能缩在幽州城内，不敢出来打扰高开道了。高开道就不断地跟突厥展开联合行动，时不时深入唐境，大掠一番。唐边境州的几个总管，这时力量都很弱，谁也无法阻止他们。

3. 李世民平定刘黑闼

比起高开道来，刘黑闼就更嚣张了。刘黑闼此前只是攻打一些县镇，这时他已经有足够的力量攻打州城了。武德四年（621）十二月初，刘黑闼又攻陷了冀州，杀掉冀州刺史麴棱。

李神通这时已经被刘黑闼打得找不到北，心头凌乱，毫无章法。

刘黑闼也进入了他人生的高光时刻。他移书各地，窦建德原来的老部下争相起来杀掉当地官吏，以应刘黑闼。

李渊也知道李神通已经玩儿不转了，便又派李孝常到前线去。

刘黑闼并不管对手由谁来当总指挥，他只是按自己的意思继续进攻，扩大地盘。李孝常的大军还在半路，他就已经带着几万兵力进逼宗城（今河北省邢台市广宗县）。

镇守宗城的是黎州总管李世勣。李世勣手里也没有多少兵马，不敢跟刘黑闼硬拼，便放弃宗城，走保洺州。

刘黑闼一看，正合我意。他率兵追击，把李世勣打得大败，杀其步卒五千人。李世勣仅以身免。

李世勣好容易进入洺州，还没有抹干身上的汗水，更没有来得及部署守城事宜，城里的那些地头蛇已经组织起来，打开城门去接应刘黑闼了。李世勣只得又逃了出去。

刘黑闼哈哈大笑，又在城东南告天并祭窦建德，然后再入城。刘黑闼虽然是个菜农出身，但打窦建德的旗号是很成功的，他把事业搞到这个地步，基本都是靠窦建德的旗号。

刘黑闼并没有停留，他拿下这些城池真的太容易了。刘黑闼接着带兵去攻打相州，一阵猛攻，就攻进了相州城，生擒相州刺史房晃，之后又连取黎州和卫州。

刘黑闼这一番到处出击，只用半年的时间，就全部收复窦建德旧境。

刘黑闼比窦建德做事更有条理，目标也更明确。刘黑闼知道，他必须

第七章　卷土重来　刘黑闼力竭被擒
　　　　　　割据江南　辅公祏自寻绝路

跟突厥进行有效的联合，才能顶住大唐接下来的猛烈反击。此前，窦建德虽然也跟突厥有联系，但并没有实质的联合，最多只是互相声援一下，然后就没有下文了。刘黑闼这一次跟突厥的联合可不是空头支票。突厥的颉利可汗派俟斤宋邪那带一支胡人骑兵过来，跟刘黑闼一起打唐军。

河北一带的唐军根本不是他们的对手，纷纷逃了出来，跑到长安向李渊报告敌人太狠了。

李渊这才知道问题真的很严重，看来只好又派李世民了。

李渊马上下诏，命李世民、李元吉共同领兵讨伐刘黑闼。

随着这个命令一下发，刘黑闼的事业就从最高点上滑落下来。

当然，现在刘黑闼仍然高歌猛进，又一口气连陷邢州、赵州、魏州、莘州，简直是战无不胜、攻无不克。刘黑闼看着自己已经算幅员辽阔了，比高开道辽阔，更比林士弘大。刘黑闼认为，他可以称王了。于是，在武德五年（622）正月，刘黑闼自称汉东王，改元天造，定都洺州，所有体制都照搬窦建德那一套，但比窦建德更狠更能打。

当然，刘黑闼之所以更能打，之所以能一下就壮大到窦建德全盛时期的规模，是因为李渊给他找的对手太弱了。另外，刘黑闼起事也十分突然，唐朝廷任命的很多地方官才刚刚到位，连办公的位置都还没有熟悉，被他一打，就只好逃跑了——连李世勣这样的人都不堪一击，一逃再逃。

就在刘黑闼不断地吃掉大唐地皮时，李世民上场了。

李世民接到诏书后，很快就来到了获嘉。

刘黑闼也是很识相的，看到李世民的部队果然严整，也不敢硬拼，马上放弃相州，退保洺州。正月十四日，李世民进入相州，然后进军肥乡，在水边列阵，继续逼迫刘黑闼。

幽州那边的李艺看到李世民出马，一下就把刘黑闼的气焰压下去了，便也带着几万兵马前来跟李世民会合。

刘黑闼一看，要是让两人的部队形成合力，他就难受了。李艺虽然勇悍，但到底被他打败过，而且刚刚经历了一场饥荒，又被高开道摆了几道，目前这几万人的战斗力应该不强，可以先把他们打死在路上。

刘黑闼留下一万人，让范愿带领，留守洺州，他自己带着主力去打李艺。

刘黑闼的这个决策没有错，如果对手是别人，他肯定能够顺利达到自己的目的。可是，现在他的对手是李世民。当他带着部队浩浩荡荡出城，到达沙河县宿营时，李世民叫程名振带着六十面大鼓，在洺州城西二里处的河堤上猛击，城中的人感到地面都震动起来。

范愿马上就大惊失色，也不登城看个究竟，就以为唐军要大规模地攻城了，他才一万人，肯定是守不住的。于是，他赶紧派飞骑报告刘黑闼。

刘黑闼闻报后，无法核实情况，也慌了起来，派他弟弟刘十善和张君立带着一万部队去攻打李艺，自带大军连夜返回洺州。结果，刘十善和张君立在徐河那里被李艺打得大败，损失八千人，让刘黑闼叫苦不已。

刘黑闼的形势马上就被动起来。虽然李世民还没有正式跟刘黑闼打过仗，但刘黑闼和他的阵营已经被李世民的气势压迫得透不过气来。

刘黑闼手下的李去惑受不了这个压迫，派人请求献出洺水城以投降大唐。李世民派王君廓带一千五百骑来到洺水，与李去惑共同守城。

此前，都是大唐那些州县的官员举城向刘黑闼投降，让刘黑闼收编归降都没有时间，现在这个李去惑居然向李世民投降，能不让刘黑闼气炸了肺？

刘黑闼大怒之下，带兵去攻打洺水。

李世民看到刘黑闼出兵，便叫秦叔宝到半路截击。刘黑闼没有料到秦叔宝会来打他，猝不及防之下，被打得大败，但他的主力并没有受到很大的损失，仍然大步朝洺水而去。

与此同时，李世民并没有跟刘黑闼纠缠，而是向邢州进军，轻松地收复了邢州。

那边李艺也没有歇手，连续夺取刘黑闼的定、栾、廉、赵四州，还抓获了刘黑闼的尚书刘希道，打通了南下的道路，顺利与李世民在会州会师。

当这些消息传到刘黑闼耳朵里时，他还在洺水城下大力攻坚。这大半年来，刘黑闼即使率更弱的部队攻更大的城，基本都是一攻即克，可是现

第七章 卷土重来　刘黑闼力竭被擒
　　　　 割据江南　辅公祏自寻绝路

在他攻洺水却不那么顺利，他只得咬牙越攻越猛。洺水城四周都是水，宽五十余步，属于比较难攻的城池。

刘黑闼在城东修建两条通道用来攻城，日夜不停。死守在城中的王君廓手里只有那一千多兵，被打得叫苦连天。

李世民三次引兵前去救援，可都被刘黑闼分兵阻住，无法前进。

李世民知道再这样下去，王君廓就会守不住城，便召诸将开会，商讨怎么办。

李世勣说："如果等到刘黑闼把通道修到城下，城池必定不守。"

行军总管罗士信说："王将军肯定很累了，我进去接他的班守城。"

李世民登上城南的高坟，用旗语招呼王君廓。

王君廓一见，马上带着部下奋力杀出包围。罗士信趁机带着两百士兵进城，代王君廓守城。刘黑闼不管谁进谁出，他只管昼夜攻城。

在刘黑闼猛攻猛打时，突然下起大雪来。李世民派出的救兵仍然进不去。

到了第八天，罗士信终于撑不下去了。刘黑闼的部队杀进城中，抓到了罗士信。刘黑闼老早就知道罗士信之勇，因此劝他从了自己。但罗士信宁死不屈，被刘黑闼杀了。罗士信时年二十岁。他从十四岁投军到现在，整整六年，基本都在战场上摸爬滚打。前文提到，罗士信就是《隋唐演义》中罗成的原型，罗成的形象已经深入人心，在此就不多说了。

李世民虽然救不了罗士信，但他绝对不会放过刘黑闼。在刘黑闼攻下洺水时，他和李艺率兵包围了洺水。

刘黑闼的主力全在城里，因此面对李世民的部队，他毫无惧色，没有消极地守在城里，而是带着大军出来向李世民叫板。

可是李世民却坚壁不出。

李世民并不是简单地坚壁不出，而是派出小股奇兵，专门截断刘黑闼的粮道，这让刘黑闼很难受。刘黑闼为了缓解一下自己的郁闷情绪，叫高雅贤组织一次大规模的军中宴会。

李世勣就是不想让他们高兴。在他们大吃大喝的时候，平时坚壁不出

的李世勣却突然带兵而出,逼近他们的大营。

高雅贤这时已经喝得有点高了,看到李世勣带着部队前来叫板,心下大怒:老子这些天来正找你厮杀,你老是躲着不冒泡,现在终于出来了。高雅贤对着大家叫道:"你们继续喝,我去把他们的脑袋砍了回来再喝。"说罢,也不带什么人,自己一人提枪跨马,单骑向唐军杀过去。

李世勣没有想到高雅贤的脑子已经严重酒精中毒了,居然敢一个人出来。他手一挥,潘毛纵马而出,只一个回合,就把酒气熏天的高雅贤挑下马。刘黑闼营中的士兵看到这个画面,急忙冲过来,把高雅贤抢回去。可是潘毛这一枪真的刺中了高雅贤的致命之处,他还没有回到营中,就一命呜呼了。

潘毛他们胜了一仗,信心就足了起来,又和几个大将带兵去逼刘黑闼。刘黑闼大将王小胡带兵出战,在交锋中把潘毛生擒过去。大家这才知道,刘黑闼部队真的比窦建德生猛得多,稍一大意就会吃他的亏。

刘黑闼虽然为高雅贤报了一箭之仇,捡回了一点面子,但更让他抓狂的消息又传来。他的运粮队本来从冀、贝、沧、瀛诸州出发,水陆俱进,差一点就可以到达洺水了。只要这些粮草一到洺水,他就不怕跟李世民对着耗下去。可是李世民却派程名振带着部队迎过去,把他们的运粮队全部消灭,然后大力放火,不管是水里的运载船只,还是陆上的运载工具,统统烧得灰飞烟灭。

那个曾经被徐圆朗俘虏的盛彦师前一段时间又偷偷地逃了出来,又被李渊任为宋州总管。他带着齐州总管王薄去攻打须昌(今山东省泰安市东平县境内)。打仗是需要军粮的,因此他向潭州征要军粮。这本来是天经地义的事。哪知,问题就出在潭州刺史李义满身上。李义满跟王薄有过节,就是不想给王薄提供军粮。盛彦师大怒,但一时又拿李义满没有办法,只得硬着头皮先攻城。

如果须昌城坚守到底,盛彦师在缺粮的情况下,基本就可以宣告攻城失败了。哪知,须昌守将是个软骨头,看到盛彦师的部队杀过来,又早就听说过盛彦师的大名——连李密都被他活捉,自己这点能耐,哪禁得住他

第七章　卷土重来　刘黑闼力竭被擒
　　　　　割据江南　辅公祏自寻绝路

打？于是就献城投降。盛彦师也是有个性的，他拿下须昌之后，马上回过头来跟李义满算账，把李义满抓起来，投放齐州大狱。齐州正是王薄的地盘，李义满被投放到这个监狱里，能好受吗？没几天，他就忧愤而死。

李渊听说盛彦师把李义满抓起来后，急忙派人拿着诏书过来，要求释放李义满。可是使者还在半路，李义满就死掉了。王薄得胜之后，回师齐州，经过潭州。李义满的侄子李武意还在潭州，看到王薄来了之后，就抓住王薄杀了。王薄这个隋末造反群雄的首义人士，就这样死掉了。

李渊听说李义满死了，也十分愤怒：他犯了王法，自有王法处置，再怎么该死也必须由有关部门审理量刑，你怎么就把他搞死了？王法是在俺的手里，不是在你的手里啊。于是，李渊下令把盛彦师也处死了。

李渊也知道，虽然李世民已经把刘黑闼的气焰压下去了，但目前的情况仍然不容乐观。最让李渊烦恼的仍然是突厥。突厥虽然没有大规模地南下，但他们却勇于当高开道这些捣乱分子的总后台——目前，高开道、刘黑闼都把他们请来当靠山，他们甚至还派骑兵加入刘黑闼的队伍，跟随刘黑闼到处冲锋陷阵。必须先把突厥摆平。李渊长期跟突厥打交道，他的亲家长孙晟曾经是忽悠突厥的行家，因为他对突厥人的短板比谁都清楚。突厥人有个永远改不掉的爱好——爱财。于是，他又派人去见突厥可汗，送上很多可爱的东西，还说如果你跟我们恢复友好关系，我们还给个宗室美女嫁给你呢。高开道能有这样的条件给你吗？刘黑闼那家伙的姑娘有我们宗室美女这么漂亮吗？

颉利可汗一看，猛拍大腿，豪爽地大叫："要得。"双边的关系马上就进入蜜月期。本来这时候，突厥和高开道及苑君璋正在猛攻并州，眼看就要拿下了，哪知突厥突然单方面宣布撤军。那两个好汉傻了眼，他们也只得不情愿地退回去，白白地打了一个月的仗，到头来就这么一拍两散。

大唐北边的大患就这样暂时解除，代价是一堆现金和一个宗室美女。

李渊对付突厥是老一套，李世民对付刘黑闼也是他对付王世充的那一套。他再一次把他的耐心表现得十分到位，跟刘黑闼在那里相持着，一相持就是六十天。

刘黑闼可没有这样的耐心——他的粮道现在已经不畅,无法让他跟李世民比耐心。刘黑闼不敢跟李世民直接对打,就瞄准了李世勣的大营——李世勣曾是刘黑闼手下败将,打手下败将才有足够的底气。刘黑闼偷偷地带着部队去袭击李世勣。

李世民不但有耐心,而且警惕性很高,他对刘黑闼的动静掌握得很准确。看到刘黑闼偷偷出动之后,李世民也带着部队偷偷出动,在刘黑闼逼近李世勣的大营、正大喊大叫着冲杀而进时,他也突然出现在刘黑闼军的背后,大砍大杀着打了过来。

李世民又像往常一样,自己第一个杀进敌群。刘黑闼看到李世民亲自杀来了,马上改变作战方针,组织部队回过头来把李世民团团包围——哈哈,打死李世民比打死李世勣好多了。

李世民万万没有想到,刘黑闼这家伙的战术如此灵活,心头暗叫苦也。眼看包围他的人越来越多,看这个阵势,他是无论如何也冲不出去了。

李世民终于觉得要为自己的逞能付出代价了。

幸亏还有尉迟敬德。

尉迟敬德看到自己的主人被人家围猎在核心,已经万分危急了,便大声吼叫着,带着自己身边的一群壮士,从包围圈的外围冲杀进去,片刻之间,就杀出一条血路,把李世民和他的堂弟李道宗救了出来。

李世民估计刘黑闼的粮食已经吃完了。在这样的情况下,刘黑闼必定会拼死出来跟他决战。李世民知道刘黑闼的部队十分生猛,要是死拼起来,谁胜谁负还真不好说。李世民对最后的决战是做好了准备的。他派人在洺水的上游筑了一个大堤,拦住流水,对看守在那里的官员说:"等我和敌人交战时,你就决开这个堤坝。"

刘黑闼果然带着两万部队南渡洺水,逼近唐军大营列阵。

李世民又亲自出马,带着精简骑兵直冲刘黑闼的骑兵,把刘军的骑兵击溃。击败对方骑兵后,李世民乘势以骑兵冲入刘军的步兵当中,以马践踏刘军的步兵。

刘黑闼军这时也作殊死搏斗,双方从中午一直打到黄昏,阵地上人头滚滚,血染大地。结果,刘黑闼军无法再坚持下去,斗志渐弱下来。

刘黑闼手下的猛将王小胡看到情势已经往不妙的方向发展,就对刘黑闼说:"大王,咱们真是智穷力尽了。还是趁早逃出去吧。"刘黑闼也知道大势去矣,于是跟王小胡偷偷地溜出战场。

刘黑闼的部众并不知道他们的大王已经脚底抹油——溜之乎也,仍然在那里高呼酣斗,拼死拼活。守在堤坝的唐军,看到下游那里已经杀得热火朝天了,立刻决开大堤。于是,大水滚滚而下,使得战场瞬间被淹没。刘黑闼之众这下全部溃散。

刘黑闼和范愿等人带着仅剩的二百余骑,向北狂奔,投靠突厥去了。

刘黑闼的举事,虽然搞得轰轰烈烈,仅半年时间,就占领了河北诸州,模样做得很大,但组织机构并不严密,整个政权都靠头号首领运作,他一失败,这个势力马上就土崩瓦解,该投降的投降、该逃逸的逃逸。于是,山东最大的乱子一下就平定了。

4. 杜伏威到长安

刘黑闼一垮台,最受震动的是徐圆朗。

徐圆朗的势力就在刘黑闼的东边,刘黑闼一直为他挡住唐军的主力,因此他在齐鲁大地上过得很舒服,不断地扩大自己的地盘。他也没有想到,刘黑闼居然完蛋得这么快,一大片地皮说没有就没有了,几个月前都还指哪打哪,打哪都能赢,哪想到形势居然如此急转直下,毫无挽回的余地。徐圆朗接到刘黑闼玩儿完的消息之后,第一反应就是两个字——大惧,然后就不知所措。

他手下有个人叫刘复礼,看到徐圆朗在那里瑟瑟发抖,一副世界末日来临的样子,便对他说:"大王,我认识一个人,叫刘世彻,真有不世之才,在东夏一带大有声望,而且还长有非常之相,大家都说那是真龙天子之器。大王要是自立,依我看将难以成功。如果把刘世彻迎过来,让他当带头人,天下真可以指挥而定。"

徐圆朗一听,觉得有理——反正现在你说什么他都觉得有理。他马上

派人去请刘世彻。

徐圆朗这边才派人去请刘世彻，又有人对他说："大王，你这是被人家骗了。现在你迎立刘世彻，等他得志了，这个天下还有你的一席之地吗？在迎立刘世彻前，不妨想一想翟让的故事。"

徐圆朗一听，又觉得十分正确。

刘世彻并没有料到徐圆朗的心理已经发生了这个变化，马上应召而来，也把这事当成自己的大事业来做。刘世彻在这一带真有声望，他一路而来，一路发出号召，等到任城时，跟在他屁股后面的就有几千人了。刘世彻以为他一到任城，徐圆朗就会带着鼓号队在城门那里吹吹打打，隆重地把他迎接进去，让他坐在首领的座位上。

当刘世彻怀着万分激动的心情来到任城时，却发现城门冷冰冰地紧闭着。刘世彻只得带着他那几千追随者在城外屯驻，等徐圆朗前来迎接。他心里想：也许徐圆朗还在做准备，毕竟也是件大事，马虎不得。于是他又宽下心来。

不久，城门打开了，深深的门洞里走出一个使者。

那个使者过来跟刘世彻见面之后，转达徐圆朗的话：请刘先生一人进城会面。

刘世彻一听，情知有变，他第一个想法就是转身逃跑，但又怕跑不掉，只得进城跟徐圆朗相见。

徐圆朗马上收编刘世彻的部队，然后让他当司马，派他去攻打谯、杞二州。刘世彻在那一带名气很大。那些州的人听说是刘世彻来了，便都向他归顺。徐圆朗本来对刘世彻就已经心存猜忌，看到他居然有这样的号召力，哪里还敢让他继续干下去？连个理由都不给，就把他杀了。

徐圆朗虽然清除了刘世彻的威胁，但他也知道，真正最致命的威胁不是这个只在局部地区有点名望的刘世彻，而是正率着大军前来的李世民。

李世民打掉了刘黑闼之后，并没有放假庆祝胜利，而是从河北引兵东进，矛头直指徐圆朗。可是部队才出发，李渊突然下诏传他入朝，让他把兵权交给李元吉。这个时候，谁也不知道李渊为什么会这样做，李世民更

第七章　卷土重来　刘黑闼力竭被擒
　　　　　割据江南　辅公祏自寻绝路

不敢有所迟疑，马上就按李渊的意思，掉头回长安。

李世民到长安时，李渊在长乐宫那里给他举行了个欢迎仪式。李世民知道，如果让李元吉去剿匪，结果只会被匪反剿。李世民把形势很详尽地向李渊汇报，也把他攻打徐圆朗的策略向李渊汇报。李渊听了之后，也知道李元吉真的胜任不了，便又派李世民赴黎阳，主持围剿徐圆朗的军事行动。虽然史书没有对李渊这次召回李世民作什么评价，但我们稍用脑子一分析，就可以猜出李渊这时对李世民的看法已经很复杂了。李渊实在不想让李世民继续带兵下去，不想让李世民继续立功下去了。李渊本来以为徐圆朗已经不成什么气候，李元吉带着大家去玩一玩，就可以摆平。哪知，徐圆朗的势力并没有他想象的那么弱，如果李元吉搞不定，到时仍须李世民出马，如此一来，非但不能抑住李世民冒升的劲头，反而更会凸显李世民的能力，更加提升李世民的人望。因此，李渊又不得不派李世民出马。李世民此时心里的想法已经很坚定，因此也十分讲究策略。李世民第一时间就跑回长安，好像很顺从的样子，其实这个顺从全是装出来的，即使不能打消李渊的疑虑，也会给外界留下一个良好的印象——俺李世民向来服从父皇的命令。当李世民到长安之后，面对李渊时，他就把徐圆朗的势力狠狠地夸张一番，说非他不能战胜徐圆朗。李渊此前因为过低地估计了刘黑闼的力量，以致造成这么大的麻烦，山东的半壁江山差点丢掉，现在当然不敢再托大了，又不得不再用李世民。

这一回合，李渊完败。

其实，徐圆朗的战斗力真不是很强，跟刘黑闼根本不是一个档次。李世民还在半路，史万宝就向徐圆朗的陈州发动进攻，一轮战斗就攻了下来。

李世民到达济阴后，一口气拿下数城，不但逼得徐圆朗胆战心惊，就连淮泗一带都极为震动。当然，最为震动的还是杜伏威。杜伏威虽然投降了大唐，一直在江南举着大唐的旗帜，但从没有真正接受过大唐的领导，也从没有得到过大唐的帮助，这种归顺更像依附。杜伏威内心里肯定是想先依附着，看形势的走向再说。这时，他看到李世民如此生猛，觉得自己真的不能再玩这种首鼠两端的把戏了。杜伏威也是聪明人，知道如果继续

在东南割据，李渊绝对会派李世民南下，把他做掉。杜伏威自从举事以来，基本都是靠投机发展起来的，真正的军事能力并不是很强悍，以至于搞了这么多年，仍然在这一带小打小闹，而且还是在很偏僻的地方小打小闹——几大势力都在河南、河北一带大打出手，没有谁有精力出来看他一眼，他这才能生存到现在。现在那些曾经牛哄哄的势力都被李世民搞定了，大唐已经有时间把眼角的余光落到他的身上了。他不能等李渊向他发最后通牒时才有觉悟——那样的觉悟在李渊眼里根本不是觉悟。杜伏威决定在李渊逼迫前先觉悟起来，给李渊打了个报告：请允许他到长安入朝。

李渊当然准奏。

武德五年（622）七月，杜伏威终于来到长安。李渊对杜伏威还是比较满意的，也很想笼络他，特意让杜伏威到他的御榻上进行亲切的交谈，然后任命他为太子太保，仍兼此前任命的行台尚书令，但却把他留在了长安。不过，他的地位还是很高的，排名在李元吉之上。李渊知道，只要把杜伏威笼络好了，江南就不会出现什么麻烦。

杜伏威老实了，但李子通又有了想法。李子通被杜伏威打败并俘获，然后押送长安。李渊对李子通也还不错，只是把他软禁起来，而且这个软禁也比较宽松，李子通可随便跟他的几个部下在一起喝酒玩乐。李子通本来应该已经死了心，以后老老实实地在长安当个寓公，但他看到杜伏威也来长安了，心里又是一阵激动，觉得自己又有搞事的机会了。李子通对他的部下乐伯通说："杜伏威已经被李渊留在长安，不能回去了。现在看来，江东的局势并没有稳定，我完全可以回去收拾旧部，立个大功。"李子通虽然是个老江湖，可是到现在居然冒出这么一个很傻很天真的想法来。李子通就没有想到，他现在是李渊的重点防范对象之一，你就是跑到长安城外，都会引起李渊的警觉，李渊哪会让你回去再招旧部？两人一想到可以立大功，激情立马在心头澎湃，然后就潜逃出长安。他们才来到蓝田，就被人家抓获。李渊一看，到了现在居然还想逃回去？还想招旧部？好啊，让你到黄泉招旧部吧——要不老子还找不到杀你们的理由呢。于是，他把两人都砍了。

此时，李世民已经把徐圆朗的重要据点和主要力量都消灭了，就让李神通和李世勣继续扫荡徐圆朗的残余势力，自己班师回朝——表现得很不恋兵权。高明的人就是这样，当你以为老子很想要这个东西时，老子偏偏不要给你看。

但这个天下注定李渊必须继续让李世民带兵。

5. 突厥反复无常

话说刘黑闼逃得性命、投到突厥那里之后，并没有安静下来。

当然，突厥也没有安静下来。突厥在收到李渊的大堆现金、幸福在脸上一闪而过之后，便又反复无常，出兵到大唐的边境抢砸。当时，段德操趁着梁师都没有外援，出兵攻打石堡城。梁师都的地盘本来就不大，哪能让段德操轻易打下？梁师都自己率兵前去救援。段德操丝毫不把梁师都放在眼里，跟他大打一场，将梁师都"大破之"，最后梁师都仅带十六骑"遁去"。李渊也很生梁师都的气，看到段德操把梁师都打得没有脾气，便又给段德操增加兵力，望他再接再厉，把梁师都往死里打，永远清除这个牛皮癣一样的势力。段德操马上向夏州进军，一战而克其东城，梁师都带着几百人死保西城。段德操哈哈大笑，挥师挺进，准备拿下西城。就在这时，突厥翻起脸来，派兵前来救梁师都。

李渊现在还不敢跟突厥翻脸，只得下令段德操退兵。于是，梁师都又得以存活下来。

李渊让了突厥，但突厥并不领情，继续进犯忻州，被李高迁打跑；又分兵给刘黑闼去打山东，李艺出兵迎敌。刘黑闼不敢直接跟李艺接火，便带着突厥兵杀向定州。

刘黑闼来到定州时，他原来的部将曹湛、董康买看到首领又打回来了，便又召集了一群人响应。

对于刘黑闼这样流窜作案，李渊也是很郁闷的。李渊看到刘黑闼进入定州，定州的武装力量显然没有李艺那样强悍，只得派李道玄为河北道行军总管去对付刘黑闼。

颉利可汗看到刘黑闼等几支突厥游击队表现得很活跃,便按捺不住激动的心情,也带着一支部队南下,打进大唐的领土。李渊当然不会站在那里让颉利可汗猛揍自己,他派段德操和李子和(即郭子和,因为立功被赐李姓)带兵以拒颉利可汗。

当两人领命之后,才发现颉利可汗这次出兵真的很阔绰,带来的部队整整十五万,轰隆隆地开进雁门,直逼并州,还派一支偏师进攻原州。他们手里这几个兵哪里对付得了?

李渊也急了起来:此前刘黑闼都没有这么多部队啊,现在突厥居然动员这么多的军队南下,如果挡不住,大唐的事业有可能被打回若干年前。突厥这些游牧部队本来对南方并没有什么领土要求,一般抢完就跑,但现在不一样了,因为现在有刘黑闼、梁师都配合他们。他们可以抢完就撤,但刘黑闼和梁师都就会因此重新燃起来,北方又会被分为几大块。这样的乱子什么时候才能了结啊?

李渊这么一想,哪还能坐得住?他马上命李建成出幽州道、李世民出秦道,再派李子和掩击云中、段德操进军夏州,以断敌归路。李建成和李世民两大杀手锏同时打出,可见李渊现在的心情真的很紧张。不过就在这时,突厥突然又派使者前来,说我们不打了,咱们和睦相处吧。

李渊把群臣召来开会,问:"现在突厥大举入境,但又遣使求和。请各位发表意见:和与战,孰利?"

郑元璹说:"战则怨深,不如和利。"

封德彝说:"突厥仗着人多势众,向来看低我们,如果不战而和,那是示之以弱,只要他们心情一好,明年便又会打过来。以臣之愚见,不如打他们,取胜以后再讲和,如此,则恩威并重,让他们既疼痛又无话可说,长长记性。"

李渊点点头,说就这么办,下令对突厥开战。

突厥的骑兵看上去很厉害,而且机动性强,到处流窜作案,让人很恼火,但他们的战斗力真不是很强。李渊下令开战后,最先出击的就是并州大总管李神符。李神符在汾东跟突厥交火,打败了突厥兵,斩首五千级。

第七章　卷土重来　刘黑闼力竭被擒
　　　　　割据江南　辅公祏自寻绝路

当然，这只是一支突厥的偏师。他们的主力部队这时已经开进廉州，攻陷大震关。

李渊有点急了，派郑元璹去见颉利可汗。郑元璹一路看到的全是突厥兵：从介休到晋州，数百里之间，都是吵吵闹闹的突厥大兵，人数当有数十万，几乎填溢山谷。郑元璹见到颉利可汗时，当面指责他做人太不讲原则了，突厥现在也是个大国，可是从来不做一个负责任的大国，和平协议才刚刚签订，大唐送给突厥的钱还没有花完，你们就翻脸，这也太不应该了吧？

颉利可汗虽然不讲原则，虽然没有一点负责任的大国首领的风范，但脸皮也不算厚，被郑元璹一顿气势磅礴的指责，原本古铜色的脸上也泛起了羞晕，在那里讪讪地笑着，一副不好意思的样子。

郑元璹把他指责了一顿之后，对他说："大唐与突厥，风俗不同，突厥即使得了唐地，也不能居住。现在你带着大军四处掳掠，而掳掠所得都为小民们所有，你个人得到多少？不如带兵回去，再跟大唐和亲修好，从此不再有跋涉之苦，可以坐在大帐里，接受大唐送来的金币和美女。这些金币都直接进了大汗的仓库，比起抛弃兄弟之间多年的交情、给子孙后代结下无穷的冤仇，要好无数倍啊。"

颉利可汗的脑子其实很简单，他这次突然带着倾国之兵前来，大有灭掉大唐的架势，但也是临时起意，毫无目的，更没有一战而灭大唐的远大理想，可以说是稀里糊涂地打过来，现在还稀里糊涂地驻扎在这儿。颉利可汗听了郑元璹的话，觉得真是这么一回事，便马上把笑容挂到刚才尴尬的脸上，说那我们就回去了，马上引兵而还。

李渊看到突厥倏然而来，又倏然而去，大大地松了一口气。跟这样的人做邻居，你真不知他明天又会做出什么动作来。

6. 李元吉心惧刘黑闼

颉利可汗一溜烟走了，但刘黑闼还在，高开道还在，他们都在抓紧时间到处打。

刘黑闼已经攻下了瀛州，杀掉了瀛州刺史马匡武，盐城的马君德又向刘黑闼献出盐城；高开道正在攻打蠡州，北方的局势仍然很乱。

李渊下令，由李元吉全盘主持围剿刘黑闼的军事工作。李渊可谓煞费苦心，他知道，如果派李世民去打刘黑闼，那是手到擒来，但他仍然选择了李元吉。李渊真的很想把李元吉培养成一个大军事家，取代李世民。因为李元吉跟李建成的关系很不错，是太子党里的骨干分子。

刘黑闼看到李世民没有出场，就更加放开手脚了。

刘黑闼让弟弟刘十善自领一军去打贝州。贝州刺史许善护出来迎战。结果，许善护全军覆没。幸亏桑显在晏城跟刘黑闼对攻时取得了胜利，算是为唐军挽回了一点面子。

但桑显的这场胜利并不能鼓舞人心。就在桑显宣布取得胜利时，观州刺史宣布脱离大唐，倒向了刘黑闼的阵营。

刘黑闼打不过桑显，便又移师下博，与李道玄比拼。李道玄本身也是个能力出众的将领，他手下还有个史万宝。史万宝长期跟李世民征战，战绩也很不俗。可是这两人虽然编在一起，但私人之间的关系向来欠佳，谁也不服谁。李道玄对自己还是很自信的，他看到刘黑闼前来，就做了个部署：自己带轻骑先向敌人冲锋，史万宝再率大军继之。

这个安排没有错，很有李世民的风格，可是错就错在，他对史万宝并没有看透。当他带着前锋身先士卒地冲向敌阵后，史万宝却在那里一动不动。

史万宝对他的左右说："我奉有皇上的手敕，说淮阳王年轻气盛，军队行动全由我说了算。现在淮阳王冒冒失失地冲向敌阵，如果我们也一起跟进，只会和他一起败殁。现在不如用淮阳王作诱饵，如果淮阳王失败，敌人一定会争相前进，我坚守以待，就一定能够打败他们。"任谁一听这套理论，都可以听出，这是让李道玄白白送死；而且也都可以料到，只要李道玄一死，敌人挟胜乘锐而来，他们还能取胜吗？

李道玄果如史万宝所料的那样，孤身冲进敌阵之后，很快就战殁了。

史万宝看到李道玄战殁后，下令全军准备战斗。哪知，士兵们看到李道玄都死了,心里恐惧,提刀的手都在瑟瑟发抖,一点斗志都没有了。

刘黑闼的部队乘勇而来,大砍大杀,史万宝大败而逃。

李道玄从小就跟李世民征战,一直以李世民为榜样,打仗时十分勇敢,多次跟李世民出生入死,是李家不可多得的猛将,结果却如此死去,死的时候才十九岁。

李世民听说李道玄战殁后,一声长叹:"道玄常年随我征战,见我经常深入敌阵,心中十分仰慕,想要模仿,才会这样。"李世民说着,放声大哭。这些年来,他自己纵横敌阵,浴血奋战了几十仗,每次都是身先士卒,而且还多次轻骑纵深而入,很多次都濒临绝境,但又绝处逢生,而身上居然没有被刀箭伤过,也算是奇迹了。李世民打了这么多胜仗,策略用得并不算很高深,大多数胜仗都是靠他拼命获得的。另外,他对敌情的判断很准确,更是抓住战机的高手。至于打了这么多恶仗,身上没有一点刀伤,那也只能算是天意了。

李道玄之死,不但令李世民大感悲痛,也令山东一带大为震骇。

另一个李氏宗室李瑗本来性格就不怎么果断,听说李道玄那样的猛人都死了,心想自己哪里打得过刘黑闼?二话不说,马上弃洺州而逃。于是,洺州全境皆叛,都附于刘黑闼。刘黑闼这次比上次更猛,只用了不到一个月时间,就收复了故地。

刘黑闼马上进据洺州,这可是他前些时候的都城。接着,他进迫沧州。沧州刺史程大买也心理崩溃,逃得不知去向。

到了这个时候,自以为天下最知兵的李元吉跟刘黑闼还没有过接触。他看到刘黑闼这么生猛,所到之处都望风而降,曾经无比巨大的胆子,居然瞬间就收缩到底,心头也跟着怕了起来,不敢再进军了。

7. 李世民受屈

李渊也一直关注着前线的情况,得知李元吉已经面无血色地站在原地不动,马上知道事情又要坏了,看来又必须动用李世民了。

到了这时,他对李世民的提防心已经很重了,其实这种心态在他刚开

始起事时就暴露了出来。他曾经试探过李世民:"如果事情成功了,这个天下都是你打出来的,我应该立你为太子。"李世民当然推辞。李渊当唐王之后,很多文武官员都请李渊让李世民当世子。李渊也有这个意思——当然这是被迫的,那时,他需要李世民到处打天下。李渊把这些部下的意思跟李世民说了,李世民当然只能固辞——李世民要是没有这个觉悟,他还是李世民吗?

于是,李建成就顺利当上了法定继承人。李建成生性宽松而懒散,好色且喜欢饮酒,还游猎无度;李元吉一天到晚除了犯错误,不干别的事。所以,这两人都让李渊很生气。据说,李渊因此对两人都看得不太顺眼,眼看李世民的功劳越来越大,名望越来越显赫,他就在心里产生让李世民替换李建成的想法。李渊的这个态度很快就让李建成和李元吉不安起来,两人常在一起商量如何对付李世民。不过,这一段史料,肯定是李世民的心腹们根据李世民的意思创作出来的。只有让李渊产生这样的想法,李世民后来的行动才能合法化。你想想,李渊是什么人?他能在这件事情上踩钢丝吗?立储向来是国之大事,一旦在这件事情上引起纷争,他所开创的事业基本上就鸡飞蛋打了,哪能在这个时候出尔反尔?如果他真的想立李世民,当初就不会立李建成,他也不会剪除李世民最得力的臂膀刘文静,更不会在刘黑闼已经极度嚣张之后,仍然把李世民闲置起来。

李渊是开国皇帝,唐朝开国到现在,还没有真正统一全国,还处于打天下的艰苦阶段。但他这个开国皇帝要比刘邦、刘秀舒服多了。他们都得亲冒羽矢上战场,胜仗、败仗都打得血肉纷飞。李渊只是在从太原南下的时候上过战场,进入长安后,就过上了幸福的皇帝生活,打仗的事全交给李世民等人去完成。

大家知道,除了杨坚被独孤皇后管得很严,几乎所有的皇帝都是好色之徒。李渊也不例外,他虽然对李建成的好色很反感,但自己却很好这一口。他当皇帝之后,把自己的这个"爱好"发挥得淋漓尽致,宫中的内宠有很多。他一共生了近二十个小皇子,在皇帝当中,也算生育能力很强了。这些生了皇子的美女本来都很天真烂漫,毫无心机,但她们在宫中混了这

第七章 卷土重来　刘黑闼力竭被擒
　　　　割据江南　辅公祏自寻绝路

么多年，美丽的外壳之下，也逐渐装满了心机。她们知道，要保住自己的荣华富贵，让自己母子能够幸福地生活下去，只有李渊这个保护伞是不够的——她们在跟李渊的互动中，明显感受到李渊已经越来越老了。如果哪天李渊突然飞升而去，她们的幸福生活也就宣告结束了。因此，她们必须提前做好铺垫。她们知道，以后这个天下就是李渊儿子的天下——当然，是年长儿子的天下，而她们生的这些儿子，现在还小，什么都不懂。所以，她们都主动跟李渊那些年长的儿子结交，以便让他们成为自己日后的保障。

李建成和李元吉马上意识到，父皇的这些内宠也是一种政治资源，便也倾心跟她们结纳，以便她们在李渊爽快时帮自己讲好话。他们给这些美女送上无数钱财珍宝，巴结的手段无所不用其极。他们的这些举动，搞得公开透明，几乎尽人皆知。后来，坊间还传闻两人"烝"于张婕妤和尹德妃。

那时，东宫、王公、妃主之家及后宫妃嫔的亲属等既得利益集团结成一帮，在长安城中到处横行，任意为非作歹，有关部门都不敢追究——他们不追究受害者的过错就已经不错了。

当时，李世民住在承乾殿，李元吉住在武德殿后院。这两个地方跟皇帝的寝宫、太子的东宫都是相通的，且昼夜通行，从无限制。几人出入都可以乘马、带刀，彼此相遇时，只是行家人之礼。太子所下的令，秦、齐二王所下的教，跟皇帝的诏敕并行，一时间政出多门，弄得有关部门不知执行哪家的才好，结果只好以先到的为准。而李世民从不去讨好李渊的那些内宠。那些美女就在李渊面前说太子和齐王真好，李世民真不是个东西。

李世民平定洛阳时，李渊最先考虑的是如何满足一下那帮美女的胃口。他知道，杨广在东都收藏了大量珍宝，因此就在第一时间派那几个美女狂奔到洛阳，挑选隋朝的宫女，收取仓库里的珍宝。那几个贵妃到了洛阳之后，不但要李世民交给她们宝物，还要求李世民给她们的亲属官当。李世民却不买她们的账，说："宝货都已经登记在册，上缴朝廷；至于官位，只能授予有德有才有功的人。如果你们的兄弟都具备这几样，他们不用愁没

有官当。"

那几个美女一听,真的想爆粗口:我们兄弟要是有功劳了,还用我们这么低声下气地求你吗?老娘气喘吁吁地跑来,你这话一说,不但没有为我们兄弟捞到官位,连珍宝都没有搞到一件,真真气死人也。几个人只得垂头丧气而回,个个对李世民怀恨在心。当李渊看到他派出的几个心爱的美女空手而回时,心里肯定也是大大有气,只是李世民这样做好像又很对,他也就只好把愤怒埋在心底,没有发泄出来。

终于,李世民做的另一件事,让他忍无可忍了。

前面已经说过,李渊硬是给三个儿子同样的特权,他们的手令(即教)跟自己的诏敕有同等效力。你想想,李世民和李元吉是有权不用的人吗?

李世民发现,李神通虽然仗打得不怎么样,但在外征战这么多年,没有功劳也有苦劳,现在赏赐他的东西有点少了,就下令赏给李神通几十顷田。

那个受到李渊无比宠爱的张婕妤也看上了那一片田地,就请李渊把那一片田地赐给她的父亲,不辜负她父亲把她生得这么美、这么善解人意。李渊正在飘飘欲仙之际,哪有不答应之理?朕有万里神州,几十顷薄田算什么?马上下令照此办理。

哪知,李神通不答应。依据是,秦王的教在先,皇上的敕在后。按往常惯例,教和敕谁在先谁有效。

张婕妤这才知道,皇上的手敕也等于白条。她没有办法,只得拿着这张白条去李渊那里闹,粉泪婆娑地对李渊说:"陛下赐给臣妾父亲的田,秦王硬是抢夺过去给李神通。陛下的手敕在秦王那里,简直连白条都不如。"

李渊也生起气来,把李世民叫过去,指着他大骂:"我的手敕还不及你小子的教吗?"

李世民没有说什么,现在只能什么都不说。他要是说真的不如,那以后他的教的效力就会比齐王的教还要低一等;他要是坚持为自己辩解,那就是在跟父亲争权。所以,他只能不开口。反正这个情况不是他搞出来的,而是李渊自己搞出来的,你要怪就只能怪你自己。

第七章　卷土重来　刘黑闼力竭被擒　割据江南　辅公祏自寻绝路

李渊骂完李世民，还不解恨，又对裴寂说："朕这个儿子长期在外掌兵，受那帮书生的教唆，已经不是原来那个样子了。"由此就可以知道他为什么一定要杀刘文静了。裴寂是他的老朋友，肯定知道他心里在想什么，这才不惜得罪李世民，连个莫须有的罪名都找不到也要坚持杀掉老朋友刘文静。

李世民得罪了张婕妤，尹德妃又跟他过不去。这一次，不是李世民直接跟尹德妃产生矛盾冲突，而是杜如晦和尹德妃的父亲发生了碰撞。尹德妃的父亲叫阿鼠，女儿成了妃子，他也骄横得很，他的那一帮家奴也骄横得没有谱。有一次，杜如晦从阿鼠的家门前经过，正好阿鼠的几个奴仆在那里玩。他们看到杜如晦骑马而来，也不看看他是谁，就跑过去，先七手八脚把杜如晦拉下马来，然后又七手八脚对杜如晦群殴一顿，把杜如晦的一根手指都打断了。

他们一边打一边骂："你是什么狗东西，过我们家的门不下马。"

这伙人把杜如晦揍得不亦乐乎，心情爽快得爆棚，可是尹阿鼠出来一看，这个人是你们能打的吗？他可是秦王的红人啊。这个世界上，你可以得罪任何人，千万不能得罪秦王。可是现在已经得罪了，总得想办法。他能有什么办法？他只能去找他的女儿，由他女儿在皇上面前为他说话。

尹阿鼠教他的女儿对李渊说："陛下啊，秦王的左右亲信都在欺侮臣妾的家人。陛下可得为臣妾做主啊。"

李渊马上为她做主，把李世民叫来，痛骂一顿之后，说："朕的妃嫔家都被你的左右霸凌，何况那些小百姓？"李世民反复解释，但李渊能信吗？

大家知道，到了这个时候，李世民不自保就只有等死了。即使只有李建成一个人嫉恨，李世民的前途也已经黯淡无光了，何况再加上他的父皇。李世民本来就已经有想法了，现在这个想法只会更加坚定。

李世民的战功已经无比巨大，但他必须再抢些政治分。当时的政治分无非就是"忠孝"二字。

他是皇室成员，权力跟皇帝差不多，这个"忠"字无须急着表现。于

是,他重点做"孝"字的文章。

李渊也像其他皇帝一样,没事的时候,就要宴请大家来吃吃喝喝。每次宴会,李世民当然会侍宴。每次宴会过程中,李世民看到李渊那群美女在欢笑,就在自己的座位上默默流泪。人家看到李世民并没有喝醉,就问他为什么这样。

李世民说,他看到这些妃嫔的欢乐,就想到了自己的母亲。他说自己的母亲过世太早,没有福气享受父亲得天下后的快乐。李世民越说越是悲怆,最后泪落如雨。

李渊虽然跟大家一起欢乐,但他一直都注意着李世民的动静,看到李世民在宴会上泪水纷纷,像个受委屈的小孩子,心里很是不爽。这一切,那些妃嫔自然看在眼里,于是她们一有机会就对李渊说:"现在海内无事,陛下春秋已高,正宜抓紧时间享受生活。可是,秦王总是一个人流泪。他为什么流泪?他这是在憎恨臣妾啊。臣妾只怕陛下万岁之后,臣妾母子会一个不剩。"她们也是一边说一边流泪,最后请求李渊:"幸亏太子仁爱孝顺,恳请陛下把我们都托付给太子。只有如此,我们才可以得到保全。"

李渊听着,自然也跟着无限伤心。据说,就此之后,他就"无易太子意",越来越疏远李世民,而跟李建成和李元吉更加亲密了。不过,这仍然是后来李世民的史官根据自己的意思下的论断。因为如此一来,也可以为李渊洗白,说他是受到那一些别有用心的人的利用,否则他也会拍板换太子。

到了这个时候,李世民和李建成的明争暗斗,基本上已经成为公开的秘密了。

那位著名的政治家魏徵现在就供职于李建成的东宫。魏徵对李建成说:"秦王现在功盖天下,中外归心。殿下仅以年长而位居东宫,没有大功以镇服海内。现在刘黑闼散亡之余,手下之众不满万人,军用物资十分紧缺,如果以大军临之,必势如摧枯拉朽。太子何不请求出征,以取功名?而且还可以趁机结纳山东豪杰,巩固太子的地位。"魏徵的原话是:"殿下但以地居嫡长,爱践元良,功绩既无可称,仁声又未遐布。而秦王勋业克隆,威震四海,人心所向,殿下何以自安?今黑闼率破亡之余,众不盈万,加以粮运限绝,疮痍未瘳,若大军一临,可不战而擒也。愿请讨之,且以立功,深自封植,因结山东英俊。"

李建成一听,觉得很有道理。他本来的军事能力也很不错,他们家刚开始举事时,都是他跟李世民在第一线战斗,他个人的表现也很出色。只是他生性疏懒,又好酒色田猎,再加上李渊有意培养他掌管全局,就让他在长安帮自己处理朝政,于是就只有李世民一个人去打天下,以至到现在李世民的战功无人能比。现在他听到魏徵这么一说,才意识到自己真的失误了。过去失误就失误了,现在不能再失误下去了。

李建成马上向李渊请求去征讨刘黑闼。

李渊当然准其所请。

8. 李建成平刘黑闼

武德五年(622)十一月初七日,李渊下令太子李建成带兵讨伐刘黑闼,陕东大行台及山东行军元帅、河南河北各州均受李建成处置,并特批"便宜从事"。陕东大行台正是李世民当一把手。现在明确规定,李世民也要接受李建成的节制。

李建成这次出征,最先出手的是李元吉,李元吉此前畏敌不前,这时手下兵一多,胆子也壮起来了,在魏州跟刘十善干了一仗,取得了胜利。

刘黑闼这些天来,几乎没有碰到对手。他带兵继续南下,相州以北的州县都纷纷依附他,只有魏州总管田留安还在拒守。刘黑闼带兵攻打田留安,但没有打下来。刘黑闼解围而去,转攻元城。攻克元城之后,他又转回去打田留安,仍然没有攻破。

刘黑闼又去进攻恒州,很快就攻下了,杀掉恒州刺史王公政。

刘黑闼虽然还很嚣张,但唐军在李建成的组织下,已经开始向他全面反击。

李艺仅用一天的时间,就从刘黑闼武装的手里夺回了廉州和定州。

田留安看到大军已经杀到,刘黑闼的形势就要急转直下了,也杀出城

来，把刘黑闼的部队杀得溃不成军，活捉其莘州刺史孟柱，迫使其六千人投降。

这一时期，山东的豪杰们一致看好刘黑闼，都纷纷起来，杀掉朝廷命官，以城献刘黑闼，搞得风风火火，杀当地官吏投刘黑闼已经成为山东地区的潮流。只有田留安待自己手下十分坦诚，从不相疑，而且办事一碗水端平。大家向他汇报工作，不论亲疏，田留安都听任他们直接走进自己的内房，甚至是寝室里来。田留安对大家说："我跟你们都是为国御贼，自然应该同心协力，共同战斗。如果你们一定要弃顺从逆，尽管砍我的脑袋去投奔刘黑闼。"

大家一听，都互相提醒道："田总管如此至诚相待，我们应当尽心竭力报答他，努力跟他一起守好城池。"

当时，田留安手下有一个人叫苑竹林，曾经是刘黑闼的死党，一直想把田留安的头砍掉，然后向刘黑闼献城。田留安对此也很了解，但并没有告发这个家伙，仍然让苑竹林跟随左右，而且还让他掌管钥匙。苑竹林也不是蠢材，看到田留安明明知道自己有不轨之心，仍然这么对待他，他要是还做出其他事来，那真是猪狗不如了，于是在心里全部屏蔽那些想法，彻底成为田留安的手下。田留安靠着自己的这些胆大心细的策略，使得他死守的魏州没有落入刘黑闼之手。

刘黑闼很是不服，继续攻打魏州。

虽然他仍然在恶狠狠地猛攻魏州，但他的噩梦已经开始了。

当他还在魏州城拼死拼活时，李建成和李元吉率领的大军已经到了昌乐。

刘黑闼当然不能再在魏州城下玩儿命了，马上带着主力前来迎战李建成。双方对峙起来，却没有开战。显然双方都很谨慎。对于刘黑闼而言，此战关系到他的生死存亡，他必须谨慎；对于李建成而言，这是他这么多年来第一次出战。他这次出战，并不仅仅要打败刘黑闼，更是要把李世民比下去。如果打得不顺利，他就会在李世民面前抬不起头来——既关系到外战的胜负，还涉及内斗的输赢，所以他必须谨慎。

第七章　卷土重来　刘黑闼力竭被擒
　　　　　　　割据江南　辅公祏自寻绝路

　　魏徵对他说："以前攻打刘黑闼时，李世民的将帅都预先列好一个名单，名单上的人一旦被抓获，其人被处死，妻儿被充俘虏。所以，当齐王前来，虽然拿着诏书赦免刘黑闼党羽的死罪，但他们都不相信，都在跟咱们死磕。这样的仗是不好打的。现在应该把那些俘虏全部放掉，在放掉他们之前，都要对他们好言抚慰。这样一来，刘黑闼的势力就只有分崩离析了。"

　　李建成照此而行，把先前俘虏的刘黑闼部下全部无罪释放，果然达到了很好的效果。两军继续对峙，仍然没有交战。这就不仅仅是比谁有耐心了，而且还比拼后勤保障。刘黑闼虽然一路嚣张而来，连战连胜，锋利无比，可是由于到处流窜，并没有根据地，后勤系统一直没有完善，平时打来打去，基本是以战养战。现在在这里跟李建成对峙，就无法以战养战了，没有几天，粮食就吃光了。

　　刘黑闼手下人看到没吃的了，都不愿再在这里跟李建成对峙下去了。很多人都丢下武器，离开刘黑闼。有的甚至还把自己的头头捆了，带去投降李建成。

　　刘黑闼一看，就知道自己大势已去。他怕城中的田留安出城来跟李建成一起夹击他，那他就会败得连渣都不剩。刘黑闼做事向来果决，一旦觉得形势不利，立马果断逃跑。这一次，他是在夜间偷偷撒丫子的。他来到馆陶时，突然发现永济桥正在修建当中。他无法渡过河去，只得在那里叫苦不迭。

　　十二月二十五日，当他还在河边冒着刺骨的寒风督促大家把桥修好时，李建成和李元吉率着大军隆重杀到。

　　刘黑闼也没有慌张，他亲自指挥抢修大桥，叫王小胡带队背水列阵，抵抗李建成。

　　大桥终于勉强可以通行，他立刻纵马过桥而去。大家一看，原来大王都跑路了，我们还抵抗个鬼？于是军心大溃，无人愿战，很多人纷纷丢下武器，跪地求降。其余的人都抢上大桥，要追随刘黑闼过去。这桥是在万分危急之中抢修的，质量自然是豆腐渣里的豆腐渣。大家一哄而上，大桥

便垮了下来，结果只有一千多人过桥。最后，刘黑闼身后只有几百骑跟随，说是仅以身免，也不算夸张。

刘黑闼虽然从战场上逃了出来，但却没有像上次那样远走高飞，跑到突厥那里避难，而是向饶州跑去。刘黑闼这次卷土重来，声势来得快，主要是因为山东一带的民众对大唐还没有亲切感，看到他来势凶猛，就都投靠了。这些投靠者，有的是他和窦建德的旧部，有的是被迫于形势，有的甚至是跟风的，虽然都挂着他的旗号，但死心塌地跟他干的并不多。现在他一战而败，很多人的立场就发生了转变，决定再在城头改换旗帜。

刘黑闼逃出来后，李建成派刘弘基去追杀。

刘黑闼看到大唐军追得厉害，哪敢停留，一路快马加鞭，不敢稍事休息，到饶阳时，身边就只剩一百多人了。他也饿得两眼昏花，手脚颤抖。到城下时，他高叫开门。饶州刺史诸葛德威是他的死党之一。诸葛德威看到刘黑闼来了，果然开门迎接，请他进城休息。但刘黑闼觉得有点不对劲，所以就说不用进去了，安排点吃的过来，我们吃完继续赶路。

诸葛德威看到他警惕性很高，就"涕泣固请"，刘黑闼最后又累又饿，终于顶不住了，只得答应了他的请求。他们来到城边的市场旁边，停下休息。诸葛德威派人拿来食物给刘黑闼他们吃。一伙人正在狼吞虎咽，还没有吃完，诸葛德威的士兵就把他们全部抓了起来，直接送到李建成处。

李建成当然不会留下这个坚定的造反分子，把他和刘十善等几个首要分子全部斩首。

刘黑闼被绑赴刑场时，望着刽子手里那把大刀，长叹道："俺本来在家里种菜种得好好的，是个标准的菜农。都是高雅贤那几个家伙误导了我，害得我落此下场。"很多人都是这样，失败的时候，把责任都推到别人身上。

李建成这次平定刘黑闼是很成功的。从他跟刘黑闼正面对峙到刘黑闼彻底玩儿完，几乎没有打过一场恶仗，就靠对峙到最后取得胜利，真可以说是"不战而屈人之兵"，由此可见他的军事水平也并不差。只是李渊想把他培养成一个可以掌管全局的统治者，没有派他上场，于是就让李世民独自一人在大唐开国的大战中大展雄风。

9. 柴绍诱战吐谷浑

刘黑闼死后不久，另一个人也死掉了。她就是平阳公主，也就是柴绍的老婆。这个平阳公主说起来也是个很有潜质的人。在李渊西进长安时，她的表现并不比那两个兄弟差，只因她是个女流，后来才不得不淡出政治舞台。李渊对这个女儿还是很喜欢的，在筹备她的葬礼时，送葬行列增加前后部鼓吹乐、持班剑的仪仗四十人，还有武装勇士卫护。

太常对李渊说："按礼仪规定，妇人不用鼓吹乐。"

李渊说："鼓吹是军乐。公主亲自号令军队，兴义军辅成帝王大业，怎么能用普通妇人的标准来衡量她呢？"

平阳公主是个"女汉子"，她的老公柴绍也不差。在她死后不久，柴绍在对吐谷浑的战斗中就有很精彩的表现。吐谷浑此前被杨广打得七零八落，这些年来趁着中原大乱，才稍有恢复。他们有所恢复之后，觉得也该出来透透气了。就在朝廷专注于山东之乱时，他们出来干了几仗，有输有赢，对大局没有造成什么影响。但李渊也不能置之不顾，让其任意而为。在平定山东之乱后，李渊派柴绍去对付吐谷浑，让他们不要老是出来制造麻烦。柴绍到位后，就跟吐谷浑发生了战斗。吐谷浑的部队很多，一下就把柴绍层层围住。他们不但包围了柴绍，还抢占高处，然后派射手从高处向唐军射击。柴绍完全处于被动挨打的境地。他看着箭下如雨，知道再这样下去，他本人就连个全尸都没有了。于是，他紧急在军中找来几个会弹琵琶的高手，让他们在那里低眉信手续续弹，还叫两个美女来个双人舞。

吐谷浑的士兵们一看，他们是在干什么啊？都被射成这个样子了，还有心在那里转轴拨弦。但士兵们又觉得那曲调还真好听，比他们部落的音乐强多了，那两个美女的舞蹈也是好看煞人。吐谷浑人基本都能歌善舞，看到这个场面，亲切感油然而生，恨不得也跟着载歌载舞、共同欢乐起来。

柴绍看到吐谷浑的士兵们果然都满脸陶醉地听乐观舞，便命令精锐骑兵偷偷出去，绕到吐谷浑兵的背后，突袭他们。吐谷浑兵正如痴如醉，哪

料到敌人如此"缺德",在人家听音乐的时候发动袭击?此时哪有还手之力?柴绍大获全胜。据说,当年刘琨守孤城时,独自登上城头,羌笛一曲,就将包围城池的胡兵退走。这个故事,恐怕有点神化了。这次柴绍借乐舞破敌,还是很靠谱的。

10. 马邑失守

刘黑闼垮了,徐圆朗还在。本来之前他的事业已经到了最后时刻,又是突厥和刘黑闼救了他。刘黑闼和突厥一闹,就把朝廷的注意力全部吸引过去了,徐圆朗又得以苟延残喘了一番,只是这番残喘也很快就苟延到了尽头。

在李建成消灭了刘黑闼之后,山东的各州县都向朝廷举起了白旗。徐圆朗马上就变成了光杆司令。朝廷的部队向徐圆朗一压迫,他根本无力招架。最后,他也不得不抛弃任城,带着几个骑兵逃走。

他们拼命狂奔了大半天,回头一看,没有敌人追杀过来,不由得大大地松了一口气:看来性命是可以逃脱了。他们已经很累了,就坐下休息,准备积累点气力再跑路。

可是,附近乡村的老百姓看到他们这个模样,就知道这几个家伙肯定是朝廷要犯,抓到他们就可以发大财。于是,百姓们都围过来,把已经累得刀都握不住的徐圆朗一行全部杀死。这个造反头领,把山东闹得大乱,最后却死于几个农户之手。

徐圆朗的覆灭,意味着山东的乱子彻底平定了。

现在北方还有几个势力,其中一个是高开道,一个是梁师都。

高开道也知道,光凭自己这点能耐、这点实力是做不出什么事来的,必须继续勾结突厥。所以,他一般出来捣乱,总是引突厥跟他一起出发,完全照搬突厥的作战风格,打完这里又打那里,始终保持着活跃的状态,搅得恒、定、幽、易等州都不得安宁。

高开道虽然把这一带闹得鸡飞狗跳,但手脚仍然伸展不开。他发现突

第七章 卷土重来　刘黑闼力竭被擒
　　　　割据江南　辅公祏自寻绝路

厥比他还要反复，一会儿跟他一起去侵扰大唐境内，杀得不亦乐乎，一会儿又跟大唐恢复友好关系，拿钱拿美女，亲密得好像兄弟。高开道看到突厥这样，心里也有些不踏实起来。他也想过投降大唐，但因此前反复太多，反复得他都有点看不起自己了，所以怕大唐不会原谅他。于是，他只得仗着突厥当后盾，硬着头皮走一步算一步。可是他的手下大多是山东人，离乡一久，就人心思归，不愿再跟他打游击战了——这种打法，何年何月才打得完？

颉利可汗拿下马邑之后，就让苑君璋去守马邑。

颉利可汗都知道马邑的重要性，长期在这一带谋生的刘世让当然也知道。

本来，李渊已经调刘世让去当广州总管。在赴任谈话时，李渊向他询问北方边防的策略。刘世让说："突厥近来多次入侵，实在是因为有马邑作为中途休整基地。大唐需要派勇将守住崞城，多准备物资，招到投降的人就给予厚赏，然后向突厥学习，经常派兵到马邑城下，毁坏他们的庄稼，破坏他们的谋生之业。不用多久，马邑没有了粮食，就只能投降了。"

李渊一听，觉得大妙，说："除了你，还有谁是勇将？"于是，就让刘世让去守崞城。马邑人对他果然很害怕。

高开道这时又跟另一个少数民族部落联手了，这个民族叫奚族。奚族的来源有些说不清，有人说他们是鲜卑宇文部的别支，有人说他们是匈奴的别种。总之，他们一直在北方游牧，此前也没有做出什么值得史家们记录在案的事迹，因此一点也没有名气。但高开道不管他们有没有名气，只要愿意跟他合作，他们就是兄弟。高开道带着这个部落的骑兵，于武德六年（623）五月去打幽州。这时确实是打幽州的好时机，因为那个幽州猛人李艺已经入朝，跑到长安去了。哪知，幽州的长史王诜也是不好惹的。高开道带着这支杂牌军才进入幽州境内，就被王诜打败。高开道一点也不服气，又起兵奔向幽州。这一次，他更郁闷。前一段时间，刘黑闼第二次搞事时，北方的另一个少数民族部落靺鞨族的首领突地稽站在大唐的立场上，

不但反对刘黑闼的行径,而且还带着他的部落进入幽州的昌平城,帮大唐保家卫国。这次高开道打过来,大唐的正规军还没有出动,突地稽就先出手,直接把高开道"破之"。

高开道万万没有想到,从来没有上过台面的突地稽居然也揍了他一顿。

其实,不是高开道的事业不断地缩水,而是随着大唐内乱不断平定、实力不断增强,对他们这些独立自主的势力造成了更大的压迫。不光高开道如此,另外一个势力苑君璋也如此。苑君璋作为刘武周势力的继承人,虽然已经没有了刘武周那样的风头,但他以突厥为后盾,只要有机会,就出来干一票。就在武德六年(623)五月,他还带着自己的大将高满政去攻打代州。苑君璋虽然没有攻下代州,但李渊还是想大事化小、小事化了,派人去见苑君璋,叫他归顺大唐:你在突厥手下混也是混,在大唐手下混也是混,而在大唐混要比在突厥那里混好无数倍啊。李渊还特别拿一块免死铁券送给苑君璋,但苑君璋不接受。

苑君璋攻打代州几次没有成功,但就是不死心,退回去几天后又带兵出来打。这一次,代州刺史大发神威,把苑君璋一举击退。打了这个败仗,苑君璋倒不觉得怎么样,但他手下头号大将高满政觉得他们真的不宜再继续这样玩下去了,就劝苑君璋:还是投降了吧,兄弟们都不愿打下去了。俺想了很久,跟大唐混真的比跟突厥混强很多倍。咱们把马邑的突厥人全部杀掉,然后举城献给大唐,也是功劳一件,他们不会亏待我们的。

苑君璋不听。

高满政就生起气来,组织力量,准备在半夜里袭击苑君璋:你不愿投降,那就当俘虏吧。但是,这件事被苑君璋发觉。苑君璋发觉后,立马逃出,投奔突厥。高满政杀了苑君璋的儿子及突厥两百名守军,然后向刘世让投降。刘世让的策略大获成功,为大唐的北方边防堵住了一个巨大的漏洞。

突厥兵不能随意南下,对于那几个依靠突厥的势力来说,是很不好受的。梁师都最先感到压力巨大。这些年来,梁师都都在跟段德操对垒,但基本是一出头就被段德操迎头痛击,好像没有取得过一次胜绩。他的很多

第七章　卷土重来　刘黑闼力竭被擒
　　　　　　割据江南　辅公祏自寻绝路

部下也都有点绝望了，纷纷掉头投降大唐。贺遂、索同一下就把梁师都地盘里的十二个州送给大唐。

这几个团伙虽然都倚仗突厥，也都把目标锁定大唐，但他们各自单干，谁也不帮谁，对大唐的威胁并不大，更何况摊上突厥这样的宗主国，跟大唐的关系是时打时和，从不成体系，也让大家莫名其妙，不知道他下一步出什么牌——连突厥自己都不知道下一步该出哪张牌。如此一来，他们的事业就只有越做越缩水了。

但不管如何，他们总是记住自己的目标：只要还活着，就给大唐制造麻烦。

本着这个原则，苑君璋又带着突厥兵来打马邑。守在马邑的正是苑君璋的前手下、现仇人高满政。高满政这时底气很足，看到苑君璋前来，便也放马过去，把旧主人打得败逃而回。高满政因此被提拔为朔州总管。

苑君璋一看，这个高满政真的越来越厉害了。他实在不服气，又带着突厥骑兵去打马邑——总之，打马邑突厥是舍得下本钱的。

可是大唐那边早有准备，他们狂奔到马邑城下时，不但高满政在那里等着，大唐的右武侯大将军李高迁也在那里等候多时了。双方在腊河谷会战，苑君璋带去的部队自然又是有去无回。

颉利可汗接报后，也有点傻了，不就一个马邑，硬度有这么高？看来得亲自出兵了。

李高迁看到突厥兵大举而至，马邑城外扬沙漫天，铁蹄敲击地面之声震耳欲聋，心里就怕了起来，也不跟主帅高满政说一声，就直接带着两千人逃走了。哪知，这仍然逃不过突厥兵的眼睛。突厥兵对他来个截击，直接让李高迁损失大半人马。

颉利可汗亲自带兵攻马邑，高满政出兵抵抗。两人一天之内大战十多场，颉利可汗仍然没有攻下马邑。李渊得知后，马上命令刘世让带兵去救马邑：你不是说保住马邑就是保住北方门户吗？你不是说只要勇将镇守崞城，就可以守住马邑吗？刘世让接到命令之后，马上带兵去救马邑，到了

松子岭，看到敌人太多了，就不敢前进，而是退保崞城。

颉利可汗知道刘世让出兵之后又回兵，对刘世让的存在也有所顾忌。他又听说正是这个刘世让给李渊出主意——守住马邑就是守住北方屏障，使得现在他们的出击都很不顺利。这个刘世让太可恶了，必须搞定。如果按他们以往的做法，马上就会带着部队去找刘世让来打一打。可是现在他们也知道，他们打不过唐军，无法在战场上完成这个任务。于是，颉利可汗眉头一皱，计上心来——要知道，突厥很多可汗虽然热衷于打打杀杀，千军万马、横冲直撞，哪个眉头经常皱着？从来没有上过心。而这一次，他真的想出了一条计策。这个计策十分小儿科，就是离间计，而且还是离间计里最低档的那一种。颉利可汗派手下曹般来到长安，四处传播谣言，说刘世让已经跟突厥可汗暗中勾结，准备干大事。对于这样的谣言，大可不必理睬。哪知李渊竟然相信了，而且相信得十分彻底，把曾经对他提出过抗击突厥良策的刘世让杀掉，而且籍没其家。

颉利可汗看到自己的妙计得逞，心里觉得真爽，难怪中原王朝都热衷于玩阴谋。他心里一得意，消了心头的怒火，便又不想战斗了，觉得过这个刀口舔血的日子虽然刺激，但也太辛苦了。他突然又想起，原先大唐不是要跟他和亲吗？他就又派人去见李渊，提出求婚。

李渊一看，差点大爆粗口：你这人到底还要不要脸，讲不讲点道理？一边攻打我的地盘，一边请我送你美女？你不要脸，我还得要脸啊。他当然没有大爆粗口，只是对使者说："先把围困马邑之兵撤了，再谈和亲之事。"

颉利可汗一听这个回复，再想一下自己的所作所为，觉得自己还真的有点流氓了，就决定宣布退兵，先把公主弄到手再说。可是他的现任可贺敦却不同意。这个可贺敦就是原隋朝义成公主。她虽然不是皇帝的女儿，但到底也是杨氏宗亲，又是以公主的名义去完成和亲任务的，身上贴满了大隋的符号。所以，她恨所有反大隋的人。更何况，颉利可汗要是讨得大唐公主回来，她的身份将如何界定？于私于公，她都应该反对这次和亲。于是，在颉利可汗准备撤兵的时候，她坚决不答应。最后，颉利可汗也只得老老实实地听从她的话，继续攻打马邑。颉利可汗知道，突厥骑兵野战是很生猛的，可是攻坚能力很差。于是，他又把高开道叫来，因为高开道善于制造攻城器具。

高开道一到，果然为他制造了很多攻城器械。颉利可汗对马邑进行几轮进攻之后，就劝高满政：现在你看到我们的实力了吧？我们再攻下去，你就守不住了。赶快投降吧。

高满政站在城头，对颉利可汗大骂一顿，骂得他哑口无言。

颉利可汗大怒：比嘴炮，俺比不过你，但俺这次一定要打烂马邑。老子又猛攻了，看你的嘴炮能抵抗得了吗？

高满政继续拼命守城。

不久，城中的粮草已经用光了，可是救兵还不知道在哪里。

高满政意识到这城守不住了，决定突围而去。杜士远登城一看，敌人也太多了，只怕突不出去啊。杜士远觉得绝望了，觉得只有投降才能活命。于是，他两眼凶光一闪，突然冲进高满政的大帐里，把毫无防范的高满政杀掉，然后投降了突厥。

苑君璋满怀着一腔仇恨进城，杀光了原来跟高满政同谋之人。

李渊得知马邑失守、高满政战殁后，殊为悲伤。

颉利可汗虽然拼尽全力打下马邑，可是那颗滚烫的心老是装着大唐宗室的美女。他看着这座已经被他攻打得百孔千疮的小城，一点也提不起精神。为了这座小城而丢掉大唐的公主，太不值得了。

颉利可汗这么一想，便派人到长安，说我把马邑还给你们，你们把公主嫁给我。

于是，北部又安定了一段时间。

突厥方面通过和亲，又转入暂时的和平模式。

但李渊仍然不能松一口气，因为江东一带又出了乱子。

11. 李大亮计破张善安

李子通死了，杜伏威被留在长安，江东大股势力已经玩儿完，但仍然

有一些小股势力,比如张善安。天下大乱的时候,总有"英雄"出少年。杜伏威出场的时候是少年一个,罗士信应征入伍时连军装都不合身,这个张善安也是如此,他是个穷人家的孩子。绝大多数穷人家的孩子都会一直穷下去,穷到死的那一天。可是张善安却不甘心,他很快就发现天下大乱了。很多人看到天下大乱时,都提心吊胆,怕自己会被乱世拖入深渊。可是张善安却认为,天下大乱,正是天下重新洗牌的关键时刻,要是把握得好,就可以借机抢到一手好牌。

于是,他决定做强盗。

那年,张善安十七岁。开始时,他的手下只有一百多人。正好孟让被王世充打灭,于是,孟让的部分部众前来投奔他,使得他的队伍一下就达到八百多人。后来,张善安带着这支队伍攻下了庐江郡,然后依附那里的林士弘。林士弘虽然搞事很早,但迟迟没有把事业做大,原因之一就是疑心太重。林士弘看到张善安居然主动来投奔他,马上就起疑了——此前杜伏威就是靠这一手壮大起来的,现在张善安看来也是如此。两个都是年轻人,年轻人就是诡计多端、心狠手辣。但他又不好拒绝,就安排张善安在南塘上扎营。

张善安一看,心里就愤怒起来,然后突然发兵,向林士弘发动袭击。林士弘把自己不成器的那一面表现得很好,光怀疑张善安,却没有对张善安有所防范,结果让张善安一击成功,把他打得屁滚尿流。张善安虽然打了个胜仗,但他的力量还不足以吃掉林士弘,胜了一仗之后,就把豫章外城一把火烧光。

林士弘看到"首都"被烧了,已经不宜人居,就迁都南康。那边萧铣看到林士弘衰落下来,便又派苏胡儿来打豫章,并攻克之。林士弘只得又退到余干。

张善安看到自己把林士弘逼走,结果是萧铣赚大了,心里当然不服。张善安经过一番准备,突然回师豫章,又把苏胡儿打跑,夺取了豫章。张善安虽然在这一带搞得很活跃,但也跟林士弘一样,做不出更大的事儿来。到了武德五年(622),看到大唐的基业已经十分稳固,自己折腾的黄金时

第七章　卷土重来　刘黑闼力竭被擒
　　　　　割据江南　辅公祏自寻绝路

间已经过去了，他就带着自己管控的五个州，降了大唐，被任命为洪州总管。

张善安出身强盗，当了总管又觉得不如无法无天自在，就又于武德六年（623）三月举兵反唐。李渊命张州去镇压。张善安一点也不在乎，带兵去打孙州，一举攻破，活捉孙州总管王戎。如果仅仅是张善安搞事，也没有什么，可就在这个时候，江东另一个头领又起事了。

这个人就是杜伏威的老搭档辅公祏。

杜伏威和辅公祏本来是好朋友。辅公祏比杜伏威年纪大，所以杜伏威称他为兄，军中都称他为伯父，使得他在军中有威望，跟杜伏威处于同一个高度。久而久之，杜伏威就觉得有点不舒服，怕辅公祏有一天会把他搞翻，就开始担心这个军中伯父。杜伏威为了保障自己的人身安全，收了一大批肌肉发达的养子，其中最著名的就是王雄诞和阚棱。如今，他为了防范辅公祏，马上就把这两个养子提拔起来，阚棱为左将军，王雄诞为右将军，以架空辅公祏。

辅公祏也是老江湖了，对杜伏威的这个做法哪能看不穿？辅公祏跟杜伏威从小就玩在一起，最知道杜伏威心里想的是什么，而且知道不能惹毛他。辅公祏虽然对杜伏威恨得要命，但他却不动声色，到处表示自己已经厌倦了这个江湖，天天打打杀杀的，真不好玩，已经跟另外一个朋友左游仙去研究神仙的修炼之法了，不想理人间的这些"坛坛罐罐"了。他时不时宣布自己正在辟谷，让大家不要去打扰他。

杜伏威也不是蠢材，哪能被这种小儿科的把戏忽悠？

杜伏威入朝前，自然得把后面的事交给辅公祏。辅公祏在接受这个托付时，并没有说俺现在一心一意研究神仙课题，此等世俗之事，还是另请高明，而是愉快地接受了。

杜伏威看着他的神态，也不动声色，把大权交给辅公祏之后，又配给他一个主管军事的副手。这个副手就是杜伏威军中悍将王雄诞。他暗中交代王雄诞："你的任务就是看住辅公祏。我到了长安，如果没有失去职位，千万不要让辅公祏乱来。"

大家也看到过王雄诞的表演，有勇有谋也很果决，杜伏威向来看好他，认为有这个得力养子在后方掌控，是完全可以放心的。于是，杜伏威背起包袱上了长安。

杜伏威才去几天，那个带着辅公祏研究神仙课题的左游仙就劝辅公祏造反：首领，这个神仙离我们太遥远了。现在杜伏威远在长安，这里一切由首领说了算，何不先夺过兵权，称霸一方？

辅公祏一听，可以啊。只是现在兵权掌握在王雄诞那厮手里，王雄诞可是杜伏威的死党啊。

左游仙嘿嘿一笑：这真不是问题，只要略施小计，王雄诞手到擒来。

辅公祏说："愿闻其详。"

左游仙对辅公祏低语几句。辅公祏将信将疑：不会那么容易吧？王雄诞不只四肢发达，头脑也不简单啊。但辅公祏想想，除此之外，也没有别的办法了。

说来说去，左游仙的这个办法很简单，也是历史上多次使用过且多次成功过的——离间计。

辅公祏对王雄诞说："我刚刚收到杜伏威的信，不知该不该跟你说。"

王雄诞说："但说无妨。"

辅公祏说："杜伏威在信中说让我提防你，意思是怕你有二心。"

王雄诞只要稍微用心一想，就应该知道这绝对是辅公祏骗人的鬼话。杜伏威走之前就反复吩咐他，要他看住辅公祏。而且大家也都知道，辅公祏这些年来跟杜伏威已经面和心不和。杜伏威再怎么怀疑王雄诞，也不会把这个怀疑说给辅公祏听。可是，王雄诞因为跟随杜伏威的时间已经很长了，知道杜伏威最大的性格特点就是疑心重。上次中了李子通之计，导致他跟沈法兴的争斗差点全盘皆输。现在自己兵权在手，他敢担保杜伏威不怀疑他？一个疑心重的人连自己的亲生儿子都怀疑，何况他这个养子？

王雄诞这么一想，心里很生气：你既然怀疑我，那我就不理事了。于是，他就不再入值视事。

这正是辅公祏预期的结果。

第七章　卷土重来　刘黑闼力竭被擒
　　　　　　　割据江南　辅公祏自寻绝路

　　辅公祏想不到这个小儿科的离间计还真的大获成功。

　　你既然不视事，那就只好我来管了。辅公祏就这样轻轻松松地把兵权抢到自己的手中。

　　辅公祏拿到兵权之后，做好了准备，然后派他的死党把他准备造反的计划告诉了王雄诞——其实就是向王雄诞下最后通牒：你现在是跟我们一起干，还是不干？

　　王雄诞听到之后，这才知道自己上了辅公祏的大当。但这个时候他才知道上当，还有什么用？他只是在那里后悔不已。他虽然很后悔，但他的立场还是很坚定的。他对辅公祏说："现在天下刚刚平定，我们老大又在长安。大唐的兵威，所向无敌，跟大唐作对就是找死。我们怎么能无缘无故去做这些灭族的事呢？俺王雄诞有死而已，绝不从命。如果现在跟你造反，只不过多活一百天而已，大丈夫怎能因为舍不得片刻之死而陷自己于不义呢？"

　　辅公祏跟王雄诞长期共事，深知王雄诞对杜伏威无限忠诚，自己就是磨破嘴皮也说不动他，所以也不再啰唆，叫来几个武士，用绳子把王雄诞勒死。于是，杜伏威手下少有的将才就这样死掉了。

　　辅公祏害死王雄诞之后，马上就后悔自己做蠢事了。原来，王雄诞不但勇武过人，在战场上一往无前，而且头脑也灵活，是个优秀的战场指挥官，还善抚士卒，深得士兵们的拥戴，大家都愿为他去卖命。更重要的是，他虽然是"盗贼"出身，天天跟杜伏威打砸抢，但他自己所部向来纪律严明，每破城池都秋毫无犯——这在当时确实是不可多得的，设若他的老大是李世民，他肯定会成为初唐名将之一。可惜他未遇明主，只落得如此结局。他的死讯一传出，江南军中和老百姓都禁不住为之流涕痛哭。辅公祏也是老江湖了，看到这个情况，心里不由得一紧，知道王雄诞一死，自己在军中的威望又跌了一大截。辅公祏可以不在乎王雄诞，但他必须要军心和民心。

　　辅公祏知道，以现在自己的名望，还不足以号令全军，因此诈称杜伏威被大唐强留长安，无法回到江南，就派人送来书信，命令他起兵反唐。

然后他全体动员,大修武器装备,征集粮草,接着就宣布称帝,国号为宋,重新装修南陈王朝的宫室当自己的皇宫,任命百官,让左游仙为兵部尚书、东南道大使、越州总管。

辅公祏知道自己的实力不行,因此派人去跟张善安联合。张善安也知道自己无法独立面对大唐,就答应了辅公祏的建议,成为辅公祏的附从。辅公祏任命张善安为西南道大行台。

就这样,张善安和辅公祏两股力量实现了合流。

两人合流之后,心里很踏实,觉得可以在江东一带干出一番事业了。因为他们知道,现在大唐正被反复无常的突厥搞得头痛不已,肯定无力南顾。但他们不知道,在他们搞事之前,大唐确实被突厥搞得十分恼火,不得不把主力投入北部以防突厥,可突厥人的情绪向来不稳定,搞事搞得莫名其妙,退兵也是一溜烟而去,从不拖泥带水,下一次再来时,一般都是花完上一次所得之后。恰在这个时候,大唐已经成功地跟突厥讲和,李渊可以分出精力来对付他们了。辅公祏和张善安还忘记了一件事:就在南方,大唐还有一个大人物,他就是李靖。

李靖此前一直受命经略岭南。他恩威兼济,已经把岭南一带全部搞定,正愁无事可干。

李渊闻报之后,马上任命李孝恭带水军赴江州,命令李靖率交、广、泉、桂之众向宣州挺进。另外几个总管黄君汉、李世勣也率部前来,接受李孝恭和李靖的节制。

李孝恭的军事能力一点也不出众,但因为他重用李靖,也成了一名可以独当一面的将领,而且凭一己之力平定了南方。李渊这次把江东的事交给李孝恭,还是很放心的。

李孝恭这时已经身经数战,心理素质十分过硬。

李孝恭出发时,召集诸将宴饮,喝得有点口干舌燥了,就命人取水。可当水端到他面前时,水突然变成了血色。大家一看,不由得都怕了起来:这……这是不祥之兆啊。

李孝恭却谈笑自若,指着那碗血水,微微一笑,说:"此乃辅公祏授首

第七章　卷土重来　刘黑闼力竭被擒
　　　　割据江南　辅公祏自寻绝路

之征也！"说罢，接过那碗水，一饮而尽。大家的情绪这才稳定下来。

辅公祏似乎没有意识到当世最牛的军事猛人已经向他杀来，他凭着锐气进行扩张，派徐绍宗打海州、陈正通打寿阳。两路兵马同时行动，可见他此时信心爆棚。

张善安这时也很得意。黄州总管周法明正带着队伍配合李孝恭进剿辅公祏，但被张善安拦在夏口。周法明当时驻扎在荆口镇。周法明的二哥叫周法尚，也是隋朝的名将，也算是见过大场面了。他是将门之后，表现得很有名将风度，在出战之前，也像李孝恭那样，先登舰豪饮一番。

张善安看到他在舰上开怀畅饮，觉得完全可以"取之"，就派几个艺高胆大的刺客伪装成渔民，驾船直向周法明的旗舰而去。周法明此时不把张善安当一回事，他的手下自然也就没有多少警惕性，看到几个身上全是鱼腥味的渔民摇船而来，根本没有起疑，放任他们到处乱跑。

他们以为这几个渔民只是乱跑，其实这几个渔民完全不是乱跑。他们直奔周法明的旗舰，然后抢上去，把正摆弄名将风度的周法明砍死，之后扬长而去。

张善安看到周法明的首级呈现在自己的面前，不由得哈哈大笑：周总管啊周总管，你没有想到吧？俺不费吹灰之力就取了你的首级！

在张善安觉得自己太厉害的时候，李大亮带着大军又杀了过来。

此时已经是武德六年（623）十二月。

双方在洪州隔水列阵，遥遥相对。周法明出身将门，但他本人并没有打过大仗、恶仗，而李大亮却不同。李大亮原是庞玉下属，庞玉被李密打败后，他成为瓦岗军的俘虏。瓦岗军将领张弼看到李大亮后，觉得李大亮很有英雄气概，于是就把与李大亮同时被俘的人都杀掉，唯独留下了李大亮。之后，经过一番长谈，两人成为至交。

之后，李大亮投奔李渊，在北边任职，也多有精彩表现，深得李渊和李世民的器重。为此，李渊直接把他从一个县令提拔为金州总管司马。后来，在平定王世充之战中，他又被派去安抚樊、邓二州，连下十余城，又被提拔为安州刺史。李大亮看到张善安搞定了周法明，也坐不住了，率兵

向洪州进发。

两下列阵之后并没有开打,而是隔着河水进行了一番对话。

张善安虽然反复无常,但脑子并不蠢。张善安对李大亮的实力是很了解的,知道两人这么硬碰硬对着干,自己大败的概率极高,因此又想着搞个什么歪点子,不战而屈李大亮。

张善安看到李大亮正在那里喋喋不休地劝他弃暗投明,不由得灵机一动:何不将计就计,先稳住李大亮再说?于是,他大声对李大亮说:"俺最初真的没有造反的想法,只是为将士所误,这才走到朝廷的对立面。这些天来,俺一直在后悔,想投降又怕不能免罪。"

李大亮说:"张总管如果有归顺之心,以后跟我就是一家人了。我可以用性命担保你无罪。"

张善安只是望着李大亮,没有说什么。

李大亮笑道:"难道张总管还在怀疑我的诚意?"

张善安仍然不说话。

李大亮说:"我一点也不怀疑张总管。"于是,单骑渡河而去,进入张善安的阵地。

张善安没有料到李大亮居然单骑来到他的面前。他虽然不讲武德,但也不好意思拒绝李大亮了。

李大亮一来就跟张善安握上了手,然后两人就像老朋友一样拉起家常来。

李大亮说:"我都这样跟张总管交心了,张总管还有什么疑心?"

张善安只得表示诚心诚意地归顺。李大亮当然也要让他表现出一点应有的诚意来。

于是,张善安便带着几十个骑兵也来到李大亮的大营。

在这个过程中,张善安显然忘记了李大亮曾经单骑赴过突厥人的大营,其心智胆略,非常人可比。

当张善安一行来到李大亮的营门前时,李大亮就不像之前那么实诚了。他把张善安的随从都留在营门外,只让张善安一个人进去。

张善安到现在仍然不怀疑李大亮,很顺从地跟着李大亮进去。两人在

第七章 卷土重来 刘黑闼力竭被擒
割据江南 辅公祏自寻绝路

大帐里东聊西聊，好像有着聊不完的话头。

过了很久，张善安觉得也该告辞了。可是当他起身告辞时，李大亮却冷冷地把手一挥，几个武士冲了出来，当场把他抓了起来。张善安看着李大亮，一点也没有看到"一家人"的神态，才知道自己上了大当。这辈子玩这些缺德的阴谋无数遍了，好容易讲了一次诚信，结果被套路了。

当然，李大亮并不仅仅是抓住张善安就宣布完事了，他故意把张善安被抓的事泄露出去，让还在营门外的那一队张善安的随从骑兵知道。那队骑兵被隔在营门外，本来就心中有气了，看到张善安进去这么久还不出来，心里已觉不妙，这时一听到这些消息，哪还坐得住？他们快马加鞭跑回去，告诉张善安营中的大将们。

那些大将一听，都跳了起来，怒气冲冲地带着部队冲出来，要求李大亮把他们的首领放出来，否则就攻打他的大营。

李大亮并不生气，派人对他们说："各位误会啊。我并没有特意留下张总管，张总管现在已经赤心归国了。张总管对我说，如果他回去，兄弟们肯定不会答应他。因此，张总管就坚持留了下来。你们不能生我的气啊。"

张善安那些部下确实全程目睹李大亮跟张善安对话，真真切切地看到李大亮单骑前来，跟张善安话家常，也亲耳听到张善安说过诚心诚意归顺大唐，更亲耳听到张善安说过他原本并不想搞事，是兄弟们逼着他造反的。他们听到李大亮的话后，再把这些情节串联起来，马上认为李大亮的话没有错，都纷纷大骂起来："张善安是在出卖我们，以便去讨好朝廷，咱们为什么还为他卖命？"于是，都自行溃散而去。

李大亮等的就是这个时机，立刻下令追击，把张善安的部众全部俘获，然后把张善安送到长安。张善安到这个时候，也就只有装老实到底了。张善安见到李渊时，一口咬定自己跟辅公祏没有一点交往。李渊这时怕引起别的麻烦，就选择相信了他的话。后来，李渊搜集到他和辅公祏往来的信件，让他看看，张善安这才无话可说。李渊冷着脸，下令把他斩首。

张善安势力就这样玩儿完了。张善安可以说完全是咎由自取，放着好好的总管不当，却扯起造反的大旗。也不想想，当时他的手下实力有多强，

能跟名将云集的大唐对抗一个回合吗?凭着一时的情绪,做不计后果的事,结果当然是自寻死路。

张善安一番操作,把自己搞死了。辅公祏仍然十分活跃。

武德七年(624)二月,辅公祏又派兵围攻猷州。

猷州刺史左难看到敌人来势很猛,也不敢出战,只是在城头固守。

李大亮收拾完张善安,正自信心爆棚,看到辅公祏还这么嚣张,马上又带兵前去找辅公祏玩玩。两人接触了一仗,辅公祏果然不是李大亮的对手,被李大亮"破之"。

此时,各路唐军也都逼近。

李孝恭的直属部队也攻下辅公祏的鹊头镇。

接着,权文诞又在猷州一带打败辅公祏的一支队伍,并且攻克枚洄等四镇。

12. 高开道被杀

李渊看到辅公祏的部队节节败退,心下很是高兴。这时,又有一个特大好消息传来:高开道死了。

高开道并不是自然死亡的,而是被他的死党张金树杀死的。高开道先投降后造反,这些年给大唐北方边境制造了不少麻烦。高开道降了再反,并不是相信自己真的能战胜大唐,而是把希望寄托在突厥那里,想让突厥当自己的坚强后盾。哪知,他已经算是反复无常了,突厥比他更反复无常,刚刚举双手支持他去打唐兵,他才跟唐军死磕到白热化程度,"坚强后盾"却又宣布跟大唐签订了友好条约,让他十分尴尬。他这才知道,依靠谁也不能依靠突厥。

高开道有了这个意识之后,心里就害怕起来。他看到唐朝越来越稳定,力量越来越强大,知道再这样下去,他的末日马上就到了。他很想投降大唐,但又担心自己太过反复,大唐不会放过他,只得反抗到底。

他可以硬着头皮继续下去,可他手下的部众却不愿继续下去了。他手下的人马都来自山东,出来打打杀杀久了,自然思念家中的父母妻儿,眼

第七章　卷土重来　刘黑闼力竭被擒
　　　　　割据江南　辅公祏自寻绝路

看高开道的事业越来越不景气，心里就不乐意了，都想离开高开道。

高开道也知道这些情况，因此他也像杜伏威一样，精心挑选了几百个肌肉发达的勇士当他的贴身护卫，也称他们为"义子"。高开道以为有这样一群武力指数爆棚的"义子"当他的警卫团，就不怕人家对他怎么样了。这支"义子"团的带队人叫张金树。

在高开道的团队中，张金树就相当于杜伏威的王雄诞。王雄诞对杜伏威忠心耿耿，多次拼命把杜伏威从绝境中抢救过来，可是张金树却并不是很忠心。张金树也像其他人一样，老早就想回家看看他的家人，只是觉得自己孤掌难鸣。正好刘黑闼部下的张君立逃到高开道这里避难。张君立也有这个想法，两人合计之后认为，只有杀掉高开道，他们才能安全地离开，而且离开之后才能以此功劳保住性命。

两人一番密谋之后就付诸行动。张金树利用职务之便，安排几个同党进入阁内，和高开道的那些"义子"玩耍。那些"义子"基本都是四肢发达、头脑简单之辈，觉得这几个家伙很好玩，玩得很有创意，便一心一意地跟他们玩，不一会儿就全部丧失了警惕性。那几个家伙一边玩，一边暗中弄断弓弦，还把刀枪之类的兵器都藏在床下。他们一直玩到天黑，直到就寝时才出去。他们并非空手而出，而是抱着那些兵器出去。

张金树看到他们出来后，马上带着自己的那些死党大喊大叫着，向高开道的住所发动进攻。高开道的"义子"们急忙出来抵抗。他们跑到放置兵器的地方拿刀枪弓箭时，惊奇地发现，那里只有弓箭而没有刀枪了。当他们无可奈何地拿起弓箭时，又惊奇地发现，所有的弓弦都已经断了。他们无奈地丢下这些弓箭，瞬间变成手无寸铁之人，站在那里大眼瞪小眼。片刻之后，他们都意识到，凭着他们的双手去对付打进来的反对派，只能是送死。于是，他们都跑出来，向张金树投降。

与此同时，张君立也带着一支人马在外间举火响应，把声势做大，造成人心惶惶的局面。

高开道很快就醒了。作为经验丰富的"盗贼"，他已经知道发生了什么事，更知道他的性命真的要完蛋了。不过，高开道并不慌张，而是穿上铠

甲，拿起兵器。很多人一看到这个架势，都以为这个悍匪一定会冲出去跟敌人拼了，谁也没料到，他把这些威武的行头全部披戴完毕之后，却坐在大堂上，跟妻妾们奏乐畅饮。

造反的士兵们冲到堂下，看到这个场面后，都停住了脚步。他们当然都知道，谁冲上去把高开道的头砍下，谁就立了首功，这辈子的富贵完全可以保证了。但所有人都知道高开道的武力指数太高，只怕你才到他的身边，刀还没有砍下就先被他做掉了，所以都不敢逼近，只在那里咬着大嘴，看着高开道跟他的家庭成员大吃大喝。

眼看天就要亮了。高开道知道天一亮，就是自己生命的至暗时刻。他望了望窗外，又冷眼扫了一遍堂下那些张金树的武装，冷冷一笑，眼里凶光大发，抄起绳子，当众把他的那几个妻妾全部勒死，然后又把他所有的儿子也当众勒死。

堂下的人们看得心惊肉跳、头皮发麻。

一个人需要多狠的心才能如此对自己的妻妾和子女下手？

高开道做完这些事之后，望着气绝倒地的家庭成员，惨然一笑，抽出那把雪亮的大刀往自己的脖子上一抹。但见血光暴溅，高开道那具庞大的身躯，倒在血泊之中。

张金树接着抓捕高开道所有的"义子"，并全部杀掉，而且还把他的盟友张君立也砍了，然后派人到唐军那里请降。李渊想不到，高开道这个"牛皮癣"就这样完蛋了，心里很高兴，任命张金树为北燕州都督。

13. 杜伏威的家产被没收

高开道完了，辅公祏接着也完了。

辅公祏虽然很嚣张，但唐军围拢过来之后，他就一败再败。

武德七年（624）三月十六日，李孝恭在芜湖跟辅公祏打了一仗，连拔梁山等三镇，接着再克扬子城。广陵城的城主龙龛看到唐军势头太猛，也不等人家前来进攻，就主动献城投降了。

如此一来，辅公祏的地盘就大面积缩水，他的首都丹阳也裸露在唐军

第七章 卷土重来　刘黑闼力竭被擒
　　　　 割据江南　辅公祏自寻绝路

面前。

李孝恭率诸将向丹阳进发。

辅公祏还是做了一番积极的准备，他派冯慧亮和陈当世率三万水军屯于博望山，再派陈正通、徐绍宗率步骑三万屯于青林山，然后在梁山那里布置锁链切断江中的航道，并修筑了却月城，还在长江之西修筑工事，以抵御唐军。他所布置的军营绵延十多里，且互为犄角之势，看起来真的好似固若金汤。

李孝恭和李靖率水军进抵舒州，而李世勣则率一万步卒渡过淮水，攻下寿阳，进驻硖石。

冯慧亮看到唐军源源而来，哪敢应战，只来个坚壁不出。如果他的对手是别人，也许他的这个战术会很成功，但他现在的对手不光有李世勣，更有被誉为初唐第一军事人物的李靖。

李孝恭知道突破这个防线是不容易的。他召开了个军事会议，商讨如何破解冯慧亮的防线。

大家都说："冯慧亮拥强兵，又据水陆之险，我们强攻也未必很快就能拿下，不如直指丹阳，掩其巢穴。丹阳一下，冯慧亮不投降还能怎么样？"

李孝恭一听，觉得大妙，这就是擒贼先擒王啊，正要拍板决定，突然又觉得哪里不对劲——原来李靖没有表态。他马上向李靖看过去。

李靖这才说："辅公祏的精兵虽然都在此，但他自己统率的军队也不少。如果我们连博望诸营都不能攻克，辅公祏凭据石头城死守，我们又岂能轻易攻下？进攻丹阳，如果十天半个月没有成功，冯慧亮等人再紧蹑我军之后，使我们腹背受敌，这是很危险的。冯慧亮和陈正通都是身经百战的老江湖。他们现在不出战，并不是他们怕死，而是因为辅公祏早已定计，让他们按兵不动，欲以此拖垮我军。我们现在就应该反其计而行之，主动攻城，出其不意，灭贼之机，只在此一举。"

李孝恭一听，觉得更有道理，便依计而行，派出一群老弱士兵先去进攻冯慧亮的大营，自己则率精兵严阵以待。攻城的老弱士兵不一会儿就被敌人打垮，随即撤出战斗。城里的部队看到敌人逃走，马上乘胜追击。他

们追了一段路程，突然看到前方尘土飞扬，旌旗猎猎。

李孝恭的大军已经在此等候多时。他看到敌人果然全军追来，马上下令迎头痛击。冯慧亮的部队突然看到敌人大军出现，也都意识到中计了，心下大骇。不管是谁，一旦军心处于这个状态，这个仗基本就不用打了。李孝恭指挥部队一顿狂砍，大破冯慧亮的部队。

此时，杜伏威手下仅次于王雄诞的"养子"阚棱也在李孝恭军中。阚棱的彪悍程度并不比王雄诞逊色，他脱掉自己的盔甲，大声对冯慧亮的部众说："你们难道不认识我吗？居然也胆敢过来跟我玩？"

这些人曾经都是阚棱的老部下，看到老领导出来了，哪还有什么斗志，纷纷丢下兵器，不再抵抗。

李孝恭和李靖乘胜而战，追击逃敌，转战一百多里。于是，辅公祏部署在博山和青林两处的守军也全部溃败，冯慧亮和陈正通也全部跑路。

李孝恭此战歼敌一万余人。

当然，他们并没有停歇，而是继续向丹阳挺进。

最先到达丹阳城下的正是李靖。

辅公祏看到冯慧亮他们败得如此之惨，就知道自己不是李靖的对手，心下大惧。

本来辅公祏还有几万部队，如果整顿得法，还可以决一死战，可是由于他心下大惧，一想到打仗就瑟瑟发抖，哪敢再整军出战？他更不敢死守丹阳。因为现在他外无援军，城里也没有粮草，死守与等死无异。他决定弃城东走，向会稽逃窜——左游仙还在那里。

辅公祏才一出城，李世勣就紧追而来。

辅公祏一路狂逃，来到句容时，身边只剩下五百人。他这时已经跑得气都喘不过来，便夜宿常州。

辅公祏准备入睡的时候，回头望了一下来路，没有听到追兵的脚步声，心里不由得暗自庆幸。

敌人没有追来，但他内部却出现了状况。

辅公祏手下的大将吴骚不愿跟他再狂逃下去了，就找来几个有同样心

第七章

卷土重来　刘黑闼力竭被擒
割据江南　辅公祏自寻绝路

思的人商量，准备抓住辅公祏向唐兵投降。辅公祏逃命之际，神经系统异常警觉，硬是在关键时刻察觉到吴骚他们的阴谋。这时，他已经无力收拾吴骚这些人。于是，他只得抢在吴骚他们行事之前悄悄地离开。他离开时，连妻儿都抛下，只带着几十个亲信随从，冲关破卡而去。

辅公祏一路狂跑，来到武康。

辅公祏回头望望，没有追兵，心头暗暗地松了一口气。可这时却听得嘈杂声起，忙看过去，但见一群人高举着锄头等农具向他们冲过来。辅公祏虽然是山东人，但长期在江东地界混生活，知道这些农民出工时并没有这种仪式。这些农民分明是在趁他们疲惫不堪时，以最简陋的农具为武器向他们杀过来。农民们的速度也是很快的，在辅公祏还在彷徨的时候，就已经把他们围住，举着锄头向他们乱打。

辅公祏最后的死党西门君仪带着士兵们抵抗。可是经过日夜不停的狂奔，西门君仪和他的士兵们都已经累得连手都抬不起来了，哪还能跟人家搏斗？几下象征性地困斗之后，西门君仪就战死了，那些士兵也倒了一地。农民们把辅公祏、冯慧亮和陈正通抓住，然后扭送丹阳，领了大大的奖赏，欢天喜地而回。自从隋末以来，先是杨广大兴土木，使得江东的人力、物力都已经难以支撑，然后又是群雄割据，反复冲杀，使得这一带更是民不聊生，人们能活到现在全靠"侥幸"。这时，他们拿住辅公祏，领到了他们几世人做梦都没有梦到的奖赏。

辅公祏举事时，本来跟杜伏威没有一点关联，而且他还杀了杜伏威的死党，已经成为杜伏威的仇家，杜伏威恨不得吃掉他的肉。按说，辅公祏完蛋之日，就是杜伏威报仇泄恨之时。哪知，辅公祏被抓到丹阳的那天，却成为杜伏威倒霉的开始。

大家知道，辅公祏在造反时，为了利用杜伏威的声望，就诈称受杜伏威之命起兵。杜伏威手下的人固然深信不疑，李孝恭也百分之百地相信。辅公祏被抓之后，李孝恭对他进行拷问。辅公祏这时最恨的不是别人，而是杜伏威，他知道自己无论如何都逃不过死罪，便咬着牙又把杜伏威牵扯进来，对李孝恭说杜伏威才是此次造反的主谋。

证据何在？

辅公祏马上把那道所谓的密令拿出来——也就是当初他假造出来蒙骗杜伏威手下的密令。

李孝恭信了。李孝恭进丹阳时，就已经把杜伏威的家产全部没收为己有，如果不相信辅公祏的指供，他还得把这些财产退还给杜伏威。李孝恭以此为证据，向李渊奏闻。

李渊立刻下诏，罢免了杜伏威的所有职务。不久，就传来杜伏威"暴卒"的消息。他到底是如何暴卒的，史料并没有翔实记载。其墓志说是因为辅公祏造反，导致他内怀忧惧，终于"降年不永"。而另有史书说是杜伏威到长安之后无事可做，就专门研究长生不老这个古老的课题，而且经常食用所谓的"长生不老药"，结果误食云母，中毒而死。直到李世民即位之后，杜伏威才获得平反。

在很多人看来，杜伏威中毒而死，应该是真的，但如何中毒就有想象空间了。

杜伏威一死，李孝恭当然很高兴，但阚棱却很气愤。他不单单为他的主人无端被处理而气愤，更为自己的财产被李孝恭没收而气愤。阚棱在平定辅公祏之乱时，表现得十分突出，是标准的有功人员。他以为自己立了这么大的功劳，朝廷奖赏、升官加爵应该没有问题，哪知却是这个结果。阚棱看到自己多年积累的财富就这样没有了，便去找李孝恭申诉。李孝恭比他还愤怒，告诉他辅公祏说你也是主谋之一。

阚棱大怒，说李将军要冤枉我，也不能这么冤枉啊。

李孝恭拿出辅公祏的供词，说证据在此，接着以此为凭，定了阚棱死罪，然后"诛之"。

阚棱是杜伏威集团最后的支柱，随着他的死去，江淮军也就彻底退出历史舞台。

接下来就是论功行赏。

李孝恭被任为东南道行台右仆射，李靖为兵部尚书。不久，朝廷废行台为都督府，于是李孝恭又成为扬州大都督，李靖为大都督府长史。

第八章

第八章 明争暗斗 兄弟反目为皇权
　　　　你死我活 同胞喋血玄武门

1. 杨文幹谋反的主谋是谁

南方大面积的乱子到现在基本平定，华夏大地终于进入一段难得的和平时光。从武德六年（623）年底到武德七年（624）上半年，传统意义上的九州基本平安无事。

当然，边境仍然会有一些零星的冲突，比如突厥和吐谷浑，以及西部一带的少数民族，总是耐不住寂寞，会突然犯境，但这些对大唐政权已经无法造成重大的影响。

李渊心想，这么多年了，总该让他睡个安稳觉了吧？

然而事实是，他睡得更不安稳了，因为另一件更让他郁闷的事出现在他面前。

这就是李世民和李建成的争权事件。

两人此前已经从暗中较劲发展到近乎公开较量的程度，离你死我活的白热化已经不远了。

这两个儿子原来是李渊起兵的左膀右臂，水平相当，又都艺高胆大，要是发生起冲突来，肯定比杨坚那两个儿子的争斗更惨烈。李渊想到这一层，他那颗脑袋不发烧才怪。李渊虽然深居宫中，但两个儿子的暗战他还是知道的。他也一直在想如何解决这个难题，可是想来想去，仍然没有想

出一个可行性很高的办法来。

在李渊为这件事郁闷不已时，李建成和李世民并没有消停下来——历史早已告诉我们，只要两个人还活着，这样的争斗是不会停下来的。

李渊的儿子虽然很多，但参与争斗的只有三个人：李世民自为一方，李建成和李元吉结成同盟。其他兄弟因为年纪太小，到现在还不知道宫廷争斗为何物，哪会参与这种凶险复杂的事情？

李建成时刻都在跟李元吉商量着如何对付李世民。

李元吉比李建成更加激进，现在已经恨不得他的二哥马上从地球上消失。可李元吉也知道，现在他的二哥才二十多岁，身强力壮，肯定不会如他所愿自动消失，因此他力劝李建成把李世民干掉。李元吉咬牙切齿地对李建成说："如果你同意，哪天我就直接将他砍死。"

李建成知道，要杀李世民哪有这么容易？即使真的派人去手刃李世民，也不能让李元吉出手。因为如此一来，李渊也不会放过他们。更何况，李世民也在战场上死里逃生过很多次，要向他下手也未必马到成功，一旦失手，让他逃脱出去，他们就逃不脱李世民的报复了。

但李元吉还是跃跃欲试。

有一次，李渊到李元吉家，李世民也跟着过去。

李元吉认为，这是向李世民下手的绝佳时机。他派宇文宝埋伏在寝室里，准备刺杀李世民。可是，李建成却制止了他。

李元吉大恨，对李建成说："我做这一切都是为了大哥。杀了李世民，对我并没有多大好处。"

李建成生性还算仁厚，没有让李元吉动手，而他对李世民的防范则是一刻也没有放松。

李建成怕李世民以武力解决他，因此就擅自在长安及其他地方招募了两千多名壮士为东宫卫士，这些人中有很多是长安来历不明的社会人员。李建成把这支武装部署在东宫的左、右长林（东宫有左长林门和右长林门），称为长林兵。当然，李建成也知道，现在李世民的声望已经极高，大唐能打的能人基本都是李世民的手下，如果摊牌，他仍然干不过李世民。

第八章　明争暗斗　兄弟反目为皇权
　　　　　　你死我活　同胞喋血玄武门

他还必须争取得到方镇能人的支持。

李建成把全国各地的能人名单拿来一看，发现只有一直在幽州混的李艺跟李世民没有什么交集。于是，李建成决定把这个能人拉进自己的圈子。

李艺本来也是个搞事的专家，看到太子主动前来拉拢，正中下怀，马上爽快地加入了太子党。

有了这个外援，李建成觉得大事成功了一半。李建成叫他的手下可达志去找李艺，从幽州那里偷偷调出精锐骑兵三百人，安置在东宫东面的各个坊市中，准备用这批人来补充东宫的低级军官，以后这些人就是他们最坚定的死党。

可是他才刚刚布置完毕，就有人告发到李渊那里了。至于告发的人是谁，各种资料都没有说清楚。但只要用脑子一想，我们就完全可以猜到是谁干的。你想想，现在李建成跟李世民已经顶牛到这个地步，李世民能不密切注视着李建成的动静吗？作为太原兵变的倡导者，李世民能没有这个警觉吗？现在李世民跟李建成对着干，两人不能明着在李渊面前掰手腕，只能暗中使力，各自培植自己的力量，然后寻找对方的过失和漏洞，以便在李渊那里告一状。他们现在的情形就是：得李渊信任者得天下。所以，他们这一阶段工作的重中之重就是抓到对方的违法行为，然后到李渊面前告状，最好让李渊来把对方处理掉。由李渊来把对方搞下来，是最经济也最合法的手段。

李渊这时的疑心已经很重了。他让李建成当他的法定继承人，当然是希望自己百年之后李建成再登上皇帝宝座，在他还活着时，哪怕一息尚存的最后时刻，他都会死死抓着皇帝大印不放——这几乎是所有独裁者的心态。皇帝最害怕的就是有人乱调动军队——哪怕是自己的继承人。他们怕继承人已经没有耐心，急于登基，会来个宫廷政变，杀其身而夺其位。

李渊同样有这个心理，他接到这个状子后，马上就把李建成叫来，猛批一顿之后，把操作这件事的可达志流放到巂州。

李建成被狠狠地批了一顿，心里当然很恼火，但他当然不会消停下来。

可达志被流放了，李建成又找来一个亲信。

这个亲信叫杨文幹。

杨文幹也是东宫宿卫出身，跟李建成向来关系不错。这时他已经官至庆州都督，手下同样有兵有将。于是，李建成又暗地里叫他募集勇士，送到长安东宫。

恰在这个时候，因为长安气温不断上升，让李渊实在难以消受。李渊近来为两个儿子的权斗头疼不已，又被节节攀升的高温天气折腾得烦躁难耐，便决定到仁智宫避暑。

李渊去避暑了，长安的朝廷必须有人主持。按惯例，理所当然由太子李建成留在长安主持朝政。估计李渊怕李世民和李元吉还留在长安，用不了几天就会出事，因此他去避暑时，也把这两个儿子带上了。

李建成觉得这是个机会，他让李元吉找个机会把李世民除掉，说："安危之计，决在今岁。"我们无法知道，为什么此前在对待李世民之事上一向持重的李建成这时如此急不可耐，一定要在"今岁"决定，而且还让李元吉在父亲的身边向李世民下手——这可是大忌，一旦失手，李渊肯定会大发雷霆，必将地动山摇。

接着，李建成又派郎将尔朱焕和校尉桥公山送给杨文幹一副精甲。

这两人拿着这副精甲来到豳州时，并没有去找杨文幹，而是跑到仁智宫，向李渊告状，说太子已经指使杨文幹起兵，让他跟太子互为呼应。接着，又有一个叫杜凤举的人前来仁智宫，举报太子准备起兵，所言跟尔朱焕一模一样，由不得李渊不信。

李渊一怒之下，马上以某事为借口，写了一封亲笔信，召李建成前来见他。

李建成接到李渊的手诏时，心下大惧，不敢前去面见老爹。

太子舍人徐师谟对李建成说："殿下，既然已经如此了，不如据长安而举兵，大事可成。"

赵弘智则认为万万不可：到了这个关口，千万不要一失足成千古恨啊。他劝李建成免去太子的车驾章服，屏退随从人员，亲自到李渊那里认罪担责，这才是真正的保命之道。

第八章　明争暗斗　兄弟反目为皇权
　　　　 你死我活　同胞喋血玄武门

李建成最后听从了赵弘智的建议，决定前往仁智宫，向李渊请罪。

李建成还没有走完一半的路程，就将所属的官员都留在北魏时期毛鸿宾遗留下来的城堡中，只带着十多个人骑马去仁智宫。

李建成见到李渊之后，马上跪地谢罪，而且在跪下时，把身子都猛烈地撞下去，差点晕死过去。

李渊脸上仍然满是怒气。他把李建成放在帐篷里，只给他麦饭充饥，还让殿中监陈福在一旁看守，然后派宇文颖骑着快马去召杨文幹。

宇文颖见到杨文幹之后，并没有按照李渊的吩咐去做，而是把仁智宫的一切原原本本地告诉了杨文幹。

杨文幹一听，马上就意识到，自己要是应召而去，注定是有去无回。为今之计，只好真的起兵造反了。

李渊看到杨文幹真的造反了，就派钱九陇和杨师道去攻打杨文幹。

李渊又把李世民叫来，问他对杨文幹的看法。

李世民说："杨文幹这小子竟敢做出这种大逆不道的勾当来，估计他幕府的僚属都已经被他擒获甚至杀掉了。完全可以派一员大将前去讨伐他。"

李渊摇摇头，说："杨文幹的事，跟李建成关联太大，恐怕响应他的人为数众多。我看，最好是你亲自前往。回来之后，我便立你为太子。不过，我还是告诉你，我不愿意像杨坚那样去诛杀自己的儿子。到时，我可以让李建成为蜀王。蜀中的兵力薄弱。如果他以后能够老老实实地事奉你，你应该保全他的性命；如果他不肯事奉你，你要捉拿他也很容易。"

当时，李渊真的觉得自己很危险了。仁智宫又建在山中，他担心杨文幹的兵马突然发难，到时他连逃跑的路都没有，便连夜带着警卫部队从南面开出山来。他走了几十里，东宫所属的官员们便陆续来到。

李渊把这些东宫僚属都集中起来，然后以三十人为一队隔离起来，派军队包围看守他们。直到第二天，李渊才返回仁智宫。

李世民出征杨文幹之后，李元吉就开始着手自己的工作。他知道，如果李建成完蛋，自己作为李建成最亲密的战友，也不会有好日子过，现在救李建成就是救他自己。

李元吉没有其他办法。他只能偷偷去见李渊那几个宠妃，让她们日夜为李建成求情。他还收买了一个很强的外援——封德彝。封德彝本来也是李世民帐下的人，但上次被李世民讽刺了一下，心里既羞且恨，看到李元吉前来收买，马上就充当起了太子党的智囊，不断地出点子，还到处奔走，为李建成求情。

如此一来，李渊的怒气就消失了。他改变了换掉太子的决定，又叫李建成回到京师当留守，继续主持朝廷日常工作。当然，发生了这么大的事，他还是要批评李建成一顿的。不过，李渊批评的重点只是李建成不会处理兄弟之间的关系，使得亲兄弟闹得如此不和睦，造成不良社会影响。最后，他把罪责转移到太子中允王珪、左卫率韦挺、天策兵曹参军杜淹身上，让他们当"背锅侠"，流放巂州。这三个倒霉的家伙之中，王珪和韦挺是李建成手下，而杜淹则是李世民手下。这个处分下来，算是各打五十大板了。

杨文幹举兵之后，便攻陷宁州，驱使宁州的官员和老百姓出城，占据百家堡。你想想，以这样的手段来强迫人家守城，人家愿意吗？

当李世民的部队来到宁州时，杨文幹手下的士兵就全部溃散。杨文幹还被他手下的人杀死。李世民将其传首京师。李世民还抓获了宇文颖，当场诛之。

于是，史上有名的杨文幹事件就这样平息了。

关于这个事件，很多人都认为，起因并没有这么简单。

这些人经过分析，发现很多疑点：首先，这件事的起因源于李建成谋反。如果确系李建成谋反，他为什么还会跑到李渊那里认罪？要知道，李建成并不是笨蛋，如果他策动了谋反活动，再跑到仁智宫面见李渊，无异于自投罗网。就是再蠢的人，也不会这么做。合理的做法是，既然谋反已经败露，与其跑过去躺在人家的砧板上为人鱼肉，不如放手一搏，还有大功告成、改天换地的可能。主动投案，可不是一个精心筹划谋反活动的首领会做的事。其次，李建成谋反的证据明显不足。其中最有力的证据就是：杨文幹招募勇士充当东宫的卫士，以及李建成送杨文幹盔甲。要知道，李建成是当朝太子，常常代理主持朝廷日常工作，他是有权力选拔一些政治

第八章　明争暗斗　兄弟反目为皇权　　你死我活　同胞喋血玄武门

素质过硬、身体素质也过硬的人来充实东宫侍卫队的。当时的法律并没有禁止太子做这件事。至于送杨文幹一副盔甲，那就更是扯淡了。那只不过是李建成为了表达对老部下的关怀，以及对杨文幹为自己送来卫士的感谢。而且这只是一副盔甲，李世民也经常送盔甲给他的部下——当然，如果他送的不是一副，而是几千副、几万副，那就另当别论了。有人反驳说，他送一副盔甲过去，并不是为了资助杨文幹，而是要杨文幹谋反的暗号。这就更是胡扯了。他为什么不送一封密件过去？白纸黑字，比盔甲之类的暗喻更加简单明了。哪用得着杨文幹一个侍卫出身的半文盲面对盔甲拍着脑袋去一猜再猜，破解盔甲密码呢？

后面的情节就更加令人难解了。按照史书的说法，李建成在接到李渊的亲笔信后，第一时间就跑到仁智宫向李渊承认了谋反的事实。你想想，李渊看到他供认不讳之后，还能淡定吗？他还能只派一个使者去召杨文幹过来觐见吗？杨文幹既然已经造反了，你召他，他还会屁颠屁颠地跑过来吗？翻开历史看看，能找到一个傻到这种程度的谋反案例吗？李渊对谋反者的心理有着过人的洞察能力，他会多此一举地干这样的事吗？合理的解释就是，李渊对此事原本就觉得大有蹊跷，这才派人去召杨文幹前来对质，以便释疑。哪知，宇文颖却把事情搞砸了。另外，杨文幹于七月二十一日宣布起兵，只过了四天，就直接兵败身死。这时，李世民才到达前线，还没有发动进攻啊。如果杨文幹真的处心积虑、蓄谋已久，即使不是李世民的对手，也不会败得这么爽快。合理的解释是：杨文幹的起兵是临时决定的，时间太过仓促，使得他既没有做好起兵前的动员，也没有在军事上做过任何准备，结果只有败得十分难看了。再看看结局。按说李建成此次谋反的目的就是把李世民搞死，那么在整个事件中，李世民先是一个受害者，然后又因为平定叛乱成为有功之臣，李渊在处理这件事时，就应该对有功的李世民大加表彰奖赏才对。可李渊的处理却让人大跌眼镜：在把李建成的两个死党流放的同时，也把李世民的死党杜淹一并流放。这是各打五十大板的做法。更关键的是，李世民对此也没有一点意见——可见其内心是很虚的。当然，史书也给杜淹被流放做了解释：房玄龄认为杜淹"多狡数，

恐其教导建成，益为世民不利"，就叫李世民把杜淹引进天策府。意思是说，杜淹本来就不是李世民的死党，现在被流放，正中李世民的下怀。其实这个解释也是很勉强的，李世民即使再不喜欢杜淹，也不能在这个时候处理杜淹，这时处理他阵营中的人，只能说明在这件事上他也有过错。至于是什么过错，就由大家自己去想了。

这些疑点一综合，质疑者就会得出一个惊天的结论：整个事件的真正操盘人不是李建成，而是李世民，这是李世民为了扳倒李建成而精心策划的一个阴谋。

真正的过程应该是这样的：前一段太子党利用李渊的内宠，使得李渊把关注重心转移到李建成的身上，逐渐疏远了李世民。李世民明显感到自己已经开始被边缘化。李世民是什么人？他知道如果再不反击，就会输得连底裤也不剩。于是，他睁着那双虎眼，寻找机会，想来个绝地反击。他没有内宠为他服务，天天在李渊的耳边吹风，只能凭自己的智力跟李建成拼斗。

李世民肯定在东宫布了眼线，对李建成的一举一动了如指掌。他很快就接到了很有价值的情报：近来太子跟杨文幹的书信来往很密切；太子还叫杨文幹从庆州那里调出一批兵员到东宫来充当卫士；太子叫尔朱焕和桥公山扛着一副盔甲去送给杨文幹。

李世民把这几件事拿来一串联，脸上露出了诡异的笑容：这是个绝妙的机会。

2. 操盘手

李世民立刻行动起来，设法收买了送盔甲的尔朱焕和桥公山。于是，这两个家伙来到豳州时，就改道直奔仁智宫，在李渊面前狠狠地告了李建成一状。李世民的这一招，可以说老辣之极：由太子党的人去告太子，可信度才爆棚。退一万步来讲，即使不成功，李渊也不会怀疑到李世民身上。李渊当时果然没有看出破绽，马上就气急败坏地召李建成。

李建成听到这件事后，立刻慌作一团——他到现在都没有过谋反的想

第八章　明争暗斗　兄弟反目为皇权
　　　　你死我活　同胞喋血玄武门

法，更没有过任何谋反的行动。李建成也知道，尔朱焕和桥公山已经被李世民收买，已经让他有口莫辩了，他不慌乱才怪。在李建成还处于惊慌失措状态的时候，李渊的诏书送到他的面前。他一看诏书的内容，没有一个字是跟谋反有关的，召他去觐见是为了另一件并不重要的事。他就更加害怕了：父亲明明已经得到尔朱焕关于他谋反的控告，却硬是在诏书里一字不提，这是在假装不知道啊。这只能说明，父亲真的相信了尔朱焕的诬告。当时，李渊确实在怀疑李建成，他下这个诏书的目的就是试探李建成。如果李建成真的不来见他，那么尔朱焕的控告就是真的，李建成是真的心里有鬼；如果李建成真的来了，那么事情可能就另有蹊跷。结果，李建成在一番心里斗争之后，还是去见了李渊。

　　李渊看到李建成来了，还主动向他请罪，而且言辞十分恳切，心里的疑虑也就减轻了不少，觉得李建成的谋反之罪难以成立，于是就派人去召杨文幹前来对质。如果李渊派对了人，也许这件事会是另一个结果。可他偏偏派宇文颖过去。我们无法得知这宇文颖是哪个阵营的人。如果他是李世民的人，那么他就是在执行李世民的命令，逼迫杨文幹造反——即使不能扳倒李建成，也能剪除李建成的一个外援，除掉他在地方的武装势力；如果他是李建成阵营的死党，那他就是一个大大的蠢材。总之，他并没有执行李渊的命令，而是把杨文幹逼上了起兵的死路。因此，很多人都宁愿相信，宇文颖是李世民的人无疑。

　　到了这个时候，李世民还在假装什么都不知道。当李渊请他来商量征讨杨文幹时，他说杨文幹是一介匹夫罢了，根本不足为虑，派一员战将去收拾就绰绰有余了。但李渊却要求李世民前去，说这样才能够摆平杨文幹，才能够以最快的速度处理掉杨文幹，并许诺过后立李世民为太子。

　　我们无法判断李渊这时内心的真正想法，他对李世民的许诺是真心，还是忽悠？而从后来情节的发展看，忽悠的成分居多。换太子肯定不是心血来潮就可以拍板的，而是需要跟朝廷那一班亲密战友反复商量之后才能决定的。况且李渊现在还对李建成的造反存疑，要换也得等事件水落石出之后。李渊这时的许诺，应该是担心李世民会来个乘乱而起，因此就先用

这个谎言来安抚一下李世民，让李世民暂时不会有什么想法。

李渊派李世民出征，一来确实可以尽快结束杨文幹之乱；二来把李世民调离仁智宫，有利于他对事件的调查和思考。

李世民出发之后，果然有很多人都出来为李建成说话。已经冷静下来的李渊，仔细一想，终于认识到，李建成根本不可能谋反。李建成所做的一切，只是为了在跟李世民的争斗中掌握一点主动权而已，说到底只是兄弟之间的摩擦，跟谋反是搭不上界的。于是，李渊又让李建成回到长安行使留守职责，只是批评他没有搞好兄弟之间的关系，造成了很恶劣的社会影响。

总之，李渊能放心地让李建成回去当留守，足以说明他是不相信李建成会谋反的。

而李世民出征之后又做了一件可疑的事：抓到宇文颖之后，不经请示就直接斩首。要知道，宇文颖是李渊派出的使者，按道理无论如何都得把他带回交给李渊处理，可李世民却把他杀了。大家就只能往"灭口"两个字上去想了。作为开国皇帝，李渊看到这个情况，肯定也会心有所想的。李渊把这些事件一综合，也能看到操盘手就是李世民。

于是，李渊在处理的时候，就各打五十大板，算是平息了一个事件。

这个事件是李世民和李建成暗斗的升级，主动权牢牢地掌握在李世民的手中，只差一点就能把李建成打倒在地。只是李渊硬是看出原委，使得李世民功亏一篑。

这个回合，虽然李世民没有大胜，但却让李建成吓出一身冷汗，损失了一个大外援。

经此一役，两人的争斗往白热化的方向又前进了一大步。

3. 突厥救了李世民

在李建成和李世民暗斗暂告一段落之后，突厥又前来制造麻烦了。他们不断地袭扰边境，今天打原州，明天又杀进并州境内，让李渊很恼火。

有人就给李渊提供了一个"金点子"："突厥这些年来，总是不遗余力

第八章 明争暗斗　兄弟反目为皇权
　　　　　　你死我活　同胞喋血玄武门

拼死也要打进关中，是因为我们的美女和玉帛都集中在长安。我们干脆来个坚壁清野，烧掉长安，迁都别处，让突厥死了这份心，他们就不会再制造麻烦了。"

　　这时，李渊的脑子也有点"进水"了，他觉得这个点子真不错，又去征求几个亲密战友的意见，结果裴寂和李建成、李元吉都举双手赞成。萧瑀虽然认为此举大为不妥，但不敢进谏——由此可知李渊烧掉长安的决心。李渊看到这几个人都赞同这个决定，马上就派宇文士及到邓州、樊州一带考察，挑选新首都的地址。

　　李世民却坚决反对："北方边患，自古就有。陛下凭着自己的英明圣武，开创大唐，一统华夏。现在大唐有精兵百万，所向无敌，奈何以胡寇扰边，就急忙迁都以避之？难道不怕贻四海以羞吗？当年，霍去病只不过是汉廷一将，尚且志灭匈奴，何况儿臣还忝为藩王，哪能不如霍去病呢？只要陛下给儿臣几年时间，儿臣就一定能系颉利之颈，致之阙下。如果不能成功，再迁都也不算晚。"

　　李世民这一番话，表现出自己比李建成有战略目光多了——既为国家解决了问题，捍卫了大唐的尊严，也把自己的才华和胆略显露出来，直接碾压了太子党。

　　李渊果然并不蠢，听了李世民的话，马上拍着大腿说："好。"

　　李建成明显感到了自己的尴尬——堂堂太子，这个国家的未来就是他的，现在居然因为胡人的骚扰而采取躲避政策，这也太不成器了吧？他必须继续捍卫自己的见解，于是对李世民说："以前樊哙就曾打算带十万之众，到匈奴的地盘上往来冲杀。现在秦王是不是也要向樊哙学习？"

　　他直接把李世民与樊哙相提并论，意思是你连樊哙那个文盲都不如，还敢看不起霍去病？

　　李世民并不生气，说："形势各异，用兵自然不同。樊哙小竖，何足道也。我可以保证，不出十年，必定漠北。"

　　李渊的信心更加坚定了，决定不迁都。

　　这下李建成就更加不高兴了。李建成十分恼火，但又拿李世民没有办

法。李世民就是这样，往往在关键问题上，能提出意想不到的见解，而且还能刷新李渊的想法，使得李渊改变已有的决定，让自己的才华得以彰显。此前，李建成没有什么想法，但现在他很怕李世民老是能改变李渊的决定。李建成必须阻止李世民继续这样下去。他没有别的办法，只得继续靠那几个李渊的内宠，不断地向李渊灌输："突厥屡为边患，很让我们恼火，只要他们得到一点财物就又退回去，对我们的江山并没有太大的威胁。现在秦王假托御寇之名，其实是想抓住兵权，以便有朝一日篡夺皇位而已。"

可是，李渊并没有说什么。

李渊没有说什么，并不代表双方的争斗就宣告结束了。

有一次，李建成、李世民和李元吉随李渊到城南打猎。李渊大概想缓和一下这几个儿子的关系，便叫三人进行一场驰射比赛。

当时，李建成有一匹胡马，膘肥体壮，但喜欢尥蹶子，十分调皮。李建成就把他送给李世民，说："这匹马跑得很快，能够跃过几丈宽的深涧。你骑术精良，何不试试？"

李世民的骑射技术当世无双，看到好马，心中已是暗自喝彩，听得李建成这样说，也就不客气了，拿过缰绳，翻身上了马背，就骑着这匹胡马去追射野鹿。

胡马跑了一阵之后，突然尥起蹶子，要把李世民掀翻下来。如果是别人，被这么一掀，肯定会落到地上，不死也重伤。哪知李世民的骑术确实精良，他居然在胡马尥起蹶子时，一声大喝，从马背上跃立而起，跳到数步之外。胡马一站好，他又骑了上去。但见兔起鹘落之间，李世民身形潇洒异常，毫发无损。如是者三，胡马终于服服帖帖，不敢再调皮了。李世民哈哈大笑，对宇文士及说："他们想以此来把我害死。岂不知，生死有命，我命不该死，他们再怎么玩阴的也玩不死我。"

李建成看到胡马计不但没有害死李世民，反而把自己的人品暴露了，心下自是懊恼不已。不久，他就听到李世民对宇文士及说的那番话，觉得又抓到了一个把柄——李建成本来性格慵懒，甚至还有点仁厚，并没有多少心计，可是自从成为这出初唐宫廷斗争的主角之后，也变得诡计多端起

第八章 明争暗斗　兄弟反目为皇权
　　　　你死我活　同胞喋血玄武门

来。他对李渊的内宠们说:"你们告诉皇上,秦王对人家说:'我自有天命,方变天下主,岂能白白地死去。'"

李渊跟所有的皇帝一样,对"天命"二字十分敏感,他们认为这两个字只能体现在他们的身上,别人是万万不能占有的——即使是自己的儿子。他听到这话后,马上大怒起来,先把李建成和李元吉叫过来,然后才召李世民,指着他的鼻尖大骂:"天子自有天命,岂是人的智力所能得到的。你谋求帝位,也太急了吧?我都还活着呢。"

李世民大惊,知道现在不是他辩解的时候——他越辩解,李渊的火气就越大,因此他只是摘去王冠,伏地叩头,请求将自己交付有关部门进行查讯求证。

李渊仍然怒气未消,丝毫没有放过李世民的意思。

正当他考虑如何收拾李世民时,有人进报:突厥入寇,请陛下定夺。

李渊对突厥也很敏感,觉得只有李世民才能对付突厥,怒气马上从脸上消失,转而对李世民劝勉有加,让他重新戴上王冠,坐下来讨论对付突厥的办法。于是,李世民躲过一劫。在这个回合中,李建成差点就成功了——要知道,如果李世民真的被移交有关部门,他的命运就很不好预测了。关键时刻,突厥救了他。

4. 李世民随机退敌

武德七年(624)闰七月二十一日,李渊诏命李世民与李元吉率兵由豳州出发,抵御突厥。李渊又像往常一样,在李世民出发时,给他举行了一次饯行宴会。李渊对李世民的态度十分复杂,他相信这个儿子的能力,但对李世民的疑心越来越重——李世民所表现出的言行,也确实值得怀疑。于是,他不断地派李世民去打仗,而对李世民的猜忌也越来越严重。

这一次突厥入侵的规模比以往更大,颉利可汗、突利可汗全部出动,进入并州地界,弄得长安都震动起来,朝廷几乎要宣布戒严。

两个可汗连营南下,声势十分浩大。

李世民引兵迎敌。当时,关中连日降雨不止,粮道几乎阻绝,士兵们

都十分疲劳，军用器械也都差不多到报废的地步。朝廷很多人看到这个情况，信心都跌到谷底，无不担心李世民打不过突厥兵。

李世民在豳州境内与突厥大军相遇。他知道，别人可以没信心，但他必须信心满满，斗志昂扬。他下令全军，准备战斗。

第二天，即武德七年（624）八月十一日，突厥可汗率一万多骑兵掩杀而来，在城西的五陇阪列阵，向唐军叫板。

李世民这边的将士都脸如死灰，个个怕得要死。

李世民转头对李元吉说："现在突厥进逼，万不可对他们示弱。我们应该跟他们大战一场，你能不能跟我一起前去破敌？"

李元吉在玩自己人时，胆子很大，手段很残暴，平时说到打仗也眉飞色舞，恨不得马上披挂上阵到战场上纵横驰骋。可是当真的面对来势汹汹的强敌时，他的胆子就不知缩到哪个角落去了。他听了李世民的话，面露惧色，说："现在敌人太过强大了，轻易出战，万一失利，就后悔莫及。"

李世民冷着脸说："你不敢出，那我就只好独往了。你就在这里看我如何破敌。"

李世民说过之后，就率领骑兵直接来到突厥的阵前，对他们大声说道："我们与可汗，早已和亲。你们为什么违背盟约，侵略我国？我就是秦王李世民，如果可汗有比武的能力，就请过来跟我单打独斗，一决胜负；如果可汗手无缚鸡之力，必须让大家一齐上来，我也不怕。我就用这一百名骑兵抵挡你们。"

颉利可汗听了李世民的话，一时也摸不着头脑，觉得李世民仅带这么一点人出来向他应战，简直不可思议。听说这个李世民很能打仗，阴谋诡计特别多。现在李世民这么出来，肯定不是为了送死，应该是另有诡计。但到底是什么诡计，颉利可汗也猜不出，因此就在那里笑笑，什么话也不说，心里暗道："俺不说话，只保持警惕，看你下一步怎么走。"

李世民又向前推进，然后派骑兵去告诉突利可汗："你以前跟我们订过盟约，说一方有难，另一方必须出手救援。现在你却率领兵马来打我们，怎么连这点做人的底线也没有呢？"

第八章　明争暗斗　兄弟反目为皇权
　　　　　你死我活　同胞喋血玄武门

突利可汗听到这话，觉得脸上有点发烧，也像颉利可汗一样，什么回应也没有。

李世民要的就是这个效果，他下令部队继续前进。

唐兵就要渡过沟水时，颉利可汗就坐不住了。

颉利可汗刚才也密切关注李世民对突利可汗的喊话。由于离得比较远，他只是隐隐听到"盟约"这些特别敏感的字眼，心里不由得阵阵紧缩。颉利可汗跟突利可汗的关系向来也很紧张，而且突利可汗还真的跟大唐签过盟约。现在颉利可汗看到李世民敢于以少量部队轻进，认为他肯定有所倚仗——就是跟突利可汗有谋在先。

颉利可汗想到这一层，身上就冒出了冷汗，急忙派人对李世民说："秦王不必渡河。我真的没有别的意思。今天前来，只是打算跟秦王重申并加强原先订的盟约而已。"

颉利可汗为了表示自己的诚意，下令本部人马都向后退了一段距离。

这时，大雨仍然下个不停，而且越下越大。

李世民对诸将说："突厥人所恃的只有弓箭。现在雨水经久不息，筋弦松弛，胶性失黏，弓就不能够使用了。弓不能用，他们跟赤手空拳已经没有什么两样。而我们住在屋子里，吃熟食，兵器锐利，完全可以养精蓄锐，看准时机，突然杀出，把他们打败。如果这样的时机都不能抓住，还要等待什么样的时机呢？"

于是，李世民在夜间率军而出，冒雨前进，突然逼近突厥大营，搞得突厥兵大为震惊。

当然，李世民并不是一味冒进，而是一边前进一边还开展政治工作——这才是他最重要的手段，"冒进"只是为了配合这方面的工作。他派了个口才很好的人去见突利可汗，一番恩威兼济、软硬兼施，就把头脑简单的突利可汗说服，表示愿意服从李世民的命令，愿意配合李世民的行动。

颉利可汗看到李世民就这点兵马，硬是步步逼近，心下也不忿起来，看来不打李世民一下，他真不知道疼，就要下令出战。可是突利可汗却坚决反对。

颉利可汗看到突利可汗的态度如此强硬,就更坚信他跟李世民有谋在先的判断。他也不敢再坚持打下去了,就派突利可汗和夹毕特勒阿史那思摩前来会见李世民,请求通和修好。李世民当然同意。

突利可汗的人品还真不错,通过这次跟李世民的交往,他也认定李世民是个英雄,对李世民佩服得五体投地,主动请求跟李世民结为兄弟。李世民当然是求之不得,跟他再订下盟约。突利可汗这才率兵离开。

一场让关中震恐、使得朝中大臣都有末日来临之感的危机就这样平息了。

这次,李世民凭借着个人的胆略,随机应变,让突厥的倾国之兵全部撤了回去。

突厥既然跟大唐签订了友好盟约,就请求开放双边的互市。大唐当然同意了他们的请求。因为边贸活动不但对突厥利好,对大唐也是很有利的。这些年来,大唐一直处于战乱时期,不但物资严重匮乏,就连耕牛都十分紧缺。边贸一开,突厥和吐谷浑的牛就通过双边贸易源源不断地进入中原。没过多久,中原各地的各种牲畜又遍布原野了。

西突厥看到大唐跟东突厥签订了友好条约,也想跟大唐修好。武德八年(625),西突厥统叶护可汗也派人来到长安,请求当大唐皇帝的女婿。

李渊马上找来"突厥专家"裴矩,问:"西突厥离我们很远,一旦发生什么紧急情况,根本无法前来相助。跟他们通好,到底有多大好处?现在他们前来求婚,应该怎样处理?"

裴矩说:"现在北狄正处于强盛时期,为了国家的长远利益,我们应该远交近攻。我认为,完全可以跟西突厥和亲,以便威逼颉利。数年之后,中原地区富强起来,有足够的力量抵御北狄时,再考虑其他对策不迟。"

李渊采纳了裴矩的建议,派他的侄子李道彦为使者,前往西突厥,向他们宣布了和亲政策。统叶护可汗十分高兴。

大唐和突厥虽然又签订了这些盟约,但其实双方都不相信这些盟约有多大约束力。

突厥时不时把这些盟约丢到脑后,派骑兵不断前来骚扰,这让李渊很郁闷。

第八章　明争暗斗　兄弟反目为皇权
　　　　　你死我活　同胞喋血玄武门

大家知道，大唐初年，李渊将关中分为十二道，每道置一军，共十二军。前一段时期，李渊以天下大定，宣布国家进入重建阶段，军管时代结束，就罢了十二军。这时因为突厥不断前来侵扰，让李渊一刻不能安宁，使得他不得不宣布复置十二军，并命令窦诞为将军，训练兵马，准备大举打击突厥，给他们一个刻骨的教训。

在李渊满脸杀气地做这些准备时，颉利可汗也没有闲着，派出骑兵到处打秋风。武德八年（625）六月，颉利可汗甚至亲自出马，带着大队突厥骑兵进犯灵州。

李渊大怒，对侍臣说："突厥实在是贪得无厌，朕一定要亲自征讨他们。从现在起，跟他们有往来时，都不要再写国书，一概采用诏书敕令。"国书是国与国之间交往用的，诏书敕令是皇帝对大臣使用的。

颉利可汗进入灵州时，被张瑾拦住，便又改变进攻方向，直赴相州。突厥的另一支部队在睦伽陀的带领下，又进攻武兴。

此时，北部边境又烽火四起。代州都督蔺谟在马邑南边的新城跟来犯的突厥兵激战一场，结果不利。

李渊紧急下令张瑾率部屯石岭、李高迁到大谷驻扎，又命令李世民屯蒲州以备。

突厥旗开得胜，把唐兵逼得手忙脚乱，大为得意，马上越过石岭，杀进并州，接着侵犯潞州、沁州和韩州，简直是全面开花的节奏。

李渊看到北方边境漏洞百出，战将已经不够用，便于八月底把李靖调出，任命他为潞州道行军总管，在太行山驻军，专门对付突厥。

颉利可汗更是信心满满，扩大入侵规模，自带十万大军冲入朔州境内，大肆劫掠一番。

张瑾奉命才开到太谷，就与突厥大军相遇，双方一见面就开打。结果张瑾全军覆没，仅以身脱，一口气跑到李靖的大营里。张瑾的行军长史温彦博被突厥俘虏。突厥知道温彦博的职务很重要，一定知道很多唐兵的部署和粮草情况，就向他询问。但他紧闭着嘴，一言不发。突厥把他流放到阴山那里。过了几天，突厥又向灵武发起进攻。灵州都督李道宗率兵跟突

厥大战数天，终于在八月二十三日艰难地打赢了一仗。

突厥大兵虽然勤于制造麻烦，但其行动性质跟一般土匪差不多，来得突然，去得也快，尤其是遭遇挫折后，那是说走就走。突厥在灵州打了个败仗，颉利可汗马上就没有了兴致，不想玩下去了，派人来到长安，说咱们还是不打了吧，然后单方面撤军——当然，他们来的时候，也是单方面杀过来的。

颉利可汗退走了，并不代表边境的流血冲突就此打住。颉利可汗的下属们还持续不断地制造着麻烦，今天打这个县、明天打那个县，让大唐边防部队防不胜防——当然，突厥兵的这些行动，对大唐的大局也没有造成重大的影响。

次年，即武德九年（626）四月，颉利可汗头脑再次发热，又带着部队打了过来。

当月二十日，刚刚就任安州大都督的李靖与颉利可汗在灵州的硖口发生了一场激战，双方从早晨一直打到申时，都不分胜负。战斗打到这个程度，不但战士们在比拼耐力，双方主将也在比拼意志。结果颉利可汗拼不过李靖，宣布撤军回去。

5. 秦王府危机重重

当突厥不断地在边境任性地要流氓时，李建成和李世民的争斗也进入决战阶段。

上次因为"天命"两个字，李世民被太子党修理了一次，差点被李渊废掉，全靠突厥的入侵，这才逃过一劫。事后想来，真是凶险异常。李世民马上意识到，他跟李建成最后摊牌的时间已经很近了。因为"天命"事件，李渊现在已经坚定地站在太子党一边，想靠李渊打倒李建成已经不现实了。李世民必须找好自己的退路。

虽然李世民坚决反对迁都河南一带，但当他寻找自己的退路时，目光还是锁定了洛阳，他认为洛阳乃形胜之地，占有洛阳，足以保住性命。更要紧的是，如果还在长安居住，说不定哪天李建成突然发难，他只怕连个

第八章　明争暗斗　兄弟反目为皇权
　　　　　　你死我活　同胞喋血玄武门

逃跑的机会都没有。于是，李世民就打算离开长安，去守洛阳。

李世民先派秦王府的车骑将军张亮带着一千多人到洛阳。张亮进洛阳后的主要工作就是暗中结交山东豪杰，以便发生变故时用得着——李建成的优势在长安，李世民只得寻求外援。李世民给张亮大量的金帛，让张亮任意使用。

李世民的这个活动虽然是暗中进行，但毕竟也是个大动作，哪瞒得过时刻关注他动静的太子党阵营？李元吉很快就向李渊告发，说张亮在洛阳图谋不轨，然后把张亮抓起来，交付法官审讯。张亮真是个硬骨头，不管对方如何威逼拷打，他始终一言不发。最后，因为证据不足，又将他释放，让他返回洛阳。

李建成一看，觉得再这样跟李世民斗下去，实在太麻烦了，不如直接把李世民搞定。他在一天夜里，把李世民请来饮酒。两人虽然早已斗得你死我活，但表面上还必须称兄道弟，做给外人看。而且李建成是太子，他邀李世民去喝酒，李世民也不好意思不去——除非双方已经公开撕破脸面。

李建成看到李世民果然乖乖地前来，心里就笑了——还是太子名头有用啊。李建成早已在酒里放了毒药。李世民才刚喝了几口，觉得心脏突然剧烈地疼痛，当场吐了一大摊血。当时，李神通也在现场，看到李世民突然成这个样子，便把他扶起来，送到西宫休息。

这事也惊动了李渊，他连夜跑到西宫看望李世民。李渊是什么人？他看到这个情况，心里肯定很明白，但也不能直接说破，就对李建成说："秦王素来不能饮，自今而后，你不得再跟他夜饮了。"

李建成走后，李渊又对李世民说："首建大谋、削平海内，都是你的功劳，我本来想立你为嗣，但你却固辞。而且建成年纪最大，当太子也当得久了，我也不忍心削去他的权力。现在看来，你们兄弟真的已经难以相容。你们都住在城里，迟早会发生纷争。我应该派你返回行台，让你留居洛阳。以后，陕州以东的地区，都由你主持。我还要让你设置天子旌旗，一如梁孝王故事。"

从李渊这番话可知，他对两人的争斗了如指掌。不过，他也只是看得

明白,却也没有好的解决办法。

李世民这次可谓死里逃生,真想不到李建成这次下毒居然下得这么没有水平,结果没有把李世民毒死,反而把自己的人品又暴露了。李世民这时最盼望的就是离开长安、返回洛阳,现在看到李渊这么安排,当然是大喜过望。但他到底是老江湖了,并没有把高兴的神态挂到脸上,而是"涕泣"着说只想在长安为父皇尽孝,不想离开父皇膝下……

李渊说:"现在天下一家,东都和西都两地,路程很近,如果我想念你,便可动身去洛阳。你大可不必烦恼悲伤。"

李世民当然不会为此事烦恼悲伤——你不让他去,他才会烦恼悲伤。此次李建成想毒害他,使得李世民更加坚定了离开长安的决心。李世民长年带兵,到处打仗,从关中一直打到山东,因此他的势力在方镇。而李建成当了太子之后,就在长安协助李渊处理朝政,长安无疑已经成为李建成的地盘。离开长安,对于李世民而言,等于脱离虎口。到了洛阳,李世民则相当于虎入深山、龙归大海。况且,李建成这一次不成功的毒害,彻底暴露了李建成的人品,从而使得李世民牢牢地占据了道德制高点。只要时机成熟,他根本不用李建成做什么,就可以发兵西向,猛攻关中,借口都不用他说,总有人会帮他找到。

李建成和李元吉马上意识到了这一点,他们知道,只要李世民离开长安,他到洛阳之时,就是他们噩梦的开始。

李世民马上就要出发。

李建成对李元吉说:"李世民如果到洛阳,马上就有地盘、有部队,我们再也不能控制他了。不如想办法把他留在长安。在长安,他只是一个独夫,要做掉他很容易。"

两人一番合计,很快就想出了一个办法,暗地里叫很多人给李渊上密封,内容只有一条:"秦王的左右听说秦王将往洛阳,无不欣喜异常。经过大家的分析,李世民这一去洛阳,将永远不再回来了。"他们又收买了李渊的左右,让他们一有时间就对李世民去洛阳之后的利弊进行分析——当然全是弊大于利的说法,然后劝李渊,为了国家的长治久安,还是先让李世

第八章　明争暗斗　兄弟反目为皇权
　　　　　　你死我活　同胞喋血玄武门

民留在关中,总之现在大政还掌握在陛下手里,他们兄弟也不会闹出什么事来。李渊天天听着这些话,最后终于觉得有道理。于是,李世民前往洛阳的事就此告吹。

　　李世民在这一回合中失利。他的前途已经十分凶险——你想想,李建成已经公然向他下毒,而且李渊已经知道,但最后李建成却一点事情都没有。接下来,李建成加害他时还会手软吗?

　　但李世民还有什么办法?他总不能偷偷溜出长安,潜往洛阳——这可是造反啊。

　　李世民只能硬着头皮继续待在长安——这跟坐等着人家的大刀砍下来已经没有什么区别。

　　李建成看到他们成功地把李世民继续留在长安,心下大喜。他们也怕哪天李渊心情发生变化,又恩准李世民前往洛阳,那可大大的不妙。他们必须趁着这个机会,继续把李世民往死里打。

　　当然,他们不能再下毒了。他们又回归原来的做法——借助李渊来把李世民搞定。

　　他们确实有这个实力,也有这个机会。机会就是目前李渊对李世民还是很提防的,很怕李世民会突然出来搞事;实力就是他们两人跟李渊内宠的组合。李渊天天在这些人的思想灌输之下,终于觉得留下李世民等于留下一颗定时炸弹,于是决定惩治李世民。

　　李世民此时毫无办法,只能被动地等待处罚了。

　　幸亏还有陈叔达。他在李渊就要拍板拿下李世民时,对李渊说:"陛下,秦王有大功于天下,是不能够废黜的。而且秦王性格刚烈,若加以折辱贬斥,他一定受不了。到时陛下后悔还来得及吗?"

　　陈叔达确实厉害。这番话说得不怎么严厉,但他指出李世民的功劳摆在那里,到头来如果仍然被李渊以莫须有之罪搞定,李渊那张脸也没有地方放了。

　　李渊也是老戏骨了,略一沉吟,终于屏蔽了这个想法。

　　李建成他们当然不会罢休。李元吉又去找李渊,强烈要求父皇杀掉可

怕的二哥。

李渊说:"他有定天下之功,而且他的罪状也不明显,连个借口都没有啊。"从李渊这话就可以得知李渊对李世民的真实态度了。如果他真的想保李世民,至少也会把李元吉骂个狗血淋头,可他只是解释了一下,说没有借口。言下之意是,你们要尽快找到一个借口。

李元吉接着说:"李世民初平东都的时候,就观望形势,不肯返回,而且到处散发钱财布帛,树立个人威望,又违背陛下之命。这不是造反是什么?这些罪名足可把他杀了,何必再找什么借口。"

李渊一听,心里肯定很生气:这算什么罪名?而且过了这么久,你还翻这些旧账。你根本不知道,李世民所干的那些事,除了不给他那几个内宠挑选珠宝财物,都是他让李世民放手去干的。现在他能以此为由杀李世民吗?这样的事,只有昏庸透顶的皇帝才会干啊。请问,大唐开国皇帝是昏庸透顶的皇帝吗?

李渊又不能让这些内心话喷薄而出,只是在那里"不应"。

你想想,李元吉都敢于赤裸裸地要求李渊杀掉李世民了,李世民所处的危险境地可想而知。

秦王府的僚属更是觉得他们的周围已是危机四伏,再不采取措施,他们就会跟李世民一起死光光。这些人都跟李世民出生入死过,心理素质过硬,智商也高人一筹,敢于有所作为,他们当然不愿等死。

最先站出来的就是房玄龄。

房玄龄对长孙无忌说:"秦王和太子的矛盾已经不可调和,现在主动权牢牢地掌握在对方手中,一旦祸患暗发,不但秦王府全部完蛋,而且国家存亡都成问题。为了挽救秦王府、挽救国家,我们一定要劝说秦王行周公之事,以安家国。存亡之机,间不容发,正在今日。"

长孙无忌是李世民的内兄,绝对是李世民集团的核心人物,所以房玄龄谋事,找的第一个人就是他。

长孙无忌说:"我有这个想法也很久了,只是不敢讲出来。现在你说的这一番话,正合我意。我马上把你的话禀告秦王。"

第八章　明争暗斗　兄弟反目为皇权
　　　　　你死我活　同胞喋血玄武门

　　现在李世民比他们更急。李世民为了起兵，什么事都干得出来，他利用父亲的老朋友给父亲下套——让宫女来陪过夜，硬是把父亲往死路上逼，使得父亲不得不宣布起兵。这样的人会甘心坐着等人家拿大刀来砍他的脑袋吗？只是他现在还真没有想出什么办法来。

　　长孙无忌找到李世民，把房玄龄的话转告他，劝他当机立断。

　　李世民早就想当机立断，只是不知道怎么断。他听了长孙无忌的话，眼前一亮：房玄龄的脑袋就是个大大的智囊啊——我没有办法，不等于他没有。他马上派人把房玄龄找来。

　　房玄龄进来之后，马上就说："大王功盖天地，当承大业。今日之危机，实乃得天之助。请大王不要再犹豫不定了。"

　　在场的人都知道，不再犹豫，就是要尽快把李建成和李元吉干掉。李建成现在是太子，干掉太子，其实等同于政变！这是需要下巨大的决心的。

　　李世民知道，现在只有下这个决心，他的性命才能够保住。

　　这时杜如晦也来到，众人共同劝李世民下定决心。

　　当李世民他们在秦王府里紧张地讨论时，李建成一方也在加紧行动。他们知道李世民手下的骁将极多，就想把这些人都收买过来，以为己用，把李世民彻底孤立起来，到时要拿下李世民就更加容易了。

　　他们的这个策略没有错，但他们选择的对象错了。

　　他们最先锁定的人就是尉迟敬德。

　　他们拉了一车的金银器物直接送给尉迟敬德，对他说："愿迂长者之眷，以敦布衣之交。"这话说得很斯文，文字也极工整，其实就是希望跟尉迟敬德加深情谊，盼望他加入太子党的阵营：只要你跳槽到东宫，以后的财宝都是一车跟着一车地送给你；大丈夫出生入死，其实就是为了"富贵"二字。

　　尉迟敬德看了那车金银财宝一眼，并不为所动，淡淡地说："俺只是一个家徒四壁的穷人，遭遇隋末离乱，长期沦落在与朝廷为敌的盗贼群里，早就罪不容诛。秦王却没有怪罪于我，待我恩重如山，使我有如重生，还让我成为秦王府的官员，我唯有以死报答秦王的大恩大德。我于殿下无一

寸之功，不敢凭空收受殿下如此厚赏。再说，私下跟殿下往来，就是对秦王怀有二心，就是一个贪利忘义之人，殿下要这样的人又有什么用？"

李建成大怒，没有再跟尉迟敬德往来。

尉迟敬德把这事告诉了李世民。

李世民大为感动，对尉迟敬德说："你心如山岳，再多的金银也不会让你动摇。他们赠送你什么，你就是坦然接受，我也不会去猜疑你。况且，这样做你还可以更深入地了解他们的阴谋。这也是良策一个啊。否则，祸事马上就会降临到你的头上。"

李世民的预测十分精准。

李建成看到尉迟敬德旗帜鲜明地拒绝了他们的收买，果然勃然大怒，恶向胆边生——李世民我们都敢下毒，你一个武夫算老几？杀你还不是小事一桩。毒李世民时，俺父皇明明知道都还假装不懂，杀你一个武夫，父皇还能怎么样？李建成决定把尉迟敬德干掉，让所有的人知道，不跟太子党合作，就只有死路一条。你不接受一车金银，就只有接受大刀了。

李建成和李元吉商量之后，决定从肉体上消灭尉迟敬德。具体行动由李元吉负责。

李元吉在战场上虽然经常胆怯，但在对付自己人时胆子很大，也很残忍。他领了任务之后，马上就派几个身强力壮的武士去刺杀尉迟敬德。

李元吉以为自己的行动很隐秘，其实到了这个时候，李世民早就洞察到了他们的心理活动，他再怎么隐秘也瞒不过李世民。李世民在刚刚得知他们收买尉迟敬德时，就知道李建成和李元吉要做什么了。因此，尉迟敬德也做好了防范的准备。

当那几个刺客来到尉迟敬德的住宅前时，尉迟敬德就知道了。尉迟敬德曾在敌阵里纵横冲杀，杀人无数，哪会把这几个鬼鬼祟祟的刺客放在眼里？

他吩咐家人把重门全部打开，然后在大堂上安卧不动。

那几个鬼鬼祟祟的刺客应该是早闻其名，早知其勇，心里对他异常忌惮。他们鬼鬼祟祟地进了尉迟敬德的庭院之后，又鬼鬼祟祟地逃出去，而且来来回回了多次，那几双眼睛已经看到安卧大堂的尉迟敬德。连他们都

第八章　明争暗斗　兄弟反目为皇权
　　　　　你死我活　同胞喋血玄武门

感觉到，当他们的目光触及尉迟敬德的身影时，眼里的凶光已经自动消失，取而代之的是惊恐散乱的目光。最后，他们悄悄地把雪亮大刀收到屁股后面，然后慌慌张张地逃离现场。

李元吉和李建成没想到，尉迟敬德安卧不动，就令杀人不眨眼的刺客不敢下手。他们知道武力对这样的人真没用，于是一计不成二计生。

这次仍然由李元吉出面，到李渊面前控告尉迟敬德，说他谋反。

李渊心里肯定知道尉迟敬德是不会谋反的，更知道这是李元吉想从尉迟敬德这里打开缺口，以便把李世民牵扯进来的图谋，但他仍然听信了李元吉的控告，将尉迟敬德下狱治罪，并做成铁案，准备开斩。

李世民得知后，当然不能让尉迟敬德这样死去，他去找李渊，不管李渊怎么说，他只是固请别杀尉迟敬德。李渊在给尉迟敬德治罪时，本来就知道这是李元吉的诬告，底气本来就很不足，看到李世民过来固请，也不好意思杀了尉迟敬德。

在李世民和李建成争斗的过程中，夹在中间的李渊充分表现出了他那矛盾的性格。他对两个儿子争斗的情况了如指掌，却没有一点解决的办法。他是那个时代的皇帝，根植在内心世界的传统思想使得他不得不站在李建成的立场上，或多或少地参与了对李世民的打压，甚至在李元吉要求他杀掉李世民时，他内心居然波澜不惊，只说没有过硬的借口。他还是有自己的看法的，因此当他面对李世民时，表现得又十分软弱，有时甚至还不惜忽悠李世民要另立他为太子。李世民对李渊的这个心态也是掌握得十分到位，每到关键时刻，都能让李渊改变主意，放他一马。

李渊因为这个矛盾的心理，不断地被两个儿子利用来利用去，成为双方打向对方最有力的武器。李渊在夜里想到这个问题时，肯定十分郁闷：天下都被他统一了，现在却统一不了两个儿子的思想。他这才知道，有时候内部矛盾比敌我矛盾更不好解决。当然，这事在他那里是内部矛盾，而在李世民和李建成那里，早就转化为敌我矛盾了。

李建成和李元吉看到弄不死尉迟敬德，就又去诬陷程知节——也就是程咬金，说这家伙还留在长安是大大的危险。

李渊肯定也知道这是在剪李世民的裙边,消除李世民的臂膀,但他还是按照李元吉的意思,下令程知节出任康州刺史。

程知节接到命令之后,对李世民说:"大王的得力干将都快被人家全调走了。这些人一走,大王岂能长久?我誓死不离京师,请大王早日定计。"当你听到这样的话时,你还觉得程咬金是演义中那个模样吗?

李建成和李元吉继续挖李世民的墙脚,他们又拿出一堆金钱,送给段志玄。

段志玄也不从。

李建成对李元吉说:"在秦王府的智谋之士中,最可怕的是房玄龄和杜如晦。只要把这两个家伙调离李世民的身边,李世民就无能为力了。"

于是,两人又到李渊面前,诬告房玄龄和杜如晦。

李渊二话不说,直接把两人斥逐出长安。

如此一来,李世民身边就只剩下长孙无忌、高士廉、尉迟敬德三个死党了。

这三个死党当然也看得出,秦王党的末日已经越来越近了。他们一有时间就劝李世民把李建成和李元吉干掉。

李世民当然也想干掉这两个兄弟,可是毕竟这是一件惊天大事,他一时也拿不定主意。他被三个家伙逼得急了,就向李靖请教该不该搞事。

哪知李靖也是个老滑头,说他不该参与这样的事。(另有史料说,李靖在听到李世民问计之后,马上说:"大王以功高被疑,靖等请申犬马之力。"只是后来发生的事情又没有看到李靖参与。)

李世民也不强求——虽然他曾救过李靖的命,但毕竟这些年来,李靖并没有跟他到处打仗,算不得是他阵营里的人,推辞是有道理的。李世民又去向李世勣问计。李世勣这些年来一直都跟他打拼,绝对算是秦王党的骨干,他应该无话不谈、无智不献吧。

哪知,李世勣听到之后,也跟李靖一样,说这是你们的家事,我什么都不知道。他也是老滑头一个。

如果是别人,肯定会勃然大怒:你们跟着老子立了大功,现在老子危

难之时，你们一个个都跟老子划清界限。可是李世民却没有生气，他认为这两人没有政治野心，是最靠得住的，对他们更加器重了。

正在这时，突厥大将郁射设带着几万骑兵又猛的冲进黄河以南，围住乌城。

边关告急文书送到朝廷。

6. 李世民的以退为进

按以往的惯例，这么大的一股突厥兵杀进来，应该由李世民挂帅出征。但现在李建成最怕的就是李世民又带兵出征——好容易把他的裙边剪得如此干净，他一带兵，那些被调离的大将就又会被他召回来，他们前段时间的努力岂不是全打了水漂。所以，李建成极力推荐李元吉代替李世民领兵出征。

李建成的用心是非常明显的，李渊这样的老手根本不用过脑子都能看得出，但他很爽快地采纳了李建成的建议，命令李元吉率李艺、张瑾等人带兵去救乌城。

这还不算完，李元吉得令之后，又向李渊提了个要求，请派尉迟敬德、程知节、段志玄及秦叔宝跟他一起出征，并让他挑选秦王帐下的精锐将士去补充他的部队。只有这样，他才有把握打赢彪悍的突厥骑兵。

任何人看到李元吉的这个请求，都知道这是要抽干李世民的实力，让他真正成为光杆司令。这一计真的十分老辣。

明眼人一看就知道，李世民已经被逼到墙角，如果他再不行动，将完全丧失行动机会。

李世民手下的人都急了起来，集体劝李世民马上定计，错过时机就会丢掉性命。

王密对他说："大王，我探得一个消息，太子曾经对齐王说：'现在你得到秦王的骁将精兵，拥数万之众，实力已经足够强大。等你出发时，我会和秦王一起在昆明池给你饯行。到时，你就可以派大力士在帷幕里将他拉杀，然后就上奏说他是暴病而亡的。皇上只会相信而不会说什么。我再

跟皇上请求，把国家事务交给我。至于尉迟敬德那伙人，被你掌握之后，就可以全部活埋。谁敢不服呢？'"

王密这番话里的重点是后面那几句。也就是他们搞定李世民之后，就向李渊摊牌，顺势强迫李渊将皇位传给李建成。如此一来，李建成就被套上了谋反之罪。有了这个把柄，李世民才有动手的合法性。

李世民迟迟不敢有所行动，并不是他怕不成功，怕人家说他杀兄弟，而是还没有找到一个合法的把柄。一旦这个合法的把柄找到，他马上就能下决心。

李世民马上把王密的这些话告诉了长孙无忌。

长孙无忌一听，就对他说："再不搞，不但你完，你爹也完，国家也完。"

李世民当然不会马上拍案而起，而是一声长叹："骨肉相残，乃古今大恶。我早就知道祸事就要来临，但我还是打算等祸事发动之后，再仗义讨伐他们。这不是更好吗？"

尉迟敬德说："人生在世，谁又愿意去死？现在大家都誓死拥戴大王，这是天之所授。祸患的扳机都已经扣发，大王却仍旧神态安然，好像是一个无关之人一样，一点也不为此事担忧。即使大王把自己看得很轻，又怎么对得起宗庙社稷？如果大王不肯听我的话，我就马上走出大王的大门，逃身荒野草泽。别人如何，我不管，但我是绝对不愿意留在大王身边，拱手任人宰割的。"

长孙无忌立刻接口道："大王如果不从敬德之言，我们就只有败亡了。敬德等人不再追随大王，我们也会跟着他们离去，不能再事奉大王了。"

几个人一逼，李世民的态度终于软化。他说："兹事体大。你们再议一议。"

尉迟敬德说："事已至此，大王还犹豫不决、举棋不定，非智也；面临危难，不能决断，非勇也。而且，大王平时蓄养的八百壮士，凡是在外面的，现在都已进入宫中，他们穿好衣甲，握着兵器，起事之势已成，大王怎么还能够制止得住呢？"

第八章　明争暗斗　兄弟反目为皇权
　　　　　　你死我活　同胞喋血玄武门

李世民仍然没有拍板。

很多人看到这里，都会觉得奇怪：李世民这是怎么了？变得如此优柔寡断。难道他真的被传统思想捆住，不敢有所动弹了？如果这样认为，那是真没有把李世民看透。你想想，当年太原起兵时，他何等果敢，日夜筹划，何曾被传统思想束缚过？现在他还会被那套僵化的理论捆住吗？他之所以表现得犹犹豫豫，其实是故意做给大家看的——或者说是故意做给历史看的。不是我无情无义，我也是被逼的：先是兄弟逼，逼得连这些手下都觉得走投无路了；然后是这些走投无路的手下逼，如果我不举事，这些人也要举事。另外，这么一来，也更能激起这些部下的义愤，他们行动起来会更加奋不顾身，更加毫无顾忌——要知道，一旦事情搞起，不但要搞定那两个兄弟，而且还会牵扯父皇，这些人能没有顾忌吗？必须把他们的这些顾忌全部清除。所以，他便以退为进，不断地刺激这些人的义愤。

他的犹豫其实是另类的激将法，或者说是别样的一种动员。

李世民仍然没有当场拍板，而是继续他的另类动员。他又把府上的僚属召来，征求大家的意见——你想想，如果他不想举事，他敢于这样大规模地征求大家的意见吗？不搞事而征求这样的意见，跟向对手递刀有什么区别？

那些僚属都说："大王如果不采取断然措施，只怕社稷将非大唐所有。齐王向来性格凶暴，哪肯事奉兄长？据说薛实曾经对齐王说过这样的话：'大王之名，合起来可成一个唐字。大王最终一定会成为唐主。'齐王听说后，很高兴地说：'只要除掉秦王，取东宫就易如反掌了。'他跟太子谋乱还没有成功，就已经有了取太子之心，以后这个天下还能是大唐所有吗？现在大王凭己之威，收拾二人如拾地芥。为什么还要犹豫？为何去守什么匹夫之节，而忽略了国家大计！"

这些话本来应该出自李世民之口，但现在全由这些人说出来，正是他希望看到的。但他仍然迟疑不决。

大家又说："大王认为舜帝是什么人？"

李世民说："圣人也。"

大家说:"假如舜在疏浚水井的时候没有逃过父亲和弟弟在上面填土的毒手,他便化为井中的泥土了;假如他在涂饰粮仓时没有逃过父亲和弟弟在下面放火的毒手,他便化为粮仓里的灰烬了,还怎么能够使自己的恩泽遍及天下、让他的法度流传后世呢?所以,虞舜在遭受父亲小棍子笞打时选择了忍受,但在遭受大棍棒的猛打时便逃跑了。这是因为他心里所想的是大事啊。"

李世民一听,心里就笑了:这些手下还真有水平,能帮他找到这样过硬的理论基础,搞一场政变、杀掉兄弟、对抗父皇,居然是在向虞舜学习。连虞舜都不学习了,你还要这个天下干什么?

现实的理论基础打下了,还要搞一搞迷信活动。

李世民说,这还要看是否符合天意,所以叫大家找人来卜算一下,看看是否可以采取行动。

他手下的张公谨正是这方面的老手,马上取出龟甲,当众扔到地上,大声说:"占卜是为了决定疑难之事,现在事情并无什么疑难,还占什么卜呢?难道卜算的结果不吉利,就不可以采取行动了吗?"

这才是真正的大师。

在场的人听了,都踊跃起来,个个神情激昂地表示,不管如何,都要干了。

李世民的心里肯定在哈哈大笑,但他仍然一脸严肃,说既然如此,俺就服从大家的意见。

这才是高明的政治家,明明是自己的事业,偏偏说成这些手下的事情,使得手下这些人干起来,心里都塞满了不知从哪里来的"主人翁精神"。

李世民看到手下人的情绪都自我调动起来了,知道搞事的时候到了。他叫长孙无忌暗中把房玄龄和杜如晦他们召来。

哪知,房玄龄却说:"敕书的旨意是严禁我们再事奉秦王的,如果我们私下去见秦王,到头来会获罪而死,所以不敢从命。"

李世民大怒,对尉迟敬德说:"房玄龄和杜如晦难道背叛了我吗?"说罢,取出佩刀,交给尉迟敬德,说:"你去看看他们两个,如果真的不想来，你就砍下他们的脑袋带回来见我。"

尉迟敬德和长孙无忌带着李世民的命令去见房玄龄他们，对他们宣布："大王已经下了决心，你们现在马上过去面见大王，商议大事。为了保密，我们四个人不能在街道上同行。"

他们让房玄龄和杜如晦穿上道士的衣服，然后跟长孙无忌一同进入秦王府。尉迟敬德则由别的道路回去。

7. 玄武门之变

这天正是武德九年（626）六月初三日，那个专门负责观察天象的傅奕发现：太白金星白天出现在天空正南方的午位。他马上进去对李渊密奏："金星出现在秦地的分野上，这是秦王应当拥有天下的征兆。"

李渊本来对"天命"看得极重，如果是在平时，他肯定会对李世民大加猜忌，甚至会采取手段。可能他这些天来睡眠不足，那根时刻都敏感的神经突然麻木起来，看过傅奕的密奏之后，便把这份本来应该极为机密的奏章转交给李世民。

李世民这一惊非同小可。他只怕李渊突然有所醒悟，自己的麻烦就大了，必须在李渊和李建成他们回过神来之前行动，否则就真的没有机会了。

他马上给李渊上了份密奏，说李建成和李元吉长期以来淫乱后宫，还说："我从来没有做过对不起他们的事，现在他们却想杀我。他们这样做，好像是为王世充和窦建德报仇。我如果枉死，就会永远离开父皇，魂魄回到地下。如果我见到王世充等人，实在感到无比羞耻。"

李世民这番话，就是说这个所谓的"天机"其实是李建成一伙制造出来的，欲以此来杀掉李世民。

李渊一听，觉得还真有道理，他怔怔地望着李世民，愕然半晌，说："明天就审问此事，你最好及早前来朝参。"

李世民用这个办法，终于把李渊稳住了。

第二天，也就是六月初四日，李世民带着长孙无忌等人入朝，暗中伏兵于玄武门。

当你看到"玄武门"这三个字时,就知道一个历史性的时刻已经来临。

为什么选在玄武门,而不是直接进攻东宫?

首先,在长安城里,李世民武装力量少得可怜,兵权都掌握在李元吉手里,东宫的武装部队人数众多,李世民根本没有进攻东宫的力量,进攻东宫就是找死;其次,李建成和李元吉经常进宫,这是两人的必经之路;再次,玄武门的守将常何名为李建成的铁杆,其实早就被李世民收买,成为李世民集团潜伏在太子党的人,在他值班的时候举事,把李建成和李元吉骗进来,不费吹灰之力就可大功告成;最后,玄武门是皇宫的北门,直通李渊的寝宫,事变发动之后,可以直接把李渊控制住——关键时刻,谁控制住皇帝谁就控制了局势。

李世民的这些举动,很快就被李渊的内宠之一张婕妤得知。这个美女的政治敏锐性极强,她硬是从李渊那里了解到李世民密奏的核心内容,然后派人飞报李建成。

李建成马上叫来李元吉,商量如何应对。

李元吉说:"我们应该做好东宫和齐王府部队的动员工作,让大家都进入一级战备状态,然后托病不朝,以观形势。"

如果按李元吉的这个方案执行,历史可能会是另一个模样,可是李建成却说:"我们军队的防备已经很严密了。在长安城,根本不怕李世民动武。我和你还是入朝参见,亲自打听消息。"

李元吉也是个马大哈,听李建成这么一说,就不再坚持自己的意见。

两人就一起入朝,向玄武门走来。

李渊对这事是很认真的,他已经把裴寂、萧瑀、陈叔达等人都召来,组成了"专案组",准备对这事进行查验。

李建成和李元吉来到临湖殿时,发觉似乎有点不对劲。两人对视一眼,觉得真的要发生变故了,便马上勒转马头,准备向东返回东宫和齐王府。

李世民看到他们要跑,急忙上前招呼他们。

李元吉也不打话了,拉开弓就射李世民。李元吉的武力指数很高,骑射水平也很高,但心理素质很差,连发三箭,居然都没有拉满弓,根本射

第八章　明争暗斗　兄弟反目为皇权
　　　　你死我活　同胞喋血玄武门

不中李世民。李世民一看，心下就笑了：现在大家都看到了，是你们先射我的。他马上取出自带的强弓，向李建成射去。

李世民的箭术几乎天下无敌，而且他使的又是特制的强弓，一箭射过去，正中李建成，当场把李建成射死。

正在这时，尉迟敬德带着七十个骑兵赶到。这几十号人齐向李元吉放箭，又把李元吉射落下马。此时，场面已经一片混乱。

李世民的坐下马也惊慌起来，跑到树林里。李世民被树枝挂起，从马背上落了下来，一时无法爬起来。这时，李元吉也跑了过来。他看到李世民倒在地上，不由得大喜。李元吉的心理素质虽然不是很过硬，但武力指数确实很高。他抢上前去，从李世民的手中夺过那张大弓，准备以之勒住李世民的脖子。只要那张弓套住李世民的颈脖，凭李元吉的力量，不过片刻就可以让李世民死于非命。中国历史就会从这里改写。

千钧一发之际，但闻得一声大喝，一匹战马已经跃然而来。

李元吉一看，正是尉迟敬德。李元吉虽然对自己的武力颇为自信，但他曾跟尉迟敬德练过，知道自己万万不是尉迟敬德的对手，眼见对方已经冲到近处，只得丢下那张弓，向武德殿的方向跑去。李世民的性命这才保住。

尉迟敬德哪能放过李元吉，拍马向李元吉追杀过去，最后将李元吉射死。

这时，玄武门发生的事也传到了东宫。李建成手下的翊卫车骑将军冯立听说李建成死了，一声长叹，说："岂有生受其恩而死逃其难乎？"说罢，招呼薛万彻、谢叔方等人带着东宫和齐王府精兵三千人，向玄武门疾驰，要为李建成报仇。

李世民在长安本来就没有多少军队，前一阵又被李元吉把精锐抽走了，因此在发动这场政变时，他并没有部署部队，只靠自己跟几个肌肉发达的死党拼杀。如果东宫和齐王府的这三千兵马杀到现场，他同样难以逃脱。

幸亏那个张公谨守在大门那里。张公谨不但会占卜，而且力大无穷。他看到那几千兵马杀气腾腾而来，便把大门关上，硬是把冯立他们挡在

门外。

当时,敬君弘正带着一部宿卫兵屯于玄武门,看到冯立的兵马前来,心里大是不服,带着部队冲上前接战。他手下的人劝他:"事情还未见分晓,何不再观察一下。等兵力集合起来再出战也不晚。"

敬君弘不理,挺身而出,跟另一个搭档吕世衡大呼冲出,只几下就被那三千东宫精兵打死。守在玄武门的士兵们也跟薛万彻他们交上了手,打了很长时间,还在拼命抵敌。

薛万彻攻不进去,心下恼怒起来,准备掉转方向,进攻秦王府。

秦王府这边的将士知道后,都非常害怕。

正在这时,尉迟敬德跃马而来,他手中提着李建成和李元吉的脑袋。他对着东宫和齐王府的士兵们大喝:"反贼李建成和李元吉已经授首,你们还不投降?"

那些兵丁一看,头头都完了,我们还为谁去拼命?如果还站在这里不知好歹,只怕我们的脑袋也要完蛋。于是,他们都丢下兵器,四散而去。

薛万彻带着数十骑逃进了终南山。冯立因为杀了敬君弘,觉得也值得了,就对他的手下说:"我杀了敬君弘,也算对太子有所报答了。"于是,他也丢下兵器,落荒而逃。

玄武门这边几个兄弟展开生死搏斗的骨肉相残大戏时,李渊正在海池里划船,一派风和日丽、风光旖旎。李渊近来虽然为几个儿子的争斗异常心烦,但他也只是把这当成家事来看,处理得左摇右摆,毫无主张,甚至李元吉请求杀死李世民时,他也不觉得问题已经很严重了,仍然麻木不仁,没有一点紧张感。李渊以为时间一过,这些问题就会自动解决。李渊进入长安后,就开始享受皇帝的幸福生活,扩张地盘、统一四海的重任放心地交给李世民,朝政交由李建成去管,自己乐得当一个太平皇帝,所以,即使在准备审理两个儿子的案件时,仍然到海池里划船,心旷神怡。

李渊还在船上怡情时,突然觉得有些不对劲,因为他看到尉迟敬德披甲持矛,大步而来。李世民在搞定两个兄弟之后,知道大局已定,马上派尉迟敬德进宫宿卫——说是在动荡时期保护父皇,其实是把李渊控制起来。

第八章　明争暗斗　兄弟反目为皇权
你死我活　同胞喋血玄武门

李渊是搞这行出身的，一看这个情况，立马知道出大事了，而且是李世民方面取得了全胜，自己那两个宝贝儿子肯定已经完蛋，不由得龙颜大惊，对尉迟敬德说："今天作乱的人是谁？你来这里干什么？"其实他自己都已经有了答案。

尉迟敬德说："秦王因为太子和齐王作乱，已经举兵诛之。秦王怕陛下受惊，派臣前来宿卫。"

李渊看到尉迟敬德果然证实了自己的猜想，便回头对裴寂等人说："不图今日乃见此事。当如之何？"

李渊在几个儿子争斗时没有解决办法，现在对李世民就更没有办法了。

目前，裴寂是李渊的第一大红人，但突然面临这件大事，他也没有主张了——他本来主张就不多。

萧瑀和陈叔达知道局势已经被李世民全面掌握，现在只有站在李世民的立场上说话，以后他们才有继续说话的资格，就赶紧说："李建成和李元吉在太原起兵时，就没有参与策划，起兵以来，两人又无功于国家，偏偏还嫉妒秦王的大功，一心一意要害死秦王，狼狈为奸，要夺大权。现在秦王已经讨而诛之，那是国家之大幸。秦王功高盖世，率土归心，陛下如果立他为太子，委之以国事，就不会再有什么事了。"最后这句话，威胁之意显而易见。

到了这时，李渊还能有什么办法？他虽然多年来解决不了三个儿子的问题，但他对李世民的了解还是很深入的，知道李世民比他果敢多了，一旦下定决心，什么事都能做出来——尉迟敬德满脸横肉地持枪而来，就已经旗帜鲜明地亮出了李世民的态度。

李渊大声说："善！此吾之夙心也。"

当李渊大声说出这句话时，一定心如刀绞，如果此时此地只有他一个人，他一定会放声大哭。但现在他必须把这话说得坚定不移，说得掷地有声。

此时，争斗的余波还没有平息，宿卫将士仍然在跟东宫的部队交战。尉迟敬德请李渊降手敕，命令各军马上停战并一律接受秦王的处置。

李渊只有乖乖照办。

宇文士及拿着李渊的亲笔诏书出来，向大家宣布之后，大家果然安定下来。

李渊又让黄门侍郎裴矩前往东宫，劝将士们要认清形势，不要逆历史潮流。那些将士一听，反正李建成已死，他们再坚持也没有用了，于是都听从劝告，弃职离开。

乱局就此平定。

历史上有很多类似的案例，一般到了这个时候，李世民就会抢进宫来，面见李渊。但这一次，李世民一直没有主动现身。直到李渊看到事态已经平息，下令宣召李世民，李世民这才进宫来见父皇。

李渊见到李世民时，说的第一句话是："近日以来，几有投杼之惑。"

李世民听完之后，马上扑通跪下，然后"号恸久之"。

在这个环节，李世民把政客的手段玩得炉火纯青。他杀死李建成之后，就知道大局已经被自己牢牢控制住，但他并没有急着进宫见李渊，而只是派尉迟敬德进来（当然，尉迟敬德不会独自一人大步而来，而是带着一支武装队伍），说是进宫护驾，实则是向李渊逼宫，看李渊的态度如何。如果李渊到现在仍然不识时务、拒绝让出权力，那尉迟敬德就只好采取极端行为，以强硬手段使李渊大行而去，然后宣布皇上"驾崩"。即使别人再怎么质疑，也完全可以把责任推到尉迟敬德身上——反正大家都看到，李渊死的那一刻，李世民还在外面，并不在现场。如果李渊看得开，态度软化，愿意合作，则万事皆休，大家就按李世民的剧本继续表演。

李渊是什么人？哪能不知道李世民在想什么？因此，他在第一时间就完全采纳了萧瑀和陈叔达的建议，表示立李世民为太子。

这也是李渊当时的最佳选择。反正李建成已死，其他儿子都还是小孩，大局已经掌握在李世民的手里，你不让他当太子，他也会当下去。事情进展到这个地步，已经不再以李渊的意志为转移了，而是按李世民编写的脚本进行下去。

于是，李世民进宫来参见李渊。

李渊说的那句"几有投杼之惑"也是非常艺术的。

第八章　明争暗斗　兄弟反目为皇权
　　　　　你死我活　同胞喋血玄武门

　　可能很多人刚看到这句话会不明其意。其实，这里用了一个非常有名的典故，这个典故就是"三人成虎"。典故的主人公就是曾参的母亲。话说曾参是个大孝子，曾母对自己儿子的品行向来万分信任。有一天，曾母在家织布。村里有个与曾参同名同姓的人在街上杀了人，邻人不知内情，急着跑来向她报告："曾参杀人。"她不信，继续拿着梭子织布，看上去无动于衷。不一会儿，又有一个人汗流浃背地跑过来，对她说："曾参杀人。"她仍然不信，但心里已经有些不安，不过还是照样织布不误。接着，第三个人又跑过来对她说："曾参杀人。"这一次，她信了，迅速扔下织布的梭子，爬墙而逃。

　　李渊说的投杼就是曾母最后的那个动作。

　　李渊的话不多，但表达的内容十分丰富。也就是说，他本来相信李世民是皇帝的好儿子，可是李建成和李元吉天天在他的耳边进谗言，开始时他不信，但久而久之，他也像曾母那样，不信也得信了，直到现在才醒悟过来。他把自己的责任推卸得干干净净，而且全推到李建成和李元吉的身上——反正这两个儿子已死，多担点责任也没有什么，而且李世民也愿意他这么做，现在能往李建成身上抹黑就尽量抹黑。

　　这些表演就此宣告完美结束。

　　接下来就是肃清太子党的流毒。朝廷下令，将李建成之子安陆王承道、河东王承德、武安王承训、汝南王承明、钜鹿王承义，李元吉之子梁郡王承业、渔阳王承鸾、普安王承奖、江夏王承裕、义阳王承度皆坐诛，仍绝属籍。

　　像所有其他事变一样，在清算反对派的流毒时，很多人都秉承"宁可错杀不可漏网"的铁血原则，肆意扩大化。大家都满脸横肉地要求尽诛李建成和李元吉的左右，并全部籍没其家。只有尉迟敬德在那里粗着脖子大声反对："罪在二凶，既伏其诛，若及支党，非所以求安也！"李世民本来对这两人就恨得咬牙切齿，一谈到这两个兄弟就两眼血红，这些手下也知道他的心理，这才敢于提出扩大化的建议。这时，他听了尉迟敬德的话，看着这位多次将他从死亡边缘拉回来的粗人，觉得他说得很有道理，这才否决了扩大化的决策，并下诏大赦天下。李世民宣布，处理李建成谋逆集

团的骨干成员止于李建成和李元吉两人，其余党徒，一概定为"不明真相的群众"，不再究问。

第二天，也就是六月初五日，逃亡在外的冯立和谢叔方看到这些布告，都自动出来自首。薛万彻还在到处躲藏。李世民在查知他藏身之处后，派人去向他宣传政策，他也跟着来人出来自首。

李世民对大家说："此皆忠于所事，义士也。"表扬几句之后，就全部释放了。

8. 关键人物

李世民和李建成之争，可以说由来已久。双方此前都磨刀霍霍，而在玄武门之变前，主动权基本掌握在李建成一派手里。在双方交手过程中，李世民基本是被动接招，见招拆招，但从没有明显落下风。李建成一派占优的重要原因是，他身为当朝太子，得到李渊的力挺，在传统道义上抢占了制高点。再加上李建成又收买了李渊那一帮内宠，几面夹击，把李世民逼得走投无路。

当然，这些只是表面的优势。

李世民则有着李建成无法比拟的潜在优势。

首先，自太原起兵以来，李世民一直带着军队打天下，是大唐军方实际最高统帅，手里握有枪杆子，大片地盘全是他打下来的，以至李渊不得不让他开府，分配给他的权力一点也不比李建成小。至于手令的效力与诏书同等，使他得以培植了大量敢打敢杀、有能力又死忠于他的亲信。反观李建成，除了李元吉这个花花公子，就再也没有哪个有水平的"铁粉"了，每次与李世民较量，都是他们两人密谋，在智力上就比李世民差了几条街。

其次，李建成虽然收买了李渊的内宠，看似李世民在宫中没有什么势力，但其实李世民也一直在宫中进行收买。只不过，他没有收买李渊的内宠，而是把禁卫军收买了。这一点，李建成一无所知。当李建成得到张婕妤的通报时，还敢于大胆地进宫，说是去亲自探听消息，其实是想跟李元吉进入大内控制李渊，逼他表态。岂知，在玄武门执勤的禁卫总领常何却早已被

第八章　明争暗斗　兄弟反目为皇权
　　　　　你死我活　同胞喋血玄武门

李世民收买——此前，常何一直以李建成的死党身份存在，被视为太子党的铁杆之一，而他早在武德二年（619）就曾随李世民出征，在这期间被李世民收买，然后奉李世民之命进入长安，又潜伏于李建成门下，负责看守玄武门——要不然李世民哪敢在玄武门搞事？常何长期以来都在暗中为李世民收买禁军，宫中的卫士基本都倒向了李世民。李建成对此一无所知，当他决定跟李元吉进宫时，还以为宫中的卫士都是自己人呢。正是这支武装力量，在关键时刻为李世民挡住了冯立那三千东宫精兵的进攻。否则，李世民还有可能翻车。李世民敢于采取断然措施，正是因为有这样一支武装力量掌握在手。

　　玄武门事件就这样结束了，历史上对此的评价也是各有各的说法。

　　《旧唐书》认为："建成残忍，岂主鬯之才；元吉凶狂，有覆巢之迹。若非太宗逆取顺守，积德累功，何以致三百年之延洪、二十帝之纂嗣？或坚持小节，必亏大猷，欲比秦二世、隋炀帝，亦不及矣。"

　　苏辙认为："唐高祖起太原，其谋发于太宗，诸子不与也。及克长安，诛锄群盗，天下为一，其功亦出于太宗。盖天心之所付予，人心之所归向，其在太宗者审矣。至立太子，高祖以长立建成，建成当之不辞。于是兄弟疑间，卒至大乱。夫建成不足言也，其咎在高祖。"

　　以上这两家对李建成基本持批判态度，认为李世民发动玄武门之变是正确的。

　　当然，也有对李世民稍有微词的，代表人物就是著名的史学大家兼文学大家司马光。

　　司马光说："立嫡以长，礼之正也。然高祖所以有天下，皆太宗之功；隐太子以庸劣居其右，地嫌势逼，必不相容。向使高祖有文王之明，隐太子有泰伯之贤，太宗有子臧之节，则乱何自而生矣！既不能然，太宗始欲俟其先发，然后应之，如此，则事非获已，犹为愈也。既而为群下所迫，遂至喋血禁门，推刃同气，贻讥千古，惜哉！夫创业垂统之君，子孙之所仪刑也，彼中、明、肃、代之传继，得非有所指拟以为口实乎！"

　　司马光在这里指出了这次事件发生的必然因素：李世民在大唐的建立中

厥功至伟，李建成的地位却在他之上，这样的结果是"必不相容"，最终导致"喋血禁门，推刃同气，贻讥千古"。他说完这几句之后，很有感情地放出"惜哉"二字。这个"惜哉"就是他对这件事的态度。他虽然认为李建成不成才，但他仍然认为李世民采取这个手段不应该。他甚至认为，史书对李建成的记载是李世民抹黑的结果。司马光的态度，其实缘于他一向推崇传统儒学的固有立场，认为"立嫡以长"是天经地义的，否则就是有伤风化。

至于李世民是否曾要求史官在史料中对李建成抹黑，也是各有各的说法。司马光认为，李建成是被黑过的。《贞观政要》这样记载：房玄龄修改完精简的《高祖实录》和《太宗实录》之后，李世民拿来看了一遍，特别就玄武门一事提出异议，要求"削去浮词，直书其事"。司马光从这里推断出，李世民确实修改过史料。而魏徵对李世民则大大地表扬了一番："陛下今遣史官正其辞，雅合至公之道。"更多的人谈到，要是李世民修改了史料，他还会让史官说李建成是他亲手射死的吗？他为什么不含糊其辞地说李建成是死于乱军之中，而主动去承担这个恶名？不过，有人又说，毕竟李世民射死李建成时目击者众多，即使在史书中"为尊者讳"，也堵不住天下悠悠之口。因此，他就干脆把他射死哥哥的事明明白白地写出来，让大家看看他没有篡改历史，然后在别的地方给李建成抹黑，把李建成写得很不堪，说李建成天天都在跟李元吉商量着害死他，他这才不得不发动玄武门之变，李建成实在是太该死了。这样来个虚虚实实，让你觉得这份史料是真的。

当然，无论如何，李建成真的是他射死的，他真就是靠发动这场事变，杀死了李建成，也逼得他的父皇把权力全部打包移交给他，顺利终结了李渊时代。

在这场变故中，李建成和李元吉当然是最大输家，身家性命全部赔上。最大的赢家当然是李世民，他靠这场政变成为历史舞台的主角。李渊也是个输家，不但死了两个儿子，还死了十个孙子，连自己手中的权力也失去了。当他把两个儿子之争定性为内部矛盾时，打死他也不会相信，最终会是这个结果——比敌我矛盾更加刀光剑影、更加血雨腥风、更加凶险万分。

第九章

第九章　临危不惧　孤胆英雄退突厥
励精图治　马上皇帝初施政

1. 赦免山东

玄武门之变发生于武德九年（626）六月初四日，由于尉迟敬德的固请，李世民叫停了肃清扩大化的决策，善后工作几天之内就宣布结束。

三天之后，也就是六月初七日，李渊就宣布：立李世民为皇太子。

李渊接着下诏："自今军国庶事，无大小悉委太子处决，然后闻奏。"这个诏书，其实就是李渊的交权保证书。

接着，李世民手下那一伙人都登上了前台：宇文士及为太子詹事，长孙无忌、杜如晦为左庶子，高士廉、房玄龄为右庶子，尉迟敬德为左卫率，程知节为右卫率，等等。这些人虽然都在东宫任职，但现在谁都知道，东宫的权力才是最大的。

李世民还从李建成手下的死党里挑了一个人才——魏徵。

李世民在处理完玄武门之变的后事之后，就召魏徵过来，对他说："你为什么离间我们兄弟？"

如果是别人，听到李世民说这样的话，肯定会吓得叩头如捣蒜，因为这是把他们兄弟闹翻的根本责任放到他的身上啊。大家一听，也都为魏徵捏了一把汗。

魏徵却神色自若，说："如果先太子听从我的建议，一定不会有今日

之祸。"

　　李世民本来就知道魏徵是个人才，老早就想把他拉进自己的圈子，现在单独把他召来问话，其实就是想重用他。因此，魏徵说完这句话后，李世民不但没有怪罪他，反而"改容礼之"，然后任命他为詹事主簿。

　　李世民主政之后，下了几道命令：将宫苑的鹰犬放生，免除各地进献贡物，听凭百官各自陈说治理国家的方法。由此，简化了很多行政措施和法令，老百姓对这些政策是很欢迎的。而对于将宫苑鹰犬放生这一条，李渊心里肯定有些郁闷。本来他在当政时，为了让自己玩耍而在宫苑里养了大量的鹰犬，现在李世民为了讨好民众，把他的这个玩具废了。说是放生鹰犬，其实是想让他明白，现在是俺说了算，即使是你的特权，俺也说废就废。

　　李渊当然看得清清楚楚。他知道如果他还赖在皇位上，李世民就会继续相逼。他对这个儿子是相当了解的。如果自己主动让位，那么就父慈子孝；如果继续恋栈，一定会鸡飞狗跳。

　　李渊经过多日思考之后，决定全面交权。李渊给他最亲密的战友裴寂写了个手诏："朕当加尊号为太上皇。"在这里，李渊只提给自己加尊号，连李世民的名字或者"太子"两个字都没有提到，可见他内心对李世民是什么态度。

　　裴寂跟李渊的友谊是在太原时期建立起来的，可以说牢不可破，谁都无法将两人离间，裴寂也因此成为李渊朝中的红人。李渊到了最郁闷的时候，也就只有跟他商量了。可是裴寂的能力却不怎么突出，除了玩点技术含量很低的小阴谋，真没有什么可以让李渊起死回生的金点子。当他看到这份手诏上的字时，就在那里发呆，然后什么都不说。

　　李世民发动玄武门之变时，目光就已经锁定皇位，他现在已经急不可待了。

　　哪知，就在这个时候，又发生了一件事。

　　这件事就是李瑗事件。

　　李瑗是李虎的曾孙，算起来也是李渊的堂侄。

第九章

临危不惧　孤胆英雄退突厥
励精图治　马上皇帝初施政

李瑗这些年来虽然也南征北战，跟李世民去打仗，还跟李孝恭去打仗，出镜的次数很多，但却像个后进生一样，都是随大流在战场上混，基本没有捞到什么功劳。但因为他是皇室成员，天生起点就高，再加上没有功劳也有苦劳，大唐一统天下后，李渊也让他当了幽州大都督。李渊也知道这小子水平差、能力弱，就给他配备了个狠人王君廓。

王君廓出身草根，而且自幼孤贫，长大了就以贩马为生。他在当马贩子时就得了个"品行不端"的评语，在村里做得最多的就是偷鸡摸狗，弄得村里的人都很恨他。隋末天下乱了起来，王君廓睁着贼眉鼠眼一看，天天偷鸡摸狗，也干不出什么大事业来，哪比得上当强盗？于是，他就纠集了一帮人准备落草为寇。他的叔叔坚决不同意："你这不是要造反吗？造反是要被灭族的啊。你当小偷被抓被打，死的只有你一个。你要是造反，死的可是我们全家族。我们家族虽然贫困，但再怎么贫困也比被拉去砍头强无数倍。"

王君廓看到叔叔居然起来反对，马上想了一个办法。这个办法就是造了一个谣：有个"隔壁老王"跟叔母有一腿。这个谣言传到叔叔的耳朵里，叔叔就大怒起来，瞪着血红的眼睛说：我不砍死这个"隔壁老王"，我就不姓王。王君廓就跟过来说：侮辱叔叔就是侮辱我，我跟叔叔一起去杀他。

他叔叔这时已经气冲脑门：夺妻之恨不报，还算得上是男人吗？

于是，两人就拿着菜刀，过去把无辜的"隔壁老王"砍死了。

砍死人后，他叔叔立马意识到他们两人已经是杀人犯了。杀人犯是不能再在这里待下去的。叔叔转头对王君廓说："你不是要去当盗贼吗？咱们一块儿去。"

于是，两人就跑出来造反了。

他们聚集了一千多人，干的都是打家劫舍的勾当，队伍也越来越大，一路打打杀杀向前，最后逼近夏县和长平。

河东郡丞丁荣看到盗贼杀来，马上部署军队准备战斗，又派人招抚王君廓。

王君廓虽然是小偷出身，胸无大志，更没有受过专业的军事训练，但

他的脑子很灵光——从他套路叔叔的事上就能看出他的脑子真不一般,而且这个套路还十分阴狠毒辣。他看到丁荣派人来跟他谈判,就假装表示愿意投降。

丁荣也跟很多官僚一样,向来看低这些草根出身的人,听说他要投降之后,就不怎么防范了,随随便便带着部队去登山。

王君廓看到丁荣这么容易上当,心头大喜,便把部队埋伏在山谷中。丁荣的登山活动结束后,就准备打道回府,可是才到山谷就进了王君廓的埋伏圈,被打得全军溃散。

王君廓第一次跟政府军交手,就打了个大胜仗,而且对手还是个郡丞,他的名声瞬间就高涨起来,另外两股"盗贼"韦宝和邓豹也过来跟他合作,共同去攻打虞乡。

在这里,他们碰到了硬骨头——宋老生。两下一交手,王君廓果然被打得大败,率部退守方山。

宋老生当然不会放过他,带着部队紧逼过去,把王君廓包围得喘不过气来。更要命的是,王君廓本来就是盗贼出身,向来没有后勤保障,平时基本靠抢养兵。这时被包围了几天,粮草马上就告急起来。

王君廓当然不愿就此完蛋,就又拿出那个诈降计来使用。他派人去见宋老生,说他想通了,愿意投降,从此做大隋朝廷的好军人,然后隔着山涧跟宋老生对话。

王君廓把姿态放到最低点,把可怜相装到极致,最后居然把宋老生感动得一塌糊涂,觉得王君廓的投降是真诚的。于是,警惕性就在他的感动中丧失了。

王君廓抓住这个难得的机会,带着他的部队连夜逃得不知去向。

然后,他带着部队向邯郸方向大步前进,在邯郸那里展开了一次大规模的劫掠活动。

邯郸人王君愕对他说:"兄弟啊,现在英雄并起,你却天天玩这些打砸抢的勾当,这是成不了气候的。你应该耐着性子,等哪个英雄有一统四海之相后,果断投奔。如此则富贵可图。现在你没有一尺土地,从来没有够

第九章 临危不惧 孤胆英雄退突厥
　　　　　　励精图治 马上皇帝初施政

吃十天的粮草，到处抢夺骚扰，恐怕是不能长久的。"

这话一下就触及了王君廓的痛处，他马上向对方问计。

王君愕劝他先夺取井陉作为根据地，然后再观望天下大势。

王君廓马上就按计而行，攻占了井陉，然后在那里等着好主人的到来。后来，同时来了两个主人，一个是李渊，还有一个是李密。韦宝和邓豹看好李渊，但王君廓却看好李密。他杀掉那两个老朋友，主动归顺李密。哪知李密却不把他当一回事。他一气之下，又脱离瓦岗，再投李渊，从此就跟随李世民到处打仗，成为李世民手下的得力战将。

他在战场上很生猛，但人品却并没有重塑起来，继续保持着偷鸡摸狗的险诈本色。

他当了李瑗的得力助手之后，李瑗对他很是倚仗——幽州毕竟紧靠突厥，流血冲突几乎天天有，大规模的军事冲突也随时可能发生，李瑗不倚仗他还能倚仗谁？李瑗怕他不努力，还答应跟他通婚，结为亲家。

李建成准备搞事时，曾派人前来联络过李瑗。

两人还没有合作，李建成就完蛋了。

朝廷派崔敦礼骑着快马来到幽州，召李瑗回朝。李瑗原本以为自己巴结上了太子，这辈子可以无忧地过着幸福美好的新生活了，哪知太子就这样"凉了"。李瑗虽然打仗能力很欠缺，但他不是蠢材，深知召他回朝意味着什么。他在那里担惊受怕了几分钟之后，自然就把准亲家王君廓请来，问王君廓怎么办。

王君廓既然是李瑗的贴心人，当然知道李瑗跟李建成往来的一切。当李瑗来找他商量时，王君廓知道李瑗的政治生命肯定要完蛋了。王君廓这么一想，心头突然灵光一闪：李瑗被划为李建成谋反集团的骨干分子，回到长安肯定会完蛋，我何不在他身上捞点功劳？

他见到李瑗时，对早已坐卧不安、内心凌乱的李瑗说："大王，你跟秦王是一家人，对秦王的认知应该比我更深刻。你这次回去，我可以预言：必无全理。现在大王拥兵数万，为什么还要乖乖地回去受死？"王君廓也是个"表演艺术家"——当初隔着山涧就曾把满脸横肉的宋老生感动得泪光

闪闪,这时他又拿出这套看家本领,对着李瑗流下泪水。

李瑗的头脑本来就很简单,此时又处于极度的恐惧之下,听到准亲家如是说,马上觉得很有道理——反正回去肯定是死,举兵还有活下去的可能,即使最后死掉,也死得轰轰烈烈,比回到长安乖乖受死有声有色多了。

李瑗也知道自己的水平很不上档次,只能依靠这个准亲家了,就对脸上还被泪水覆盖的王君廓说:"我现在把性命都托付给你。我现在宣布:决定举事!"

他宣布之后,马上扣住崔敦礼,向他探听京师的虚实。

崔敦礼却一言不发。李瑗只得把崔敦礼关起来。

李瑗在决意起兵之后,他的兵曹参军王利涉对他说:"王君廓是个反复无常的小人,大王万万不可委之以兵柄。宜早清除,以王诜代之。"

李瑗一听,把王君廓的简历回忆了一下,觉得这个准亲家确实如王利涉所说,但又觉得王君廓是个猛人,还是自己的准亲家,再怎么反复也不会对自己反复吧?心里这么一纠结,就在那里迟疑不决。

王君廓很快就知道了他的心思,知道李瑗要是警觉起来,自己就完了。他马上进去见王诜。

王诜正在洗澡,听说王君廓来访,就像周公一样,握着头发出来迎接。

两人还没有对上一句话,王君廓就大刀挥出,把王诜还湿漉漉的脑袋砍下,然后提着那颗湿漉漉、血淋淋的首级,对大家宣告:"李瑗与王诜谋反。他们已经囚禁朝廷使者,并擅自征兵。我已经采取断然措施,拿下了王诜,这就是谋反首恶分子王诜的脑袋。现在王诜已诛,只剩李瑗,必无能为力。你们现在是想随李瑗去造反,最后被族灭,还是和我一道,与朝廷保持高度一致,去获取富贵?"

大家都说:"愿从公讨贼!"

王君廓马上带着一千多人,翻越西城,进入城内。李瑗还没有发觉。

王君廓并没有急着去抓李瑗,而是先到监狱里,把崔敦礼放出来——他需要崔敦礼到李世民那里帮他讲好话。

第九章　临危不惧　孤胆英雄退突厥
　　　　　　励精图治　马上皇帝初施政

到了这时，李瑗才知道王君廓先反了他。李瑗带着左右几百人出来，正与王君廓相遇于门外。

王君廓大声对李瑗的那些人说："李瑗叛逆朝廷。你们为什么要跟他一起死呢？"

那些人听到王君廓把这个大帽子扣下来，马上就吓蒙了，纷纷丢下兵器，四散而逃。于是，就只剩下李瑗满脸刷白地站在那里。

李瑗的脑子再怎么不够用，也知道事情弄到今天这步田地，全是王君廓设计的套路：这个偷鸡贼，到现在仍然贼心不改。他便指着王君廓大骂："你这个小人出卖我，终有一天也会自取灭亡的。"

王君廓冷冷一笑：哈哈，准亲家就是用来出卖的。俺不出卖你，俺去哪里要功劳？他当场把李瑗抓起来绞死。

王君廓这番操作，果然大有收获。朝廷下诏：王君廓为左领军大将军兼幽州都督，以瑗家口赐之。他把李瑗的政治遗产和家庭遗产全部继承下来。

很多人看到王君廓拿下李瑗，马上升官晋爵，便都两眼发红起来。当时，还有很多李建成和李元吉的死党逃匿民间。虽然朝廷再三颁发赦令，但他们仍然惧怕，不敢现身。那些向王君廓看齐的人就到处争着告发他们，甚至抓捕他们，弄得到处鸡飞狗跳。李世民很快知道了这事，马上下令："六月四日以前事连东宫及齐王，十七日前连李瑗者，并不得相告言，违者反坐。"

不久，魏徵奉命宣慰山东。李世民这时对魏徵已经十分信任了，在魏徵出发时，给他一个特权"便宜从事"。魏徵到磁州时，正好碰到当地官府枷送原来的太子千牛李志安、齐王护军李思行到京师求赏。魏徵对他们说："我奉命出使的时候，朝廷已经下令，对原来东宫和齐王府的属官一概赦免，不予追究。现在你们又押送这些人进京。如此一来，谁会不对赦令产生怀疑呢？虽然朝廷为此派出了使者，人家同样不相信。"他下令把李志安等人全部释放。

于是，所有的告发全部停止。

李世民知道后很高兴。

当然,更让李世民高兴的事又发生了。

2. 皇后长孙氏

八月初八日,李渊颁布制书,传位太子李世民。

李世民等这个诏书已经等得有点焦急了。虽然现在他大权在握,朝廷大事小事都由他说了算,行使的就是皇帝的权力,但到底李渊还在位,变数就还存在。李渊虽然表现得很优柔寡断,但他发起狠来也是很果断的,当年他决意杀死刘文静时就很果断。而李渊杀刘文静,恐怕就是对李世民的一个敲打,就是为了保住自己的绝对权力。作为开国皇帝,李渊对权力的迷恋程度并不比李世民低。现在李渊手里的权力突然之间被李世民夺走,只握着两只空荡荡的拳头在那里,他不郁闷才怪,他不想再抢回权力才怪。

李世民必须断绝他的这个想法。

李渊也知道李世民心里怎么想。李渊更知道,他的这个儿子做起事来,比他要狠多了。你可以跟别人比狠,但绝对不要去跟李世民斗狠。李世民狠到什么程度?他敢于多次不顾性命,挟强弓,跨战马,单骑突入敌阵,血拼得连敌人都觉得胆寒。这样的狠,你敢比吗?

李渊想来想去,只得彻底让位。

当然,李世民还是要表演一下的。他把满心欢喜压在心里,然后一脸严肃地来个"固辞"。

李渊当然"不许"——这是他这个现任皇帝唯一的权力。

事实证明,两人的这个互动,也仅限于礼节。

就在李渊颁布这个制书的第二天,李世民就在东宫显德殿宣布脱掉太子之帽,当上了大唐第二任皇帝,并大赦天下。李世民也在当天发布了另一个诏书:宫中的美女太多,都被关在幽深的宫苑之中,太可怜了,应该外放一部分回去,让她们回到自己亲属的身边,任凭她们自由出嫁。接着,李世民又禁止了在禁苑的狩猎行为。李渊恰恰是个超级狩猎爱好者。

可以说,李世民的这些诏书和禁令,就是在努力革除李渊的旧政,消除李渊的影响,让大家看到李渊已经彻底没有了市场,你们想飞黄腾达就

第九章　临危不惧　孤胆英雄退突厥
　　　　　　励精图治　马上皇帝初施政

必须投靠李世民；同时也让大家知道，前任皇帝只会声色犬马，所以他退位是必须的。这让李渊也很郁闷。

　　通过一个细节，可以窥见李渊当时的心态。他宣布让位给李世民时，并没有搬出太极殿，李世民只得在东宫的显德殿举行登基仪式，这跟那些政变者发动宫廷政变时为了争夺优先权的急就行为何其相似。这样一来，李世民的心里肯定有说不出的尴尬和不痛快。

　　李世民登基之后，便册封长孙氏为皇后。这个皇后就是史上大名鼎鼎的长孙皇后。大家都知道，她的父亲长孙晟是大隋头号"突厥专家"，同时也是一个军事能人，箭术当世无双，如今我们熟知的"一箭双雕"这个成语，就是他留下来的。长孙晟长期从事分化瓦解突厥的工作，在突厥那边也有很高的声望。突厥人对长孙晟非常敬畏，听闻他的弓弦之声，就以为是霹雳，见到他骑马，就认为是闪电。因此，长孙晟家就被称为"霹雳堂"。

　　长孙氏是长孙晟的幼女，很得全家人的喜爱。她的父辈们都希望她能嫁个好郎君，因此他们都一直为她物色将来的夫婿。在这方面，他的伯父长孙炽最为积极和用心。作为当时的名门，他们最看重的当然是"门当户对"这个原则。所以，长孙炽就把目光盯在那些贵族门第上。长孙炽经过考察，认为李渊是最理想的亲家。长孙炽当时看中李渊家，并不是预测出李渊日后一定能当上皇帝——那时，大隋正如日中天，谁都不敢有改朝换代之想。长孙炽是看到李渊的老婆窦氏十分出色。窦氏是宇文邕的外甥女，还小的时候就得到皇帝舅舅的喜爱，曾劝宇文邕善待突厥女——而且是站在国家安危的高度来劝说的，那时她只是一个几岁的小孩。长孙炽由此断定窦氏是一个很懂教育的女性，她调教出来的孩子一定出众。于是，他就劝弟弟跟李渊结为亲家，也就是让长孙晟把这个小女儿嫁给唐公李渊的一个儿子。

　　于是，李渊就为李世民订了这门亲事。

　　婚约定下不久，长孙晟就去世了。长孙晟一与世长辞，家里就不再是铁板一块了。长孙氏和她的同母哥哥长孙无忌就被他们的同父异母兄长排挤出家门，两人只得跟随母亲回到自己的舅舅家里。他们的舅舅就是高士

廉。高士廉确实是个好舅舅，对自己的妹妹和两个外甥都很照顾。

长孙无忌是李世民的发小，两人关系很好。高士廉也看出李世民非常人可比，便在长孙氏父丧期满之后，把长孙氏嫁给了李世民。当时李世民十六岁，长孙氏十三岁。

两人婚后，有一次归宁（即回娘家）时，高士廉的一个小妾在长孙氏住的房舍外看见一匹大马，据她说此马高二丈，鞍勒都有，神威凛凛。这位小妾十分惊惧，急将此事告诉高士廉。

高士廉一听，两丈高的大马？连听都没有听说过啊。事出反常必有妖。于是，高士廉就请个大师来为他占卜，小妾碰到这样的异常，到底是凶是吉。

大师一卦下来，显示遇坤之泰，内阳外阴，内健外顺。按占卜大师的说法就是：天地之交。大师进一步解释：龙是乾卦象，马是坤卦象，即女子处于尊位。由此可知，居于那间房舍的女子贵不可言。也就是说，长孙氏贵不可言。高士廉听得满心欢喜。

在李世民跟李建成闹僵时，李建成收买了李渊的几个内宠，使得太子党牢牢地掌握了主动权，李世民在李渊那里基本讨不到什么便宜。在这种情况下，身在长安的长孙氏就经常进宫去侍奉李渊，在李渊的妃嫔面前，表现得十分可爱顺从，尽力为李世民弥补这方面的损失，为李世民争取到了很宝贵的时间。而且她十分节俭，车马衣服等物品只求够用罢了，因此深得李世民的器重。

当然，高士廉也绝对没有想到，李家后来居然能夺取天下，而李世民居然能成为皇帝。当李世民当上皇帝时，高士廉的外甥女长孙氏理所当然地成为当朝皇后。

李渊终于从皇帝位上退下，不再给李世民制造麻烦了。

3. 李世民轻骑独出

但突厥仍然没有收敛。

当时，大唐和突厥之间也还有别的少数民族势力，比如稽胡——虽然

第九章

临危不惧　孤胆英雄退突厥
励精图治　马上皇帝初施政

他们已长期存在，但就是从来没有做大做强，一下倒向这边，一下又倒向那边，而且倒过去的时候没有一点战略眼光。现在他们的首领叫刘成。刘成突然心血来潮，居然率着他的部众投靠梁师都。梁师都虽然还没有垮掉，但这些年来几乎天天被唐军揍得眼睛都睁不开，真不知道刘成到底为什么选择这样的人来投靠。更要命的是，梁师都还处处提防刘成。后来，梁师都觉得天天这么提防，最后会把自己逼疯的，就把刘成杀了。

梁师都杀了刘成之后，心情确实放松了一下，不必再时刻去提防这个家伙了。可是杀刘成的后遗症却马上显现，那些跟随刘成过来的人都对梁师都大失所望，纷纷逃离梁师都的阵营，向大唐投降。本来实力就不怎么雄厚的梁师都就更加薄弱了。

梁师都心里马上就充满了危机感，于是带着一大堆黄金跑到突厥那里，朝见颉利可汗，劝突厥发兵进攻大唐——现在刚刚发生了玄武门之变，李世民正忙于权力重组，此机不乘，更待何时？

颉利可汗一听，自然觉得有理，马上跟突利可汗合兵十多万，向泾州方向杀来，而且直抵武功，逼得李世民宣布京师戒严。

八月二十四日，突厥大军杀到高陵。他们一路而来，基本没有遇到什么抵抗，就自然而然地认为，李世民果然还在手忙脚乱地巩固权力，没有精力放在边境上，来不及派人前来抵敌，看来这一次，真的可以直接打到长安了。听说长安城里不但财富多，而且美女也多，要是能把长安劫掠一番，那可是突厥有史以来最辉煌的胜利啊。

他们加快了步伐，又跑了一整天。

八月二十六日，他们来到泾阳。突然，前头有一支队伍卷着漫天尘埃而来。

突厥兵一看，终于有人前来送死了。他们信心满满地冲上去——跑了这么多天，终于可以打一仗了。

他们信心满满，对方更是斗志昂扬。因为对方的领军人物正是与李世民关系最铁的尉迟敬德。尉迟敬德前些时候一直在北方边境跟突厥打，对突厥的用兵特点已经很熟悉，知道他们来势很猛，但部队基本都很散漫，战场上指挥官没有什么战术，只是打打打。只要你表现得比他们猛，他们

马上就败退下去。因此，一上来他就带头跃马舞枪，直杀入突厥阵中，其他人都奋勇跟上来。

尉迟敬德的武功在当时可以称得上独步海内，一根马槊勇往直前，挡之者死，一下就把突厥人的嚣张气焰打下去了。

突厥人本来都以为现在的唐军没有什么战斗力，哪知这支唐军却如此神勇，被尉迟敬德猛戳一通之后，阵脚大乱。唐军顺势一冲，就把突厥大军冲得七零八落。尉迟敬德还活捉了他们的俟斤阿史德乌没啜。突厥骑兵只得丢下一千多具尸体，狼狈逃去。

当然，他们并没有真的退去——一点收获都没有，就夹着尾巴逃走，这不是突厥的风格。

八月二十八日，颉利可汗带着部队突然进到渭水便桥之北，派他的心腹大臣执失思力进长安，名为求见李世民，实为打探长安的虚实。

以往只要闻听突厥向京师杀过来了，长安城里就人心惶惶，现在看到突厥的大军已经在渭水北岸了，他们的铁蹄声已经轰隆隆地灌进耳里，全城人哪能不面无血色？

如果是别的皇帝，估计就要做好离开长安的准备了，但李世民却一点也不慌张。他这些年，打仗无数，多次孤身冲入敌阵，多次身陷绝境，心理素质不是一般的强悍，所以面对突厥大军的到来，他浑若无事。

执失思力见到李世民，居然威吓李世民："颉利可汗和突利可汗带着百万大军，转眼就要杀到了。你们做好准备了吗？"

李世民指着他大声说："我跟你家可汗当面签订了盟约，前后送给你们金银布帛，多得无法计算。你们可汗才刚刚拍着胸膛说保证信守盟约，言犹在耳，就马上背盟入侵我境。可以说，我们大唐没有什么对不起你们的地方。你们虽然是戎狄之人，但也应该长着一颗人心，怎么可以全部忘记我们对你们的巨大恩惠，自夸兵马强大，威胁于我？今天我只有将你杀了。"

执失思力看到李世民真是满脸杀气，这才知道李世民惹不得，惹翻了是要动刀的，马上全身软下来，跪请饶命。

第九章　临危不惧　孤胆英雄退突厥
　　　　　励精图治　马上皇帝初施政

萧瑀和封德彝也出来说些"不斩来使"的话，劝李世民把他礼送出境，彰显大国风范。

李世民说："我现在礼送出去，他们会认为我害怕他们，就会更加嚣张。"他下令把执失思力先关起来。

李世民关了执失思力之后，就带着高士廉、房玄龄等六骑出了玄武门，来到渭水岸上，呼叫颉利可汗，说我有话跟你说。

颉利可汗听说李世民现身了，当然出来跟他进行对话。

他们隔着渭水举行了一次会谈。

李世民身边只有六个人，但他底气却很足，大声批评颉利可汗堂堂大突厥可汗，说话还不如小孩算数，如此负约。你们难道不怕老天雷劈吗？

突厥人听李世民说得义正词严，远比他们可汗有气势，大惊失色，纷纷下马向李世民罗列而拜。不一会儿，唐朝各路兵马都相继赶到。

颉利可汗看到自己的部队居然无条件地向李世民下拜，心里已经有点虚了，这时看到漫山遍野全是唐军的旗帜，再加上执失思力还没有回来，李世民又敢于挺身而出，唐军军容整齐、阵容盛大，心里也跟着害怕起来，不知如何是好。

李世民则指挥若定，命令诸将布好战阵，做出随时与突厥决战的架势，然后独自留下来继续与颉利可汗对话。

萧瑀看到李世民这样，觉得太危险了——万一突厥人不讲武德，对你突然袭击，谁也救不了你啊，而且突厥向来就反复无常。他拉住李世民的坐骑，再三劝阻：这个险不值得冒啊。

李世民说："这事朕已经深思熟虑了，你是很难了解其中的深意的。这次突厥之所以敢倾国而来，直抵京郊，就是认定我国刚刚经历大难，朕刚刚即位，权力未稳，以为朕不能组织力量也没有胆量跟他们对打。如果朕示之以弱、闭门不出，他们一定会放心大胆地纵兵大掠，再想将他们制服就难上加难了。所以，朕才轻骑独出，表示根本不把他们放在眼里，然后又突然展示阵容，就是要让他们知道我军必定跟他们大打一场。朕这样做，就是要让他们大感意外，扰乱他们的心神，使他们手足无措。他们深

入我境，肯定满怀戒惧之心。在这样的情况下，我们跟他们打，一定会取得胜利。打胜之后，再跟他们讲和，以后的和平时间会久一点。你尽管放心吧。"

颉利可汗跟中原王朝打过很多仗，知道中原的战将最会算计人，各种套路太多，现在看到李世民这个模样，更担心李世民又在跟他玩套路，哪敢打下去，便当场向李世民请和。颉利可汗每次雄心勃勃地出来，然后又以请和而告终，那张脸看来已经变形了。

李世民当然同意了他的请求，然后还宫。

八月三十日，李世民来到城西，斩白马，跟颉利可汗在便桥订盟。订完盟约后，颉利可汗又带着他的骑兵回去了。

这次颉利可汗突然出兵，直抵长安城下，如果处理不好，大唐真的会很难看。幸亏李世民久经战阵，临危不乱，把颉利可汗吓退回去，使一场血流成河的战斗消弭于无形。在这个过程中，李世民玩的就是心跳，让萧瑀他们的心脏都有些受不了。

萧瑀在事件结束之后，问李世民："突厥还没有请和之时，诸将都请战，可是陛下统统不许。臣等对陛下的做法都感到不解：突厥向来是来者不善，你不打他，他是不跑的。可是后来突厥真的撤兵了。其中的奥妙又何在？"

李世民说："朕观察到突厥的兵马虽然众多，但阵容一点也不整齐，就知道突厥人只是贪图财物而已。当他们请求讲和的时候，可汗独自留在渭水对岸，他手下的人都来跟我见面。如果我们将他们灌醉了，再将他们捉起来，乘机袭击他们，朕必将势如破竹。朕再让长孙无忌和李靖在豳州设个埋伏圈等待他们。假如突厥逃回去，则前有伏兵、后有追兵，要消灭他们易如反掌。但朕不肯与他们交战，是由于朕即位的时间还很短，国家尚未安定，百姓更是远没有富足，需要休养生息，所以必须以安抚为第一要务。一旦与突厥开战，带来的损失就难以计算了。突厥与我们结下深仇之后，一定会因恐惧而大加戒备，我们也不得安宁。所以朕才决定停战息兵，以金银布帛利诱他们。突厥可汗都是没有远大理想的人，很容易满足。他

第九章　临危不惧　孤胆英雄退突厥
　　　　　励精图治　马上皇帝初施政

们一满足，就会撤退回去。因为他们大有收获，从此就会变得志意骄惰，不再有防备。而我们就乘这个时机，养精蓄锐，等到他们出现破绽，完全可以一举而消灭他们。"将欲取之，必先予之"，讲的就是这个道理。现在你明白了吗？"

萧瑀一听，不由得大是佩服，再拜说："这些臣真的没有想到。"

这一次颉利可汗还真的服了一段时间。到了九月，他居然破天荒主动给大唐进献了三千匹马、一万头羊。而李世民则很客气地表示，我们现在国富民强，不需要这些东西，但请你们一定要归还所掠夺的中原人口。

李世民把颉利可汗忽悠住了之后，马上按自己的计划，加紧备战。

李世民带领各卫将士在显德殿（现在他父皇仍然赖在太极殿那里）的庭院练习箭术。李世民对大家进行了一番训话："戎狄入侵，自古已然。如果边境稍微一安定，国人就安逸忘战，那么敌人一旦突然来犯，就无法抵挡。现在朕不让你们修池榭、筑宫苑，而是专门熟习射箭技术。平时无事时，朕可以当你们的教练；突厥入侵时，朕就当你们的带兵大将。只有如此，我们的国家才能安定下来。"

李世民每天带着几百人在那里练武，而且当完教官当考官，亲自测试他们，对射中箭靶多的，就奖给弓、刀、布帛，他们的将领在考核成绩时则列为上等。

大臣们一看，都谏道："依照大唐有关律令，在皇帝住处手持兵器的要处以绞刑。现在陛下让这些人张弓挟矢在殿宇之侧，陛下又身处其中，万一出现意外事故，对国家是大大的不利啊！"

李世民不理。

韩州刺史封同人假称有事，骑着驿马驰回长安，再入朝切谏。

李世民仍然不听，说："王者视四海如一家，封域之内，皆朕赤子，朕一一推心置腹，奈何宿卫之士亦加猜忌乎！"连宿卫之士都要猜忌，再怎么防范也不会安全。

大家一听，皇上都这样对待俺们，俺们再不自强，真是对不起他了。于是个个刻苦训练，没过多久，李世民手下的宿卫就成为最精锐的部队。

李世民还向大家分享自己打仗的经验，说："我很年轻时就经略四方，颇知用兵之道。每次战前都认真观察敌阵，知道他们的强弱，并常以我军之弱旅挡其强兵，而以强师击其弱旅。敌军追击我方弱旅不过数百步，我军攻其弱旅，一定要突到其阵后马上乘势反击，敌军无不溃败奔逃。这就是朕往常的制胜之道。"

4. 李世民与众臣议政

这时，李世民算是巩固了政权，接下来自然是对自己的铁杆功臣论功行赏。

李世民让陈叔达在殿下宣布各功臣的名单，然后对大家说："我将分等级排列你们的功劳，再加以赏赐。当然，你们也可以各自陈述自己的观点。"

如果是在别的事上发扬一下民主，可能场面不会很热烈，可是在论功行赏大会上发扬民主，让大家各抒己见，场面不火爆才怪。这些提着脑袋跟他一起出生入死、杀人如麻的人，追求功名富贵是他们的终极目标，现在就要实现这个目标了，他们还会客气？

大家都纷纷站起来，大声表达自己的意见——当然都是摆功劳，基本就是武将不服文官。

最具代表性的就是李神通的发言："当年臣起兵关西，首应义举。房玄龄、杜如晦这几个刀笔吏，一天到晚就摆弄笔墨、玩点文字游戏，现在他们的功劳居然还在臣之上。臣不服。"

李世民本来看到场面混乱，大家都争得面红耳赤，心里正不知如何化解，看到这个在战场上一点也不勇敢却勇于争功的叔叔说了这番话，不由得大喜，便抓住李神通的话头，说："叔父虽然首应义举，其实也是被逼无奈时谋求摆脱灾祸的行为。等到窦建德侵吞山东时，叔父全军覆没；刘黑闼再次搞事时，叔父又丢盔弃甲、望风而逃。房玄龄他们运筹帷幄、决胜千里，使得大唐江山得以安定，他们的功劳当然远在叔父之上。叔父是皇族至亲，朕对你确实毫不吝惜，但也不能徇私情，让叔父与有功之臣受同

第九章　临危不惧　孤胆英雄退突厥
　　　　　　励精图治　马上皇帝初施政

等封赏。"

　　大家看到李世民对李神通毫不客气地一板砖砸下去，便都不敢再脸红脖子粗了：人家连叔父都不给面子，我们还有什么话说？一时间，大家都心悦诚服——不服也得服。

　　李世民看到大家都没有意见了，真想感谢一下李神通：叔叔啊，你虽然经常在战场上打败仗，完全无法抓住机会，但现在你给我制造出的这个机会还是很不错的。

　　其他功臣都没有什么大的意见，最郁闷的则是萧瑀。

　　萧瑀本来跟李家父子的关系很好，推荐的人也常被李渊重用。

　　封德彝就是他推荐给李渊的。

　　封德彝刚出场时，被很多人看好，连向来不把天下英雄放在眼里的杨素对他都十分看好，引他为自己的死党。封德彝归顺大唐之后，李渊看他很不顺眼，指责他作为大隋旧臣却硬是谄媚不忠，把他大大地骂了一通，然后将他罢官遣返。

　　封德彝却没有瑟瑟发抖地离开。封德彝长期在高层混，对权高位重的人的心理研究得很透——你想想，杨素那样的冷面人士都被他搞定了，其他人还在话下吗？因此，封德彝并没有被李渊骂得心灰意冷、丧失信心，然后夹着尾巴抱头而去，而是又厚着脸皮找到萧瑀，通过萧瑀向李渊进献"密策"。李渊一看，他还真是个人才，马上就龙颜大悦起来，拜他为内史舍人。

　　之后，封德彝随李世民东征王世充，在大臣们都要求撤军的时候，他力挺李世民并为李世民说服了李渊，使得李世民得以继续包围洛阳，最终灭掉了王世充和窦建德。算起来，封德彝应该是李世民的铁杆功臣。

　　可封德彝到底是个投机分子，那双眼睛永远看形势选边，而不是靠信仰站队。在李建成跟李世民对抗时，封德彝硬是看好李建成，成为李建成的外援，不断为李建成站台背书——那时，封德彝的职务是中书令，属于权力顶层人士。

　　李世民粉碎东宫集团之后，并没有追究封德彝的过错，反而还让他当

右仆射,而左仆射正是萧瑀。

按理而言,封德彝能有今天,最应该感谢的就是萧瑀。可是他不但没有一点感激之情,反而觉得萧瑀排名在他之前,心里很不服气,就不断地忽悠萧瑀。萧瑀还很天真地把封德彝当成最好的朋友。因为两人是左右仆射,所以很多朝廷大事都先由两人商量,做好议案,再向皇帝提出。两人在讨论达成共识之后,萧瑀就按他们的一致意见提交给李世民。然而,当李世民问大家还有什么意见时,往往别人都还没有作声,封德彝却先提出反对意见。

开始时,萧瑀还以为是他们商讨时,也许封德彝还没有考虑成熟,可是连续几次封德彝都是这样子,他就知道自己被封德彝玩了。

两人就这样产生了矛盾。

在初唐的这些大臣中,萧瑀的身份最独特,他不但是后梁皇帝萧岿的儿子,还是大隋的国舅,他的夫人是独孤皇后的侄女,而李渊是独孤皇后的外甥,这样一来,他又跟李家挂上了钩。当年他和李渊还当隋朝的同僚时,关系就相当不错。一个人跟这么多个皇室沾上关系,在中国历史上还真的不多见。这个身份也注定了不管哪家成为最大赢家,他都能在这个世界上屹立不倒。他是个很有性格的人,除了长得帅,还光明磊落、刚正不阿,因此得罪了他的妹夫,但也因此而深得李渊父子的喜欢,从他归顺李家那一天起,就一直活跃在大唐朝廷的最高层。

与他比起来,房玄龄和杜如晦这些新贵,不管是从个人出身还是从跟大唐皇帝的关系而言,都差多了。他们就有些不服气,但一时又拿萧瑀没有办法——因为萧瑀不但有水平,人品还比他们好。

这两人看到萧瑀跟封德彝闹了矛盾,马上采取行动,紧跟封德彝,共同去恶心萧瑀。

萧瑀气愤不过,就上了一封密奏,把这些事全部向李世民陈述,并为自己申诉理论,字里行间,辞意甚是凄凉,觉得自己大大的委屈了。

李世民这时正在重用房玄龄和杜如晦,看到萧瑀居然以封事告两人的状,觉得萧瑀不是在告房杜两人,而是在打他的脸,马上就生起气来,心里对萧瑀就不再信任了。

萧瑀并没有想到自己的这个奏章会惹得向来宽宏大量的李世民生气，而是继续按自己的性格办事。有一次，他跟陈叔达为某件事争吵，而且争得怒目圆睁、口水四溅——这些场面以前也经常有，李世民并没有生气，但这一次，李世民恼火了，结果两人以不敬之罪被开除公职。

处理萧瑀时，李世民看起来有些犯糊涂，但在别的事上，他清醒得很，比如削掉宗室的王爵。

李渊当年起事时，为了收买人心，对官爵很大方，打下一个地方，就给当地很多人封官。那些并没有多大功劳的都封了官，自己家的人当然个个都是王爵。他认为，如此一来，不但亲戚们高兴，而且也让宗室的力量得到强化。宗室的力量强化之后，他的皇权也就巩固了——很多皇帝都曾这么想。他当时把与皇帝同曾祖、同高祖的远房堂兄弟及他们的儿子都找来，每个人都封为五品，就连一些还在穿开裆裤的小孩也戴上了王冠。

李世民即位后，就看不顺眼了，把这个问题拿出来，问大臣们："遍封宗子，于天下利乎？"

其他人还没有反应过来，封德彝就已经回答："以前的王朝，只有皇帝的儿子及兄弟才可以封王，其他人如果没有大功，绝对不能封王。太上皇为了敦睦九族，大封宗室，使得自两汉以来，亲王的人数从来没有现在这么多。爵位一高，安排给他们的劳力仆役就多，其他待遇也随着提高，这恐怕不能向天下显示天子的大公无私吧？"

李世民马上说："你说得很有道理。朕为天子，就是为了养护百姓，怎么可以如此让百姓来养护自己的宗室呢？"

李世民这么一宣布之后，就下诏：降宗室郡王皆为县公。只有几个有大功的人没有降爵位。

还有一件事，李世民的处理也十分冷静。

当时，天下之乱刚刚平定，社会秩序还没有恢复正常，到处都有一些情绪不稳定的人。这些人还在从事盗贼活动，只是规模已经很小了。

虽然规模不大，但这对国家与社会的危害却极大，必须彻底清除。

李世民又把大家叫来，商量"止盗"事宜。

大家都主张来个"严打"，把抓到的盗贼全部从严从重从快处理掉，只有这样才能彻底清除这些"牛皮癣"。

李世民听了微微一笑，说："老百姓之所以为贼为盗，并不是他们喜欢从事这个'行业'，而是因为朝廷的赋税太过繁重，政府的官员又十分贪财求贿，层层盘剥之下，老百姓饥寒交迫，被逼得没有活路，便顾不得廉耻而去为贼为盗。光靠国家机器以武力镇压、以杀来立威，治标不治本。只有杜绝奢侈浪费，再轻徭薄赋，任用廉吏，使老百姓衣食有余，他们自然不去为盗，何必用严刑峻法呢？这只会逼他们反得更厉害。"

李世民是这么说的，也是这么执行的，那些盗贼果然都主动从良，几年之后，海内升平，生意人都可以在野外露宿而没有谁拿着大刀抢劫他们了。

李世民也在这个时候形成了他那个"君与国与民"之间关系的重要论断。

李世民说："君依于国，国依于民。刻民以奉君，犹割肉以充腹，腹饱而身毙，君富而国亡。故人君之患，不自外来，常由身出。夫欲盛则费广，费广则赋重，赋重则民愁，民愁则国危，国危则君丧矣。朕常以此思之，故不敢纵欲也。"

这番话虽然很简单，但却很深刻。在传统的意识形态里，很多皇帝甚至广大民众都认为，老百姓能够生存下来，全是皇帝恩赐的结果。李世民却提出了老百姓才是皇帝的有力保障。如果不顾老百姓的生活，不把老百姓的生死放在心里，只顾盘剥老百姓，就等同于割肉充饥，结果就是腹饱而身毙，君富而国亡。

这话在现代人看来好像很平常，可是在一千多年前，由一个皇帝说出来，就相当超前了。

因为有了这样的理念，李世民对于民众事件的处理很是宽大。

武德九年（626）年底，益州大都督窦轨上报：獠人反，请发兵讨之。

隋朝时期，蜀地的獠人经常造反，每次朝廷都派兵过去讨伐，一番大砍大杀之后，得胜回朝，一批将士立功受奖。可大家还没有喘过气来，他们又举着最原始的兵器大吵大闹地杀出山来——在整个隋朝，益州一带的

第九章
临危不惧　孤胆英雄退突厥
励精图治　马上皇帝初施政

獠人就没有消停过。

大家看到窦轨的上报后，都理所当然地认为，应马上出兵。

李世民对这个问题肯定深思熟虑过，他说："獠依阻山林，时出鼠窃，乃其常俗；牧守苟能抚以恩信，自然帅服，安可轻动干戈，渔猎其民，比之禽兽，岂为民父母之意邪！"没有批准窦轨的请求。他这番话仍然是在其民本思想的指导下说出来的。

大家都知道李世民是个善于纳谏的皇帝，也知道向他进谏最多最严厉的人就是魏徵。

他跟魏徵的关系也是在这个时候建立并巩固起来的。

魏徵的敢言很早就表现出来了。他此前曾是李建成的死党，后来被李世民抓住，被李世民问话时，仍然神色不变，没有顺着李世民的话往下说，而是把自己的性格表现出来，让现场的人都以为李世民要向他开刀了。可是李世民居然放过了他，并把他引为心腹。

李世民知道魏徵这个性格，所以让他当了谏议大夫。只有这样的谏议大夫，才敢说敢干，敢把真实的声音放出来。

这时李世民对魏徵的信任已经到了毫无保留的地步，他经常请魏徵到他的卧室里，讨论政治的得失。魏徵也是老江湖了，历史知识更是十分丰富，知道自己真的遇上了古往今来难得的明主，因此就更加放胆说话，真的知无不言、言无不尽，同样毫无保留。于是，他的很多建议，也都被李世民毫无保留地采纳。

当然，有时也会发生一些冲撞。

比如有一次，封德彝受命征兵时，对李世民说："有些男性公民虽然还没有满十八周岁，但如果他们长得壮实，肌肉发达，身体素质过硬，也应当征召入伍。"

李世民觉得正确，就批准了封德彝的请求。

李世民的批示出来后，魏徵就是不签署发文，即使李世民多次催发，他仍然坚持原则。

李世民大怒，把魏徵叫来大骂一顿："那些长得高大壮实的青年，都是

如假包换的奸民，他们假报年龄以避免应征入伍。征召他们是完全正确的，你却阻拦得这么坚决。"

魏徵在那里听李世民骂完之后，很平静地说："军队在于统御得法，而不在于人数众多。陛下征召身体健康的成年男丁，用正确的统兵之道治军，便足以天下无敌，又何必多征年幼之人来增加虚数呢？而且，陛下多次说过：'吾以诚信御天下，欲使臣民皆无欺诈。'现在即位还没有几天，就对天下失信多次了。"

李世民一听，不由得一怔，说："朕怎么失信了？"

魏徵答："陛下初即位时就下诏：'百姓拖欠官家的财物，一律免除。'有关部门认为，拖欠秦王府的财物不属于国家的财物，仍然派人到处索取催还。秦王府的财物不是官家的又是谁的？此失信之一也。陛下又说：'关中地区免收二年的租调，关外地区免除徭役一年。'这个诏书才刚刚下发，便又下了一道诏书：'已经纳役和已服役的，从下一年开始免除。'已经退还的纳税之后又重新征回。陛下想一想，老百姓面对陛下如此任性，他们会在心里怎么想？现在是既征收租调，又指派兵员，还谈什么从下一年开始免除呢？另外，与陛下共同治理天下的都是地方官，日常公务都委托他们办理，至于征兵点员，却怀疑他们使诈，这难道是以诚信治国吗？"

李世民一听，脸面一红，然后把"大悦"的表情郑重地刷到脸上，说："以前朕以为你是个性格固执、顽固不化、不通达政务的人，现在看到你议论国家大政方针，句句切中要害。朝廷政令不讲信用，那老百姓就真不知所从了，国家如何能得到有效治理呢？在这事上，我的错误很大。"

李世民下令不再征那些未适龄的男青年入伍，并奖给魏徵一只金瓮。

这段时期，绝对是李世民最为清醒的时候。

他听闻景州录事参军张玄素的名声也很不错，便召见张玄素，问以政道。

张玄素也是个心直口快之人，马上答："隋主好自专庶务，不任群臣。于是，群臣自然心生恐惧，从来不敢有想法，只知秉承旨意去执行，没有人敢违命不遵，看起来统御有术，实则大谬不然。因为以一人之智决天下之务，

第九章 临危不惧　孤胆英雄退突厥
　　　　　励精图治　马上皇帝初施政

即使得失参半，乖谬之处就已经不少了，再加上臣下谄谀，皇上受蒙蔽，国家不亡，更待何时？陛下诚能谨择群臣而分任以事，自己高拱安坐、清和静穆，考察臣下得失成败以施刑赏，充分发挥大家的积极性，又能有效地纠正大家的过失，国家再治理不好，那真是岂有此理了。另外，臣观隋末离乱，虽然群雄遍地，但想要争夺天下的，不过十几个人。其余大部分都想保全乡里的妻子儿女，以待有道明君而已。"

李世民一听，张玄素的眼界还真不错，马上提拔他为御史。

张蕴古原来是大隋的幽州记室，此时赋闲在家，看到李世民上位之后，气象真不一样，觉得自己又可以出来混薪俸，过上幸福生活了。他无法像张玄素那样被李世民召见，就自己写了一篇文章《大宝箴》，其中有这样的句子：

一、圣人受命，拯溺亨屯……故以一人治天下，不以天下奉一人。

二、壮九重于内，所居不过容膝，彼昏不知，瑶其台而琼其室。罗八珍于前，所食不过适口，惟狂罔念，丘其糟而池其酒。

三、勿没没而暗，勿察察而明。虽冕旒蔽目而视于未形，虽黈纩塞耳而听于无声。

第一句的重点是"不以天下奉一人"。如果杨广看到，马上就会下令把写作者砍了。

第二句是要求皇帝节俭，不要大造瑶台琼室，不要天天酒池肉林。这又会犯杨广的大忌，同样砍头。

第三句是提醒皇帝观察事务要恰如其分，既不宜小题大做，也不要稀里糊涂。

李世民看完，十分高兴，马上录用张蕴古为大理丞。

某个人看到张蕴古写一个奏折就得到重用，成为高官，便也给李世民上书，说他有"去佞臣"的好办法。

李世民一看，如果真有此法，该多好，于是就真的召见了他，问他："现在谁是佞臣？"

答："我身居草野，一个大臣都不认识，哪知道谁是佞臣？但我有办法

识别。"

李世民问："怎么识别？"

答："陛下面对大臣们可以假装生气，那些在陛下龙颜大怒时仍能坚持己见、不屈服于天威的，便是耿直的忠臣；畏惧皇威、顺从旨意的，便是奸佞之臣。"

李世民一听，差点笑出来，说："君主是水之源，臣是水之流。源头都混浊了而希望支流清澈，那真是岂有此理。君主自己作假使诈，又如何能要求臣下耿直呢？朕正以至诚之心治理天下，看到前代帝王喜欢以权谋小计来算计大臣，就很鄙视他们。你的建议虽然很有创意，但在朕这里行不通。"

5. 李世民为政

傅奕也是个很敢说话的人物。他先是在杨谅手下混。在杨谅要造反的当口，他居然也敢劝谏，被杨谅关了起来。结果杨谅真的失败了，而他也因此免去杀头之祸，但仍然被当作杨谅的余党，贬到扶风。

时任扶风太守正是李渊。李渊跟傅奕一聊，觉得他学问很高，就对他以礼相待。李渊即位后，还记得他，就又把他召入京师，拜为太史丞。他的上司也就是太史令庾俭，其父庾质曾因为谈论天象被杨广赐死狱中，他就以此为鉴，并耻以术数进身，不愿再在这个位置上待下去，极力推荐傅奕取代自己。

傅奕虽然敢于忤逆杨谅，胸中满是学问，但他刚当太史令时，心理也很阴暗，对庾俭的推荐并不感恩，反而到处诋毁庾俭。庾俭却坦然面对，对他没有表示一点恨意。结果傅奕的这番操作，反而让庾俭的名声大增。

当时，李渊对傅奕是很信任的。唐军后来设置的十二军号，就是傅奕提出的方案。

在李建成和李世民的争斗进入白热化时，傅奕密奏李渊说，天象显示天下将归秦王，弄得李世民差点功亏一篑，直接促成了玄武门之变。

如果是别的皇帝，傅奕这次肯定要完蛋。可是李世民却没有对他怎么

第九章

临危不惧　孤胆英雄退突厥
励精图治　马上皇帝初施政

样，而是把他召来，先赐给他食物，一边跟他吃饭，一边对他说："你六月所奏金星出现在秦的分野，说预示秦王将有天下，差一点让朕脑袋落地。不过今后凡有天象变化，你应一如既往地向朕报告，不要心存余悸，总记着过去的事。"

可以说，李世民是很聪明的。他是很信天象的，也很相信傅奕的专业水平——傅奕的六月星象报告，虽然触发了那个历史上有名的事件，但从结果看，还真的十分精准。这样的人是不能杀的，只能让他继续观察，如果观察到异象又能在第一时间报告上来，也好让自己有个预案。

傅奕是道教徒，是个坚决的反佛人士。他曾在朝廷上建议禁断佛教。李渊也是个反佛人士，听到他的建议后，马上召集大臣们前来讨论，结果以萧瑀为首的群臣大力反对，整个朝廷支持这个建议的只有张道源一个人。李渊看到阻力太大，这才不了了之。直到武德九年（626），李渊才发布了《沙汰僧道诏》，虽然没有像傅奕建议的那样彻底废除佛教，但其整顿、纯洁宗教的想法显然在一定程度上也是对傅奕反佛建议的回应。

李世民上台后，在很多方面都废除了"前朝旧政"，在佛教这件事上，他也坚决废除李渊那一套，让佛教光明正大地传播。他刚刚即位就传旨，令京城有道德的高僧们到内殿行道七天，为国祈安，并超度多年来因战乱而阵亡的将士和无辜伤亡的老百姓，把自己搞得像一个虔诚的佛教徒。他知道傅奕不信佛，心中满是排佛思想，就对傅奕说："佛之为教，玄妙可师，卿何独不悟其理？"

傅奕说："佛是胡族中狡诈之人欺言诳言于西土。中国一些邪僻之人，择取庄子、老子之玄谈，再饰以妖幻之语，用来欺骗愚昧的民众，这既不利于百姓，更有害于国家。我不是不能明悟，而是鄙视它、不愿接近它。"

李世民一听，也无话可说了。

李世民虽然对老百姓甚至那些拿着兵器去当盗贼的人很宽容，但总是怀疑官员们会利用职务之便贪赃枉法、行贿受贿，就暗中安排身边的人去试探他们——也就是拿钱财去送给官员们，看他们敢不敢接受——这跟钓鱼执法没有什么区别。

一试之下,果然有鱼儿上钩。

刑部的司门令史看到有人送给他财物,马上就满脸堆笑地笑纳回家。

李世民大怒,下令将此人斩首。

裴矩说:"为吏受贿,罪诚当死。但陛下使人拿钱财送给人家,让人家接受,这是赤裸裸地陷人于法,不是'道之以德,齐之以礼'的做法。"

李世民一听,也意识到自己真的过分了,马上召五品以上的官员,对他们说:"裴矩能够做到在位敢于力争,并不一味地顺从我,假如每件事情都能这样做,国家怎么能治理不好呢?"

裴矩有幸碰到了李世民,才可以说这些话。如果他碰到朱元璋,只怕他说完这话的时候,脑袋就跟着落地了。

武德九年(626)转眼就过去了。

新年第一天,李世民下诏改元,于是,史上有名的年号"贞观"闪亮登场。

李世民的心情十分畅快。

正月初三日,李世民大宴群臣,席间演奏了《秦王破阵乐》。

一曲终了,李世民对大家说:"朕此前受命率兵征伐,民间就流传着这个曲子。虽然没有文德之乐的温文尔雅,但功业却由此而成就,所以始终不敢忘本。"

封德彝趁机又拍马屁:"陛下以神武平海内,岂文德之足比?"

李世民摇摇头说:"戡乱以武,守成以文,文武之用,各随其时。卿谓文不及武,斯言过矣!"

封德彝并没有脸红,而是在那里顿首谢过。反正这些话你再怎么说,皇上也不会怪罪。

李世民怕自己的政策会有失误,因此又下令:"从现在起,中书省、门下省及三品以上官员入朝议事时,都应该让谏官随行,有失误的立即进谏,不要让错误的事过夜。"

李世民嫌此前的法律太过严苛,他让长孙无忌组织相关专家重新议定律令。

第九章　临危不惧　孤胆英雄退突厥
　　　　　　　励精图治　马上皇帝初施政

　　长孙无忌和一群专家经过讨论，宽减绞刑五十条，改为断右趾。你想想，以前那五十个罪名都是处以绞刑的，现在只砍一根右趾，那是大大的宽容了。

　　李世民看到之后，还是觉得这样太惨了，说："肉刑废之已久，应当用其他刑罚代替。"

　　后来，裴弘建议，改断趾为加服劳役的流放，流放三千里，刑期三年。

　　李世民同意。

　　大唐刚刚进入太平时期，需要大量人才充实各个机构。当时，很多候选官为了以高起点进入体制内，冒报资历和门第。

　　李世民是什么人？他一眼就看穿了这些人的伎俩，马上勒令这些人主动自首，并且宣布：不自首者，杀无赦。

　　仍然有想侥幸过关的人没有自首，但很快就被查了出来。

　　李世民下令统统斩首。

　　兵部郎中戴胄说："陛下，按照相关法律，履历造假的只能流放。"

　　李世民大怒，指着戴胄喝道："卿欲守法而使朕失信乎！"

　　戴胄并没有退缩，说："赦令出于皇上一时之喜怒，法律则是国家用来向天下人昭示最大信用的。陛下气愤于候选官员的假冒，所以恨不得杀掉他们，但现在已经知道这样做不合法，再按照法律来裁断，这就是忍小忿而存大信啊，怎么会是让陛下失信于天下呢？如果一意孤行，才会失大信于天下。"

　　李世民一听，脸上紧绷着的肌肉又松弛下来，对戴胄说："卿能执法，朕复何忧！"

　　后来，戴胄在执法过程中，多次犯颜直谏，而且一说起来就滔滔不绝，一点也不给李世民面子。李世民"皆从之"，避免了很多冤案。

　　李世民要求封德彝推荐人才，可是封德彝只会拍马屁，人才却没有推荐出一个。李世民就有点生气，把他叫过来，狠狠地批了一顿。

　　封德彝仍然不当一回事，说："我挖掘人才，非不尽心，只是还没有遇到奇才啊。"

李世民说:"君子用人如用器物,要会取其长处。古代那些能使国家达到大治的君主,难道都是穿越到别的朝代去引进人才吗?"

封德彝一听,只得羞惭着退下来。他的这一套在隋朝很吃得开,可是在李世民这里却经常碰壁。

当然,封德彝还是很有水平的。

御史杜淹上了一个奏折,称:"各部门的公文案卷可能存在错漏,请让御史到各部门去巡视检查核对。"

李世民征求封德彝的意见。

封德彝说:"各个部门的官员自有分工,如果真有错漏,御史自当纠察举报。假如让御史到各部门巡视,吹毛求疵,就太烦琐了。"

李世民正等着杜淹反驳,哪知这位老人家却在那里默不作声。他不由得有点奇怪,问杜淹:"为什么不再争辩了?"

杜淹说:"天下之务,应当务求公正,从善而行。封德彝所言,可谓真得大体,我很佩服,哪敢还有非议?"

李世民大喜,对在场的人说:"你们能做到这样,我还有什么忧虑呢?"

有一次,杜淹向李世民推荐邸怀道,李世民问:"邸怀道有什么才能,值得你这么力荐?"

杜淹答:"隋炀帝欲驾临江都时,召集百官征求去留之计,大家都投炀帝之所好,赞同临幸江都,唯独邸怀道反对。这事臣亲眼看到。"

李世民说:"你在这里大力赞美邸怀道做得好,可是当时你为什么不向炀帝进谏?"

杜淹:"臣当时地位低下,知道如果进谏,唯死而已。"

李世民继续逼问:"你既然知道炀帝不可谏,为什么还在他朝中当官?既然在其朝为官,为什么又不进谏?你在隋朝那里还可以说是地位低下,可是你在王世充那里,地位已经十分尊贵了,为什么还不进谏?"

杜淹说:"臣在王世充手下时,不是没有进谏,而是他不听而已。"

李世民说:"王世充如果贤明又善于纳谏,绝对不应该灭亡。如果他残暴而又拒谏,你怎么能够免于灾祸呢?"

第九章　临危不惧　孤胆英雄退突厥
　　　　励精图治　马上皇帝初施政

杜淹一时语塞，在那里干瞪着那双老眼。

李世民哈哈大笑，说："今日你的地位可谓尊贵了，可以进谏了吧？"

杜淹这才抹着脸上的汗水，说："臣愿尽力。"

要知道，杜淹和封德彝这两个家伙在隋朝为官时，表现出的人品很差，争起利益来，从不计后果。现在居然能发扬谦让的精神，实在是让李世民感到意外。只能这样解释：有什么样的皇帝，就会有什么样的臣子。

李世民有时情绪一上来，就要杀这个杀那个，可是你仔细想想，那些差点被他杀掉的都是小人物，对于真正跟他有关的人，他还是很宽大的，而且宽大得没有底线，几乎宽大到枉法的地步。他搞钓鱼执法时，一个小干部收受了一点布帛，他立马就横着脸拍案而起，要砍掉那人的脑袋；而右骁卫大将军长孙顺德收受了很多绢帛，事发之后，李世民只是说："顺德果能有益国家，朕与之共有府库耳，何至贪冒如是乎！"

如果他只念在长孙顺德有功的分上，放过长孙顺德一马，似乎还有点道理，可是他说过这话之后，不但不追究长孙顺德的过错，反而在殿上当着大家的面公开赐给他数十匹绢帛。

大家一看，都傻了眼。

大理少卿胡演忍无可忍，出班说道："长孙顺德枉法受财，罪不可赦，为什么还赐他绢帛？陛下难道要奖励违法人员？"

李世民却笑着说："如果他还有点人性，得到朕赐给绢帛的羞辱，则远甚于受刑；如果他不知耻，不过禽兽而已，杀他又有何用呢？"

大家一听这话，终于知道，李世民也有不把法律放在眼里的时候。因为长孙顺德是长孙皇后的叔叔，他就帮这个家伙开脱；而那几个小官吏，完全可以杀之来立威——就是俗话说的"杀鸡儆猴"。有这个需要的时候，你要是鸡就死定了，你要是猴那肯定不会有事。即使英明如李世民，也不例外。

在李世民一边跟群臣努力治国，一边做防范突厥的准备时，国内民众没有出现什么事，突厥也还没有打过来，倒是另一个强人先突然宣布起兵。

这个人就是李艺。

李艺长期当幽州一把手，绝对算得上一方强人。

李艺性格向来火暴，而且有时火暴到不计后果的地步。他入朝之后，自恃功劳大，谁也不放在眼里。他看别人不顺眼也就罢了，连秦王李世民他也不正眼看。

有一次，李世民的某个左右来到他的营地，什么事也没有犯，他却平白无故地把那人抓起来，大吼着：你以为你是秦王的左右，俺就不敢修理你？把那个倒霉的家伙暴揍了一顿。

李世民还没有说什么，李渊就已经勃然大怒了：你现在打秦王的人，接下来怕是要打朕的人了。李渊马上把李艺抓起来，关进牢里，当然不久就把他放了出来。

这事本来到此就可以宣布结束了——秦王的左右被打了一顿，李艺被关了几天，算起来也扯平了。

李世民都记不得这事了。

可是李艺却没有忘记。他怕李世民会找他的碴儿，或者翻他的哪本旧账，然后把他搞死。李艺心里越想越害怕，在那里坐立不安。

李艺手下有个叫李五戒的人，没有别的本事，专以巫术到处忽悠人。这类人其他水平很有限，但察言观色的能力却超强。他看到李艺的脸色，就知道李艺内心世界正在进行什么活动，马上就对李艺说："恭喜大帅。"

李艺正超级郁闷，已经郁闷得想把头撞向大堂的那根柱子，而李五戒居然向他恭喜，他只气得咬着牙好久才说出话来："俺都郁闷得吃不下饭了。恭喜个头！"

李五戒很神秘地靠过去，又用十分神秘的语气说："大帅你已然呈现贵相。大帅啊，你现在的面相，我是越看越激动，越看越觉得贵不可言。千万别浪费这样的贵相啊。浪费这样的贵相，那是对老天爷极大的犯罪。"

李艺说："如何才能不浪费？"

李五戒说："两个字：造反！"

李艺一听，结合自己的处境，略微思忖：看来造反才是唯一的出路。

李艺马上宣称，接到皇帝密诏，需要带兵入朝。

第九章　临危不惧　孤胆英雄退突厥
　　　　　励精图治　马上皇帝初施政

李艺的部队很快就来到豳州。

豳州治中赵慈皓不知道就里，看到李艺过来，就出城去迎接。

李艺顺利进入了豳州。

消息传到长安，李世民马上派长孙无忌为行军总管，率兵讨伐李艺。

赵慈皓看到朝廷军开了过来，这才知道原来李艺是起兵造反，自己居然出城迎接一个大大的反贼。他急忙跟统军杨岌商量，想设个圈套把李艺搞定。

哪知，两人都是马大哈，方案还没有最后敲定，就泄露了出去。

李艺马上把赵慈皓抓了起来，关到牢里。杨岌恰好在城外，察觉到城里有变，马上勒兵攻城。

李艺想不到杨岌居然这么果断，急忙带着部队迎战，但手下将士都不想当反贼，还没有进行战斗，就全部溃散而逃。李艺连妻子都来不及带上，就带着几个亲随逃了出来，准备投奔突厥。可是李艺才到乌氏，那几个左右就想到，如果逃到突厥，他们这辈子就不用再回来了，就得永远跟那帮突厥人在一起，过着以草原为家的游牧生活。这种生活，也许突厥人觉得很幸福，但他们不习惯啊。于是，他们趁李艺不备，把他砍死，将他那颗脑袋送到朝廷军那里。李艺就这样完蛋了。李艺没有想到，他会失败得这么干脆，他的下场会这么难看。李艺算起来也是隋末群雄中的一员啊，最后却因为性格自己玩儿完了。

李世民对李艺的造反也不怎么担心，但他对于治国仍然如履薄冰。

李渊举事时，由于到处群雄割据，他拼命笼络这些豪杰。当这些豪杰前来归顺时，李渊马上设置州县来让他们当主官，施以荣禄。如此一来，全国州县的数目就大大超过隋朝开皇、大业年间。

李世民打开地图一看，心里就一阵紧缩，有多少州县就有多少个行政机构，就有多少个领俸禄的官员啊，老百姓的负担十分沉重。李世民认为，必须消除这个现象。

贞观元年（627）二月，李世民下令大加并省，按山川地势条件，将全国分为十道：一曰关内，二曰河南，三曰河东，四曰河北，五曰山南，六

曰陇右，七曰淮南，八曰江南，九曰剑南，十曰岭南。

李世民深知，国家刚刚从大乱中解脱出来，正处于百废待兴时期，必须更加勤俭节约。他不能只发出号召，要求官员和百姓厉行节约，还必须以身作则，把新风尚带出来。为此，他下诏，命皇后亲自带着妃嫔及宫外有爵号的命妇举行躬亲蚕事的典礼，作为天下妇女的榜样。

李世民深知治国之艰难。

他对萧瑀感叹："朕年轻时喜欢弓箭，曾收集到良弓十多张，自以为天下再也没有谁的弓比得上朕手里的这些弓箭了。最近拿给做弓箭的弓匠看，他说：'都不是好材料。'朕问他原因，他说：'弓子木料中心部分不直，所以脉纹也是斜的。弓力虽强劲，但箭发出去不能走直线。'朕这才知道，以前对弓箭性能的认知远远不够。朕以弓箭平定天下，而对弓箭的性能居然没有完全认识；现在刚刚治理天下，又怎么会通晓治国之道呢？这可比弓箭复杂得多啊。"他的原话是："朕少好弓矢，得良弓十数，自谓无以加，近以示弓工，乃曰'皆非良材'。朕问其故，工曰：'木心不直，则脉理皆斜，弓虽劲而发矢不直。'朕始悟向者辨之未精也。朕以弓矢定四方，识之犹未能尽，况天下之务，其能遍知乎！"

李世民说过这番话后，就下令在京五品以上的官员轮流到中书值夜班。李世民多次接见他们，询问百姓的生活情况及各项政策对社会造成什么样的影响，以便评估政事的得失。

6. 苑君璋与王君廓

大家还记得苑君璋吧？

这时，北方原来那些依附突厥的势力，基本都被清除了，只剩下苑君璋和梁师都这两条好汉了。苑君璋也跟他那几个同行一样，虽然把突厥当成靠山，但手下人全是中原地区的。他们跟着苑君璋在这些地方到处转战，没有一刻可以过得安稳，更不知家里人怎么样了，因此都想离开苑君璋，回到老家去过正常的生活。

苑君璋对这个情况也了如指掌，他知道高开道等人败亡的真正原因也

第九章　临危不惧　孤胆英雄退突厥　励精图治　马上皇帝初施政

是如此。如果这些手下全部呼啦啦南逃回去，他立马变成光杆司令——那时，就只能身为人家的鱼肉了。

苑君璋这么一想，马上害怕起来，就趁着部下还没有逃光、他还没有成为光杆司令时，主动向大唐投诚，并请求朝廷让他防守北部边疆以赎罪。那时，还是李渊当皇帝。李渊同意了他的请求。苑君璋请求跟朝廷签个协议，李渊派元普拿着一块免死铁券送给他。

就在这时，突厥又派人前来招降。苑君璋便又犹豫起来，觉得如果投降了大唐，以后只能老老实实做土豪一个了，如果归顺突厥，以后还有机会到处折腾。

苑君璋的儿子苑孝政看到父亲当盗贼之心不死，就劝他："父亲大人已经主动向大唐请降，现在又要投靠突厥，这可是自取灭亡的节奏啊。现在咱们的情况是：粮食已经没有了，人心离散，根本形不成战斗力。如果再迟疑下去，只怕就会发生意外变故。儿不忍见此惨祸在我眼前发生。"

苑孝政说过之后，马上单骑南奔。

苑君璋又把他追回来，然后召集众人商议。

郭子威说："将军怎么突然变得怕死了？咱们恒安地势险要、城墙坚固，现在突厥正处于强盛时期，完全可以依靠，何必束手受制于人？"

苑君璋一听，马上又雄心大起：这才是大丈夫所为。苑君璋抓住那个送铁券来给他的元普，送给颉利可汗。

苑君璋的这个做法，很得颉利可汗的欢心，可是他手下埋怨的声音却越来越大。有人甚至在他的门前丢这样的字条："不早日降唐，父子诛灭。"

苑孝政捡到这张字条时，吓得面无人色，又打算向大唐投降。苑君璋看到后，就有些生气：老子堂堂搞事专家，却生了这么一个怕死的儿子。于是，他就把怕死的苑孝政关了禁闭。苑君璋跟突厥再次联手，不断地进犯马邑，虽然弄得边民苦不堪言，但苑君璋也没有多少获得感。苑君璋看到颉利可汗虽然兵强马壮，但为政太乱，反复无常，做事从来不靠谱，谁跟这样的人谁倒霉。苑君璋突然间醒悟过来，决定带着他的手下出来投降。

李世民果然没有为难他，让他出任隰州都督。

苑君璋这个时候投降，可以说真的看清了形势，选择了正确的道路。

据说苑君璋是文盲一个，却是个天生的政治人物，降唐后，勤于政事，在任地方官时，居然颇有政绩，在官民中的口碑甚好。

另外一个强人王君廓，也跟苑君璋一样，在战场上十分生猛，脑袋反应也十分迅捷，就是没有上过一天学，成为一方强人之后，仍然大字不识一个。王君廓打了一辈子的仗，立了很多功劳，又通过其他手段，终于成为幽州都督。王君廓当了地方官之后，放纵自己，每天干的都是无法无天的事。王君廓到底是跟随李世民很久了，知道自己这么做，如果李世民知道，会狠狠地处理他，因此他对手下人都十分防范。王君廓的长史叫李玄道，是房玄龄的从甥。因此，王君廓对李玄道就特别提防。

王君廓准备回长安述职，李玄道就请他顺路带一封家书回去送给房玄龄。

王君廓怕他在信里说自己什么话，就偷偷拆开李玄道的信。哪知，李玄道的信是用草书写的。本来就不认识几个字的王君廓，左看右看，总看不出什么字来，就高度怀疑李玄道在告发他，心想要是继续去长安，就等于去送死。王君廓本来就阴暗的心理，这时阴影面积更大了。王君廓来到渭南时，心头已经塞满了惧意，觉得再往前一步，就要跌进万丈深渊，于是就想逃跑。王君廓在决定逃跑时，又怀疑驿吏也在监控他，便把驿吏也一刀砍了，然后向突厥方向狂奔。

这个盗贼出身的人万万没有想到，当自己逃到渭南时，就被一群来历不明的盗贼杀掉了。